LA MAISON
DU CHAT-QUI-PELOTE

HONORÉ DE BALZAC

LA MAISON DU CHAT-QUI-PELOTE

suivi de

LE BAL DE SCEAUX
LA VENDETTA
LA BOURSE

Introduction, notes,
documents
bibliographie et chronologie
par
Anne-Marie BARON

Publié avec le concours
du Centre National des Lettres

GF Flammarion

On trouvera en fin de volume des documents, une bibliographie et une chronologie.

© 1985, FLAMMARION, Paris, pour cette édition.
ISBN 2-08-070414-1

INTRODUCTION

La Maison du Chat-qui-pelote, *Le Bal de Sceaux*, *La Vendetta* et *La Bourse* appartiennent au fonds ancien de *La Comédie humaine*. Ces nouvelles ont toujours fait partie des *Scènes de la vie privée* et les trois premières figuraient dans l'édition originale d'avril 1830.

1830, année charnière dans la carrière et l'œuvre de Balzac. Le succès de scandale remporté par la *Physiologie du mariage*, publiée anonymement en décembre 1829, est loin de se répéter lors de la publication des *Scènes de la vie privée*. La critique se montre assez dure pour ce recueil [1] et ne sait pas y déceler le modernisme d'une entreprise qui semble rompre entièrement avec le roman historique auquel Balzac s'est essayé dans *Le Dernier Chouan*. Voulant concilier la peinture des mœurs, l'analyse politique et le romanesque, le romancier débutant donne, avec des nouvelles comme *La Maison du Chat-qui-pelote*, *Le Bal de Sceaux* ou *La Vendetta*, une synthèse originale qui témoigne à la fois d'un sens déjà sûr de l'agencement du récit et d'une grande acuité d'observation. D'ailleurs Horace de Saint-Aubin, dont Jules Sandeau, inspiré par Balzac, raconte la biographie imaginaire, s'incline et s'efface devant un écrivain nouveau qui inaugure, avec ces *Scènes de la vie privée*, un genre bien différent du roman pour cabinets de lecture qu'Horace a pratiqué jusque-là [2]. Car si deux romans de jeunesse, *Wann Chlore* et *Annette et le criminel* [3], commençaient comme des études de mœurs bourgeoises, ces œuvres côtoyaient souvent le roman frénétique ou le roman noir, tandis qu'ici, pour la première fois, l'analyse sociale des milieux, la réflexion politique et la psychologie des personnages prennent le pas sur l'intrigue qu'elles expliquent et mettent en perspective.

Balzac a donc changé de cap. Désormais, il veut mettre en scène les gens de son époque, décrire leur vie quotidienne avec ses problèmes matériels dans les différents milieux auxquels ils appartiennent et faire de cette évocation quasi sociologique la clef de leurs comportements, de leurs caractères, de leurs sentiments. Ce faisant, il n'abandonne pas l'histoire, mais il réoriente le projet de Walter Scott vers l'histoire contemporaine, considérée plus particulièrement sous l'angle économique et social et comme histoire des mentalités. Or le domaine par excellence de cette nouvelle histoire des mentalités, c'est la « vie privée ». Comme l'écrit Maurice Bardèche, « pour Balzac, un milieu familial est une réalité sociale qui a son climat, ses coutumes, son relief, son atmosphère, exactement comme une province ou une patrie... Une « vie privée », c'est donc cet ordre que chaque être arrange autour de lui, cette ambiance qui émane de lui-même et de sa vie, le plus souvent à son insu, c'est comme une *aura* qu'il projette [4] ».

Au centre de toute vie privée, il y a le mariage. Après avoir analysé en sociologue les inconséquences et les imperfections du mariage bourgeois dans la *Physiologie du mariage*, Balzac en dramatise certaines situations typiques dans les *Scènes de la vie privée* où il prétend « peindre avec fidélité les événements dont un mariage est suivi ou précédé [5] ». Si *La Bourse* a un dénouement idyllique, Balzac prend pour thème dans *La Maison du Chat-qui-pelote* et dans *La Vendetta* l'agonie d'un couple, tandis que *Le Bal de Sceaux* raconte le sacrifice d'une passion aux calculs mesquins de l'ambition. Pourquoi donc des échecs si cruels? C'est que l'amour, Balzac le sait bien, ne suffit pas à assurer le bonheur d'un ménage. Il unit les individus sans les rapprocher; chacun d'eux appartient à un milieu, à une catégorie d'esprits, à une classe sociale. En décrivant « les mille manières par lesquelles les tempéraments, les esprits, les situations sociales et la fortune rompent les équilibres [6] » problématiques du couple, il ajoute aux anecdotes de la *Physiologie du mariage* des scènes bien propres à illustrer ses méditations théoriques. Les *Scènes de la vie privée* sont à cet égard une œuvre expérimentale.

Les personnages de ces nouvelles ne sont pas pour autant des êtres ordinaires. Trois d'entre eux sont des artistes, Sommervieux, le héros de *La Maison du Chat-qui-pelote*, Hippolyte Schinner de *La Bourse* et Ginevra di Piombo, l'héroïne de *La Vendetta*. Trois artistes, trois destins bien différents, trois illustrations de la doctrine de l'Artiste dont Balzac donne à la même époque une première esquisse dans une étude célèbre de *La Silhouette*[7]. Mais aussi trois regards de peintres à travers lesquels Balzac résout de façon originale un problème de technique romanesque, trois intrigues dont le récit découle comme naturellement de pages « picturales ». Enfin, toute la technique romanesque de Balzac est en train de se constituer ici avec une de ses formes les plus typiques d'expositions : la façade du Chat-qui-pelote, l'atelier de Servin ou celui de Schinner constituent trois tableaux dans lesquels le regard exercé d'un témoin artiste avec lequel le lecteur est invité à s'identifier, peut déchiffrer les signes extérieurs de la vie privée et de ses drames secrets.

La Maison du Chat-qui-pelote

En avril 1830, dans la première édition des *Scènes de la vie privée* où elle a paru pour la première fois, *La Maison du Chat-qui-pelote*, encore intitulée *Gloire et Malheur*, ne vient qu'au troisième rang du recueil. Elle ne recevra son titre définitif, sa dédicace à Marie de Montheau et sa place d'honneur en tête de l'œuvre de Balzac que dans l'édition Furne, première édition de *La Comédie humaine*, en 1842.

Pourquoi cette fonction inaugurale ? Ouverture, au sens musical du terme, *La Maison du Chat-qui-pelote* annonce, tous les critiques l'ont rappelé, les grands thèmes balzaciens. Elle préfigure, en outre, dans le raccourci d'un microcosme d'une rare densité, les structures essentielles de l'œuvre à venir. Texte privilégié donc, à la fois dans l'espace de l'univers constitué de *La Comédie humaine* et dans la diachronie de sa constitution. *La Comédie humaine* s'ouvrira du même coup par un défi théorique, superbe dans sa discrétion, — défi que *Gobseck* ou *Une double famille* ne tarderont pas à reformuler — aux contraintes génériques de la nouvelle et du roman. Car cette nouvelle est aussi un roman, avec sa durée, sa profondeur, son horizon de personnages secondaires et son rythme ascendant-descendant qui sera celui des grands ensembles comme *César Birotteau* par exemple. Enfin, à la charnière des analyses sociologiques de la *Physiologie du mariage*, et du roman expérimental des *Scènes de la vie privée*, voici comme le premier modèle du réalisme balzacien et peut-être en France du réalisme tout court.

En dépit de l'ingéniosité des historiens de Balzac et des éditeurs de *La Maison du Chat-qui-pelote*, on ignore tout des circonstances de la composition de ce bref chef-d'œuvre, prophétique à plus d'un égard. L'indication portée par l'auteur à la fin de la troisième édition des *Scènes de la vie privée*, parue chez la veuve Béchet en 1835, « Maffliers, octobre 1829 », ajoute une énigme biographique, irritante en vérité, à nos perplexités. Ce séjour à Maffliers nous est inconnu. Il se peut que Balzac ait rejoint à Maffliers sa maîtresse, la duchesse d'Abrantès, reçue chez les Talleyrand-Périgord.

Aux sources de *La Maison du Chat-qui-pelote*, comme toujours chez Balzac, des choses vues, des lieux parcourus, un espace familier et même familial, toute une petite société bourgeoise connue de l'intérieur par l'habitant du marais et par le clerc de notaire. L'anecdote racontée ici a dû comparaître, sous maintes formes, en l'étude de maître Passez ou de maître Guillonnet-Merville. Un drapier de la rue Saint-Denis, M. Guillaume, a deux filles : l'aînée et la moins jolie, Virginie, fait un mariage de raison avec Joseph Lebas, le premier commis de la boutique ; Augustine, sa cadette, ravissante et romanesque, épouse par amour le peintre Théodore de Sommervieux, mais

cette union tourne mal car Augustine, incapable, par son
éducation bornée, de comprendre son mari, va être abandonnée et mourra de chagrin. Telle est, brièvement
contée, l'histoire de cette famille de commerçants.

Balzac peut dépeindre le cadre et la vie des Guillaume
d'après nature, car la rue Saint-Denis ne diffère guère de la
rue Portefoin ou de la rue du Temple où il a longuement
résidé à plusieurs reprises. Peut-être même peut-il faire état
de souvenirs précis. Ceux de la rue de Lesdiguières tout
d'abord. Au rez-de-chaussée de la maison où l'auteur de
Cromwell avait sa mansarde, le propriétaire, un certain
Leuillier, tenait un commerce de faïences. Une lettre de
1819 atteste la curiosité enjouée du jeune Balzac pour les
mœurs boutiquières de son propriétaire [8] et il semble bien
que Lord R'hoone ait mis en œuvre ses premières observations dans *Une heure de ma vie*, petite nouvelle de 1822, où
l'attention portée à la réalité sociale l'emporte de façon
inattendue sur l'imitation du *Voyage sentimental* de Sterne.
Les commerçants de la rue du Petit-Lion, au coin de laquelle
est située la maison du Chat-qui-pelote, n'étaient sans doute
pas moins familiers à Balzac. En effet, c'est chez un
porcelainier de cette rue que Laure et Honoré avaient acheté
une fameuse « soupière » pour leur mère [9]. Or nous avons pu
vérifier que ce commerçant, Georges Mathieu Quettier,
n'était autre que le propre gendre de Leuillier, le logeur de
Balzac rue de Lesdiguières. La maison de Quettier, que
Balzac connaissait bien, comme d'ailleurs toutes celles de
la rue du Petit-Lion, dont plusieurs habitants, remar-
quons-le en passant, portent des noms curieusement balzaciens — Chabert, Finot, Crottet, Poirée — présente,
d'après les registres du cadastre, un aspect tout à fait
semblable à celui de la maison du Chat-qui-pelote, avec ses
« moêlons *(sic)* et pans de bois en médiocre état » et ses
« cinq croisées de face [10] ». Avec les X et les V « que
traçaient sur la façade les pièces de bois transversales ou
diagonales dessinées dans le badigeon par de petites lézardes parallèles », la maison du Chat-qui-pelote n'est-elle pas
l'une de ces anciennes maisons à colombage dont on peut
encore aujourd'hui retrouver quelques exemplaires à Paris ?

A cette expérience relativement récente, il faut en

ajouter une autre, plus ancienne et sans doute plus importante. La rue Saint-Denis est, en effet, le centre des commerces de mercerie, de draperie et de passementerie [11] que l'on pratique dans sa famille maternelle depuis des générations. Le grand-oncle de Balzac, Antoine-Michel Sallambier, né rue Saint-Denis, était sous l'Empire brodeur-passementier et drapier à l'enseigne de « La Toison d'or, rue Honoré, près de celle des Bourdonnais » ; il tenait « tout ce qui concerne les uniformes civils et militaires » avant d'être nommé, comme Guillaume, « membre du comité consultatif de l'habillement et équipement des troupes [12] ». L'oncle de Balzac, Jean-Baptiste Marchand, s'est installé en 1784 dans le quartier des Halles pour exploiter l'important fonds de commerce de draperie qu'il avait acquis rue Saint-Honoré. Il a marié ses deux filles le même jour et l'une d'elles à Charles Sédillot, parent de Mme Balzac, orphelin, économe et travailleur comme Joseph Lebas [13]. L'écrivain connaît donc bien « les gros commerçants de la rue des Bourdonnais et de la rue Saint-Honoré » qui forment le cercle des relations de la famille Guillaume.

Pas un élément pourtant de cette réalité inspiratrice, au premier degré tout au moins, qui n'en soit aussitôt disjoint avant d'être gauchi, isolé ou au contraire intégré dans une composition imaginaire. Pierre-Georges Castex, qui signale un Chat-qui-pelote rue Vauvilliers et un cabaret du même nom au 52, rue Vieille-du-temple tout près du 40, rue du Temple où le jeune Balzac a habité avec ses parents, montre que le romancier avait en fait à l'esprit, en décrivant la maison des Guillaume, le magasin tenu par son parent Sallambier, rue Saint-Honoré, à l'enseigne de la Toison d'or. Le même critique souligne que ces déplacements du référent constituent un processus typique de la création balzacienne [14]. L'imagination visionnaire décrite par Albert Béguin prend aussitôt le relais de l'observation. Ainsi, avec son jeu sémantique naïf, le rebus de l'enseigne sert de médiation à une formulation emblématique de l'œuvre : « Dessin, couleurs, accessoires tout était traité de manière à faire croire que l'artiste avait voulu se moquer du marchand et des passants. » Dès la première image, le commerçant qui fait sa pelote contraste avec l'artiste qui la fait voler au bout de sa raquette. Dès les premières pages, de façon symbolique, le drap s'oppose aux draperies antiques, l'art du peintre à la peinture en bâtiment, tandis que les Guillaume répondront scènes de ménage quand leur fille leur parlera des scènes exaltantes nécessaires pour développer le talent de son mari. Quand l'artiste fait rouler les écus parce qu'ils sont ronds, le drapier les entasse parce qu'ils sont plats. On s'explique dès lors que, par le jeu d'une double métonymie, la fonction de cette enseigne symbolique ait été dévolue à la façade et à l'ensemble de la maison des Guillaume, et que le titre originel de *Gloire et Malheur* ait cédé le pas au titre deux fois emblématique de *La Maison du Chat-qui-pelote*. *La Maison du Chat-qui-pelote* est l'expression d'un mode de vie et de pensée, d'un univers social [15]. Le titre et l'enseigne doivent laisser deviner d'emblée l'histoire et le destin d'Augustine Guillaume. La façade de la maison du Chat-qui-pelote figure, à travers sa poésie équivoque, la tyrannie d'une vie privée dont l'héroïne n'arrive pas à briser le carcan. La nouvelle débute d'ailleurs par la description de cette façade vétuste, parcourue par le regard impatient d'un observateur qui la voit s'animer peu à peu. Ce personnage, nous le retrouverons souvent dans *La Comédie humaine* : il est l'élément moteur de toute exposition balzacienne ; il scrute ici pour la première fois un paysage urbain qui sera le décor traditionnel de la plupart des œuvres futures.

En face de cet univers emmuré de la vie privée, Sommervieux, le peintre, incarne la liberté de l'artiste. La monographie de l'artiste s'oppose à celle du marchand. On sait que l'antithèse de ces deux figures fascine, obsède Balzac en 1830 et qu'au célèbre portrait de *L'Épicier* de *La Silhouette,* font pendant, dans le même journal, les trois études sur les *Artistes.* Ces textes contemporains de *Gloire et Malheur* aident à comprendre l'objectif idéologique du romancier. Les artistes « ont-ils tort de ne pas se conduire exactement comme un bonnetier de la rue Saint-Denis ? ou l'industriel doit-il être blâmé de ne pas comprendre que les arts sont le costume d'une nation, et qu'alors un artiste vaut déjà un bonnetier?» La réponse de Balzac est nette : si les artistes sont incompris, c'est que leur «extase» les sépare du commun des mortels et que l'«instabilité capricieuse de leur puissance créatrice» les fait passer pour paresseux auprès du vulgaire. Ils ne sont pas des «hommes de suite»; leur dédain de la richesse est incompréhensible pour des bourgeois plus sensibles à l'argent qu'à l'œuvre d'art. *La Maison du Chat-qui-pelote* illustre parfaitement ces réflexions; car si l'amour donne à Augustine, malgré sa maladresse, une sorte de divination pour les besoins de son mari, les Guillaume, incapables de comprendre «ces imaginations-là», condamnent définitivement Théodore comme un homme sans jugement. La comédie de *L'Artiste,* dont le plan est conçu en décembre 1830, devait reprendre sur le mode comique le thème de «l'homme de génie en butte à des esprits médiocres, aimant avec idolâtrie une femme qui ne le comprend pas [16]».

C'est à la fois l'expérience vécue et la dramaturgie du mariage construite à partir des analyses de la *Physiologie du mariage* qui vont permettre à Balzac d'animer ses types sociaux. *La Maison du Chat-qui-pelote* se termine de manière tragique. Le destin d'Augustine évoque irrésistiblement la douloureuse et brève existence de Laurence, la sœur cadette de Balzac, élevée aussi durement que les deux filles Guillaume par une mère sévère et autoritaire [17]. La minutie avec laquelle Mme Guillaume organise les journées de ses filles fait penser à cet «Employ du temps» dressé par Mme Sallambier, la grand-mère de Balzac, pour sa fille Laure et dont celle-ci s'inspire pour l'éducation de ses enfants. Après une adolescence austère, Laurence, mariée trop vite à un aristocrate couvert de dettes et qui a séduit sa famille par sa particule et ses talents de société, va connaître le malheur. Comme Augustine, elle aime un homme qui peu à peu la délaisse et la désole par son inconscience. Elle a, comme Augustine, la «fatale pensée» de venir se plaindre à sa sœur puis à ses parents et elle apprend à ses dépens qu'«une femme doit souffrir et se taire [18]». *Gloire et Malheur,* le premier titre de la nouvelle annonçait sa structure et son mouvement. Mouvement ascendant jusqu'au double mariage contrasté des filles Guillaume qui nous montre Augustine dans tout l'éclat de son bonheur, mais déclin inexorable de cette « gloire ». L'écrivain exploite à fond ici la thématique de l'illusion et de la déception, la problématique équivoque du réalisme, fondée sur les conflits de la société et des passions. Augustine, qui tranche sur son milieu par sa beauté et son intuition mélancolique, semble appelée tout naturellement par l'amour de Théodore jusqu'à ce que Max Andréoli, dans une étude importante [19], appelle « la sphère du haut », définie en l'occurrence par l'art et l'aristocratie. Mais les pesanteurs irrésistibles de l'éducation, les préjugés de sa classe, les habitudes de sa famille ont rendu Augustine inapte à partager la vie de l'artiste. Comme le montre très bien Max Andréoli, la première scène de la nouvelle où Augustine aperçoit Théodore du haut de sa fenêtre, inverse par cette métaphore spatiale le paradigme fondamental et « tout le mouvement dramatique de la nouvelle est dans le retournement progressif de la situation, chacun des personnages tendant à rejoindre sa sphère respective [20] ».

Mais quelle est donc la morale de cette histoire ? Et y a-t-il une morale ? Celle du père Guillaume pensant qu'on est « toujours tôt ou tard puni d'avoir voulu monter trop haut », que les mariages mal assortis sont pareils à « ces anciennes étoffes de soie et de laine, dont la soie finissait toujours par couper la laine » et que, comme le dit le drapier Tournebouche du *Succube*, il faut « marier ses filles à bons drappiers » et « savoir demourer en son drap [21] » ? Balzac approuve-t-il Virginie aux dépens d'Augustine ? Non car celle-ci, sortant de l'hôtel de ses parents, éprouve, avec une hauteur qui nous renvoie à une scène célèbre de l'*Iliade*, « je ne sais quel orgueil de ses chagrins en pensant qu'ils prenaient leur source dans un bonheur de dix-huit mois qui valait à ses yeux mille existences comme celle dont le vide lui paraissait horrible ». L'énergie ou l'économie de soi, le dilemme que dramatisera *La Peau de chagrin*, est déjà au centre de *Gloire et Malheur*. Virginie et Augustine, comme les

héroïnes des *Mémoires de deux jeunes mariées,* incarnent
deux choix, deux destins de femme, une passion violente
et funeste et le bonheur calme que procure un mariage
sans amour. Entre une vie courte et glorieuse et une
longue existence sans éclat, Balzac ne choisit pas. Ce
qu'il veut montrer, c'est qu'aucun choix n'est libre. Ce
que *La Maison du Chat-qui-pelote* veut montrer aussi à
un regard critique, c'est que la mise en scène aux fins de
l'art du code du mariage bourgeois et de ses transgres-
sions est à la source du tragique réaliste.

Le Bal de Sceaux

Composé, selon une indication ajoutée à l'édition de
1835, à Paris en décembre 1829, *Le Bal de Sceaux* était
intitulé dans l'édition originale *Le Bal de Sceaux ou le
Pair de France.* C'est que la pairie est l'une des exigences essentielles de la jeune Émilie de Fontaine, cette
enfant gâtée en quête du mari parfait. Ayant refusé successivement tous les partis proposés par son père et re-
poussé même l'homme dont elle est éprise, elle se voit
forcée d'épouser un vieillard pour rester fidèle à ses
principes. C'est l'aventure même qui arrive à l'héroïne de
La Fontaine dans la fable intitulée *La Fille* que P.-G.
Castex a judicieusement rapprochée, par son thème et son
mouvement, du *Bal de Sceaux.* Pourtant, loin d'être une
fable, *Le Bal de Sceaux* serait plutôt une comédie qui finit
en drame ; si Balzac y utilise les ressorts comiques tradi-
tionnels, le ridicule préjugé nobiliaire d'Émilie, ses mots
de jeune écervelée, son brusque revirement devant la
profession de son amoureux, il fait bien ressortir le malheur que représente ce mariage, escamoté par une réplique finale d'un symbolisme bouffon. Après la triste destinée d'Augustine Guillaume, voilà un récit bien digne
de servir de leçon aux jeunes filles pour qui Balzac
veut « marquer d'une branche de saule les passages dangereux de la vie », comme il l'écrit dans la préface de
1830 à la première édition des *Scènes de la vie privée.*
Le titre définitif choisi par Balzac a une valeur à la fois

pittoresque et historique. Pittoresque d'abord car, sous la Révolution comme sous l'Empire, le Bal de Sceaux connaît une grande affluence; il attire les romantiques par son caractère populaire et patriotique et on y voit se mêler toutes les classes de la société. Balzac en a entendu parler par sa jeune sœur Laurence qui lui décrit en novembre 1819 sa vie de jeune mondaine: «l'hiver venu, les bals, les concerts, les spectacles, les dîners vient [sic] remplacer le jardin turc, les montagnes, les bals champêtres de Sceaux [22]». Peut-être l'y a-t-il escortée un jour. La description qu'il fait de cette «immense rotonde ouverte de toutes parts dont le dôme aussi léger que vaste est soutenu par d'élégants piliers» est tout à fait conforme à la gravure de Pruche et Champin parue dans *L'Illustration* du 15 juillet 1843 et laisse supposer une escapade vers «ce palais de la Terpsichore villageoise». Mais il a surtout eu l'occasion de passer par Sceaux au cours de ses visites à Latouche qui possédait une petite maison à Aulnay. Devenu son protecteur et son ami à la suite d'un article élogieux sur *Wann-Chlore,* celui-ci l'a aidé — au moins moralement — après le désastre financier de l'imprimerie et de la fonderie de caractères et l'a encouragé à écrire *Le Dernier Chouan.* Il l'invite, dans une lettre du 17 septembre 1829, à «visiter le pauvre malade de la Vallée aux Loups, le pauvre loup de la vallée malade [23]». Or si vraiment Balzac écrit *Le Bal de Sceaux* en décembre, après sa brouille avec Latouche, ses souvenirs des «beaux sites d'Aulnay et de Chatenay» sont tout récents.

Mais la nouvelle ne se rattache pas seulement à ces souvenirs personnels. Le Bal de Sceaux est surtout «un lieu de rencontre symbolique entre le passé et l'avenir», c'est «l'intéressante mêlée de l'aristocratie et du peuple…, de la classe finissante et de la classe ascendante [24]». Balzac a voulu en faire le symbole de la grande fusion des choses et des hommes qui a caractérisé le régime de Louis XVIII. Le comte de Fontaine est l'incarnation de ce régime. D'abord «invariable dans sa religion aristocratique», il va devenir un partisan du régime constitutionnel dans lequel il trouve tous les avantages pour lui et sa famille. J.-H. Donnard a montré que Balzac s'était probablement inspiré, pour créer ce personnage, d'un homme politique réel, le comte Ferrand [25] qui, après s'être comporté en légitimiste intransigeant et avoir publié pendant l'émigration des brochures défendant les principes les plus absolutistes, se rallie au système constitutionnel en 1814 et participe même à la rédaction de la Charte. Cette évolution est l'effet d'un « réalisme » qui s'exprime dans ses *Mémoires :* « Je m'étais fait une loi de me plier aux circonstances », écrit-il en effet. Il entend ainsi tenir compte de la situation de fait et prendre en considération les acquis de la Révolution. De même le comte de Fontaine finit par approuver la politique de compromis du roi qui veut réaliser « au nom de l'intérêt national, la fusion des opinions ». Abandonnant les idées ultra, il se laisse convertir aux idées « qu'exigeaient la marche du XIXe siècle et la rénovation de la monarchie ». Il ira jusqu'à acheter les services des représentants de la Chambre pour parvenir à l'équilibre, seul garant de la stabilité gouvernementale.

Ce « réalisme » est loin de déplaire à Balzac qui expose nettement, dans *Le Bal de Sceaux,* les principes de sa politique. N'ayant jamais été ni un pur légitimiste ni un pur libéral, il affirme son conservatisme social dès 1824 en défendant l'institution du droit d'aînesse comme « le soutien de la monarchie, la gloire du trône et le gage assuré du bonheur des individus et des familles [26] ». Pour lui la seule règle du pouvoir doit être la « raison d'État » au nom de laquelle se justifient les politiques les plus diverses. Approuvant dans des textes de jeunesse à la fois Catherine de Médicis et Robespierre, Machiavel et Metternich, Balzac se montre le partisan d'un pouvoir fort, centralisateur, efficace qui prend pour seule fin l'intérêt de l'État. Comme l'écrit Bernard Guyon [27] : « Le grand homme politique est à ses yeux celui qui *dure,* qui maintient son propre pouvoir et en même temps assure le bonheur public, le bonheur général étant solidaire de l'ordre et l'ordre solidaire lui-même de la stabilité du pouvoir... L'essentiel est que son pouvoir soit fort, qu'il ne soit la proie ni de l'anarchie ni des révolutions. L'homme qui le détient et qui veut le garder doit donc connaître les forces en présence, les harmoniser, les équilibrer, les diriger, les utiliser. La politique est une technique de l'équilibre des forces.» C'est pourquoi Balzac réunit dans une même estime Napoléon et Louis XVIII qui ont su, dans une vue lucide de l'intérêt national, pratiquer «les jeux de la bascule politique». Louis XVIII a dispensé ses faveurs au tiers-état et aux personnalités impériales, Napoléon a voulu satisfaire les grands seigneurs et l'Église. «A chaque révolution, le génie gouvernemental consiste à opérer une fusion des hommes et des choses; et voilà ce qui a fait de Napoléon et de Louis XVIII deux hommes de talent», écrit Balzac à Zulma Carraud en novembre 1830[28]. Louis XVIII a particulièrement bien compris son rôle d'arbitre entre les factions. Il a su transiger avec les hommes et les idées. Le meilleur exemple en est l'institution de la pairie que Balzac défendra chaudement en 1832 dans son article *Du gouvernement moderne* comme «la seule institution possible aujourd'hui pour consacrer et reconnaître, sans injustice ni sans tyrannie, les supériorités nécessaires au maintien des sociétés, et qui s'y élèvent par une loi dont il serait absurde de méconnaître l'action constante et invincible[29]». Il montre déjà dans *Le Bal de Sceaux* qu'un comte de Fontaine et un Maximilien Longueville peuvent devenir tous deux pairs de France, réalisant ce renouvellement de l'aristocratie indispensable à un pays qui veut utiliser toutes les énergies, à quelque classe sociale qu'elles appartiennent.

Le Bal de Sceaux exprime donc très tôt cette philosophie politique de Balzac, qu'il ne désavouera pas, même lorsqu'il se ralliera en 1832 au parti légitimiste. Balzac estimera alors que les hommes politiques doivent être assez souples pour réviser leurs théories initiales lorsqu'elles s'avèrent en contradiction avec l'histoire. Si la politique est pour lui «l'art de coordonner les intérêts et les passions sociales[30]», son attitude peut se définir par cette intelligence qui exige l'adaptation aux réalités incontournables d'une époque, par ce «pragmatisme qui consiste à faire le point en une conjoncture bien déterminée, et à imposer des solutions viables, c'est-à-dire adaptées au moment et conformes aux lois inéluctables du devenir historique [31] ».

Dans la narration balzacienne, le drame politique et le drame privé sont indissociables. Étudiant l'interaction des deux drames dans *Le Bal de Sceaux*, Lucienne Frappier-Mazur [32] fait ressortir la fonction unifiante de la structure actantielle du récit, dont Émilie de Fontaine est à la fois le Sujet et le Destinataire principal. Sa quête d'un double objet — un mari et la pairie — est vouée à l'échec au terme des différentes épreuves auxquelles elle est soumise. Par sa double connotation, sociale et sentimentale, le mot de la fin « formule et résume ironiquement la leçon du double drame [33] ». Il marque l'ancrage réaliste de la nouvelle et sert ainsi de garantie au romanesque. Balzac inaugure une recette qu'il ne cessera de perfectionner et d'améliorer. Avec ses dimensions réduites, *Le Bal de Sceaux* apparaît donc comme un microrécit dont les modes narratifs particulièrement saillants permettent au jeune lecteur de se familiariser avec la structure des grands romans balzaciens. A ce titre, cette nouvelle, qui peut donner l'occasion d'une passionnante approche historique des rouages sociaux de la Restauration, constitue également une excellente initiation à la technique romanesque de Balzac. Miroir concentrique ou modèle réduit, elle donne aux étudiants et aux élèves, de plus en plus terrorisés par les masses littéraires, un échantillon représentatif de cet univers qu'ils découvriront ainsi sans trop d'ennui et peut-être même avec plaisir.

La Vendetta

C'est à Paris en janvier 1830, selon une indication ajoutée dans l'édition Furne, que Balzac a rédigé *La Vendetta*. Les titres des trois parties qu'il distingue sur le manuscrit, *L'Atelier*, *La Désobéissance* et *Le Mariage*, ont disparu de l'édition originale, où apparaît en revanche le prologue historique, appendice postiche ajouté sur épreuves. Ce prologue, dont la maladresse a été maintes fois soulignée par la critique, est grossièrement relié au drame de Ginevra et de Luigi ; il ne lui donne sa profondeur historique qu'au prix d'un écart temporel de quinze ans, qui écrase un peu la nouvelle. Pierre-Georges Castex a montré dans son édition que ce prologue est, en fait, un montage de deux épisodes des *Mémoires de l'Empire* de la duchesse d'Abrantès, rapportant tous deux les visites d'anciens compagnons corses à l'Empereur. Balzac, qui était en train d'aider la duchesse à rédiger ses *Mémoires* en janvier 1830, lui emprunte ces détails et toute l'atmosphère corse de sa nouvelle. Il cède ainsi à la mode romantique de la couleur locale et participe au culte de l'Empereur, très vivace à cette époque. L'idée même de la vendetta a pu lui être donnée par la nouvelle de Mérimée, *Mateo Falcone* [34], que la *Revue de Paris* a publiée en mai 1829. Mais Pierrette Jeoffroy pense que Balzac s'est surtout souvenu d'un mélodrame de 1822, *Paoli ou les Corses et les Génois*, dont l'un des auteurs était son vieil ami Le Poitevin de l'Égreville [35]. Les souvenirs livresques semblent donc avoir compté pour l'inspiration du romancier autant que l'écho direct recueilli auprès de la duchesse d'Abrantès, dont la famille était, en 1815, « le centre de la colonie corse » à Paris [36] et le refuge de tous les bonapartistes recherchés après l'arrestation de Ney et de Labédoyère.

L'Italie est confondue avec la Corse parmi ces sources d'inspiration. Balzac donne des noms italiens à ses deux héros et prête à Ginevra, qu'il appelle aussi « l'Italienne », « la simplicité, l'abandon des beautés lombardes ». C'est qu'au moment où il écrit *La Vendetta*, il vient de lire une « chronique italienne » de Stendhal, parue en décembre 1829 dans la *Revue de Paris, Vanina Vanini*. Le début de l'intrigue balzacienne évoque de façon frappante la découverte, par la jeune Romaine « aux cheveux noirs et à l'œil de feu », d'un carbonaro caché dans les combles de son palais ; mais ensuite les deux récits se séparent complètement puisque Vanina, furieuse de voir son amant la sacrifier à des engagements politiques, le dénonce et cause sa perte tandis que Ginevra reste d'une fidélité héroïque jusqu'à la mort. Pour en finir avec les sources livresques, rappelons que c'est également en Italie que se situe *Roméo et Juliette* dont le thème est si présent dans *La Vendetta*[37].

La scène de la visite de Bartholomeo di Piombo au Premier Consul, qui constitue le prologue, obéit à une nécessité d'ordre dramatique : exposer dès le début la vieille haine des Piombo et des Porta[38]. Mais les facilités mélodramatiques de cette scène sont accusées par la beauté des pages suivantes qui semblent bien être, comme sur le manuscrit, le véritable début de la nouvelle. C'est un morceau d'anthologie, un de ces croquis parisiens affectionnés par les auteurs de « variétés » ; cette vue d'intérieur a d'ailleurs paru le 1er avril sous son titre originel, *L'Atelier*, dans *La Silhouette*. Reposant sur des effets d'ombre et de lumière[39] très étudiés, ce tableau, dont Anne-Marie Meininger[40] souligne la ressemblance avec un tableau d'Horace Vernet, *L'Atelier*, qui avait fait grand bruit lors de son exposition en 1822, fait ressortir le contraste entre la mystérieuse beauté décorative du lieu et l'idée de la mort, partout présente, qui laisse présager la terrible destinée des deux amants. Il est intéressant de constater que Balzac est, dès cette époque, en parfaite possession de ses moyens de romancier ; il sait préparer un dénouement tragique par toutes sortes de notations descriptives éparses, et il est conscient des exigences du journal, auquel il fournit une de ces peintures de genre brillamment exécutées très bien venues dans un périodique où « le texte est constamment en compétition avec l'image[41] ». Sa véritable hantise de la vision picturale se manifeste également ensuite dans l'image qui va éveiller l'amour de Ginevra ; Luigi Porta évoque aussitôt pour elle l'*Endymion* de Girodet en une composition d'une grande beauté plastique : « Une artiste devait admirer involontairement cette opposition de sentiments et les contrastes que produisaient la blancheur des linges, la nudité du bras, avec l'uniforme bleu et rouge de l'officier[42]. » Comme dans *La Maison du Chat-qui-pelote*, c'est une sensation esthétique qui provoque la naissance de l'amour et constitue le point de départ de l'intrigue. A partir de cet instant se déclenche le mécanisme implacable de la fatalité et du malheur : la découverte par les jeunes gens de la

vendetta qui déchire leurs deux familles, leur mariage
d'abord heureux, puis cette lente descente aux enfers qui
va les entraîner dans une mort atroce. En réalité, ce n'est
pas, à proprement parler, la vendetta qui va les poursui-
vre, mais la jalousie cruelle d'un père bien décidé à ne
plus revoir la fille qui l'a trahi. Il s'agit là comme le
souligne P.-G. Castex, d'un drame de la passion, plus
que d'un drame de la désobéissance. Passion de Ginevra
pour Luigi qu'elle ne regrettera jamais d'avoir aimé,
passion destructrice d'un père littéralement amoureux de
sa fille et prêt à tout faire pour l'empêcher d'être à un
autre homme. Le motif de la vendetta est désormais
secondaire. Le thème de la paternité « jalouse et terrible »,
comme Balzac la qualifie dans l'un de ses albums, a déjà
été effleuré dans une esquisse de 1822 intitulée *Corsino*,
où les personnages de Sir Lothurn et de sa fille Maria
préfigurent ceux de Bartholomeo et de Ginevra[43]. Mais
c'est *Le Père Goriot* qui donnera à ce thème, quoique
avec des nuances différentes, toute son ampleur et tout
son relief. On peut certes reprocher à Balzac, dans cette
nouvelle de ses débuts, un excès de pathétique, la recherche des scènes à grand effet comme la scène finale et le
contraste exagéré entre la pureté des âmes et le malheur
qu'elles encourent. Cet aspect mélodramatique est probablement dû à l'influence de *Paoli* à qui Balzac semble
avoir emprunté certaines répliques[44] ; pourtant on peut y
déceler, comme dans *La Maison du chat-qui-pelote* les
premières traces de l'idée balzacienne de la passion qui
tue. Ginevra et Luigi ne sont-ils pas les victimes de la
malédiction qui pèse fatalement sur tous les êtres excep-
tionnels ? Leur amour est l'une de ces passions destruc-
trices qui ne supportent pas la durée inhérente au mariage. Dès *La Physiologie du mariage,* Balzac a énoncé
cette philosophie de l'existence, qu'il va bientôt illustrer
par le mythe de *La Peau de chagrin,* et selon laquelle la
force vitale est dévorée par les passions, l'amour étant le
plus grand consommateur d'énergie, capable d'épuiser et
de tuer celui qui s'y abandonne. Les *Mémoires de deux
jeunes mariées,* ajoutés aux *Scènes de la vie privée* dans
le premier volume de *La Comédie humaine* en 1842,

confirmeront cette vérité qui n'est pas seulement destinée, comme l'écrit Balzac dans la préface de l'édition de
1830, à servir de leçon aux jeunes filles inexpérimentées,
mais constitue l'un des axiomes fondamentaux du système balzacien. Malgré ses défauts, cette nouvelle d'un
débutant est une pierre de l'édifice futur. Si elle est un
peu trop sombre pour servir le projet d'édification morale
du jeune romancier, elle est une excellente initiation à
l'univers de *La Comédie humaine* et son succès auprès
des adolescents d'aujourd'hui, sensibles aux effets bien
marqués, justifie parfaitement son choix dans les classes
comme texte de lecture suivie propre à faire découvrir et
aimer Balzac.

La Bourse

La plus tardive de nos quatre nouvelles, *La Bourse*,
paraît pour la première fois dans le tome III de la
deuxième édition des *Scènes de la vie privée*, publiées par
Mame-Delaunay en mai 1832. Œuvrette sans prétention,
elle raconte une touchante histoire d'amour entre un
peintre plein d'avenir et une jeune fille peu fortunée.
Depuis qu'ils ont fait connaissance dans des circonstances romanesques, le jeune Schinner ne quitte plus le
modeste appartement qu'Adélaïde de Rouville habite
avec sa mère. Ces dames reçoivent tous les soirs deux
visiteurs, vieux royalistes émigrés, qui perdent régulièrement au whist. Ayant oublié un soir sur la table une
bourse contenant quinze louis, Schinner s'étonne que la
jeune fille ne l'ait pas retrouvée. Mais les soupçons qu'il
ne peut s'empêcher de concevoir disparaissent devant la
bourse neuve qu'on lui a brodée sur le modèle de l'ancienne. Après l'interrogation la plus cruelle, l'amour le
plus tendre. Laure Surville trouvait ce dénouement immoral et comique : « Comment ? L'amoureux croit que
son amante lui vole ses petits écus ? Et puis, quand il voit
qu'il n'est pas volé, il en conclut que c'est une belle âme
et l'épouse ! De voleuse à bonne épouse il y a loin[45] ! » Il
faut reconnaître que cette fin idyllique étonne quelque

peu dans le contexte des *Scènes de la vie privée* aux dénouements si sombres. Balzac a-t-il perdu de vue son projet de signaler aux jeunes filles les risques qu'elles courent en donnant leur cœur au premier venu ? A-t-il cherché à éclaircir un peu le sombre tableau qu'il offrait dans les autres nouvelles du recueil ? N'a-t-il pas voulu simplement montrer pour une fois que l'élan du cœur peut être clairvoyant même quand les apparences semblent le démentir ? C'est d'ailleurs la bourse qui transforme le drame en comédie. Toute l'intrigue tourne autour de cet objet accessoire mais d'une grande importance dramatique. Si Musset a centré *Un caprice* sur un objet tout aussi frivole, Balzac en fait le pivot d'une action moins mince qu'il n'y paraît à première vue et dont le dénouement s'inscrit dans une logique sinon une morale sociale. Car le bonheur n'est promis aux deux jeunes gens que parce qu'ils sont bien assortis. Hippolyte n'est-il pas le fils d'une mère aussi pauvre que Mme de Rouville ? Les deux jeunes gens peuvent s'aimer sans craindre les terribles lendemains d'Augustine Guillaume.

Comme on le voit, des liens solides sont tissés par l'auteur entre *La Bourse* et les autres nouvelles du recueil. Schinner est peintre, comme Sommervieux. Une apparition fait naître chez les deux artistes un amour qui réalise leurs théories esthétiques. Évoquant les types de Prudhon, la poésie de Girodet, Adélaïde de Rouville est perçue à travers un filtre de souvenirs picturaux comme Augustine Guillaume à travers les vierges de Raphaël. Un atelier d'artiste est, comme dans *La Vendetta*, le lieu de la rencontre des héros. La description de l'atelier de Schinner, le clair-obscur où il critique l'une de ses œuvres, en un moment privilégié d'exaltation et de lassitude, tout vise à suggérer une mystérieuse attente. Dans la lumière du crépuscule, propice aux songes de l'imagination, apparaît un visage de jeune fille qui crée l'illusion de l'œuvre d'art. Pas de portrait de cette jeune fille. Balzac se contente d'une esquisse qui tend à donner l'impression de beauté accomplie. La vision est purement subjective et picturale. Par contre, ce qui va être analysé, c'est la naissance de l'amour dans le cœur d'Adélaïde, ses

timidités, ses ruses innocentes, sa jalousie et son naïf
complot. L'analyse psychologique n'est déjà plus pour le
romancier distincte du récit et de la description d'intérieur
qui le prépare. C'est aussi « le rapide coup d'œil des
artistes » qui prend connaissance de l'appartement de
Mme de Rouville, avec ses détails douteux dont le peintre essaie vainement d'élucider la signification. Cet intérieur qui « cache », qui « dissimule » les injures du temps
sous les « vestiges d'une splendeur passée », éclaire surtout un aspect peu connu de la description balzacienne.
Au lieu de nous renseigner, chaque objet, par son choix
aussi bien que par son éclairage, est un signe ambigu qui
approfondit le mystère de la vie de ces deux femmes,
mystère nécessaire au projet dramatique du romancier. La
description « fait pour ainsi dire corps avec l'histoire »,
non pas en révélant les secrets des existences, mais au
contraire en accentuant l'incertitude du héros et en aggra-
vant ses soupçons qui constituent le point fort de l'intrigue. Le narrateur omniscient n'apporte pour une fois
aucune aide au lecteur, englué dans ce dilemme : prêter
attention au déroulement narratif ou faire confiance aux
intuitions du protagoniste, persuadé tour à tour de la
vertu, puis de la noirceur de sa bien-aimée. L'emploi
d'un vocabulaire à double sens rend plus suspecte encore
l'existence des deux femmes, et plus profonde la per-
plexité d'Hippolyte. Balzac accentue cette ambiguïté à
l'aide d'un lexique aussi riche que celui qu'il met, ailleurs, au service d'une description codée et aisément
déchiffrable. Voilà pourquoi *La Bourse* représente aux
yeux des critiques allemands Hans Ulrich Gumbrecht et
Jürgen E. Muller l'exemple type d'un moment de la
technique balzacienne [46]. Ici l'objectivité obscurcit le jugement et seule la subjectivité peut être révélatrice. Les
objets du décor n'ont ni un sens ni une vie propre. Ils
portent l'empreinte des sentiments. Quant aux personnages, ils sont doubles, à la fois objets et sujets de connaissance. N'est-ce pas une vision du monde que Michel
Foucault tient pour l'innovation essentielle des sciences
de l'homme au XIXᵉ siècle ? Dans cette perspective, *La
Bourse* n'est pas seulement un « joli tableau de chevalet »,

selon la formule de Félix Davin dans l'Introduction aux
Études de mœurs au XIXe siècle, mais une nouvelle de
facture étonnamment moderne qui inaugure ce que
Nathalie Sarraute a appelé « l'ère du soupçon ».

Anne-Marie BARON.

NOTES DE L'INTRODUCTION

1. Voir l'article de Pierre Barbéris: «L'accueil de la critique aux premières œuvres de Balzac», *Année balzacienne*, 1967, p. 51.

2. *Vie et malheurs d'Horace de Saint-Aubin* (1836), p. 99.

3. *Annette et le criminel*, GF Flammarion, 1982.

4. Introduction aux *Scènes de la vie privée*, Club de l'honnête homme, t. I, p. 51.

5. Préface aux *Scènes de la vie privée*, Pléiade, t. I, p. 1173.

6. *Physiologie du mariage*, Pléiade, t. XI, p. 983.

7. L'article «Des Artistes» a paru dans *La Silhouette* les 25 février, 11 mars et 22 avril 1830.

8. Dans cette lettre du 12 août 1819, il fait pour Laure la chronique de la vie de son immeuble: «Le propriétaire est un brave homme, sa femme est femme de commerce, un peu commune malgré son bel air. Ils ont deux fils — l'aîné est un grand paresseux — et une fille, mariée au m[archan]d de porcelaines de la rue du Petit-Lion. C'est à lui que nous avons acheté ladite soupière du p[eti]t service de maman («*Correspondance*», édition R. Pierrot, t. I, p. 31).

9. *Ibid.* Beaucoup d'études de textes du XIX⁰ siècle comportant des descriptions topographiques très précises gagneraient à utiliser les plans conservés aux Archives nationales par Mme Nicole Felkay. En particulier le catalogue F31, dû à Michel Le Moal, conservateur en chef, donne les plans au rez-de-chaussée des immeubles parisiens entre 1810 et 1850 et permet, en se reportant au cadastre, d'en connaître parfaitement l'aspect. On peut ainsi mesurer la liberté que prennent les romanciers avec le référent.

10. Archives de la Seine, DP4. Cadastre de 1852.

11. Dans son *Histoire de la rue Saint-Denis*, le docteur Vimont écrit que, déjà sous l'Ancien Régime, «les commerces d'étoffes, de linge et dentelles, de passementerie, de mercerie, de pelleterie et fourreurs, et de bonneterie s'échelonnaient au long de la rue Saint-Denis et y formaient presque de petits fiefs» (t. I, p. 322). C'est probablement dans ce quartier que se situe *La Farce de Maître Pathelin* qui fait du marchand

de drap un type littéraire. Le « commerçant de la rue Saint-Denis » est également l'une des cibles de Diderot dans *Le Neveu de Rameau*.

12. Philippe Havard de la Montagne, « Sous le signe de quelques clochers parisiens. Oncles et cousins Sallambier », *Année balzacienne*, 1966, p. 4 et 6.

13. Philippe Havard de la Montagne, « Sur les pas de Charles Sédillot », *Année balzacienne*, 1968, p. 4.

14. On sait que Pierre-Georges Castex a illustré de manière convaincante cette théorie en révélant la nature tourangelle du décor saumurois d'*Eugénie Grandet* dans son édition des « Classiques Garnier ».

15. Zola, qui a pris modèle sur *La Maison du Chat-qui-pelote* pour décrire la vieille boutique du drapier Baudu, qui fait pendant au *Bonheur des dames*, en a bien pris conscience. Il écrit dans le dossier préparatoire du roman (p. 47) : « *La Maison du Chat-qui-pelote*. Barreaux de fer, paquets vagues entrevus, enveloppés de toiles brunes. Enseigne brodée jaune sur noir.
« Probité proverbiale. Toujours prêt à livrer quantités énormes. Despotisme des patrons, qu'on respecte. Le commis paie d'abord une pension.
« Huile ménagée. Pas de nuit passée dehors. A la messe. Pas de dessert.
« Linge réparé. Admis après douze ans aux plaisirs de la famille. Maladies soignées. »

16. Album de Balzac, Lov., A. 181, fol. 59.

17. Laure Surville écrit : « Ma mère... se crut obligée d'user de sévérité envers nous pour neutraliser les effets de l'indulgence de notre père et de notre aïeule » (*Balzac, sa vie et ses œuvres*, p. 15).

18. Lettre de Laurence à Laure après son mariage, Lov., A. 378, fol. 203.

19. « Une nouvelle de Balzac : *La Maison du Chat-qui-pelote* », *Année balzacienne*, 1972, p. 43-80.

20. *Ibid.*, p. 70.

21. *Le Succube, Contes drolatiques*, t. 20 des *Œuvres complètes*, Bibliophiles de l'originale, p. 296-297.

22. *Correspondance*, éd. R. Pierrot, Garnier, t. I, p. 67-68.

23. *Ibid.*, p. 415.

24. Anne-Marie Meininger, *Introduction* au *Bal de Sceaux*, Pléiade, t. I, p. 97-98.

25. A.-M. Meininger a établi que le comte Ferrand était le cousin de M. de Berny, expliquant ainsi comment Balzac avait pu se familiariser avec ses idées. *Ibid.*, p. 104.

26. *Du droit d'aînesse, Œuvres diverses*, Club de l'honnête homme, t. XXV, p. 322.

27. *La Pensée politique et sociale de Balzac*, A. Colin, 1947, p. 367.

28. *Correspondance*, t. I, p. 478.

29. *Œuvres diverses*, t. XXVII, p. 98.

30. *Du gouvernement moderne*, art. cit., p. 98.

31. Édition P.-G. Castex, p. 115.

32. « Idéologie et modèles greimassiens : Le double drame du *Bal de Sceaux* », *Incidences*, vol. I, n°s 1-3, 1977.

33. *Ibid.*

34. *Tamango, Mateo Falcone et autres nouvelles*, GF Flammarion, 1983.

35. Pierrette Jeoffroy-Faggianelli (*L'Image de la Corse dans la littérature romantique française*, PUF, 1979, p. 226) pense que Balzac a même « assisté ou participé à l'élaboration » de ce mélodrame.

36. Chantemesse, *Le Roman inconnu de la duchesse d'Abrantès*.

37. A.-M. Meininger signale qu'« une nouvelle italienne, empruntant son sujet à la tragédie de Shakespeare, avait été traduite et préfacée par Delécluze, que Balzac connaissait, et publiée sous le titre de *Roméo et Juliette* par son ami Sautelet ». Et elle ajoute que l'auteur de cette nouvelle s'appelait Luigi da Porto, Pl., t. I, p. 1025-1026.

38. Balzac éprouve le besoin de souligner cette préoccupation : « Quinze ans s'écoulèrent entre l'arrivée de la famille Piombo à Paris et l'aventure suivante, qui, sans le récit de ces événements, eût été moins intelligible » (*La Vendetta*, p. 162).

39. La composition de ce passage s'appuie, comme le fait remarquer Roland Chollet (*Balzac journaliste. Le tournant de 1830*, Klincksieck, 1983), sur des effets analogues à ceux du premier article de Balzac dans *La Silhouette*, « Une vue de Touraine », publié le 11 février 1830.

40. Pléiade, t. I, p. 1025-1026.

41. Roland Chollet, *op. cit.*, p. 194.

42. *La Vendetta*, p. 182.

43. Les Bibliophiles de l'Originale, t. XXIV, p. 227 et sq.

44. Pierrette Jeoffroy-Faggianelli, *op. cit.*, p. 228-229.

45. Cité par Marie-Jeanne Durry, *Un début dans la vie*, les Cours de Sorbonne, 1953, p. 153.

46. Gumbrecht (Hans Ulrich)-Muller (Jürgen E.), « Sinnbildung als Sicherung der Lebenswelt. Ein Beitrag zur funktionsgeschichtlichen Situierung der realistischen Literatur am Beispiel von Balzacs Erzählung *La Bourse* », in *Honoré de Balzac*, Munich, UTB, Wilhelm Fink Verlag.

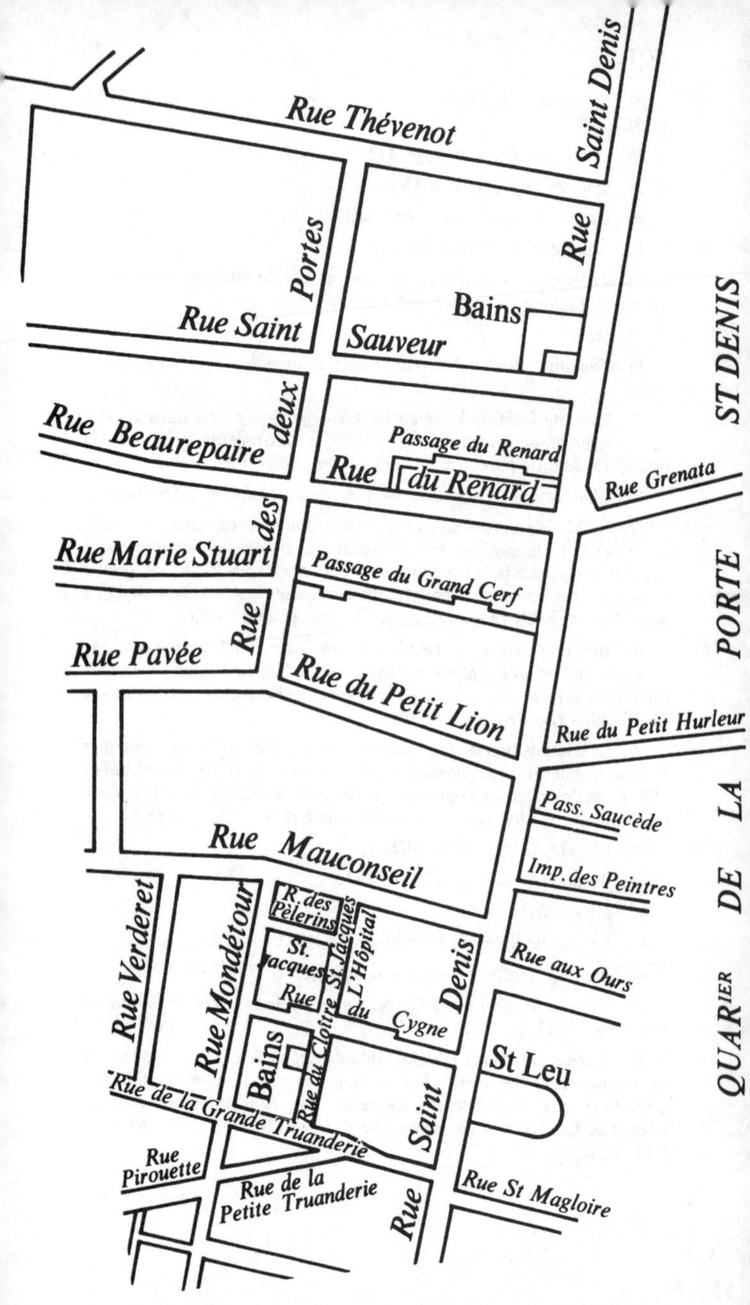
Rue Thévenot
Rue Saint Denis
Rue Saint Sauveur
Portes
Bains
Rue Beaurepaire
Rue des deux
Passage du Renard
Rue du Renard
Rue Grenata
ST DENIS
Rue Marie Stuart
Passage du Grand Cerf
Rue Pavée
Rue du Petit Lion
PORTE
Rue du Petit Hurleur
Pass. Saucède
Rue Mauconseil
Imp. des Peintres
DE LA
R. des Pèlerins
St. Jacques
Rue
Rue du Cloître St Jacques
L'Hôpital
Rue Verderet
Rue Mondétour
Rue aux Ours
Denis
du Cygne
QUARTIER
St Leu
Bains
Saint
Rue de la Grande Truanderie
Rue Pirouette
Rue de la Petite Truanderie
Rue
Rue St Magloire

LA MAISON DU CHAT-QUI-PELOTE

Au milieu de la rue Saint-Denis, presque au coin de la rue du Petit-Lion [2], existait naguère une de ces maisons précieuses qui donnent aux historiens la facilité de reconstruire par analogie l'ancien Paris. Les murs menaçants de cette bicoque semblaient avoir été bariolés d'hiéroglyphes. Quel autre nom le flâneur pouvait-il donner aux X et V que traçaient sur la façade les pièces de bois transversales ou diagonales dessinées dans le badigeon par de petites lézardes parallèles ? Évidemment, au passage de la plus légère voiture, chacune de ces solives s'agitait dans sa mortaise. Ce vénérable édifice était surmonté d'un toit triangulaire dont aucun modèle ne se verra bientôt plus à Paris [3]. Cette couverture, tordue par les intempéries du climat parisien, s'avançait de trois pieds sur la rue, autant pour garantir des eaux pluviales le seuil de la porte, que pour abriter le mur d'un grenier et sa lucarne sans appui. Ce dernier étage fut construit en planches clouées l'une sur l'autre comme des ardoises, afin sans doute de ne pas charger cette frêle maison.

Par une matinée pluvieuse, au mois de mars, un jeune homme, soigneusement enveloppé dans son manteau, se tenait sous l'auvent d'une boutique en face de ce vieux logis, qu'il examinait avec un enthousiasme d'archéologue. A la vérité, ce débris de la bourgeoisie du seizième siècle offrait à l'observateur plus d'un problème à résoudre. A chaque étage, une singularité : au premier, quatre fenêtres longues, étroites, rapprochées l'une de l'autre, avaient des carreaux de bois dans leur partie inférieure, afin de produire ce jour douteux, à la faveur duquel un

habile marchand prête aux étoffes la couleur souhaitée
par ses chalands. Le jeune homme semblait plein de
dédain pour cette partie essentielle de la maison, ses yeux
ne s'y étaient pas encore arrêtés. Les fenêtres du second
étage, dont les jalousies relevées laissaient voir, au travers de grands carreaux en verre de Bohême, de petits
rideaux de mousseline rousse, ne l'intéressaient pas davantage. Son attention se portait particulièrement au troisième, sur d'humbles croisées dont le bois travaillé grossièrement aurait mérité d'être placé au Conservatoire des
arts et métiers [4] pour y indiquer les premiers efforts de la
menuiserie française. Ces croisées avaient de petites vitres d'une couleur si verte, que, sans son excellente vue,
le jeune homme n'aurait pu apercevoir les rideaux de toile
à carreaux bleus qui cachaient les mystères de cet appartement aux yeux des profanes. Parfois, cet observateur,
ennuyé de sa contemplation sans résultat, ou du silence
dans lequel la maison était ensevelie, ainsi que tout le
quartier, abaissait ses regards vers les régions inférieures.
Un sourire involontaire se dessinait alors sur ses lèvres,
quand il revoyait la boutique où se rencontraient en effet
des choses assez risibles. Une formidable pièce de bois,
horizontalement appuyée sur quatre piliers qui paraissaient courbés par le poids de cette maison décrépite,
avait été rechampie d'autant de couches de diverses
peintures que la joue d'une vieille duchesse en a reçu de
rouge. Au milieu de cette large poutre mignardement
sculptée se trouvait un antique tableau représentant un
chat qui pelotait [5]. Cette toile causait la gaieté du jeune
homme. Mais il faut dire que le plus spirituel des peintres
modernes n'inventerait pas de charge si comique. L'ani-
mal tenait dans une de ses pattes de devant une raquette
aussi grande que lui, et se dressait sur ses pattes de
derrière pour mirer une énorme balle que lui renvoyait un
gentilhomme en habit brodé. Dessin, couleurs, accessoires, tout était traité de manière à faire croire que l'artiste
avait voulu se moquer du marchand et des passants. En
altérant cette peinture naïve, le temps l'avait rendue encore plus grotesque par quelques incertitudes qui devaient
inquiéter de consciencieux flâneurs. Ainsi la queue mou-

chetée du chat était découpée de telle sorte qu'on pouvait la prendre pour un spectateur, tant la queue des chats de nos ancêtres était grosse, haute et fournie. A droite du tableau, sur un champ d'azur qui déguisait imparfaitement la pourriture du bois, les passants lisaient GUILLAUME [6]; et à gauche, SUCCESSEUR DU SIEUR CHEVREL. Le soleil et la pluie avaient rongé la plus grande partie de l'or moulu parcimonieusement appliqué sur les lettres de cette inscription, dans laquelle les U remplaçaient les V et réciproquement, selon les lois de notre ancienne orthographe. Afin de rabattre l'orgueil de ceux qui croient que le monde devient de jour en jour plus spirituel, et que le moderne charlatanisme surpasse tout, il convient de faire observer ici que ces enseignes, dont l'étymologie semble bizarre à plus d'un négociant parisien, sont les tableaux morts de vivants tableaux à l'aide desquels nos espiègles ancêtres avaient réussi à amener les chalands dans leurs maisons. Ainsi la Truie-qui-file, le Singe-vert, etc., furent des animaux en cage dont l'adresse émerveillait les passants, et dont l'éducation prouvait la patience de l'industriel au quinzième siècle. De semblables curiosités enrichissaient plus vite leurs heureux possesseurs que les Providence, les Bonne-foi, les Grâce-de-Dieu et les Décollation de saint Jean-Baptiste qui se voient encore rue Saint-Denis [7]. Cependant l'inconnu ne restait certes pas là pour admirer ce chat, qu'un moment d'attention suffisait à graver dans la mémoire. Ce jeune homme avait aussi ses singularités. Son manteau, plissé dans le goût des draperies antiques, laissait voir une élégante chaussure, d'autant plus remarquable au milieu de la boue parisienne, qu'il portait des bas de soie blancs dont les mouchetures attestaient son impatience. Il sortait sans doute d'une noce ou d'un bal, car à cette heure matinale il tenait à la main des gants blancs [8], et les boucles de ses cheveux noirs défrisés éparpillées sur ses épaules indiquaient une coiffure à la Caracalla [9], mise à la mode autant par l'École de David que par cet engouement pour les formes grecques et romaines qui marqua les premières années de ce siècle. Malgré le bruit que faisaient quelques maraîchers attardés passant au galop pour se rendre à la grande

halle, cette rue si agitée avait alors un calme dont la
magie n'est connue que de ceux qui ont erré dans Paris
désert, à ces heures où son tapage, un moment apaisé,
renaît et s'entend dans le lointain comme la grande voix
de la mer. Cet étrange jeune homme devait être aussi
curieux pour les commerçants du Chat-qui-pelote, que le
Chat-qui-pelote l'était pour lui. Une cravate éblouissante
de blancheur rendait sa figure tourmentée encore plus
pâle qu'elle ne l'était réellement. Le feu tour à tour
sombre et pétillant que jetaient ses yeux noirs s'harmoni-
sait [10] avec les contours bizarres de son visage, avec sa
bouche large et sinueuse qui se contractait en souriant.
Son front, ridé par une contrariété violente, avait quelque
chose de fatal. Le front n'est-il pas ce qui se trouve de
plus prophétique en l'homme [11] ? Quand celui de l'inconnu exprimait la passion, les plis qui s'y formaient
causaient une sorte d'effroi par la vigueur avec laquelle
ils se prononçaient ; mais lorsqu'il reprenait son calme, si
facile à troubler, il y respirait une grâce lumineuse qui
rendait attrayante cette physionomie où la joie, la douleur, l'amour, la colère, le dédain éclataient d'une manière si communicative que l'homme le plus froid en
devait être impressionné. Cet inconnu se dépitait si bien
au moment où l'on ouvrit précipitamment la lucarne du
grenier, qu'il n'y vit pas apparaître trois joyeuses figures
rondelettes, blanches, roses, mais aussi communes que le
sont les figures du Commerce sculptées sur certains monuments. Ces trois faces, encadrées par la lucarne, rappelaient les têtes d'ange bouffis semés dans les nuages
qui accompagnent le Père éternel. Les apprentis respirè-
rent les émanations de la rue avec une avidité qui démontrait combien l'atmosphère de leur grenier était chaude et
méphitique. Après avoir indiqué ce singulier faction-
naire, le commis qui paraissait être le plus jovial disparut
et revint en tenant à la main un instrument dont le métal
inflexible a été récemment remplacé par un cuir souple [12],
puis tous prirent une expression malicieuse en regardant
le badaud qu'ils aspergèrent d'une pluie fine et blanchâtre
dont le parfum prouvait que les trois mentons venaient
d'être rasés. Élevés sur la pointe de leurs pieds, et réfu-

giés au fond de leur grenier pour jouir de la colère de leur victime, les commis cessèrent de rire en voyant l'insouciant dédain avec lequel le jeune homme secoua son manteau, et le profond mépris que peignit sa figure quand il leva les yeux sur la lucarne vide. En ce moment, une main blanche et délicate fit remonter vers l'imposte la partie inférieure d'une des grossières croisées du troisième étage, au moyen de ces coulisses dont le tourniquet laisse souvent tomber à l'improviste le lourd vitrage qu'il doit retenir. Le passant fut alors récompensé de sa longue attente. La figure d'une jeune fille, fraîche comme un de ces blancs calices qui fleurissent au sein des eaux, se montra couronnée d'une ruche en mousseline froissée qui donnait à sa tête un air d'innocence admirable. Quoique couverts d'une étoffe brune, son cou, ses épaules s'apercevaient, grâce à de légers interstices ménagés par les mouvements du sommeil. Aucune expression de contrainte n'altérait ni l'ingénuité de ce visage, ni le calme de ces yeux immortalisés par avance dans les sublimes compositions de Raphaël [13] : c'était la même grâce, la même tranquillité de ces vierges devenues proverbiales. Il existait un charmant contraste produit par la jeunesse des joues de cette figure, sur laquelle le sommeil avait comme mis en relief une surabondance de vie, et par la vieillesse de cette fenêtre massive aux contours grossiers, dont l'appui était noir [14]. Semblable à ces fleurs de jour qui n'ont pas encore au matin déplié leur tunique roulée par le froid des nuits, la jeune fille, à peine éveillée, laissa errer ses yeux bleus sur les toits voisins et regarda le ciel; puis, par une sorte d'habitude, elle les baissa sur les sombres régions de la rue, où ils rencontrèrent aussitôt ceux de son adorateur : la coquetterie la fit sans doute souffrir d'être vue en déshabillé, elle se retira vivement en arrière, le tourniquet tout usé tourna, la croisée redescendit avec cette rapidité qui, de nos jours, a valu un nom odieux à cette naïve invention de nos ancêtres [15], et la vision disparut. Pour ce jeune homme, la plus brillante des étoiles du matin semblait avoir été soudain cachée par un nuage.

Pendant ces petits événements, les lourds volets inté-

rieurs qui défendaient le léger vitrage de la boutique du
Chat-qui-pelote avaient été enlevés comme par magie. La
vieille porte à heurtoir fut repliée sur le mur intérieur de la
maison par un serviteur vraisemblablement contemporain
de l'enseigne, qui d'une main tremblante y attacha le
morceau de drap carré sur lequel était brodé en soie jaune
le nom de *Guillaume, successeur de Chevrel.* Il eût été
difficile à plus d'un passant de deviner le genre de commerce de M. Guillaume. A travers les gros barreaux de
fer qui protégeaient extérieurement sa boutique, à peine y
apercevait-on des paquets enveloppés de toile brune aussi
nombreux que des harengs quand ils traversent l'Océan.
Malgré l'apparente simplicité de cette gothique façade,
M. Guillaume était, de tous les marchands drapiers de
Paris, celui dont les magasins se trouvaient toujours le
mieux fournis, dont les relations avaient le plus d'étendue, et dont la probité commerciale ne souffrait pas le
moindre soupçon. Si quelques-uns de ses confrères
concluaient des marchés avec le gouvernement sans avoir
la quantité de drap voulue, il était toujours prêt à la leur
livrer, quelque considérable que fût le nombre de pièces
soumissionnées. Le rusé négociant connaissait mille manières de s'attribuer le plus fort bénéfice sans se trouver
obligé, comme eux, de courir chez des protecteurs, y
faire des bassesses ou de riches présents. Si les confrères
ne pouvaient le payer qu'en excellentes traites un peu
longues, il indiquait son notaire comme un homme ac-
commodant; et savait encore tirer une seconde mouture
du sac, grâce à cet expédient qui faisait dire proverbiale-
ment aux négociants de la rue Saint-Denis : « Dieu vous
garde du notaire de M. Guillaume ! » pour désigner un
escompte onéreux. Le vieux négociant se trouva debout
comme par miracle, sur le seuil de sa boutique, au moment où le domestique se retira. M. Guillaume regarda la
rue Saint-Denis, les boutiques voisines et le temps,
comme un homme qui débarque au Havre et revoit la
France après un long voyage. Bien convaincu que rien
n'avait changé pendant son sommeil, il aperçut alors le
passant en faction, qui, de son côté, contemplait le pa-
triarche de la draperie, comme Humboldt dut examiner le

premier gymnote électrique [16] qu'il vit en Amérique.
M. Guillaume portait de larges culottes de velours noir,
des bas chinés, et des souliers carrés à boucles d'argent.
Son habit à pans carrés, à basques carrées, à collet carré,
enveloppait son corps légèrement voûté d'un drap verdâtre garni de grands boutons en métal blanc mais rougis
par l'usage. Ses cheveux gris étaient si exactement aplatis
et peignés sur son crâne jaune, qu'ils le faisaient ressembler à un champ sillonné. Ses petits yeux verts, percés
comme avec une vrille, flamboyaient sous deux arcs
marqués d'une faible rougeur à défaut de sourcils. Les
inquiétudes avaient tracé sur son front des rides horizon-
tales aussi nombreuses que les plis de son habit. Cette
figure blême annonçait la patience, la sagesse commerciale, et l'espèce de cupidité rusée que réclament les
affaires. A cette époque on voyait moins rarement
qu'aujourd'hui de ces vieilles familles où se conservaient, comme de précieuses traditions, les mœurs, les
costumes caractéristiques de leurs professions, et restées
au milieu de la civilisation nouvelle comme ces débris
antédiluviens retrouvés par Cuvier dans les carrières [17].
Le chef de la famille Guillaume était un de ces notables
gardiens des anciens usages : on le surprenait à regretter
le Prévôt des Marchands, et jamais il ne parlait d'un
jugement du tribunal de commerce sans le nommer la
sentence des consuls [18]. Levé, sans doute en vertu de ces
coutumes, le premier de sa maison, il attendait de pied
ferme l'arrivée de ses trois commis, pour les gourmander
en cas de retard. Ces jeunes disciples de Mercure ne
connaissaient rien de plus redoutable que l'activité silencieuse avec laquelle le patron scrutait leurs visages et
leurs mouvements, le lundi matin, en y recherchant les
preuves ou les traces de leurs escapades. Mais, en ce
moment, le vieux drapier ne fit aucune attention à ses
apprentis, il était occupé à chercher le motif de la sollicitude avec laquelle le jeune homme en bas de soie et en
manteau portait alternativement les yeux sur son enseigne
et sur les profondeurs de son magasin. Le jour, devenu
plus éclatant, permettait d'y apercevoir le bureau gril-
lagé, entouré de rideaux en vieille soie verte, où se

tenaient les livres immenses, oracles muets de la maison.
Le trop curieux étranger semblait convoiter ce petit local,
y prendre le plan d'une salle à manger latérale, éclairée
par un vitrage pratiqué dans le plafond, et d'où la famille
réunie devait facilement voir, pendant ses repas, les plus
légers accidents qui pouvaient arriver sur le seuil de la
boutique. Un si grand amour pour son logis paraissait
suspect à un négociant qui avait subi le régime du *Maximum* [19]. M. Guillaume pensait donc assez naturellement
que cette figure sinistre en voulait à la caisse du Chat-qui-
pelote. Après avoir discrètement joui du duel muet qui
avait lieu entre son patron et l'inconnu, le plus âgé des
commis hasarda de se placer sur la dalle où était
M. Guillaume, en voyant le jeune homme contempler à
la dérobée les croisées du troisième. Il fit deux pas dans la
rue, leva la tête, et crut avoir aperçu Mlle Augustine
Guillaume qui se retirait avec précipitation. Mécontent de
la perspicacité de son premier commis, le drapier lui
lança un regard de travers ; mais tout à coup les craintes
mutuelles que la présence de ce passant excitait dans
l'âme du marchand et de l'amoureux commis se calmè-
rent. L'inconnu héla un fiacre qui se rendait à une place
voisine, et y monta rapidement en affectant une trom-
peuse indifférence. Ce départ mit un certain baume dans
le cœur des autres commis, assez inquiets de retrouver la
victime de leur plaisanterie.

« Hé bien, messieurs, qu'avez-vous donc à rester là, les
bras croisés ? dit M. Guillaume à ses trois néophytes.
Mais autrefois, sarpejeu ! quand j'étais chez le sieur Chevrel, j'avais déjà visité plus de deux pièces de drap.

— Il faisait donc jour de meilleure heure », dit le
second commis que cette tâche concernait.

Le vieux négociant ne put s'empêcher de sourire.
Quoique deux de ces trois jeunes gens, confiés à ses soins
par leurs pères, riches manufacturiers de Louviers et de
Sedan [20], n'eussent qu'à demander cent mille francs pour
les avoir, le jour où ils seraient en âge de s'établir,
Guillaume croyait de son devoir de les tenir sous la férule
d'un antique despotisme inconnu de nos jours dans les
brillants magasins modernes dont les commis veulent être

riches à trente ans : il les faisait travailler comme des
nègres. A eux trois, ces commis suffisaient à une besogne
qui aurait mis sur les dents dix de ces employés dont le
sybaritisme enfle aujourd'hui les colonnes du budget [21].
Aucun bruit ne troublait la paix de cette maison solen-
nelle, où les gonds semblaient toujours huilés, et dont le
moindre meuble avait cette propreté respectable qui annonce un ordre et une économie sévères. Souvent, le plus
espiègle des commis s'était amusé à écrire sur le fromage
de Gruyère qu'on leur abandonnait au déjeuner, et qu'ils
se plaisaient à respecter, la date de sa réception primitive.
Cette malice et quelques autres semblables faisaient parfois sourire la plus jeune des deux filles de Guillaume, la
jolie vierge qui venait d'apparaître au passant enchanté.
Quoique chacun des apprentis, et même le plus ancien,
payât une forte pension, aucun d'eux n'eût été assez hardi
pour rester à la table du patron au moment où le dessert y
était servi. Lorsque Mme Guillaume parlait d'accommo-
der la salade, ces pauvres jeunes gens tremblaient en
songeant avec quelle parcimonie sa prudente main savait
y épancher l'huile. Il ne fallait pas qu'ils s'avisassent de
passer une nuit dehors, sans avoir donné longtemps à
l'avance un motif plausible à cette irrégularité. Chaque
dimanche, et à tour de rôle, deux commis accompa-
gnaient la famille Guillaume à la messe de Saint-Leu et
aux vêpres. Mlles Virginie et Augustine, modestement
vêtues d'indienne [22], prenaient chacune le bras d'un
commis et marchaient en avant, sous les yeux perçants de
leur mère, qui fermait ce petit cortège domestique avec
son mari accoutumé par elle à porter deux gros parois-
siens reliés en maroquin noir. Le second commis n'avait
pas d'appointements. Quant à celui que douze ans de
persévérance et de discrétion initiaient aux secrets de la
maison, il recevait huit cents francs [23] en récompense de
ses labeurs. A certaines fêtes de famille, il était gratifié de
quelques cadeaux auxquels la main sèche et ridée de
Mme Guillaume donnait seule du prix : des bourses en
filet qu'elle avait soin d'emplir de coton pour faire valoir
leurs dessins à jour, des bretelles fortement condition-
nées, ou des paires de bas de soie bien lourdes. Quel-

quefois, mais rarement, ce premier ministre était admis à
partager les plaisirs de la famille soit quand elle allait à la
campagne, soit quand après des mois d'attente elle se
décidait à user de son droit à demander, en louant une
loge, une pièce à laquelle Paris ne pensait plus. Quant
aux trois [24] autres commis, la barrière de respect qui
séparait jadis un maître drapier de ses apprentis était
placée si fortement entre eux et le vieux négociant, qu'il
leur eût été plus facile de voler une pièce de drap que de
déranger cette auguste étiquette. Cette réserve peut paraître ridicule aujourd'hui; mais ces vieilles maisons
étaient des écoles de mœurs et de probité. Les maîtres
adoptaient leurs apprentis. Le linge d'un jeune homme
était soigné, réparé, quelquefois renouvelé par la maîtresse de la maison. Un commis tombait-il malade, il
devenait l'objet de soins vraiment maternels. En cas de
danger, le patron prodiguait son argent pour appeler les
plus célèbres docteurs; car il ne répondait pas seulement
des mœurs et du savoir de ces jeunes gens à leurs parents.
Si l'un d'eux, honorable par le caractère, éprouvait quelque désastre, ces vieux négociants savaient apprécier
l'intelligence qu'ils avaient développée, et n'hésitaient
pas à confier le bonheur de leurs filles à celui auquel ils
avaient pendant longtemps confié leurs fortunes. Guillaume était un de ces hommes antiques, et s'il en avait les
ridicules, il en avait toutes les qualités; aussi Joseph
Lebas [25], son premier commis, orphelin et sans fortune,
était-il, dans son idée, le futur époux de Virginie sa fille
aînée. Mais Joseph ne partageait point les pensées symé-
triques de son patron, qui, pour un empire, n'aurait pas
marié sa seconde fille avant la première. L'infortuné
commis se sentait le cœur entièrement pris pour
Mlle Augustine la cadette. Afin de justifier cette passion,
qui avait grandi secrètement, il est nécessaire de pénétrer
plus avant dans les ressorts du gouvernement absolu qui
régissait la maison du vieux marchand drapier.

Guillaume avait deux filles. L'aînée, Mlle Virginie,
était tout le portrait de sa mère. Mme Guillaume, fille du
sieur Chevrel, se tenait si droite sur la banquette de son
comptoir, que plus d'une fois elle avait entendu des

plaisants parier qu'elle y était empalée. Sa figure maigre et longue trahissait une dévotion outrée. Sans grâces et sans manières aimables, Mme Guillaume ornait habituellement sa tête presque sexagénaire d'un bonnet dont la forme était invariable et garni de barbes [26] comme celui d'une veuve. Tout le voisinage l'appelait la sœur tourière. Sa parole était brève, et ses gestes avaient quelque chose des mouvements saccadés d'un télégraphe. Son œil, clair comme celui d'un chat, semblait en vouloir à tout le monde de ce qu'elle était laide. Mlle Virginie, élevée comme sa jeune sœur sous les lois despotiques de leur mère [27], avait atteint l'âge de vingt-huit ans. La jeunesse atténuait l'air disgracieux que sa ressemblance avec sa mère donnait parfois à sa figure; mais la rigueur maternelle l'avait dotée de deux grandes qualités qui pouvaient tout contrebalancer: elle était douce et patiente. Mlle Augustine, à peine âgée de dix-huit ans, ne ressemblait ni à son père ni à sa mère. Elle était de ces filles qui, par l'absence de tout lien physique avec leurs parents, font croire à ce dicton de prude: Dieu donne les enfants. Augustine était petite, ou, pour la mieux peindre, mignonne. Gracieuse et pleine de candeur, un homme du monde n'aurait pu reprocher à cette charmante créature que des gestes mesquins ou certaines attitudes communes, et parfois de la gêne. Sa figure silencieuse et immobile respirait cette mélancolie passagère qui s'empare de toutes les jeunes filles trop faibles pour oser résister aux volontés d'une mère. Toujours modestement vêtues, les deux sœurs ne pouvaient satisfaire la coquetterie innée chez la femme que par un luxe de propreté qui leur allait à merveille et les mettait en harmonie avec ces comptoirs luisants, avec ces rayons sur lesquels le vieux domestique ne souffrait pas un grain de poussière, avec la simplicité antique de tout ce qui se voyait autour d'elles. Obligées par leur genre de vie à chercher des éléments de bonheur dans des travaux obstinés, Augustine et Virginie n'avaient donné jusqu'alors que du contentement à leur mère, qui s'applaudissait secrètement de la perfection du caractère de ses deux filles. Il est facile d'imaginer les résultats de l'éducation qu'elles avaient reçue. Élevées

pour le commerce, habituées à n'entendre que des raisonnements et des calculs tristement mercantiles, n'ayant
étudié que la grammaire, la tenue des livres, un peu
d'histoire juive, l'histoire de France dans Le Ragois [28] et
ne lisant que les auteurs dont la lecture leur était permise
par leur mère, leurs idées n'avaient pas pris beaucoup
d'étendue : elles savaient parfaitement tenir un ménage,
elles connaissaient le prix des choses, elles appréciaient
les difficultés que l'on éprouve à amasser l'argent, elles
étaient économes et portaient un grand respect aux qualités du négociant. Malgré la fortune de leur père, elles
étaient aussi habiles à faire des reprises qu'à festonner [29] ;
souvent leur mère parlait de leur apprendre la cuisine afin
qu'elles sussent bien ordonner un dîner, et pussent gronder une cuisinière en connaissance de cause. Ignorant les
plaisirs du monde et voyant comment s'écoulait la vie
exemplaire de leurs parents, elles ne jetaient que bien
rarement leurs regards au-delà de l'enceinte de cette
vieille maison patrimoniale qui, pour leur mère, était
l'univers. Les réunions occasionnées par les solennités de
famille formaient tout l'avenir de leurs joies terrestres.
Quand le grand salon situé au second étage devait recevoir Mme Roguin, une demoiselle Chevrel, de quinze
ans moins âgée que sa cousine et qui portait des diamants,
le jeune Rabourdin, sous-chef aux Finances, M. César
Birotteau, riche parfumeur, et sa femme appelée
Mme César ; M. Camusot [30], le plus riche négociant en
soieries de la rue des Bourdonnais et son beau-père
M. Cardot ; deux ou trois vieux banquiers, et des femmes
irréprochables ; les apprêts nécessités par la manière dont
l'argenterie, les porcelaines de Saxe, les bougies, les
cristaux étaient empaquetés faisaient une diversion à la
vie monotone de ces trois femmes qui allaient et venaient,
en se donnant autant de mouvement que des religieuses
pour la réception de leur évêque. Puis quand, le soir,
fatiguées toutes trois d'avoir essuyé, frotté, déballé, mis
en place les ornements de la fête, les deux jeunes filles
aidaient leur mère à se coucher, Mme Guillaume leur
disait : « Nous n'avons rien fait aujourd'hui, mes enfants ! » Lorsque, dans ces assemblées solennelles, la

sœur tourière permettait de danser en confinant les parties
de boston, de whist et de trictrac dans sa chambre à
coucher, cette concession était comptée parmi les félicités
les plus inespérées, et causait un bonheur égal à celui
d'aller à deux ou trois grands bals où Guillaume menait
ses filles à l'époque du carnaval. Enfin, une fois par an,
l'honnête drapier donnait une fête pour laquelle il n'épar-
gnait rien. Quelques riches et élégantes que fussent les
personnes invitées, elles se gardaient bien d'y manquer;
car les maisons les plus considérables de la place avaient
recours à l'immense crédit, à la fortune ou à la vieille
expérience de M. Guillaume. Mais les deux filles de ce
digne négociant ne profitaient pas autant qu'on pourrait le
supposer des enseignements que le monde offre à de
jeunes âmes. Elles apportaient dans ces réunions, inscrites d'ailleurs sur le carnet d'échéances de la maison, des
parures dont la mesquinerie les faisait rougir. Leur manière de danser n'avait rien de remarquable, et la surveillance maternelle ne leur permettait pas de soutenir la
conversation autrement que par Oui et Non avec leurs
cavaliers. Puis la loi de la vieille enseigne du Chat-qui-
pelote leur ordonnait d'être rentrées à onze heures, moment où les bals et les fêtes commencent à s'animer.
Ainsi leurs plaisirs, en apparence assez conformes à la
fortune de leur père, devenaient souvent insipides par des
circonstances qui tenaient aux habitudes et aux principes
de cette famille. Quant à leur vie habituelle, une seule
observation achèvera de la peindre. Mme Guillaume exigeait que ses deux filles fussent habillées de grand matin,
qu'elles descendissent tous les jours à la même heure, et
soumettait leurs occupations à une régularité monastique.
Cependant Augustine avait reçu du hasard une âme assez
élevée pour sentir le vide de cette existence. Parfois ses
yeux bleus se relevaient comme pour interroger les profondeurs de cet escalier sombre et de ces magasins humi-
des. Après avoir sondé ce silence de cloître [31], elle semblait écouter de loin de confuses révélations de cette vie
passionnée qui met les sentiments à un plus haut prix que
les choses. En ces moments son visage se colorait, ses
mains inactives laissaient tomber la blanche mousseline

sur le chêne poli du comptoir, et bientôt sa mère lui disait
d'une voix qui restait toujours aigre même dans les tons
les plus doux : « Augustine ! à quoi pensez-vous donc,
mon bijou ? » Peut-être *Hippolyte comte de Douglas* et *Le
Comte de Comminges* [32], deux romans trouvés par Augustine dans l'armoire d'une cuisinière récemment ren-
voyée par Mme Guillaume, contribuèrent-ils à développer les idées de cette jeune fille qui les avait furtivement
dévorés pendant les longues nuits de l'hiver précédent.
Les expressions de désir vague, la voix douce, la peau de
jasmin et les yeux bleus d'Augustine avaient donc allumé
dans l'âme du pauvre Lebas un amour aussi violent que
respectueux. Par un caprice facile à comprendre, Augustine ne se sentait aucun goût pour l'orphelin : peut-être
était-ce parce qu'elle ne se savait pas aimée par lui. En
revanche, les longues jambes, les cheveux châtains, les
grosses mains et l'encolure vigoureuse du premier commis avaient trouvé une secrète admiratrice dans Mlle-
Virginie, qui, malgré ses cinquante mille écus de dot,
n'était demandée en mariage par personne. Rien de plus
naturel que ces deux passions inverses nées dans le silence de ces comptoirs obscurs comme fleurissent des
violettes dans la profondeur d'un bois. La muette et
constante contemplation qui réunissait les yeux de ces
jeunes gens par un besoin violent de distraction au milieu
de travaux obstinés et d'une paix religieuse devait tôt ou
tard exciter des sentiments d'amour. L'habitude de voir
une figure y fait découvrir insensiblement les qualités de
l'âme, et finit par en effacer les défauts.

« Au train dont y va cet homme, nos filles ne tarderont
pas à se mettre à genoux devant un prétendu ! » se dit
M. Guillaume en lisant le premier décret par lequel Napoléon anticipa sur les classes de conscrits [33].

Dès ce jour, désespéré de voir sa fille aînée se faner, le
vieux marchand se souvint d'avoir épousé Mlle Chevrel à
peu près dans la situation où se trouvaient Joseph Lebas et
Virginie. Quelle belle affaire que de marier sa fille et
d'acquitter une dette sacrée, en rendant à un orphelin le
bienfait qu'il avait reçu jadis de son prédécesseur dans les
mêmes circonstances ! Agé de trente-trois ans, Joseph

Lebas pensait aux obstacles que quinze ans de différence mettaient entre Augustine et lui. Trop perspicace d'ailleurs pour ne pas deviner les desseins de M. Guillaume, il en connaissait assez les principes inexorables pour savoir que jamais la cadette ne se marierait avant l'aînée. Le pauvre commis, dont le cœur était aussi excellent que ses jambes étaient longues et son buste épais, souffrait donc en silence.

Tel était l'état des choses dans cette petite république, qui, au milieu de la rue Saint-Denis, ressemblait assez à une succursale de la Trappe. Mais pour rendre un compte exact des événements extérieurs comme des sentiments, il est nécessaire de remonter à quelques mois avant la scène par laquelle commence cette histoire. A la nuit tombante, un jeune homme passant devant l'obscure boutique du Chat-qui-pelote y était resté un moment en contemplation à l'aspect d'un tableau qui aurait arrêté tous les peintres du monde. Le magasin, n'étant pas encore éclairé, formait un plan noir au fond duquel se voyait la salle à manger du marchand. Une lampe astrale y répandait ce jour jaune qui donne tant de grâce aux tableaux de l'école hollandaise [34]. Le linge blanc, l'argenterie, les cristaux formaient de brillants accessoires qu'embellissaient encore de vives oppositions entre l'ombre et la lumière. La figure du père de famille et celle de sa femme, les visages des commis et les formes pures d'Augustine, à deux pas de laquelle se tenait une grosse fille joufflue, composaient un groupe si curieux ; ces têtes étaient si originales, et chaque caractère avait une expression si franche ; on devinait si bien la paix, le silence et la modeste vie de cette famille, que, pour un artiste accoutumé à exprimer la nature, il y avait quelque chose de désespérant à vouloir rendre cette scène fortuite. Ce passant était un jeune peintre, qui, sept ans auparavant, avait remporté le grand prix de peinture. Il revenait de Rome. Son âme nourrie de poésie, ses yeux rassasiés de Raphaël et de Michel-Ange, avaient soif de la nature vraie, après une longue habitation du pays pompeux où l'art a jeté partout son grandiose. Faux ou juste, tel était son sentiment personnel. Abandonné longtemps à la fougue des passions italiennes, son cœur demandait une de ces vierges modestes et recueillies que, malheureusement, il n'avait su trouver qu'en peinture à Rome. De l'enthousiasme imprimé à son âme exaltée par le tableau naturel qu'il contemplait, il passa naturellement à une profonde admiration pour la figure principale : Augustine paraissait pensive et ne mangeait point ; par une disposition de la lampe dont la lumière tombait entièrement sur son visage, son buste semblait se mouvoir dans un cercle de feu qui détachait plus vivement les contours de sa tête et l'illuminait d'une manière quasi surnaturelle. L'artiste la compara involontairement à un ange exilé qui se souvient du ciel [35]. Une sensation presque inconnue, un amour limpide et bouillonnant inonda son cœur. Après être demeuré pendant un moment comme écrasé sous le poids de ses idées, il s'arracha à son bonheur, rentra chez lui, ne mangea pas, ne dormit point. Le lendemain, il entra dans son atelier pour n'en sortir qu'après avoir déposé sur une toile la magie de cette scène dont le souvenir l'avait en quelque sorte fanatisé. Sa félicité fut incomplète tant qu'il ne posséda pas un fidèle portrait de son idole. Il passa plusieurs fois devant la maison du Chat-qui-pelote ; il osa même y entrer une ou deux fois sous le masque d'un déguisement, afin de voir de plus près la ravissante créature que Mme Guillaume couvrait de son aile. Pendant huit mois entiers, adonné à son amour, à ses pinceaux, il resta invisible pour ses amis les plus intimes, oubliant le monde, la poésie, le théâtre, la musique, et ses plus chères habitudes. Un matin, Girodet [36] força toutes ces consignes que les artistes connaissent et savent éluder, parvint à lui, et le réveilla par cette demande : « Que mettras-tu au Salon ? » L'artiste saisit la main de son ami, l'entraîne à son atelier, découvre un petit tableau de chevalet et un portrait. Après une lente et avide contemplation des deux chefs-d'œuvre, Girodet saute au cou de son camarade et l'embrasse, sans trouver de paroles. Ses émotions ne pouvaient se rendre que comme il les sentait, d'âme à âme.

« Tu es amoureux ? » dit Girodet.

Tous deux savaient que les plus beaux portraits de

Titien, de Raphaël et de Léonard de Vinci sont dus à des sentiments exaltés [37] qui, sous diverses conditions, engendrent d'ailleurs tous les chefs-d'œuvre. Pour toute réponse, le jeune artiste inclina la tête.

« Es-tu heureux de pouvoir être amoureux ici, en revenant d'Italie ! Je ne te conseille pas de mettre de telles œuvres au Salon, ajouta le grand peintre. Vois-tu, ces deux tableaux n'y seraient pas sentis. Ces couleurs vraies, ce travail prodigieux ne peuvent pas encore être appréciés, le public n'est plus accoutumé à tant de profondeur. Les tableaux que nous peignons, mon bon ami, sont des écrans, des paravents. Tiens, faisons plutôt des vers, et traduisons les Anciens [38] ! il y a plus de gloire à en attendre, que de nos malheureuses toiles. »

Malgré cet avis charitable, les deux toiles furent exposées. La scène d'intérieur fit une révolution dans la peinture. Elle donna naissance à ces tableaux de genre dont la prodigieuse quantité importée à toutes nos expositions pourrait faire croire qu'ils s'obtiennent par des procédés purement mécaniques. Quant au portrait, il est peu d'artistes qui ne gardent le souvenir de cette toile vivante à laquelle le public, quelquefois juste en masse, laissa la couronne que Girodet y plaça lui-même. Les deux tableaux furent entourés d'une foule immense. On s'y tua, comme disent les femmes. Des spéculateurs, des grands seigneurs couvrirent ces deux toiles de doubles napoléons, l'artiste refusa obstinément de les vendre, et refusa d'en faire des copies. On lui offrit une somme énorme pour les laisser graver, les marchands ne furent pas plus heureux que ne l'avaient été les amateurs. Quoique cette aventure occupât le monde, elle n'était pas de nature à parvenir au fond de la petite Thébaïde de la rue Saint-Denis ; néanmoins, en venant faire une visite à Mme Guillaume, la femme du notaire parla de l'exposition devant Augustine, qu'elle aimait beaucoup, et lui en expliqua le but. Le babil de Mme Roguin inspira naturellement à Augustine le désir de voir les tableaux, et la hardiesse de demander secrètement à sa cousine de l'accompagner au Louvre. La cousine réussit dans la négociation qu'elle entama auprès de Mme Guillaume, pour

obtenir la permission d'arracher sa petite cousine à ses
tristes travaux pendant environ deux heures. La jeune
fille pénétra donc, à travers la foule, jusqu'au tableau
couronné. Un frisson la fit trembler comme une feuille de
bouleau, quand elle se reconnut [39]. Elle eut peur et regarda autour d'elle pour rejoindre Mme Roguin, de qui
elle avait été séparée par un flot de monde. En ce moment
ses yeux effrayés rencontrèrent la figure enflammée du
jeune peintre. Elle se rappela tout à coup la physionomie
d'un promeneur que, curieuse, elle avait souvent remarqué, en croyant que c'était un nouveau voisin.

« Vous voyez ce que l'amour m'a inspiré », dit l'artiste
à l'oreille de la timide créature qui resta tout épouvantée
de ces paroles.

Elle trouva un courage surnaturel pour fendre la presse,
et pour rejoindre sa cousine encore occupée à percer la
masse du monde qui l'empêchait d'arriver jusqu'au tableau.

« Vous seriez étouffée, s'écria Augustine, partons ! »

Mais il se rencontre, au Salon, certains moments pendant lesquels deux femmes ne sont pas toujours libres de
diriger leurs pas dans les galeries. Mlle Guillaume et sa
cousine furent poussées à quelques pas du second tableau, par suite des mouvements irréguliers que la foule
leur imprima. Le hasard voulut qu'elles eussent la facilité
d'approcher ensemble de la toile illustrée par la mode,
d'accord cette fois avec le talent. L'exclamation de surprise que jeta la femme du notaire se perdit dans le
brouhaha et les bourdonnements de la foule ; quant à
Augustine, elle pleura involontairement à l'aspect de
cette merveilleuse scène, et par un sentiment presque
inexplicable, elle mit un doigt sur ses lèvres en apercevant à deux pas d'elle la figure extatique du jeune artiste.
L'inconnu répondit par un signe de tête et désigna
Mme Roguin, comme un trouble-fête, afin de montrer à
Augustine qu'elle était comprise. Cette pantomime jeta
comme un brasier dans le corps de la pauvre fille qui se
trouva criminelle, en se figurant qu'il venait de se
conclure un pacte entre elle et l'artiste. Une chaleur
étouffante, le continuel aspect des plus brillantes toilet-

tes, et l'étourdissement que produisaient sur Augustine la
variété des couleurs, la multitude des figures vivantes ou
peintes, la profusion des cadres d'or, lui firent éprouver
une espèce d'enivrement qui redoubla ses craintes. Elle
se serait peut-être évanouie, si, malgré ce chaos de sensations, il ne s'était élevé au fond de son cœur une
jouissance inconnue qui vivifia tout son être. Néanmoins,
elle se crut sous l'empire de ce démon dont les terribles
pièges lui étaient prédits par la tonnante parole des prédi-
cateurs. Ce moment fut pour elle comme un moment de
folie. Elle se vit accompagnée jusqu'à la voiture de sa
cousine par ce jeune homme resplendissant de bonheur et
d'amour. En proie à une irritation toute nouvelle, à une
ivresse qui la livrait en quelque sorte à la nature, Augustine écouta la voix éloquente de son cœur, et regarda
plusieurs fois le jeune peintre en laissant paraître le trouble qui la saisissait. Jamais l'incarnat de ses joues n'avait
formé de plus vigoureux contrastes avec la blancheur de
sa peau. L'artiste aperçut alors cette beauté dans toute sa
fleur, cette pudeur dans toute sa gloire. Augustine
éprouva une sorte de joie mêlée de terreur, en pensant que
sa présence causait la félicité de celui dont le nom était
sur toutes les lèvres, dont le talent donnait l'immortalité à
de passagères images. Elle était aimée ! il lui était impossible d'en douter. Quand elle ne vit plus l'artiste, ces
paroles simples retentissaient encore dans son cœur :
« Vous voyez ce que l'amour m'a inspiré. » Et les palpi-
tations devenues plus profondes lui semblèrent une douleur, tant son sang plus ardent réveilla dans son être de
puissances inconnues. Elle feignit d'avoir un grand mal
de tête pour éviter de répondre aux questions de sa cousine relativement aux tableaux ; mais, au retour, Mme
Roguin ne put s'empêcher de parler à Mme Guillaume de
la célébrité obtenue par le Chat-qui-pelote, et Augustine
trembla de tous ses membres en entendant dire à sa mère
qu'elle irait au Salon pour y voir sa maison. La jeune fille
insista de nouveau sur sa souffrance, et obtint la permission d'aller se coucher.

  « Voilà ce qu'on gagne à tous ces spectacles, s'écria
M. Guillaume, des maux de tête. Est-ce donc bien amu-

sant de voir en peinture ce qu'on rencontre tous les jours
dans notre rue ? Ne me parlez pas de ces artistes qui sont,
comme vos auteurs, des meure-de-faim. Que diable ont-
ils besoin de prendre ma maison pour la vilipender dans
leurs tableaux ?

— Cela pourra nous faire vendre quelques aunes de
drap de plus », dit Joseph Lebas.

Cette observation n'empêcha pas que les arts et la
pensée ne fussent condamnés encore une fois au tribunal
du Négoce. Comme on doit bien le penser, ces discours
ne donnèrent pas grand espoir à Augustine, qui se livra
pendant la nuit à la première méditation de l'amour. Les
événements de cette journée furent comme un songe
qu'elle se plut à reproduire dans sa pensée. Elle s'initia
aux craintes, aux espérances, aux remords, à toutes ces
ondulations de sentiment qui devaient bercer un cœur
simple et timide comme le sien. Quel vide elle reconnut
dans cette noire maison, et quel trésor elle trouva dans
son âme ! Être la femme d'un homme de talent, partager
sa gloire ! Quels ravages cette idée ne devait-elle pas faire
au cœur d'une enfant élevée au sein de cette famille ?
Quelle espérance ne devait-elle pas éveiller chez une
jeune personne qui, nourrie jusqu'alors de principes vulgaires, avait désiré une vie élégante ? Un rayon de soleil
était tombé dans cette prison. Augustine aima tout à
coup. En elle tant de sentiments étaient flattés à la fois,
qu'elle succomba sans rien calculer. A dix-huit ans,
l'amour ne jette-t-il pas son prisme entre le monde et les
yeux d'une jeune fille ? Incapable de deviner les rudes
chocs qui résultent de l'alliance d'une femme aimante
avec un homme d'imagination, elle crut être appelée à
faire le bonheur de celui-ci, sans apercevoir aucune dis-
parate entre elle et lui. Pour elle, le présent fut tout
l'avenir. Quand le lendemain son père et sa mère revinrent du Salon, leurs figures attristées annoncèrent quelque
désappointement. D'abord, les deux tableaux avaient été
retirés par le peintre ; puis, Mme Guillaume avait perdu
son châle de cachemire. Apprendre que les tableaux venaient de disparaître après sa visite au Salon fut pour
Augustine la révélation d'une délicatesse de sentiment

que les femmes savent toujours apprécier, même instinctivement.

Le matin où, rentrant d'un bal, Théodore de Sommervieux [40], tel était le nom que la renommée avait apporté
dans le cœur d'Augustine, fut aspergé par les commis du
Chat-qui-pelote pendant qu'il attendait l'apparition de sa
naïve amie, qui ne le savait certes pas là, les deux amants
se voyaient pour la quatrième fois seulement depuis la
scène du Salon. Les obstacles que le régime de la maison
Guillaume opposait au caractère fougueux de l'artiste
donnaient à sa passion pour Augustine une violence facile
à concevoir. Comment aborder une jeune fille assise dans
un comptoir entre deux femmes telles que Mlle Virginie
et Mme Guillaume, comment correspondre avec elle,
quand sa mère ne la quittait jamais? Habile, comme tous
les amants, à se forger des malheurs, Théodore se créait
un rival dans l'un des commis, et mettait les autres dans
les intérêts de son rival. S'il échappait à tant d'Argus, il
se voyait échouant sous les yeux sévères du vieux négociant ou de Mme Guillaume. Partout des barrières, partout le désespoir! La violence même de sa passion empêchait le jeune peintre de trouver ces expédients ingénieux
qui, chez les prisonniers comme chez les amants, semblent être le dernier effort de la raison échauffée par un
sauvage besoin de liberté ou par le feu de l'amour. Théodore tournait alors dans le quartier avec l'activité d'un
fou, comme si le mouvement pouvait lui suggérer des
ruses. Après s'être bien tourmenté l'imagination, il in-
venta de gagner à prix d'or la servante joufflue. Quelques
lettres furent donc échangées de loin en loin pendant la
quinzaine qui suivit la malencontreuse matinée où
M. Guillaume et Théodore s'étaient si bien examinés. En
ce moment, les deux jeunes gens étaient convenus de se
voir à une certaine heure du jour et le dimanche, à Saint-
Leu, pendant la messe et les vêpres. Augustine avait
envoyé à son cher Théodore la liste des parents et des
amis de la famille, chez lesquels le jeune peintre tâcha
d'avoir accès afin d'intéresser à ses amoureuses pensées,
s'il était possible, une de ces âmes occupées d'argent, de
commerce, et auxquelles une passion véritable devait

sembler la spéculation la plus monstrueuse, une spéculation inouïe. D'ailleurs, rien ne changea dans les habitudes du Chat-qui-pelote. Si Augustine fut distraite, si, contre toute espèce d'obéissance aux lois de la charte domestique, elle monta à sa chambre pour y aller, grâce à un pot de fleurs, établir des signaux ; si elle soupira, si elle pensa enfin, personne, pas même sa mère, ne s'en aperçut. Cette circonstance causera quelque surprise à ceux qui auront compris l'esprit de cette maison, où une pensée entachée de poésie devait produire un contraste avec les êtres et les choses, où personne ne pouvait se permettre ni un geste, ni un regard qui ne fussent vus et analysés. Cependant rien de plus naturel : le vaisseau si tranquille qui naviguait sur la mer orageuse de la place de Paris, sous le pavillon du Chat-qui-pelote, était la proie d'une de ces tempêtes qu'on pourraient nommer équinoxiales à cause de leur retour périodique. Depuis quinze jours, les cinq hommes de l'équipage, Mme Guillaume et Mlle Virginie s'adonnaient à ce travail excessif désigné sous le nom d'*inventaire* [41]. On remuait tous les ballots et l'on vérifiait l'aunage des pièces pour s'assurer de la valeur exacte du coupon restant. On examinait soigneusement la carte appendue au paquet pour reconnaître en quel temps les draps avaient été achetés. On fixait le prix actuel. Toujours debout, son aune à la main, la plume derrière l'oreille, M. Guillaume ressemblait à un capitaine commandant la manœuvre. Sa voix aiguë, passant par un judas pour interroger la profondeur des écoutilles du magasin d'en bas, faisait entendre ces barbares locutions du commerce qui ne s'exprime que par énigmes : « Combien d'H-N-Z ? — Enlevé. — Que reste-t-il de Q-X ? — Deux aunes. — Quel prix ? — Cinq-cinq-trois. — Portez à trois A tout J.-J, tout M-P, et le reste de V-D-O [42]. » Mille autres phrases tout aussi intelligibles ronflaient à travers les comptoirs comme des vers de la poésie moderne que des romantiques se seraient cités afin d'entretenir leur enthousiasme pour un de leurs poètes. Le soir, Guillaume, enfermé avec son commis et sa femme, soldait les comptes, portait à nouveau, écrivait aux retardataires, et dressait des factures. Tous trois préparaient ce travail immense dont le résultat tenait sur un carré de papier tellière [43], et prouvait à la maison Guillaume qu'il existait tant en argent, tant en marchandises, tant en traites et billets ; qu'elle ne devait pas un sou, qu'il lui était dû cent ou deux cent mille francs ; que le capital avait augmenté ; que les fermes, les maisons, les rentes allaient être ou arrondies, ou réparées, ou doublées. De là résultait la nécessité de recommencer avec plus d'ardeur que jamais à ramasser de nouveaux écus, sans qu'il vînt en tête à ces courageuses fourmis de se demander : A quoi bon ? A la faveur de ce tumulte annuel, l'heureuse Augustine échappait à l'investigation de ses Argus. Enfin, un samedi soir, la clôture de l'inventaire eut lieu. Les chiffres du total actif offrirent assez de zéros pour qu'en cette circonstance Guillaume levât la consigne sévère qui régnait toute l'année au dessert. Le sournois drapier se frotta les mains, et permit à ses commis de rester à sa table. A peine chacun des hommes de l'équipage achevait-il son petit verre d'une liqueur de ménage, on entendit le roulement d'une voiture. La famille alla voir *Cendrillon* [44] aux Variétés, tandis que les deux derniers commis reçurent chacun un écu de six francs et la permission d'aller où bon leur semblerait, pourvu qu'ils fussent rentrés à minuit.

Malgré cette débauche, le dimanche matin, le vieux marchand drapier fit sa barbe dès six heures, endossa son habit marron dont les superbes reflets lui causaient toujours le même contentement, il attacha des boucles d'or aux oreilles de son ample culotte de soie ; puis, vers sept heures, au moment où tout dormait encore dans la maison, il se dirigea vers le petit cabinet attenant à son magasin du premier étage. Le jour y venait d'une croisée armée de gros barreaux de fer, et qui donnait sur une petite cour carrée formée de murs si noirs qu'elle ressemblait assez à un puits. Le vieux négociant ouvrit lui-même ces volets garnis de tôle qu'il connaissait si bien, et releva une moitié du vitrage en le faisant glisser dans sa coulisse. L'air glacé de la cour vint rafraîchir la chaude atmosphère de ce cabinet, qui exhalait l'odeur particulière aux bureaux. Le marchand resta debout la main

posée sur le bras crasseux d'un fauteuil de canne doublé
de maroquin dont la couleur primitive était effacée, il
semblait hésiter à s'y asseoir. Il regarda d'un air attendri
le bureau à double pupitre [45] où la place de sa femme se
trouvait ménagée, dans le côté opposé à la sienne, par une
petite arcade pratiquée dans le mur. Il contempla les
cartons numérotés, les ficelles, les ustensiles, les fers à
marquer le drap, la caisse, objets d'une origine immémo-
riale, et crut se revoir devant l'ombre évoquée du sieur
Chevrel. Il avança le même tabouret sur lequel il s'était
jadis assis en présence de son défunt patron. Ce tabouret
garni de cuir noir, et dont le crin s'échappait depuis
longtemps par les coins mais sans se perdre, il le plaça
d'une main tremblante au même endroit où son prédécesseur l'avait mis; puis, dans une agitation difficile à décrire, il tira la sonnette qui correspondait au chevet du lit
de Joseph Lebas. Quand ce coup décisif eut été frappé, le
vieillard, pour qui ces souvenirs furent sans doute trop
lourds, prit trois ou quatre lettres de change qui lui
avaient été présentées, et les regardait sans les voir,
quand Joseph Lebas se montra soudain.

« Asseyez-vous là », lui dit Guillaume en lui désignant
le tabouret.

Comme jamais le vieux maître drapier n'avait fait
asseoir son commis devant lui, Joseph Lebas tressaillit.

« Que pensez-vous de ces traites, demanda Guillaume.

— Elles ne seront pas payées.

— Comment ?

— Mais j'ai su qu'avant-hier Étienne et compagnie
ont fait leurs paiements en or.

— Oh ! oh ! s'écria le drapier, il faut être bien malade
pour laisser voir sa bile. Parlons d'autre chose. Joseph,
l'inventaire est fini.

— Oui, monsieur, et le dividende est un des plus
beaux que vous ayez eus.

— Ne vous servez donc pas de ces nouveaux mots.
Dites le produit [46] Joseph. Savez-vous, mon garçon, que
c'est un peu à vous que nous devons ces résultats ! aussi,
ne veux-je plus que vous ayez d'appointements. Mme
Guillaume m'a donné l'idée de vous offrir un intérêt.

Hein, Joseph! Guillaume et Lebas, ces mots ne feraient-ils pas une belle raison sociale? On pourrait mettre *et compagnie* pour arrondir la signature. »

Les larmes vinrent aux yeux de Joseph Lebas qui s'efforça de les cacher. « Ah, monsieur Guillaume! comment ai-je pu mériter tant de bontés? Je n'ai fait que mon devoir. C'était déjà tant que de vous intéresser à un pauvre orph... »

Il brossait le parement de sa manche gauche avec la manche droite, et n'osait regarder le vieillard qui souriait en pensant que ce modeste jeune homme avait sans doute besoin, comme lui autrefois, d'être encouragé pour rendre l'explication complète.

« Cependant, reprit le père de Virginie, vous ne méritez pas beaucoup cette faveur, Joseph! Vous ne mettez pas en moi autant de confiance que j'en mets en vous. (Le commis releva brusquement la tête.) Vous avez le secret de la caisse. Depuis deux ans je vous ai dit presque toutes mes affaires. Je vous ai fait voyager en fabrique. Enfin, pour vous, je n'ai rien sur le cœur. Mais vous?... vous avez une inclination, et ne m'en avez pas touché un seul mot. (Joseph Lebas rougit.) Ah! ah! s'écria Guillaume, vous pensiez donc tromper un vieux renard comme moi? Moi! à qui vous avez vu deviner la faillite Lecocq.

— Comment, monsieur? répondit Joseph Lebas en examinant son patron avec autant d'attention que son patron l'examinait, comment, vous sauriez qui j'aime?

— Je sais tout, vaurien, lui dit le respectable et rusé marchand en lui tordant le bout de l'oreille. Et je te pardonne, j'ai fait de même.

— Et vous me l'accorderiez?

— Oui, avec cinquante mille écus, et je t'en laisserai autant, et nous marcherons sur nouveaux frais avec une nouvelle raison sociale. Nous brasserons encore des affaires, garçon, s'écria le vieux marchand en se levant et agitant ses bras. Vois-tu, mon gendre, il n'y a que le commerce! Ceux qui se demandent quels plaisirs on y trouve sont des imbéciles. Être à la piste des affaires, savoir gouverner sur la place, attendre avec anxiété, comme au jeu, si les Étienne et compagnie font faillite,

voir passer un régiment de la Garde impériale habillé de
notre drap, donner un croc-en-jambe au voisin, loyale-
ment s'entend! fabriquer à meilleur marché que les autres; suivre une affaire qu'on ébauche, qui commence,
grandit, chancelle et réussit; connaître comme un ministre de la police tous les ressorts des maisons de commerce
pour ne pas faire fausse route; se tenir debout devant les
naufrages; avoir des amis, par correspondance, dans
toutes les villes manufacturières, n'est-ce pas un jeu
perpétuel, Joseph? Mais c'est vivre, ça! Je mourrai
dans ce tracas-là, comme le vieux Chevrel, n'en prenant cependant plus qu'à mon aise. » Dans la chaleur de
sa plus forte improvisation, le père Guillaume n'avait
presque pas regardé son commis qui pleurait à chaudes
larmes. «Eh bien! Joseph, mon pauvre garçon, qu'as-tu
donc?

— Ah! je l'aime tant, tant, monsieur Guillaume, que
le cœur me manque, je crois...

— Eh bien! garçon, dit le marchand attendri, tu es
plus heureux que tu ne crois, sarpejeu, car elle t'aime. Je
le sais, moi! »

Et il cligna ses deux petits yeux verts en regardant son
commis.

«Mademoiselle Augustine, Mademoiselle Augustine! » s'écria Joseph Lebas dans son enthousiasme.

Il allait s'élancer hors du cabinet, quand il se sentit
arrêté par un bras de fer, et son patron stupéfait le ramena
vigoureusement devant lui.

«Qu'est-ce que fait donc Augustine dans cette affai-
re-là? demanda Guillaume dont la voix glaça sur-
le-champ le malheureux Joseph Lebas.

— N'est-ce pas elle... que... j'aime? » dit le commis
en balbutiant.

Déconcerté de son défaut de perspicacité, Guillaume se
rassit et mit sa tête pointue dans ses deux mains pour
réfléchir à la bizarre position dans laquelle il se trouvait.
Joseph Lebas honteux et au désespoir resta debout.

«Joseph, reprit le négociant avec une dignité froide, je
vous parlais de Virginie. L'amour ne se commande pas,
je le sais. Je connais votre discrétion, nous oublierons

cela. Je ne marierai jamais Augustine avant Virginie.
Votre intérêt sera de dix pour cent. »

Le commis, auquel l'amour donna je ne sais quel degré
de courage et d'éloquence, joignit les mains, prit la parole, parla pendant un quart d'heure à Guillaume avec
tant de chaleur et de sensibilité, que la situation changea.
S'il s'était agi d'une affaire commerciale, le vieux négociant aurait eu des règles fixes pour prendre une résolution ; mais, jeté à mille lieues du commerce, sur la mer
des sentiments, et sans boussole, il flotta irrésolu devant
un événement si original, se disait-il. Entraîné par sa
bonté naturelle, il battit un peu la campagne.

« Et diantre, Joseph, tu n'es pas sans savoir que j'ai eu
mes deux enfants à dix ans de distance ! Mlle Chevrel
n'était pas belle, elle n'a cependant pas à se plaindre de
moi. Fais donc comme moi. Enfin, ne pleure pas, es-tu
bête ? Que veux-tu ? cela s'arrangera peut-être, nous verrons. Il y a toujours moyen de se tirer d'affaire. Nous
autres hommes nous ne sommes pas toujours comme des
Céladons pour nos femmes. Tu m'entends ? Mme Guillaume est dévote, et... Allons, sarpejeu, mon enfant,
donne ce matin le bras à Augustine pour aller à la
messe. »

Telles furent les phrases jetées à l'aventure par Guillaume. La conclusion qui les terminait ravit l'amoureux
commis : il songeait déjà pour Mlle Virginie à l'un de ses
amis, quand il sortit du cabinet enfumé en serrant la main
de son futur beau-père, après lui avoir dit, d'un petit air
entendu, que tout s'arrangerait au mieux.

« Que va penser Mme Guillaume ? » Cette idée tour-
menta prodigieusement le brave négociant quand il fut
seul.

Au déjeuner, Mme Guillaume et Virginie, auxquelles
le marchand drapier avait laissé provisoirement ignorer
son désappointement, regardèrent assez malicieusement
Joseph Lebas qui resta grandement embarrassé. La pudeur du commis lui concilia l'amitié de sa belle-mère. La
matrone redevint si gaie qu'elle regarda M. Guillaume en
souriant, et se permit quelques petites plaisanteries d'un
usage immémorial dans ces innocentes familles. Elle mit

en question la conformité de la taille de Virginie et de celle de Joseph, pour leur demander de se mesurer. Ces niaiseries préparatoires attirèrent quelques nuages sur le front du chef de famille, et il afficha même un tel amour pour le décorum, qu'il ordonna à Augustine de prendre le bras du premier commis en allant à Saint-Leu [47] Mme Guillaume, étonnée de cette délicatesse masculine, honora son mari d'un signe de tête d'approbation. Le cortège partit donc de la maison dans un ordre qui ne pouvait suggérer aucune interprétation malicieuse aux voisins.

« Ne trouvez-vous pas, mademoiselle Augustine, disait le commis en tremblant, que la femme d'un négociant qui a un bon crédit, comme M. Guillaume, par exemple, pourrait s'amuser un peu plus que ne s'amuse madame votre mère, pourrait porter des diamants, aller en voiture ? Oh ! moi, d'abord, si je me mariais, je voudrais avoir toute la peine, et voir ma femme heureuse. Je ne la mettrais pas dans mon comptoir. Voyez-vous, dans la draperie, les femmes n'y sont plus aussi nécessaires qu'elles l'étaient autrefois. M. Guillaume a eu raison d'agir comme il a fait, et d'ailleurs c'était le goût de son épouse. Mais qu'une femme sache donner un coup de main à la comptabilité, à la correspondance, au détail, aux commandes, à son ménage, afin de ne pas rester oisive, c'est tout. A sept heures, quand la boutique serait fermée, moi je m'amuserais, j'irais au spectacle et dans le monde. Mais vous ne m'écoutez pas.

— Si fait, monsieur Joseph. Que dites-vous de la peinture ? C'est là un bel état.

— Oui, je connais un maître peintre en bâtiment, M. Lourdois, qui a des écus. »

En devisant ainsi, la famille atteignit l'église de Saint-Leu. Là, Mme Guillaume retrouva ses droits, et fit mettre, pour la première fois, Augustine à côté d'elle. Virginie prit place sur la quatrième chaise à côté de Lebas. Pendant le prône, tout alla bien entre Augustine et Théodore qui, debout derrière un pilier, priait sa madone avec ferveur ; mais au lever-Dieu, Mme Guillaume s'aperçut, un peu tard, que sa fille Augustine tenait son livre de messe au rebours. Elle se disposait à la gourmander vigoureusement, quand, rabaissant son voile, elle interrompit sa lecture et se mit à regarder dans la direction qu'affectionnaient les yeux de sa fille. A l'aide de ses besicles, elle vit le jeune artiste, dont l'élégance mondaine annonçait plutôt quelque capitaine de cavalerie en congé qu'un négociant du quartier. Il est difficile d'imaginer l'état violent dans lequel se trouva Mme Guillaume, qui se flattait d'avoir parfaitement élevé ses filles, en reconnaissant dans le cœur d'Augustine un amour clandestin dont le danger lui fut exagéré par sa pruderie et par son ignorance. Elle crut sa fille gangrenée jusqu'au cœur.

« Tenez d'abord votre livre à l'endroit, mademoiselle », dit-elle à voix basse mais en tremblant de colère. Elle arracha vivement le paroissien accusateur, et le remit de manière à ce que les lettres fussent dans leur sens naturel. « N'ayez pas le malheur de lever les yeux autre part que sur vos prières, ajouta-t-elle, autrement, vous auriez affaire à moi. Après la messe, votre père et moi nous aurons à vous parler. »

Ces paroles furent comme un coup de foudre pour la pauvre Augustine. Elle se sentit défaillir ; mais combattue entre la douleur qu'elle éprouvait et la crainte de faire un esclandre dans l'église, elle eut le courage de cacher ses angoisses. Cependant, il était facile de deviner l'état violent de son âme en voyant son paroissien trembler et des larmes tomber sur chacune des pages qu'elle tournait. Au regard enflammé que lui lança Mme Guillaume, l'artiste vit le péril où tombaient ses amours, et sortit, la rage dans le cœur, décidé à tout oser.

« Allez dans votre chambre, mademoiselle ! dit Mme Guillaume à sa fille en rentrant au logis ; nous vous ferons appeler ; et surtout, ne vous avisez pas d'en sortir. »

La conférence que les deux époux eurent ensemble fut si secrète, que rien n'en transpira d'abord. Cependant, Virginie, qui avait encouragé sa sœur par mille douces représentations, poussa la complaisance jusqu'à se glisser auprès de la porte de la chambre à coucher de sa mère, chez laquelle la discussion avait lieu, pour y recueillir quelques phrases. Au premier voyage qu'elle fit du troisième au second étage, elle entendit son père qui s'écriait : « Madame, vous voulez donc tuer votre fille ? »

« Ma pauvre enfant, dit Virginie à sa sœur éplorée, papa prend ta défense !

— Et que veulent-ils faire à Théodore ? » demanda l'innocente créature.

La curieuse Virginie redescendit alors ; mais cette fois elle resta plus longtemps : elle apprit que Lebas aimait Augustine. Il était écrit que, dans cette mémorable journée, une maison ordinairement si calme serait un enfer. M. Guillaume désespéra Joseph Lebas en lui confiant l'amour d'Augustine pour un étranger. Lebas, qui avait averti son ami de demander Mlle Virginie en mariage, vit ses espérances renversées. Mlle Virginie, accablée de savoir que Joseph l'avait en quelque sorte refusée, fut prise d'une migraine. La zizanie, semée entre les deux époux par l'explication que M. et Mme Guillaume avaient eue ensemble, et où, pour la troisième fois de leur vie, ils se trouvèrent d'opinions différentes, se manifesta d'une manière terrible. Enfin, à quatre heures après midi, Augustine, pâle, tremblante et les yeux rouges, comparut devant son père et sa mère. La pauvre enfant raconta naïvement la trop courte histoire de ses amours. Rassurée par l'allocution de son père, qui lui avait promis de l'écouter en silence, elle prit un certain courage en prononçant devant ses parents le nom de son cher Théodore de Sommervieux, et en fit malicieusement sonner la particule aristocratique. En se livrant au charme inconnu de parler de ses sentiments, elle trouva assez de hardiesse pour déclarer avec une innocente fermeté qu'elle aimait M. de Sommervieux, qu'elle le lui avait écrit, et ajouta, les larmes aux yeux : « Ce serait faire mon malheur que de me sacrifier à un autre.

— Mais, Augustine, vous ne savez donc pas ce que c'est qu'un peintre ? s'écria sa mère avec horreur.

— Madame Guillaume ! » dit le vieux père en imposant silence à sa femme. « Augustine, dit-il, les artistes sont en général des meure-de-faim. Ils sont trop dépensiers pour ne pas être toujours de mauvais sujets. J'ai fourni feu M. Joseph Vernet, feu M. Lekain et feu

M. Noverre[48]. Ah! si tu savais combien ce M. Noverre,
M. le chevalier de Saint-Georges, et surtout M. Philidor[49] ont joué de tours à ce pauvre père Chevrel! C'est
de drôles de corps, je le sais bien. Ça vous a tous un
babil, des manières... Ah! jamais ton M. Sumer...
Somm...

— De Sommervieux, mon père!

— Eh bien! de Sommervieux, soit! Jamais il n'aura
été aussi agréable avec toi que M. le chevalier de Saint-
Georges le fut avec moi, le jour où j'obtins une sentence
des consuls contre lui. Aussi était-ce des gens de qualité
d'autrefois.

— Mais, mon père, M. Théodore est noble, et m'a
écrit qu'il était riche. Son père s'appelait le chevalier de
Sommervieux avant la révolution. »

A ces paroles, M. Guillaume regarda sa terrible moitié, qui, en femme contrariée, frappait le plancher du bout
du pied et gardait un morne silence; elle évitait même de
jeter ses yeux courroucés sur Augustine, et semblait laisser à M. Guillaume toute la responsabilité d'une affaire si
grave, puisque ses avis n'étaient pas écoutés; néanmoins,
malgré son flegme apparent, quand elle vit son mari
prenant si doucement son parti sur une catastrophe qui
n'avait rien de commercial, elle s'écria: «En vérité,
monsieur, vous êtes d'une faiblesse avec vos filles...
mais... »

Le bruit d'une voiture qui s'arrêtait à la porte interrompit tout à coup la mercuriale que le vieux négociant
redoutait déjà. En un moment, Mme Roguin se trouva au
milieu de la chambre, et, regardant les trois acteurs de
cette scène domestique: «Je sais tout, ma cousine»,
dit-elle d'un air de protection.

Mme Roguin avait un défaut, celui de croire que la
femme d'un notaire de Paris pouvait jouer le rôle d'une
petite-maîtresse.

«Je sais tout, répéta-t-elle, et je viens dans l'arche de
Noé, comme la colombe, avec la branche d'olivier. J'ai
lu cette allégorie dans *Le Génie du christianisme*[50], dit-
elle en se retournant vers Mme Guillaume, la comparaison doit vous plaire, ma cousine. Savez-vous, ajouta-

t-elle en souriant à Augustine, que ce M. de Sommervieux est un homme charmant? Il m'a donné ce matin
mon portrait fait de main de maître. Cela vaut au moins
six mille francs. »

A ces mots, elle frappa doucement sur les bras de
M. Guillaume. Le vieux négociant ne put s'empêcher de
faire avec ses lèvres une grosse moue qui lui était particulière.

« Je connais beaucoup M. de Sommervieux, reprit la
colombe. Depuis une quinzaine de jours il vient à mes
soirées, il en fait le charme. Il m'a conté toutes ses peines
et m'a prise pour avocat. Je sais de ce matin qu'il adore
Augustine, et il l'aura. Ah! cousine, n'agitez pas ainsi la
tête en signe de refus. Apprenez qu'il sera créé baron, et
qu'il vient d'être nommé chevalier de la Légion d'honneur par l'Empereur lui-même, au Salon. Roguin est
devenu son notaire et connaît ses affaires. Eh bien! M. de
Sommervieux possède en bons biens au soleil douze mille
livres[51] de rente. Savez-vous que le beau-père d'un
homme comme lui peut devenir quelque chose, maire de
son arrondissement, par exemple! N'avez-vous pas vu
M. Dupont[52] être fait comte de l'Empire et sénateur pour
être venu, en sa qualité de maire, complimenter l'Empereur sur son entrée à Vienne. Oh! ce mariage-là se fera.
Je l'adore, moi, ce bon jeune homme. Sa conduite envers
Augustine ne se voit que dans les romans. Va, ma petite,
tu seras heureuse, et tout le monde voudrait être à ta
place. J'ai chez moi, à mes soirées, Mme la duchesse de
Carigliano[53] qui raffole de M. de Sommervieux. Quelques méchantes langues disent qu'elle ne vient chez moi
que pour lui, comme si une duchesse d'hier était déplacée
chez une Chevrel dont la famille a cent ans de bonne
bourgeoisie.

— Augustine, reprit Mme Roguin après une petite
pause, j'ai vu le portrait. Dieu! qu'il est beau. Sais-tu que
l'Empereur a voulu le voir? Il a dit en riant au Vice-
Connétable que s'il y avait beaucoup de femmes comme
celle-là à sa cour pendant qu'il y venait tant de rois, il se
faisait fort de maintenir toujours la paix en Europe. Est-ce
flatteur? »

Les orages par lesquels cette journée avait commencé devaient ressembler à ceux de la nature, en ramenant un temps calme et serein. Mme Roguin déploya tant de séductions dans ses discours, elle sut attaquer tant de cordes à la fois dans les cœurs secs de M. et de Mme Guillaume, qu'elle finit par en trouver une dont elle tira parti. A cette singulière époque, le commerce et la finance avaient plus que jamais la folle manie de s'allier aux grands seigneurs, et les généraux de l'Empire profitèrent assez bien de ces dispositions. M. Guillaume s'élevait singulièrement contre cette déplorable passion. Ses axiomes favoris étaient que, pour trouver le bonheur, une femme devait épouser un homme de sa classe; on était toujours tôt ou tard puni d'avoir voulu monter trop haut; l'amour résistait si peu aux tracas du ménage, qu'il fallait trouver l'un chez l'autre des qualités bien solides pour être heureux; il ne fallait pas que l'un des deux époux en sût plus que l'autre, parce qu'on devait avant tout se comprendre; un mari qui parlait grec et la femme latin risquaient de mourir de faim. Il avait inventé cette espèce de proverbe. Il comparait les mariages ainsi faits à ces anciennes étoffes de soie et de laine, dont la soie finissait toujours par couper la laine. Cependant, il se trouve tant de vanité au fond du cœur de l'homme, que la prudence du pilote qui gouvernait si bien le Chat-qui-pelote succomba sous l'agressive volubilité de Mme Roguin. La sévère Mme Guillaume, la première, trouva dans l'inclination de sa fille des motifs pour déroger à ces principes, et pour consentir à recevoir au logis M. de Sommervieux, qu'elle se promit de soumettre à un rigoureux examen.

Le vieux négociant alla trouver Joseph Lebas, et l'instruisit de l'état des choses. A six heures et demie, la salle à manger illustrée par le peintre réunit sous son toit de verre Mme et M. Roguin, le jeune peintre et sa charmante Augustine, Joseph Lebas qui prenait son bonheur en patience, et Mlle Virginie dont la migraine avait cessé. M. et Mme Guillaume virent en perspective leurs enfants établis et les destinées du Chat-qui-pelote remises en des mains habiles. Leur contentement fut au comble, quand, au dessert, Théodore leur fit présent de l'étonnant tableau qu'ils n'avaient pu voir, et qui représentait l'intérieur de cette vieille boutique, à laquelle était dû tant de bonheur.

« C'est-y gentil, s'écria Guillaume. Dire qu'on voulait donner trente mille francs de cela.

— Mais c'est qu'on y trouve mes barbes, reprit Mme Guillaume.

— Et ces étoffes dépliées, ajouta Lebas, on les prendrait avec la main.

— Les draperies font toujours très bien, répondit le peintre. Nous serions trop heureux, nous autres artistes modernes, d'atteindre à la perfection de la draperie antique.

— Vous aimez donc la draperie, s'écria le père Guillaume. Eh bien, sarpejeu ! touchez là, mon jeune ami. Puisque vous estimez le commerce, nous nous entendrons. Eh ! pourquoi le mépriserait-on ? Le monde a commencé par là, puisque Adam a vendu le paradis pour une pomme. Ça n'a pas été une fameuse spéculation, par exemple ! »

Et le vieux négociant se mit à éclater d'un gros rire franc excité par le vin de Champagne qu'il faisait circuler généreusement. Le bandeau qui couvrait les yeux du jeune artiste fut si épais qu'il trouva ses futurs parents aimables. Il ne dédaigna pas de les égayer par quelques charges de bon goût. Aussi plut-il généralement. Le soir, quand le salon meublé de choses très cossues, pour se servir de l'expression de Guillaume, fut désert, pendant que Mme Guillaume s'en allait de table en cheminée, de candélabre en flambeau, soufflant avec précipitation les bougies, le brave négociant, qui savait toujours voir clair aussitôt qu'il s'agissait d'affaires ou d'argent, attira sa fille Augustine auprès de lui ; puis, après l'avoir prise sur ses genoux, il lui tint ce discours :

« Ma chère enfant, tu épouseras ton Sommervieux, puisque tu le veux ; permis à toi de risquer ton capital de bonheur. Mais je ne me laisse pas prendre à ces trente mille francs que l'on gagne à gâter de bonnes toiles. L'argent qui vient si vite s'en va de même. N'ai-je pas

entendu dire ce soir à ce jeune écervelé que si l'argent
était rond, c'était pour rouler! S'il est rond pour les gens
prodigues, il est plat pour les gens économes qui l'empi-
lent [54]. Or, mon enfant, ce beau garçon-là parle de te
donner des voitures, des diamants? Il a de l'argent, qu'il
le dépense pour toi, *bene sit* [55]! Je n'ai rien à y voir. Mais
quant à ce que je te donne, je ne veux pas que des écus si
péniblement ensachés s'en aillent en carrosses ou en
colifichets. Qui dépense trop n'est jamais riche. Avec les
cent mille écus de ta dot [56] on n'achète pas encore tout
Paris. Tu as beau avoir à recueillir un jour quelques
centaines de mille francs, je te les ferai attendre, sarpejeu! le plus longtemps possible. J'ai donc attiré ton prétendu dans un coin, et un homme qui a mené la faillite
Lecoq n'a pas eu grande peine à faire consentir un artiste
à se marier séparé de biens avec sa femme. J'aurai l'œil
au contrat pour bien faire stipuler les donations qu'il se
propose de te constituer. Allons, mon enfant, j'espère
être grand-père, sarpejeu! je veux m'occuper déjà de mes
petits-enfants: jure-moi donc ici de ne jamais rien signer
en fait d'argent que par mon conseil; et si j'allais trouver
trop tôt le père Chevrel, jure-moi de consulter le jeune
Lebas, ton beau-frère. Promets-le-moi.

— Oui, mon père, je vous le jure.»

A ces mots prononcés d'une voix douce, le vieillard
baisa sa fille sur les deux joues. Ce soir-là, tous les
amants dormirent presque aussi paisiblement que M. et
Mme Guillaume.

Quelques mois après ce mémorable dimanche, le maî-
tre-autel de Saint-Leu fut témoin de deux mariages bien
différents. Augustine et Théodore s'y présentèrent dans
tout l'éclat du bonheur, les yeux pleins d'amour, parés de
toilettes élégantes, attendus par un brillant équipage. Venue dans un bon remise [57] avec sa famille, Virginie,
appuyée sur le bras de son père, suivait sa jeune sœur
humblement et dans de plus simples atours, comme une
ombre nécessaire aux harmonies de ce tableau. M. Guillaume s'était donné toutes les peines imaginables pour
obtenir à l'église que Virginie fût mariée avant Augustine; mais il eut la douleur de voir le haut et le bas clergé

s'adresser en toute circonstance à la plus élégante des mariées. Il entendit quelques-uns de ses voisins approuver singulièrement le bon sens de Mlle Virginie qui faisait, disaient-ils, le mariage le plus solide, et restait fidèle au quartier ; tandis qu'ils lancèrent quelques brocards suggérés par l'envie sur Augustine qui épousait un artiste, un noble ; ils ajoutèrent avec une sorte d'effroi que, si les Guillaume avaient de l'ambition, la draperie était perdue. Un vieux marchand d'éventails ayant dit que ce mangetout-là l'aurait bientôt mise sur la paille, le père Guillaume s'applaudit *in petto* de sa prudence dans les conventions matrimoniales. Le soir, après un bal somptueux, suivi d'un de ces soupers plantureux dont le souvenir commence à se perdre dans la génération présente, M. et Mme Guillaume restèrent dans leur hôtel de la rue du Colombier [58] où la noce avait eu lieu, M. et Mme Lebas retournèrent dans leur remise à la vieille maison de la rue Saint-Denis pour y diriger la nauf du Chat-qui-pelote, l'artiste ivre de bonheur prit entre ses bras sa chère Augustine, l'enleva vivement quand leur coupé arriva rue des Trois-Frères [59], et la porta dans un appartement que tous les arts avaient embelli.

La fougue de passion qui possédait Théodore fit dévorer au jeune ménage près d'une année entière sans que le moindre nuage vînt altérer l'azur du ciel sous lequel ils vivaient. Pour ces deux amants, l'existence n'eut rien de pesant. Théodore répandait sur chaque journée d'incroyables *fioritures* [60] de plaisir, il se plaisait à varier les emportements de la passion, par la molle langueur de ces repos où les âmes sont lancées si haut dans l'extase qu'elles semblent y oublier l'union corporelle. Incapable de réfléchir, l'heureuse Augustine se prêtait à l'allure onduleuse de son bonheur : elle ne croyait pas faire encore assez en se livrant toute à l'amour permis et saint du mariage ; simple et naïve, elle ne connaissait d'ailleurs ni la coquetterie des refus, ni l'empire qu'une jeune demoiselle du grand monde se crée sur un mari par d'adroits caprices ; elle aimait trop pour calculer l'avenir, et n'imaginait pas qu'une vie si délicieuse pût jamais cesser. Heureuse d'être alors tous les plaisirs de son mari, elle crut que cet inextinguible amour serait toujours pour elle la plus belle de toutes les parures, comme son dévouement et son obéissance seraient un éternel attrait. Enfin, la félicité de l'amour l'avait rendue si brillante, que sa beauté lui inspira de l'orgueil et lui donna la conscience de pouvoir toujours régner sur un homme aussi facile à enflammer que M. de Sommervieux. Ainsi son état de femme ne lui apporta d'autres enseignements que ceux de l'amour. Au sein de ce bonheur, elle resta l'ignorante petite fille qui vivait obscurément rue Saint-Denis, et ne pensa point à prendre les manières, l'instruction, le ton du monde dans lequel elle devait vivre. Ses paroles étant des paroles d'amour, elle y déployait bien une sorte de souplesse d'esprit et une certaine délicatesse d'expression ; mais elle se servait du langage commun à toutes les femmes quand elles se trouvent plongées dans la passion qui semble être leur élément. Si, par hasard, une idée discordante avec celles de Théodore était exprimée par Augustine, le jeune artiste en riait comme on rit des premières fautes que fait un étranger, mais qui finissent par fatiguer s'il ne se corrige pas. Malgré tant d'amour, à l'expiration de cette année aussi charmante que rapide, Sommervieux sentit un matin la nécessité de reprendre ses travaux et ses habitudes. Sa femme était d'ailleurs enceinte. Il revit ses amis. Pendant les longues souffrances de l'année où, pour la première fois, une jeune femme nourrit un enfant, il travailla sans doute avec ardeur ; mais parfois il retourna chercher quelques distractions dans le grand monde. La maison où il allait le plus volontiers fut celle de la duchesse de Carigliano qui avait fini par attirer chez elle le célèbre artiste. Quand Augustine fut rétablie, quand son fils ne réclama plus ces soins assidus qui interdisent à une mère les plaisirs du monde [61], Théodore en était arrivé à vouloir éprouver cette jouissance d'amour-propre que nous donne la société quand nous y apparaissons avec une belle femme, objet d'envie et d'admiration. Parcourir les salons en s'y montrant avec l'éclat emprunté de la gloire de son mari, se voir jalousée par les femmes, fut pour Augustine une nouvelle moisson de plaisirs ; mais ce fut le dernier reflet que devait jeter son bonheur conjugal. Elle commença par offenser la vanité de son mari, quand, malgré de vains efforts, elle laissa percer son ignorance, l'impropriété de son langage et l'étroitesse de ses idées. Dompté pendant près de deux ans et demi par les premiers emportements de l'amour, le caractère de Sommervieux reprit, avec la tranquillité d'une possession moins jeune, sa pente et ses habitudes un moment détournées de leur cours. La poésie, la peinture et les exquises jouissances de l'imagination possèdent sur les esprits élevés des droits imprescriptibles. Ces besoins d'une âme forte n'avaient pas été trompés chez Théodore pendant ces deux années, ils avaient trouvé seulement une pâture nouvelle. Quand les champs de l'amour furent parcourus, quand l'artiste eut, comme les enfants, cueilli des roses et des bluets avec une telle avidité qu'il ne s'apercevait pas que ses mains ne pouvaient plus les tenir, la scène changea. Si le peintre montrait à sa femme les croquis de ses plus belles compositions, il l'entendait s'écrier comme eût fait le père Guillaume : « C'est bien joli ! » Cette admiration sans chaleur ne provenait pas d'un sentiment consciencieux, mais de la croyance sur parole de l'amour. Augustine préférait un regard au plus beau tableau. Le seul sublime qu'elle connût était celui du cœur. Enfin, Théodore ne put se refuser à l'évidence d'une vérité cruelle : sa femme n'était pas sensible à la poésie, elle n'habitait pas sa sphère, elle ne le suivait pas dans tous ses caprices, dans ses improvisations, dans ses joies, dans ses douleurs ; elle marchait terre à terre dans le monde réel, tandis qu'il avait la tête dans les cieux [62]. Les esprits ordinaires ne peuvent pas apprécier les souffrances renaissantes de l'être qui, uni à un autre par le plus intime de tous les sentiments, est obligé de refouler sans cesse les plus chères expansions de sa pensée, et de faire rentrer dans le néant les images qu'une puissance magique le force à créer. Pour lui, ce supplice est d'autant plus cruel, que le sentiment qu'il porte à son compagnon ordonne, par sa première loi, de ne jamais rien se dérober l'un à l'autre, et de confondre les effusions de la pensée aussi bien que les épanchements de l'âme. On ne trompe pas impunément les volontés de la nature : elle est inexorable comme la Nécessité, qui, certes, est une sorte de nature sociale. Sommervieux se réfugia dans le calme et le silence de son atelier, en espérant que l'habitude de vivre avec des artistes pourrait former sa femme, et développerait en elle les germes de haute intelligence engourdis que quelques esprits supérieurs croient préexistants chez tous les êtres ; mais Augustine était trop sincèrement religieuse pour ne pas être effrayée du ton des artistes. Au premier dîner que donna Théodore, elle entendit un jeune peintre disant avec cette enfantine légèreté qu'elle ne sut pas reconnaî-tre et qui absout une plaisanterie de toute irréligion : « Mais, madame, votre paradis n'est pas plus beau que la *Transfiguration* de Raphaël ? Eh bien, je me suis lassé de la regarder. » Augustine apporta donc dans cette société spirituelle un esprit de défiance qui n'échappait à per-sonne, elle gêna. Les artistes gênés sont impitoyables : ils fuient ou se moquent. Mme Guillaume avait, entre autres ridicules, celui d'outrer la dignité qui lui semblait l'apa-nage d'une femme mariée ; et quoiqu'elle s'en fût souvent moquée, Augustine ne sut pas se défendre d'une légère imitation de la pruderie maternelle. Cette exagération de pudeur, que n'évitent pas toujours les femmes vertueu-ses, suggéra quelques épigrammes à coups de crayon dont l'innocent badinage était de trop bon goût pour que Sommervieux pût s'en fâcher. Ces plaisanteries eussent été même plus cruelles, elles n'étaient après tout que des représailles exercées sur lui par ses amis. Mais rien ne pouvait être léger pour une âme qui recevait aussi facile-ment que celle de Théodore des impressions étrangères. Aussi éprouva-t-il insensiblement une froideur qui ne pouvait aller qu'en croissant. Pour arriver au bonheur conjugal, il faut gravir une montagne dont l'étroit plateau est bien près d'un revers aussi rapide que glissant, et l'amour du peintre le descendait. Il jugea sa femme inca-pable d'apprécier les considérations morales qui justi-fiaient, à ses propres yeux, la singularité de ses manières envers elle, et se crut fort innocent en lui cachant des pensées qu'elle ne comprenait pas et des écarts peu justi-fiables au tribunal d'une conscience bourgeoise. Augus-

tine se renferma dans une douleur morne et silencieuse.
Ces sentiments secrets mirent entre les deux époux un
voile qui devait s'épaissir de jour en jour. Sans que son
mari manquât d'égards envers elle, Augustine ne pouvait
s'empêcher de trembler en lui voyant réserver pour le
monde les trésors d'esprit et de grâce qu'il venait jadis
mettre à ses pieds. Bientôt, elle interpréta fatalement les
discours spirituels qui se tiennent dans le monde sur
l'inconstance des hommes. Elle ne se plaignit pas, mais
son attitude équivalait à des reproches. Trois ans après
son mariage, cette femme jeune et jolie qui passait si
brillante dans son brillant équipage, qui vivait dans une
sphère de gloire et de richesse enviée de tant de gens
insouciants et incapables d'apprécier justement les situations de la vie, fut en proie à de violents chagrins; ses
couleurs pâlirent, elle réfléchit, elle compara; puis, le
malheur lui déroula les premiers textes de l'expérience.
Elle résolut de rester courageusement dans le cercle de
ses devoirs, en espérant que cette conduite généreuse lui
ferait recouvrer tôt ou tard l'amour de son mari; mais il
n'en fut pas ainsi. Quand Sommervieux, fatigué de travail, sortait de son atelier, Augustine ne cachait pas si
promptement son ouvrage, que le peintre ne pût apercevoir sa femme raccommodant avec toute la minutie d'une
bonne ménagère le linge de la maison et le sien. Elle
fournissait, avec générosité, sans murmure, l'argent nécessaire aux prodigalités de son mari; mais, dans le désir
de conserver la fortune de son cher Théodore, elle se
montrait économe soit pour elle, soit dans certains détails
de l'administration domestique. Cette conduite est in-
compatible avec le laisser-aller [63] des artistes qui, sur la
fin de leur carrière, ont tant joui de la vie, qu'ils ne se
demandent jamais la raison de leur ruine. Il est inutile de
marquer chacune des dégradations de couleur par lesquelles la teinte brillante de leur lune de miel s'éteignit et
les mit dans une profonde obscurité. Un soir, la triste
Augustine, qui depuis longtemps entendait son mari
parlant avec enthousiasme de Mme la duchesse de Carigliano, reçut d'une amie quelques avis méchamment
charitables sur la nature de l'attachement qu'avait conçu

Sommervieux pour cette célèbre coquette de la cour impériale. A vingt et un ans, dans tout l'éclat de la jeunesse et de la beauté, Augustine se vit trahie pour une femme de trente-six ans. En se sentant malheureuse au milieu du monde et de ses fêtes désertes pour elle, la pauvre petite ne comprit plus rien à l'admiration qu'elle y excitait, ni à l'envie qu'elle inspirait. Sa figure prit une nouvelle expression. La mélancolie versa dans ses traits la douceur de la résignation et la pâleur d'un amour dédaigné. Elle ne tarda pas à être courtisée par les hommes les plus séduisants ; mais elle resta solitaire et vertueuse. Quelques paroles de dédain, échappées à son mari, lui donnèrent un incroyable désespoir. Une lueur fatale lui fit entrevoir les défauts de contact qui, par suite des mesquineries de son éducation, empêchaient l'union complète de son âme avec celle de Théodore : elle eut assez d'amour pour l'absoudre et pour se condamner. Elle pleura des larmes de sang, et reconnut trop tard qu'il est des mésalliances d'esprit aussi bien que des mésalliances de mœurs et de rang [64]. En songeant aux délices printanières de son union, elle comprit l'étendue du bonheur passé, et convint en elle-même qu'une si riche moisson d'amour était une vie entière qui ne pouvait se payer que par du malheur. Cependant elle aimait trop sincèrement pour perdre toute espérance. Aussi osa-t-elle entreprendre à vingt et un ans de s'instruire et de rendre son imagination au moins digne de celle qu'elle admirait. « Si je ne suis pas poète, se disait-elle, au moins je comprendrai la poésie. » Et déployant alors cette force de volonté, cette énergie que les femmes possèdent toutes quand elles aiment, Mme de Sommervieux tenta de changer son caractère, ses mœurs et ses habitudes ; mais en dévorant des volumes, en apprenant avec courage, elle ne réussit qu'à devenir moins ignorante. La légèreté de l'esprit et les grâces de la conversation sont un don de la nature ou le fruit d'une éducation commencée au berceau. Elle pouvait apprécier la musique, en jouir, mais non chanter avec goût. Elle comprit la littérature et les beautés de la poésie, mais il était trop tard pour en orner sa rebelle mémoire. Elle entendait avec plaisir les entretiens du monde, mais

elle n'y fournissait rien de brillant. Ses idées religieuses
et ses préjugés d'enfance s'opposèrent à la complète
émancipation de son intelligence. Enfin, il s'était glissé
contre elle, dans l'âme de Théodore, une prévention
qu'elle ne put vaincre. L'artiste se moquait de ceux qui
lui vantaient sa femme, et ses plaisanteries étaient assez
fondées : il imposait tellement à cette jeune et touchante
créature, qu'en sa présence, ou en tête à tête, elle tremblait. Embarrassée par son trop grand désir de plaire, elle
sentait son esprit et ses connaissances s'évanouir dans un
seul sentiment. La fidélité d'Augustine déplut même à cet
infidèle mari, qui semblait l'engager à commettre des
fautes en taxant sa vertu d'insensibilité. Augustine s'efforça en vain d'abdiquer sa raison, de se plier aux caprices, aux fantaisies de son mari, et de se vouer à l'égoïsme
de sa vanité ; elle ne recueillit point le fruit de ces sacrifices. Peut-être avaient-ils tous deux laissé passer le moment où les âmes peuvent se comprendre. Un jour le cœur
trop sensible de la jeune épouse reçut un de ces coups qui
font si fortement plier les liens du sentiment, qu'on peut
les croire rompus. Elle s'isola. Mais bientôt une fatale
pensée lui suggéra d'aller chercher des consolations et
des conseils au sein de sa famille.

   Un matin donc, elle se dirigea vers la grotesque façade
de l'humble et silencieuse maison où s'était écoulée son
enfance. Elle soupira en revoyant cette croisée d'où, un
jour, elle avait envoyé un premier baiser à celui qui
répandait aujourd'hui sur sa vie autant de gloire que de
malheur [65]. Rien n'était changé dans l'antre où se rajeu-
nissait cependant le commerce de la draperie. La sœur
d'Augustine occupait au comptoir antique la place de sa
mère. La jeune affligée rencontra son beau-frère la plume
derrière l'oreille, elle fut à peine écoutée, tant il avait l'air
affairé ; les redoutables signaux d'un inventaire général se
faisaient autour de lui ; aussi la quitta-t-il en la priant
d'excuser. Elle fut reçue assez froidement par sa sœur,
qui lui manifesta quelque rancune. En effet, Augustine,
brillante et descendant d'un joli équipage, n'était jamais
venue voir sa sœur qu'en passant. La femme du prudent
Lebas s'imagina que l'argent était la cause première de

cette visite matinale, elle essaya de se maintenir sur un ton de réserve qui fit sourire plus d'une fois Augustine. La femme du peintre vit que, sauf les barbes au bonnet, sa mère avait trouvé dans Virginie un successeur qui conservait l'antique honneur du Chat-qui-pelote. Au déjeuner, elle aperçut, dans le régime de la maison, certains changements qui faisaient honneur au bon sens de Joseph Lebas : les commis ne se levèrent pas au dessert, on leur laissait la faculté de parler, et l'abondance de la table annonçait une aisance sans luxe. La jeune élégante trouva les coupons d'une loge aux Français où elle se souvint d'avoir vu sa sœur de loin en loin. Mme Lebas avait sur les épaules un cachemire dont la magnificence attestait la générosité avec laquelle son mari s'occupait d'elle. Enfin, les deux époux marchaient avec leur siècle. Augustine fut bientôt pénétrée d'attendrissement, en reconnaissant, pendant les deux tiers de cette journée, le bonheur égal, sans exaltation, il est vrai, mais aussi sans orages, que goûtait ce couple convenablement assorti. Ils avaient accepté la vie comme une entreprise commerciale où il s'agissait de faire, avant tout, honneur à ses affaires. En ne rencontrant pas dans son mari un amour excessif, la femme s'était appliquée à le faire naître. Insensiblement amené à estimer, à chérir Virginie, le temps que le bonheur mit à éclore fut, pour Joseph Lebas et pour sa femme, un gage de durée. Aussi, lorsque la plaintive Augustine exposa sa situation douloureuse, eut-elle à essuyer le déluge de lieux communs que la morale de la rue Saint-Denis fournissait à sa sœur.

« Le mal est fait, ma femme, dit Joseph Lebas, il faut chercher à donner de bons conseils à notre sœur. » Puis, l'habile négociant analysa lourdement les ressources que les lois et les mœurs pouvaient offrir à Augustine pour sortir de cette crise ; il en numérota pour ainsi dire les considérations, les rangea par leur force dans des espèces de catégories, comme s'il se fût agi de marchandises de diverses qualités ; puis il les mit en balance, les pesa, et conclut en développant la nécessité où était sa belle-sœur de prendre un parti violent qui ne satisfit point l'amour qu'elle ressentait encore pour son mari ; aussi ce senti-

ment se réveilla-t-il dans toute sa force quand elle entendit Joseph Lebas parlant de voies judiciaires. Augustine
remercia ses deux amis, et revint chez elle encore plus
indécise qu'elle ne l'était avant de les avoir consultés.
Elle hasarda de se rendre alors à l'antique hôtel de la rue
du Colombier, dans le dessein de confier ses malheurs à
son père et à sa mère, car elle ressemblait à ces malades
arrivés à un état désespéré qui essaient de toutes les
recettes et se confient même aux remèdes de bonne
femme. Les deux vieillards reçurent leur fille avec une
effusion de sentiment qui l'attendrit. Cette visite leur
apportait une distraction qui, pour eux, valait un trésor.
Depuis quatre ans, ils marchaient dans la vie comme des
navigateurs sans but et sans boussole. Assis au coin de
leur feu, ils se racontaient l'un à l'autre tous les désastres
du Maximum, leurs anciennes acquisitions de draps, la
manière dont ils avaient évité les banqueroutes, et surtout
cette célèbre faillite Lecocq, la bataille de Marengo du
père Guillaume [66]. Puis, quand ils avaient épuisé les
vieux procès, ils récapitulaient les additions de leurs
inventaires les plus productifs, et se narraient encore les
vieilles histoires du quartier Saint-Denis. A deux heures,
le père Guillaume allait donner un coup d'œil à l'établissement du Chat-qui-pelote; en revenant, il s'arrêtait à
toutes les boutiques, autrefois ses rivales, et dont les
jeunes propriétaires espéraient entraîner le vieux négociant dans quelque escompte aventureux que, selon sa
coutume, il ne refusait jamais positivement. Deux bons
chevaux normands mouraient de gras-fondu [67] dans
l'écurie de l'hôtel, Mme Guillaume ne s'en servait que
pour se faire traîner tous les dimanches à la grand-messe
de sa paroisse. Trois fois par semaine ce respectable
couple tenait table ouverte. Grâce à l'influence de son
gendre Sommervieux, le père Guillaume avait été nommé
membre du comité consultatif pour l'habillement des
troupes. Depuis que son mari s'était ainsi trouvé placé
haut dans l'administration, Mme Guillaume avait pris la
détermination de représenter : ses appartements étaient
encombrés de tant d'ornements d'or et d'argent, et de
meubles sans goût mais de valeur certaine, que la pièce la

plus simple y ressemblait à une chapelle. L'économie et la prodigalité semblaient se disputer dans chacun des accessoires de cet hôtel. L'on eût dit que M. Guillaume avait eu en vue de faire un placement d'argent jusque dans l'acquisition d'un flambeau. Au milieu de ce bazar, dont la richesse accusait le désœuvrement des deux époux, le célèbre tableau de Sommervieux avait obtenu la place d'honneur, et faisait la consolation de M. et de Mme Guillaume qui tournaient vingt fois par jour leurs yeux harnachés de besicles vers cette image de leur ancienne existence, pour eux si active et si amusante. L'aspect de cet hôtel et de ces appartements où tout avait une senteur de vieillesse et de médiocrité, le spectacle donné par ces deux êtres qui semblaient échoués sur un rocher d'or loin du monde et des idées qui font vivre, surprirent Augustine ; elle contemplait en ce moment la seconde partie du tableau dont le commencement l'avait frappée chez Joseph Lebas, celui d'une vie agitée quoique sans mouvement, espèce d'existence mécanique et instinctive semblable à celle des castors ; elle eut alors je ne sais quel orgueil de ses chagrins, en pensant qu'ils prenaient leur source dans un bonheur de dix-huit mois qui valait à ses yeux mille existences comme celle dont le vide lui semblait horrible. Cependant elle cacha ce sentiment peu charitable, et déploya pour ses vieux parents les grâces nouvelles de son esprit, les coquetteries de tendresse que l'amour lui avait révélées, et les disposa favorablement à écouter ses doléances matrimoniales. Les vieilles gens ont un faible pour ces sortes de confidences. Mme Guillaume voulut être instruite des plus légers détails de cette vie étrange qui, pour elle, avait quelque chose de fabuleux. Les voyages du baron de La Hontan[68], qu'elle commençait toujours sans jamais les achever, ne lui apprirent rien de plus inouï sur les sauvages du Canada.

« Comment, mon enfant, ton mari s'enferme avec des femmes nues, et tu as la simplicité de croire qu'il les dessine ? »

A cette exclamation, la grand-mère posa ses lunettes sur une petite travailleuse, secoua ses jupons et plaça ses mains jointes sur ses genoux élevés par une chaufferette, son piédestal favori.

« Mais, ma mère, tous les peintres sont obligés d'avoir des modèles.

— Il s'est bien gardé de nous dire tout cela quand il t'a demandée en mariage. Si je l'avais su, je n'aurais pas donné ma fille à un homme qui fait un pareil métier. La religion défend ces horreurs-là, ça n'est pas moral. A quelle heure nous disais-tu donc qu'il rentre chez lui ?

— Mais à une heure, deux heures... »

Les deux époux se regardèrent dans un profond étonnement.

« Il joue donc ? dit M. Guillaume. Il n'y avait que les joueurs qui, de mon temps, rentrassent si tard. »

Augustine fit une petite moue qui repoussait cette accusation.

« Il doit te faire passer de cruelles nuits à l'attendre, reprit Mme Guillaume. Mais, non, tu te couches, n'est-ce pas ? Et quand il a perdu, le monstre te réveille.

— Non, ma mère, il est au contraire quelquefois très gai. Assez souvent même, quand il fait beau, il me propose de me lever pour aller dans les bois.

— Dans les bois, à ces heures-là ? Tu as donc un bien petit appartement qu'il n'a pas assez de sa chambre, de ses salons, et qu'il lui faille ainsi courir pour... Mais c'est pour t'enrhumer, que le scélérat te propose ces parties-là. Il veut se débarrasser de toi. A-t-on jamais vu un homme établi, qui a un commerce tranquille, galopant ainsi comme un loup-garou ?

— Mais, ma mère, vous ne comprenez donc pas que, pour développer son talent, il a besoin d'exaltation. Il aime beaucoup les scènes qui...

— Ah ! je lui en ferais de belles, des scènes, moi, s'écria Mme Guillaume en interrompant sa fille. Comment peux-tu garder des ménagements avec un homme pareil ? D'abord, je n'aime pas qu'il ne boive que de l'eau. Ça n'est pas sain. Pourquoi montre-t-il de la répugnance à voir les femmes quand elles mangent [69] ? Quel singulier genre ! Mais c'est un fou [70]. Tout ce que tu nous en as dit n'est pas possible. Un homme ne peut pas partir

de sa maison sans souffler mot et ne revenir que dix jours
après. Il te dit qu'il a été à Dieppe pour peindre la mer,
est-ce qu'on peint la mer? Il te fait des contes à dormir
debout. »

Augustine ouvrit la bouche pour défendre son mari;
mais Mme Guillaume lui imposa silence par un geste de
main auquel un reste d'habitude la fit obéir, et sa mère
s'écria d'un ton sec: «Tiens, ne me parle pas de cette
homme-là! il n'a jamais mis le pied dans une église que
pour te voir et t'épouser. Les gens sans religion sont
capables de tout. Est-ce que Guillaume s'est jamais avisé
de me cacher quelque chose, de rester des trois jours sans
me dire ouf, et de babiller ensuite comme une pie bor-
gne?

— Ma chère mère, vous jugez trop sévèrement les
gens supérieurs. S'ils avaient des idées semblables à
celles des autres, ce ne seraient plus des gens à talent.

— Eh bien! que les gens à talent restent chez eux et ne
se marient pas. Comment! un homme à talent rendra sa
femme malheureuse! et parce qu'il a du talent, ce sera
bien? Talent, talent! Il n'y a pas tant de talent à dire
comme lui blanc et noir à toute minute, à couper la parole
aux gens, à battre du tambour chez soi, à ne jamais vous
laisser savoir sur quel pied danser, à forcer une femme de
ne pas s'amuser avant que les idées de monsieur ne soient
gaies; d'être triste, dès qu'il est triste.

— Mais, ma mère, le propre de ces imaginations-là...

— Qu'est-ce que c'est que ces imaginations-là? reprit
Mme Guillaume en interrompant encore sa fille. Il en a de
belles, ma foi! Qu'est-ce qu'un homme auquel il prend
tout à coup, sans consulter de médecin, la fantaisie de ne
manger que des légumes? Encore, si c'était par religion,
sa diète lui servirait à quelque chose; mais il n'en a pas
plus qu'un huguenot. A-t-on jamais vu un homme aimer,
comme lui, les chevaux plus qu'il n'aime son prochain,
se faire friser les cheveux comme un païen, coucher des
statues sous de la mousseline, faire fermer ses fenêtres le
jour pour travailler à la lampe? Tiens, laisse-moi, s'il
n'était pas si grossièrement immoral, il serait bon à mettre aux Petites-Maisons [71]. Consulte M. Loraux, le vi-

caire de Saint-Sulpice, demande-lui son avis sur tout
cela, il te dira que ton mari ne se conduit pas comme un
chrétien...

— Oh! ma mère! pouvez-vous croire...

— Oui, je le crois! Tu l'as aimé, tu n'aperçois rien de
ces choses-là. Mais, moi, vers les premiers temps de son
mariage, je me souviens de l'avoir rencontré dans les
Champs-Élysées. Il était à cheval. Eh bien! il galopait par
moment ventre à terre, et puis il s'arrêtait pour aller pas à
pas. Je me suis dit alors : « Voilà un homme qui n'a pas de
jugement. »

— Ah! s'écria M. Guillaume en se frottant les mains,
comme j'ai bien fait de t'avoir mariée séparé de biens
avec cet original-là! »

Quand Augustine eut l'imprudence de raconter les
griefs véritables qu'elle avait à exposer contre son mari,
les deux vieillards restèrent muets d'indignation. Le mot
de divorce fut bientôt prononcé par Mme Guillaume. Au
mot de divorce, l'inactif négociant fut comme réveillé.
Stimulé par l'amour qu'il avait pour sa fille, et aussi par
l'agitation qu'un procès allait donner à sa vie sans événements, le père Guillaume prit la parole. Il se mit à la
tête de la demande en divorce, la dirigea, plaida presque,
il offrit à sa fille de se charger de tous les frais, de voir les
juges, les avoués, les avocats, de remuer ciel et terre.
Mme de Sommervieux, effrayée, refusa les services de
son père, dit qu'elle ne voulait pas se séparer de son mari,
dût-elle être dix fois plus malheureuse encore, et ne parla
plus de ses chagrins. Après avoir été accablée par ses
parents de tous ces petits soins muets et consolateurs par
lesquels les deux vieillards essayèrent de la dédommager,
mais en vain, de ses peines de cœur, Augustine se retira
en sentant l'impossibilité de parvenir à faire bien juger les
hommes supérieurs par des esprits faibles. Elle apprit
qu'une femme devait cacher à tout le monde, même à ses
parents, des malheurs pour lesquels on rencontre si difficilement des sympathies. Les orages et les souffrances
des sphères élevées ne sont appréciés que par les nobles
esprits qui les habitent. En toute chose, nous ne pouvons
être jugés que par nos pairs.

La pauvre Augustine se retrouva donc dans la froide atmosphère de son ménage, livrée à l'horreur de ses méditations. L'étude n'était plus rien pour elle, puisque l'étude ne lui avait pas rendu le cœur de son mari. Initiée aux secrets de ces âmes de feu, mais privée de leurs ressources, elle participait avec force à leurs peines sans partager leurs plaisirs. Elle s'était dégoûtée du monde, qui lui semblait mesquin et petit devant les événements des passions. Enfin, sa vie était manquée. Un soir, elle fut frappée d'une pensée qui vint illuminer ses ténébreux chagrins comme un rayon céleste. Cette idée ne pouvait sourire qu'à un cœur aussi pur, aussi vertueux que l'était le sien. Elle résolut d'aller chez la duchesse de Carigliano, non pas pour lui redemander le cœur de son mari, mais pour s'y instruire des artifices qui le lui avaient enlevé; mais pour intéresser à la mère des enfants de son ami cette orgueilleuse femme du monde; mais pour la fléchir et la rendre complice de son bonheur à venir comme elle était l'instrument de son malheur présent. Un jour donc, la timide Augustine, armée d'un courage surnaturel, monta en voiture à deux heures après midi, pour essayer de pénétrer jusqu'au boudoir de la célèbre coquette, qui n'était jamais visible avant cette heure-là. Mme de Sommervieux ne connaissait pas encore les antiques et somptueux hôtels du faubourg Saint-Germain. Quand elle parcourut ces vestibules majestueux, ces escaliers grandioses, ces salons immenses ornés de fleurs malgré les rigueurs de l'hiver, et décorés avec ce goût particulier aux femmes qui sont nées·dans l'opulence ou avec les habitudes distinguées de l'aristocratie, Augustine eut un affreux serrement de cœur : elle envia les secrets de cette élégance de laquelle elle n'avait jamais eu l'idée, elle respira un air de grandeur qui lui expliqua l'attrait de cette maison pour son mari. Quand elle parvint aux petits appartements de la duchesse, elle éprouva de la jalousie et une sorte de désespoir, en y admirant la voluptueuse disposition des meubles, des draperies et des étoffes tendues. Là le désordre était une grâce, là le luxe affectait une espèce de dédain pour la richesse. Les parfums répandus dans cette douce atmosphère flattaient l'odorat sans l'offenser. Les accessoires de l'appartement s'harmoniaient avec une vue ménagée par des glaces sans tain sur les pelouses d'un jardin planté d'arbres verts. Tout était séduction, et le calcul ne s'y sentait point. Le génie de la maîtresse de ces appartements respirait tout entier dans le salon où attendait Augustine. Elle tâcha d'y deviner le caractère de sa rivale par l'aspect des objets épars; mais il y avait là quelque chose d'impénétrable dans le désordre comme dans la symétrie, et pour la simple Augustine ce fut lettres closes. Tout ce qu'elle put y voir, c'est que la duchesse était une femme supérieure en tant que femme. Elle eut alors une pensée douloureuse.

« Hélas ! serait-il vrai, se dit-elle, qu'un cœur aimant et simple ne suffise pas à un artiste ; et pour balancer le poids de ces âmes fortes, faut-il les unir à des âmes féminines dont la puissance soit pareille à la leur ? Si j'avais été élevée comme cette sirène, au moins nos armes eussent été égales au moment de la lutte. »

« Mais je n'y suis pas ! » Ces mots secs et brefs quoique prononcés à voix basse dans le boudoir voisin, furent entendus par Augustine, dont le cœur palpita.

« Cette dame est là, répliqua la femme de chambre.

— Vous êtes folle, faites donc entrer », répondit la duchesse dont la voix devenue douce avait pris l'accent affectueux de la politesse. Évidemment, elle désirait alors être entendue.

Augustine s'avança timidement. Au fond de ce frais boudoir, elle vit la duchesse voluptueusement couchée sur une ottomane [72] en velours vert placée au centre d'une espèce de demi-cercle dessiné par les plis moelleux d'une mousseline tendue sur un fond jaune. Des ornements de bronze doré, disposés avec un goût exquis, rehaussaient encore cette espèce de dais sous lequel la duchesse était posée comme une statue antique. La couleur foncée du velours ne lui laissait perdre aucun moyen de séduction. Un demi-jour, ami de sa beauté, semblait être plutôt un reflet qu'une lumière. Quelque fleurs rares élevaient leurs têtes embaumées au-dessus des vases de Sèvres les plus riches. Au moment où ce tableau s'offrit aux yeux d'Augustine étonnée, elle avait marché si doucement, qu'elle put surprendre un regard de l'enchanteresse. Ce regard semblait dire à une personne que la femme du peintre n'aperçut pas d'abord : «Restez, vous allez voir une jolie femme, et vous me rendrez sa visite moins ennuyeuse.»

A l'aspect d'Augustine, la duchesse se leva et la fit asseoir auprès d'elle.

«A quoi dois-je le bonheur de cette visite, madame?» dit-elle avec un sourire plein de grâces.

«Pourquoi tant de fausseté?» pensa Augustine qui ne répondit que par une inclination de tête.

Ce silence était commandé. La jeune femme voyait devant elle un témoin de trop à cette scène. Ce personnage était, de tous les colonels de l'armée, le plus jeune, le plus élégant et le mieux fait. Son costume demi-bourgeois faisait ressortir les grâces de sa personne. Sa figure pleine de vie, de jeunesse, et déjà fort expressive, était encore animée par de petites moustaches relevées en pointe et noires comme du jais, par une impériale bien fournie, par des favoris soigneusement peignés et par une forêt de cheveux noirs assez en désordre. Il badinait avec une cravache, en manifestant une aisance et une liberté qui seyaient à l'air satisfait de sa physionomie ainsi qu'à la recherche de sa toilette; les rubans attachés à sa boutonnière étaient noués avec dédain, et il paraissait bien plus vain de sa jolie tournure que de son courage. Augustine regarda la duchesse de Carigliano en lui montrant le colonel par un coup d'œil dont toutes les prières furent comprises.

«Eh bien, adieu, d'Aiglemont, nous nous retrouverons au bois de Boulogne.»

Ces mots furent prononcés par la sirène comme s'ils étaient le résultat d'une stipulation antérieure à l'arrivée d'Augustine, elle les accompagna d'un regard menaçant que l'officier méritait peut-être pour l'admiration qu'il témoignait en contemplant la modeste fleur qui contrastait si bien avec l'orgueilleuse duchesse. Le jeune fat s'inclina en silence, tourna sur les talons de ses bottes, et s'élança gracieusement hors du boudoir. En ce moment, Augustine, épiant sa rivale qui semblait suivre des yeux le brillant officier, surprit dans ce regard un sentiment dont les fugitives expressions sont connues de toutes les femmes. Elle songea avec la douleur la plus profonde que sa visite allait être inutile : cette artificieuse duchesse était trop avide d'hommages pour ne pas avoir le cœur sans pitié.

« Madame, dit Augustine d'une voix entrecoupée, la démarche que je fais en ce moment auprès de vous va vous sembler bien singulière ; mais le désespoir a sa folie, et doit faire tout excuser. Je m'explique trop bien pourquoi Théodore préfère votre maison à toute autre, et pourquoi votre esprit exerce tant d'empire sur lui. Hélas ! je n'ai qu'à rentrer en moi-même pour en trouver des raisons plus que suffisantes. Mais j'adore mon mari, madame. Deux ans de larmes n'ont point effacé son image de mon cœur, quoique j'aie perdu le sien. Dans ma folie, j'ai osé concevoir l'idée de lutter avec vous ; et je viens à vous, vous demander par quels moyens je puis triompher de vous-même. Oh, madame ! s'écria la jeune femme en saisissant avec ardeur la main de sa rivale qui la lui laissa prendre, je ne prierai jamais Dieu pour mon propre bonheur avec autant de ferveur que je l'implorerais pour le vôtre, si vous m'aidiez à reconquérir, je ne dirai pas l'amour, mais l'amitié de Sommervieux. Je n'ai plus d'espoir qu'en vous. Ah ! dites-moi comment vous avez pu lui plaire et lui faire oublier les premiers jours de... »

A ces mots, Augustine, suffoquée par des sanglots mal contenus, fut obligée de s'arrêter. Honteuse de sa faiblesse, elle cacha son visage dans un mouchoir qu'elle inonda de ses larmes.

« Êtes-vous donc enfant, ma chère petite belle ! » dit la duchesse qui, séduite par la nouveauté de cette scène et attendrie malgré elle en recevant l'hommage que lui rendait la plus parfaite vertu qui fût peut-être à Paris, prit le mouchoir de la jeune femme et se mit à lui essuyer elle-même les yeux en la flattant par quelques monosyllabes murmurés avec une gracieuse pitié. Après un moment de silence, la coquette, emprisonnant les jolies mains de la pauvre Augustine entre les siennes qui avaient un rare caractère de beauté noble et de puissance, lui dit d'une voix douce et affectueuse : « Pour premier avis, je vous conseillerai de ne pas pleurer ainsi, les larmes enlaidissent. Il faut savoir prendre son parti sur les chagrins qui rendent malade, car l'amour ne reste pas longtemps sur un lit de douleur. La mélancolie donne bien d'abord une certaine grâce qui plaît, mais elle finit par allonger les traits et flétrir la plus ravissante de toutes les figures. Ensuite, nos tyrans ont l'amour-propre de vouloir que leurs esclaves soient toujours gaies.

« Ah ! madame, il ne dépend pas de moi de ne pas sentir. Comment peut-on, sans éprouver mille morts, voir terne, décolorée, indifférente, une figure qui jadis rayonnait d'amour et de joie ? Je ne sais pas commander à mon cœur.

— Tant pis, chère belle ; mais je crois déjà savoir toute votre histoire. D'abord, imaginez-vous bien que si votre mari vous a été infidèle, je ne suis pas sa complice. Si j'ai tenu à l'avoir dans mon salon, c'est, je l'avouerai, par amour-propre : il était célèbre et n'allait nulle part. Je vous aime déjà trop pour vous dire toutes les folies qu'il a faites pour moi. Je ne vous en révélerai qu'une seule, parce qu'elle nous servira peut-être à vous le ramener et à le punir de l'audace qu'il met dans ses procédés avec moi. Il finirait par me compromettre. Je connais trop le monde, ma chère, pour vouloir me mettre à la discrétion d'un homme trop supérieur. Sachez qu'il faut se laisser faire la cour par eux, mais les épouser ! c'est une faute. Nous autres femmes, nous devons admirer les hommes de génie, en jouir comme d'un spectacle, mais vivre avec eux ! jamais. Fi donc ! c'est vouloir prendre plaisir à regarder les machines de l'Opéra, au lieu de rester dans une loge, à y savourer ses brillantes illusions. Mais chez vous, ma pauvre enfant, le mal est arrivé, n'est-ce pas ? Eh bien ! il faut essayer de vous armer contre la tyrannie.

— Ah ! madame, avant d'entrer ici, en vous y voyant, j'ai déjà reconnu quelques artifices que je ne soupçonnais pas.

— Eh bien, venez me voir quelquefois, et vous ne serez pas longtemps sans posséder la science de ces bagatelles, d'ailleurs assez importantes. Les choses exté-

rieures sont, pour les sots, la moitié de la vie ; et pour
cela, plus d'un homme de talent se trouve un sot malgré
tout son esprit. Mais je gage que vous n'avez jamais rien
su refuser à Théodore ?

— Le moyen, madame, de refuser quelque chose à
celui qu'on aime !

— Pauvre innocente, je vous adorerais pour votre
niaiserie. Sachez donc que plus nous aimons, moins nous
devons laisser apercevoir à un homme, surtout à un mari,
l'étendue de notre passion. C'est celui qui aime le plus
qui est tyrannisé, et, qui pis est, délaissé tôt ou tard. Celui
qui veut régner, doit...

— Comment, madame, faudra-t-il donc dissimuler,
calculer, devenir fausse, se faire un caractère artificiel et
pour toujours ? Oh ! comment peut-on vivre ainsi. Est-ce
que vous pouvez... »

Elle hésita, la duchesse sourit.

« Ma chère, reprit la grande dame d'une voix grave, le
bonheur conjugal a été de tout temps une spéculation, une
affaire qui demande une attention particulière. Si vous
continuez à parler passion quand je vous parle mariage,
nous ne nous entendrons bientôt plus. Écoutez-moi,
continua-t-elle en prenant le ton d'une confidence. J'ai
été à même de voir quelques-uns des hommes supérieurs
de notre époque. Ceux qui se sont mariés ont, à quelques
exceptions près, épousé des femmes nulles. Eh bien, ces
femmes-là les gouvernaient, comme l'Empereur nous
gouverne, et étaient, sinon aimées, du moins respectées
par eux. J'aime assez les secrets, surtout ceux qui nous
concernent, pour m'être amusée à chercher le mot de
cette énigme. Eh bien, mon ange, ces bonnes femmes
avaient le talent d'analyser le caractère de leurs maris ;
sans s'épouvanter comme vous de leurs supériorités, elles
avaient adroitement remarqué les qualités qui leur manquaient ; et, soit qu'elles possédassent ces qualités, ou
qu'elles feignissent de les avoir, elles trouvaient moyen
d'en faire un si grand étalage aux yeux de leurs maris
qu'elles finissaient par leur imposer. Enfin, apprenez
encore que ces âmes qui paraissent si grandes ont toutes
un petit grain de folie que nous devons savoir exploiter.

En prenant la ferme volonté de les dominer, en ne s'écartant jamais de ce but, en y rapportant toutes nos actions, nos idées, nos coquetteries, nous maîtrisons ces esprits éminemment capricieux qui, par la mobilité même de leurs pensées, nous donnent les moyens de les influencer.

— Oh ciel ! s'écria la jeune femme épouvantée, voilà dont la vie. C'est un combat...

— Où il faut toujours menacer, reprit la duchesse en riant. Notre pouvoir est tout factice. Aussi ne faut-il jamais se laisser mépriser par un homme : on ne se relève d'une pareille chute que par des manœuvres odieuses. Venez, ajouta-t-elle, je vais vous donner un moyen de mettre votre mari à la chaîne. »

Elle se leva pour guider en souriant la jeune et innocente apprentie des ruses conjugales à travers le dédale de son petit palais. Elles arrivèrent toutes deux à un escalier dérobé qui communiquait aux appartements de réception. Quand la duchesse tourna le secret de la porte, elle s'arrêta, regarda Augustine avec un air inimitable de finesse et de grâce : « Tenez, le duc de Carigliano m'adore, eh bien, il n'ose pas entrer par cette porte sans ma permission. Et c'est un homme qui a l'habitude de commander à des milliers de soldats. Il sait affronter les batteries, mais devant moi... il a peur. »

Augustine soupira. Elles parvinrent à une somptueuse galerie où la femme du peintre fut amenée par la duchesse devant le portrait que Théodore avait fait de Mlle Guillaume. A cet aspect, Augustine jeta un cri.

« Je savais bien qu'il n'était plus chez moi, dit-elle, mais... ici !

— Ma chère petite, je ne l'ai exigé que pour voir jusqu'à quel degré de bêtise un homme de génie peut atteindre. Tôt ou tard, il vous aurait été rendu par moi, car je ne m'attendais pas au plaisir de voir ici l'original devant la copie. Pendant que nous allons achever notre conversation, je le ferai porter dans votre voiture. Si, armée de ce talisman, vous n'êtes pas maîtresse de votre mari pendant cent ans, vous n'êtes pas une femme, et vous mériterez votre sort ! »

Augustine baisa la main de la duchesse, qui la pressa sur son cœur et l'embrassa avec une tendresse d'autant plus vive qu'elle devait être oubliée le lendemain. Cette scène aurait peut-être à jamais ruiné la candeur et la pureté d'une femme moins vertueuse qu'Augustine à qui les secrets révélés par la duchesse pouvaient être également salutaires et funestes, car la politique astucieuse des hautes sphères sociales ne convenait pas plus à Augustine que l'étroite raison de Joseph Lebas, ni que la niaise morale de Mme Guillaume. Étrange effet des fausses positions où nous jettent les moindres contresens commis dans la vie ! Augustine ressemblait alors à un pâtre des Alpes surpris par une avalanche : s'il hésite, ou s'il veut écouter les cris de ses compagnons, le plus souvent il périt. Dans ces grandes crises, le cœur se brise ou se bronze [73].

Mme de Sommervieux revint chez elle en proie à une agitation qu'il serait difficile de décrire. Sa conversation avec la duchesse de Carigliano éveillait une foule d'idées contradictoires dans son esprit. Comme les moutons de la fable, pleine de courage en l'absence du loup, elle se haranguait elle-même et se traçait d'admirables plans de conduite ; elle concevait mille stratagèmes de coquetterie ; elle parlait même à son mari, retrouvant, loin de lui, toutes les ressources de cette éloquence vraie qui n'abandonne jamais les femmes ; puis, en songeant au regard fixe et clair de Théodore, elle tremblait déjà. Quand elle demanda si monsieur était chez lui, la voix lui manqua. En apprenant qu'il ne reviendrait pas dîner, elle éprouva un mouvement de joie inexplicable. Semblable au criminel qui se pourvoit en cassation contre son arrêt de mort, un délai, quelque court qu'il pût être, lui semblait une vie entière. Elle plaça le portrait dans sa chambre, et attendit son mari en se livrant à toutes les angoisses de l'espérance. Elle pressentait trop bien que cette tentative allait décider de tout son avenir pour ne pas frissonner à toute espèce de bruit, même au murmure de sa pendule qui semblait appesantir ses terreurs en les lui mesurant. Elle tâcha de tromper le temps par mille artifices. Elle eut l'idée de faire une toilette qui la rendit semblable en tout point au portrait. Puis, connaissant le caractère inquiet de son mari, elle fit éclairer son appartement d'une manière inusitée, certaine qu'en rentrant la curiosité l'amènerait chez elle. Minuit sonna, quand, au cri du jockey[74], la porte de l'hôtel s'ouvrit. La voiture du peintre roula sur le pavé de la cour silencieuse.

« Que signifie cette illumination », demanda Théodore d'une voix joyeuse en entrant dans la chambre de sa femme.

Augustine saisit avec adresse un moment si favorable, elle s'élança au cou de son mari et lui montra le portrait. L'artiste resta immobile comme un rocher et ses yeux se dirigèrent alternativement sur Augustine et sur la toile accusatrice. La timide épouse demi-morte, qui épiait le front changeant, le front terrible de son mari, en vit par degrés les rides expressives s'amoncelant comme des nuages ; puis, elle crut sentir son sang se figer dans ses veines, quand, par un regard flamboyant et d'une voix profondément sourde, elle fut interrogée.

« Où avez-vous trouvé ce tableau ?

— La duchesse de Carigliano me l'a rendu.

— Vous le lui avez demandé ?

— Je ne savais pas qu'il fût chez elle. »

La douceur ou plutôt la mélodie enchanteresse de la voix de cet ange eût attendri des Cannibales, mais non un artiste en proie aux tortures de la vanité blessée.

« Cela est digne d'elle, s'écria l'artiste d'une voix tonnante. Je me vengerai, dit-il en se promenant à grands pas, elle en mourra de honte : je la peindrai ! oui, je la représenterai sous les traits de Messaline sortant à la nuit du palais de Claude.

— Théodore ?... dit une voix mourante.

— Je la tuerai.

— Mon ami !

— Elle aime ce petit colonel de cavalerie, parce qu'il monte bien à cheval...

— Théodore !

— Eh ! laissez-moi », dit le peintre à sa femme avec un son de voix qui ressemblait presque à un rugissement.

Il serait odieux de peindre toute cette scène à la fin de

laquelle l'ivresse de la colère suggéra à l'artiste des paroles et des actes qu'une femme moins jeune qu'Augustine aurait attribués à la démence.

Sur les huit heures du matin, le lendemain, Mme
Guillaume surprit sa fille pâle, les yeux rouges, la coiffure en désordre, tenant à la main un mouchoir trempé de
pleurs, contemplant sur le parquet les fragments épars
d'une toile déchirée et les morceaux d'un grand cadre
doré mis en pièce. Augustine, que la douleur rendait
presque insensible, montra ces débris par un geste em-
preint de désespoir.

«Et voilà peut-être une grande perte, s'écria la vieille
régente du Chat-qui-pelote. Il était ressemblant, c'est
vrai; mais j'ai appris qu'il y a sur le boulevard un homme
qui fait des portraits charmants pour cinquante écus.

— Ah, ma mère!

— Pauvre petite, tu as bien raison! répondit Mme
Guillaume qui méconnut l'expression du regard que lui
jeta sa fille. Va, mon enfant, l'on n'est jamais si tendre-
ment aimé que par sa mère. Ma mignonne, je devine tout;
mais viens me confier tes chagrins, je te consolerai. Ne
t'ai-je pas déjà dit que cet homme-là était un fou? Ta
femme de chambre m'a conté de belles choses... Mais
c'est donc un véritable monstre!»

Augustine mit un doigt sur ses lèvres pâlies, comme
pour implorer de sa mère un moment de silence. Pendant
cette terrible nuit, le malheur lui avait fait trouver cette
patiente résignation qui, chez les mères et chez les femmes aimantes, surpasse, dans ses effets, l'énergie humaine et révèle peut-être dans le cœur des femmes
l'existence de certaines cordes que Dieu a refusées à
l'homme.

Une inscription gravée sur un cippe du cimetière
Montmartre indique que Mme de Sommervieux est morte
à vingt-sept ans. Dans les simples lignes de cette épitaphe
un ami de cette timide créature voit la dernière scène d'un
drame. Chaque année, au jour solennel du 2 novembre, il
ne passe jamais devant ce jeune marbre sans se demander
s'il ne faut pas des femmes plus fortes que ne l'était
Augustine pour les puissantes étreintes du génie.

« Les humbles et modestes fleurs, écloses dans les vallées, meurent peut-être, se dit-il, quand elles sont transplantées trop près des cieux, aux régions où se forment les orages, où le soleil est brûlant. »

Maffliers, octobre 1829.

LE BAL DE SCEAUX

A HENRI DE BALZAC [1]

Son frère, HONORÉ.

Le comte de Fontaine, chef de l'une des plus anciennes familles du Poitou [2] avait servi la cause des Bourbons avec intelligence et courage pendant la guerre que les vendéens firent à la république. Après avoir échappé à tous les dangers qui menacèrent les chefs royalistes durant cette orageuse époque de l'histoire contemporaine, il disait gaiement : « Je suis un de ceux qui se sont fait tuer sur les marches du trône ! » Cette plaisanterie n'était pas sans quelque vérité pour un homme laissé parmi les morts à la sanglante journée des Quatre-Chemins [3]. Quoique ruiné par des confiscations, ce fidèle vendéen refusa constamment les places lucratives que lui fit offrir l'empereur Napoléon. Invariable dans sa religion aristocratique, il en avait aveuglément suivi les maximes quand il jugea convenable de se choisir une compagne. Malgré les séductions d'un riche parvenu révolutionnaire qui mettait cette alliance à haut prix, il épousa une demoiselle de Kergarouët sans fortune, mais dont la famille est une des plus vieilles de la Bretagne.

La Restauration surprit M. de Fontaine chargé d'une nombreuse famille. Quoiqu'il n'entrât pas dans les idées du généreux gentilhomme de solliciter des grâces, il céda néanmoins aux désirs de sa femme, quitta son domaine dont le revenu modique suffisait à peine aux besoins de ses enfants, et vint à Paris. Contristé de l'avidité avec laquelle ses anciens camarades faisaient curée des places et des dignités constitutionnelles [4], il allait retourner à sa

terre, lorsqu'il reçut une lettre ministérielle, par laquelle
une Excellence assez connue lui annonçait sa nomination
au grade de maréchal de camp, en vertu de l'ordonnance
qui permettait aux officiers des armées catholiques de
compter les vingt premières années inédites du règne de
Louis XVIII comme années de service [5]. Quelques jours
après, le vendéen reçut encore, sans aucune sollicitation
et d'office, la croix de l'ordre de la Légion d'honneur et
celle de Saint-Louis [6]. Ébranlé dans sa résolution par ces
grâces successives qu'il crut devoir au souvenir du monarque, il ne se contenta plus de mener sa famille, comme
il l'avait pieusement fait chaque dimanche, crier Vive le
Roi dans la salle des Maréchaux aux Tuileries quand les
princes se rendaient à la chapelle, il sollicita la faveur
d'une entrevue particulière. Cette audience, très promptement accordée, n'eut rien de particulier. Le salon royal
était plein de vieux serviteurs dont les têtes poudrées,
vues d'une certaine hauteur, ressemblaient à un tapis de
neige. Là, le gentilhomme retrouva d'anciens compagnons qui le reçurent d'un air un peu froid; mais les
princes [7] lui parurent *adorables,* expression d'enthousiasme qui lui échappa, quand le plus gracieux de ses
maîtres, de qui le comte ne se croyait connu que de nom,
vint lui serrer la main et le proclama le plus pur des
vendéens. Malgré cette ovation, aucune de ces augustes
personnes n'eut l'idée de lui demander le compte de ses
pertes, ni celui de l'argent si généreusement versé dans
les caisses de l'armée catholique. Il s'aperçut, un peu
tard, qu'il avait fait la guerre à ses dépens. Vers la fin de
la soirée, il crut pouvoir hasarder une spirituelle allusion
à l'état de ses affaires, semblable à celui de bien des
gentilshommes. Sa Majesté se prit à rire d'assez bon
cœur, toute parole marquée au coin de l'esprit avait le
don de lui plaire; mais elle répliqua néanmoins par une de
ces royales plaisanteries dont la douceur est plus à craindre que la colère d'une réprimande. Un des plus intimes
confidents du roi ne tarda pas à s'approcher du vendéen
calculateur, auquel il fit entendre, par une phrase fine et
polie, que le moment n'était pas encore venu de compter
avec les maîtres : il se trouvait sur le tapis des mémoires

beaucoup plus arriérés que le sien, et qui devaient sans doute servir à l'histoire de la Révolution. Le comte sortit prudemment du groupe vénérable qui décrivait un respectueux demi-cercle devant l'auguste famille; puis, après avoir, non sans peine, dégagé son épée parmi les jambes grêles où elle s'était engagée, il regagna pédestrement à travers la cour des Tuileries le fiacre qu'il avait laissé sur le quai. Avec cet esprit rétif qui distingue la noblesse de vieille roche chez laquelle le souvenir de la Ligue et des Barricades n'est pas encore éteint, il se plaignit dans son fiacre, à haute voix et de manière à se compromettre, sur le changement survenu à la cour. « Autrefois, se disait-il, chacun parlait librement au roi de ses petites affaires, les seigneurs pouvaient à leur aise lui demander des grâces et de l'argent, et aujourd'hui l'on n'obtiendra pas, sans scandale, le remboursement des sommes avancées pour son service ? Morbleu ! la croix de Saint-Louis et le grade de maréchal de camp ne valent pas trois cent mille livres que j'ai, bel et bien, dépensées pour la cause royale. Je veux reparler au roi, en face, et dans son cabinet. »

Cette scène refroidit d'autant plus le zèle de M. de Fontaine, que ses demandes d'audience restèrent constamment sans réponse. Il vit d'ailleurs les intrus de l'Empire arrivant à quelques-unes des charges réservées sous l'ancienne monarchie aux meilleures maisons.

« Tout est perdu, dit-il un matin. Décidément, le roi n'a jamais été qu'un révolutionnaire. Sans Monsieur, qui ne déroge pas et console ses fidèles serviteurs, je ne sais en quelles mains irait un jour la couronne de France, si ce régime continuait. Leur maudit système constitutionnel est le plus mauvais de tous les gouvernements et ne pourra jamais convenir à la France. Louis XVIII et M. Beugnot nous ont tout gâté à Saint-Ouen [8]. »

Le comte désespéré se préparait à retourner à sa terre, en abandonnant avec noblesse ses prétentions à toute indemnité. En ce moment, les événements du Vingt-Mars [9] annoncèrent une nouvelle tempête qui menaçait d'engloutir le roi légitime et ses défenseurs. Semblable à ces gens généreux qui ne renvoient pas un serviteur par

un temps de pluie, M. de Fontaine emprunta sur sa terre
pour suivre la monarchie en déroute, sans savoir si cette
complicité d'émigration lui serait plus propice que ne
l'avait été son dévouement passé; mais après avoir observé que les compagnons de l'exil étaient plus en faveur
que les braves qui, jadis, avaient protesté, les armes à la
main, contre l'établissement de la république, peut-être
espéra-t-il trouver dans ce voyage à l'étranger plus de
profit que dans un service actif et périlleux à l'intérieur.
Ses calculs de courtisan ne furent pas une de ces vaines
spéculations qui promettent sur le papier des résultats
superbes, et ruinent par leur exécution. Il fut donc, selon
le mot du plus spirituel et du plus habile de nos diplomates [10], un des cinq cents fidèles serviteurs qui partagèrent
l'exil de la cour à Gand, et l'un des cinquante mille qui en
revinrent. Pendant cette courte absence de la royauté,
M. de Fontaine eut le bonheur d'être employé par
Louis XVIII, et rencontra plus d'une occasion de donner
au roi les preuves d'une grande probité politique et d'un
attachement sincère. Un soir que le monarque n'avait rien
de mieux à faire, il se souvint du bon mot dit par M. de
Fontaine aux Tuileries. Le vieux vendéen ne laissa pas
échapper un tel à-propos, et raconta son histoire assez
spirituellement pour que ce roi, qui n'oubliait rien, pût se
la rappeler en temps utile. L'auguste littérateur remarqua
la tournure fine donnée à quelques notes dont la rédaction
avait été confiée au discret gentilhomme. Ce petit mérite
inscrivit M. de Fontaine, dans la mémoire du roi, parmi
les plus loyaux serviteurs de sa couronne. Au second
retour, le comte fut un de ces envoyés extraordinaires qui
parcoururent les départements, avec la mission de juger
souverainement les fauteurs de la rébellion; mais il usa
modérément de son terrible pouvoir. Aussitôt que cette
juridiction temporaire eut cessé, le grand-prévôt [11] s'assit
dans un des fauteuils du Conseil d'État, devint député,
parla peu, écouta beaucoup, et changea considérablement
d'opinion. Quelques circonstances, inconnues aux bio-
graphes, le firent entrer assez avant dans l'intimité du
prince pour qu'un jour le malicieux monarque l'interpel-
lât ainsi en le voyant entrer : « Mon ami Fontaine, je ne

m'aviserais pas de vous nommer directeur général ni ministre ! Ni vous ni moi, si nous étions *employés* [12], ne resterions en place, à cause de nos opinions. Le gouvernement représentatif a cela de bon qu'il nous ôte la peine que nous avions jadis, de renvoyer nous-mêmes nos secrétaires d'État. Notre conseil est une véritable hôtellerie, où l'opinion publique nous envoie souvent de singuliers voyageurs ; mais enfin nous saurons toujours où placer nos fidèles serviteurs. »

Cette ouverture moqueuse fut suivie d'une ordonnance qui donnait à M. de Fontaine une administration dans le domaine extraordinaire de la Couronne [13]. Par suite de l'intelligente attention avec laquelle il écoutait les sarcasmes de son royal ami, son nom se trouva sur les lèvres de Sa Majesté, toutes les fois qu'il fallut créer une commission dont les membres devaient être lucrativement appointés. Il eut le bon esprit de taire la faveur dont l'honorait le monarque et sut l'entretenir par une manière piquante de narrer, dans une de ces causeries familières auxquelles Louis XVIII se plaisait autant qu'aux billets agréablement écrits, les anecdotes politiques et, s'il est permis de se servir de cette expression, les cancans diplomatiques ou parlementaires qui abondaient alors. On sait que les détails de sa *gouvernementabilité,* mot adopté par l'auguste railleur, l'amusaient infiniment. Grâce au bon sens, à l'esprit et à l'adresse de M. le comte de Fontaine, chaque membre de sa nombreuse famille, quelque jeune qu'il fût, finit, ainsi qu'il le disait plaisamment à son maître, par se poser comme un ver à soie sur les feuilles du budget. Ainsi, par les bontés du roi, l'aîné de ses fils parvint à une place éminente dans la magistrature inamovible. Le second, simple capitaine avant la Restauration, obtint une légion immédiatement après son retour de Gand ; puis, à la faveur des mouvements de 1815 pendant lesquels on méconnut les règlements, il passa dans la Garde royale, repassa dans les gardes du corps, revint dans la ligne, et se trouva lieutenant général avec un commandement dans la garde, après l'affaire du Trocadéro [14]. Le dernier, nommé sous-préfet, devint bientôt maître des requêtes et directeur d'une administra-

tion municipale de la Ville de Paris, où il se trouvait à
l'abri des tempêtes législatives. Ces grâces sans éclat,
secrètes comme la faveur du comte, pleuvaient inaper-
çues. Quoique le père et les trois fils eussent chacun assez
de sinécures pour jouir d'un revenu budgétaire presque
aussi considérable que celui d'un directeur général, leur
fortune politique n'excita l'envie de personne. Dans ces
temps de premier établissement du système constitutionnel, peu de personnes avaient des idées justes sur les
régions paisibles du budget, où d'adroits favoris surent
trouver l'équivalent des abbayes détruites. M. le comte
de Fontaine, qui naguère encore se vantait de n'avoir pas
lu la Charte et se montrait si courroucé contre l'avidité
des courtisans, ne tarda pas à prouver à son auguste
maître qu'il comprenait aussi bien que lui l'esprit et les
ressources du *représentatif*. Cependant, malgré la sécurité des carrières ouvertes à ses trois fils, malgré les
avantages pécuniaires qui résultaient du cumul de quatre
places, M. de Fontaine se trouvait à la tête d'une famille
trop nombreuse pour pouvoir promptement et facilement
rétablir sa fortune. Ses trois fils étaient riches d'avenir, de
faveur et de talent; mais il avait trois filles, et craignait de
lasser la bonté du monarque. Il imagina de ne jamais lui
parler que d'une seule de ces vierges pressées d'allumer
leur flambeau. Le roi avait trop bon goût pour laisser son
œuvre imparfaite. Le mariage de la première avec un
receveur général Planat de Baudry fut conclu par une de
ces phrases royales qui ne coûtent rien et valent des
millions. Un soir où le monarque était maussade, il sourit
en apprenant l'existence d'une autre demoiselle de Fontaine qu'il fit épouser à un jeune magistrat d'extraction
bourgeoise, il est vrai, mais riche, plein de talent, et qu'il
créa baron. Lorsque l'année suivante, le vendéen parla de
Mlle Émilie de Fontaine, le roi lui répondit de sa petite
voix aigrelette : «*Amicus Plato, sed magis amica Na-
tio* [15].» Puis, quelques jours après, il régala son *ami
Fontaine* d'un quatrain [16] assez innocent qu'il appelait
une épigramme et dans lequel il le plaisantait sur ses trois
filles si habilement produites sous la forme d'une trinité.
S'il faut en croire la chronique, le monarque avait été

chercher son bon mot dans l'unité des trois personnes divines.

« Si le roi daignait changer son épigramme en épithalame ? dit le comte en essayant de faire tourner cette boutade à son profit.

— Si j'en vois la rime, je n'en vois pas la raison », répondit durement le roi qui ne goûta point cette plaisanterie faite sur sa poésie, quelque douce qu'elle fût.

Dès ce jour, son commerce avec M. de Fontaine eut moins d'aménité. Les rois aiment plus qu'on ne le croit la contradiction. Comme presque tous les enfants venus les derniers, Émilie de Fontaine était un Benjamin gâté [17] par tout le monde. Le refroidissement du monarque causa donc d'autant plus de peine au comte, que jamais mariage ne fut plus difficile à conclure que celui de cette fille chérie. Pour concevoir tous ces obstacles, il faut pénétrer dans l'enceinte du bel hôtel où l'administrateur était logé aux dépens de la Liste civile. Émilie avait passé son enfance à la terre de Fontaine en y jouissant de cette abondance qui suffit aux premiers plaisirs de la jeunesse ; ses moindres souhaits y étaient des lois pour ses sœurs, pour ses frères, pour sa mère, et même pour son père. Tous ses parents raffolaient d'elle. Arrivée à l'âge de raison précisément au moment où sa famille fut comblée des faveurs de la fortune, l'enchantement de sa vie continua. Le luxe de Paris lui sembla tout aussi naturel que la richesse en fleurs ou en fruits, et que cette opulence champêtre qui firent le bonheur de ses premières années. De même qu'elle n'avait éprouvé aucune contrariété dans son enfance quand elle voulait satisfaire de joyeux désirs, de même elle se vit encore obéie lorsqu'à l'âge de quatorze ans elle se lança dans le tourbillon du monde. Accoutumée ainsi par degrés aux jouissances de la fortune, les recherches de la toilette, l'élégance des salons dorés et des équipages lui devinrent aussi nécessaires que les compliments vrais ou faux de la flatterie, que les fêtes et les vanités de la cour. Comme la plupart des enfants gâtés, elle tyrannisa ceux qui l'aimaient, et réserva ses coquetteries aux indifférents. Ses défauts ne firent que grandir avec elle, et ses parents allaient bientôt recueillir

les fruits amers de cette éducation funeste. A dix-neuf
ans, Émilie de Fontaine n'avait pas encore voulu faire de
choix parmi les nombreux jeunes gens que la politique de
M. de Fontaine assemblait dans ses fêtes. Quoique jeune
encore, elle jouissait dans le monde de toute la liberté
d'esprit que peut y avoir une femme. Semblable aux rois,
elle n'avait pas d'amis, et se voyait partout l'objet d'une
complaisance à laquelle un naturel meilleur que le sien
n'eût peut-être pas résisté. Aucun homme, fût-ce même
un vieillard, n'avait la force de contredire les opinions
d'une jeune fille dont un seul regard ranimait l'amour
dans un cœur froid. Élevée avec des soins qui manquèrent
à ses sœurs, elle peignait assez bien, parlait l'italien et
l'anglais, jouait du piano d'une façon désespérante ; enfin
sa voix, perfectionnée par les meilleurs maîtres, avait un
timbre qui donnait à son chant d'irrésistibles séductions.
Spirituelle et nourrie de toutes les littératures, elle aurait
pu faire croire que, comme dit Mascarille [18], les gens de
qualité viennent au monde en sachant tout. Elle raisonnait
facilement sur la peinture italienne ou flamande, sur le
Moyen Age ou la Renaissance ; jugeait à tort et à travers
les livres anciens ou nouveaux, et faisait ressortir avec
une cruelle grâce d'esprit les défauts d'un ouvrage. La
plus simple de ses phrases était reçue par la foule idolâtre,
comme par les Turcs un *fetfa* du Sultan. Elle éblouis-
sait ainsi les gens superficiels ; quant aux gens profonds,
son tact naturel l'aidait à les reconnaître ; et pour eux, elle
déployait tant de coquetterie, qu'à la faveur de ses
séductions, elle pouvait échapper à leur examen. Ce
vernis séduisant couvrait un cœur insouciant, l'opinion commune à beaucoup de jeunes filles que personne n'habitait une sphère assez élevée pour pouvoir
comprendre l'excellence de son âme, et un orgueil qui
s'appuyait autant sur sa naissance que sur sa beauté.
En l'absence du sentiment violent qui ravage tôt ou
tard le cœur d'une femme, elle portait sa jeune ardeur
dans un amour immodéré des distinctions, et témoignait
le plus profond mépris pour les roturiers. Fort impertinente avec la nouvelle noblesse, elle faisait tous ses
efforts pour que ses parents marchassent de pair au

milieu des familles les plus illustres du faubourg Saint-Germain.

Ces sentiments n'avaient pas échappé à l'œil observateur de M. de Fontaine, qui plus d'une fois, lors du mariage de ses deux premières filles, eut à gémir des sarcasmes et des bons mots d'Émilie. Les gens logiques s'étonneront d'avoir vu le vieux vendéen donnant sa première fille à un receveur général qui possédait bien, à la vérité, quelques anciennes terres seigneuriales, mais dont le nom n'était pas précédé de cette particule [19] à laquelle le trône dut tant de défenseurs, et la seconde à un magistrat trop récemment baronifié pour faire oublier que le père avait vendu des fagots. Ce notable changement dans les idées du noble, au moment où il atteignait sa soixantième année, époque à laquelle les hommes quittent rarement leurs croyances, n'était pas dû seulement à la déplorable habitation de la moderne Babylone où tous les gens de province finissent par perdre leurs rudesses ; la nouvelle conscience politique du comte de Fontaine était encore le résultat des conseils et de l'amitié du roi. Ce prince philosophe avait pris plaisir à convertir le vendéen aux idées qu'exigeaient la marche du dix-neuvième siècle et la rénovation de la monarchie. Louis XVIII voulait fondre les partis, comme Napoléon avait fondu les choses et les hommes [20]. Le roi légitime, peut-être aussi spirituel que son rival, agissait en sens contraire. Le dernier chef de la maison de Bourbon était aussi empressé à satisfaire le tiers état et les gens de l'Empire, en contenant le clergé, que le premier des Napoléon fut jaloux d'attirer auprès de lui les grands seigneurs ou de doter l'Église. Confident des royales pensées, le conseiller d'État était insensiblement devenu l'un des chefs les plus influents et les plus sages de ce parti modéré qui désirait vivement, au nom de l'intérêt national, la fusion des opinions. Il prêchait les coûteux principes du gouvernement constitutionnel et secondait de toute sa puissance les jeux de la bascule politique qui permettait à son maître de gouverner la France au milieu des agitations. Peut-être M. de Fontaine se flattait-il d'arriver à la pairie par un de ces coups de vent législatifs dont les effets si bizarres surprenaient alors les plus vieux politiques. Un de ses principes les plus fixes consistait à ne plus reconnaître en France d'autre noblesse que la pairie, dont les familles étaient les seules qui eussent des privilèges.

« Une noblesse sans privilèges, disait-il, est un manche sans outil. »

Aussi éloigné du parti de Lafayette que du parti de La Bourdonnaye [21], il entreprenait avec ardeur la réconciliation générale d'où devaient sortir une ère nouvelle et de brillantes destinées pour la France. Il cherchait à convaincre les familles qui hantaient ses salons et ceux où il allait du peu de chances favorables qu'offraient désormais la carrière militaire et l'administration. Il engageait les mères à lancer leurs enfants dans les professions indépendantes et industrielles, en leur donnant à entendre que les emplois militaires et les hautes fonctions du gouvernement finiraient par appartenir très constitutionnellement aux cadets des familles nobles de la pairie. Selon lui, la nation avait conquis une part assez large dans l'administration par son assemblée élective, par les places de la magistrature et par celles de la finance qui, disait-il, seraient toujours comme autrefois l'apanage des notabilités du tiers état. Les nouvelles idées du chef de la famille de Fontaine, et les sages alliances qui en résultèrent pour ses deux premières filles, avaient rencontré de fortes résistances au sein de son ménage. La comtesse de Fontaine resta fidèle aux vieilles croyances, que ne devait pas renier une femme qui appartenait aux Rohan par sa mère. Quoiqu'elle se fût opposée pendant un moment au bonheur et à la fortune qui attendaient ses deux filles aînées, elle se rendit à ces considérations secrètes que les époux se confient le soir quand leurs têtes reposent sur le même oreiller. M. de Fontaine démontra froidement à sa femme, par d'exacts calculs, que le séjour de Paris, l'obligation d'y représenter, la splendeur de sa maison qui les dédommageait des privations si courageusement partagées au fond de la Vendée, les dépenses faites pour leurs fils absorbaient la plus grande partie de leur revenu budgétaire. Il fallait donc saisir, comme une faveur céleste, l'occasion qui se présentait pour eux d'établir si richement leurs filles. Ne devaient-elles pas jouir un jour de soixante, de quatre-vingt, de cent mille livres de rente? Des mariages si avantageux ne se rencontraient pas tous les jours pour des filles sans dot. Enfin, il était temps de penser à économiser pour augmenter la terre de Fontaine et reconstruire l'antique fortune territoriale de la famille. La comtesse céda, comme toutes les mères l'eussent fait à sa place, quoique de meilleure grâce peut-être, à des arguments si persuasifs; mais elle déclara qu'au moins sa fille Émilie serait mariée de manière à satisfaire l'orgueil qu'elle avait contribué malheureusement à développer dans cette jeune âme.

Ainsi les événements qui auraient dû répandre la joie dans cette famille y introduisirent un léger levain de discorde. Le receveur général et le jeune magistrat furent en butte aux froideurs d'un cérémonial que surent créer la comtesse et sa fille Émilie. Leur étiquette trouva bien plus amplement lieu d'exercer ses tyrannies domestiques : le lieutenant général épousa Mlle Mongenod, fille d'un riche banquier; le président se maria sensément avec une demoiselle dont le père, deux ou trois fois millionnaire, avait fait le commerce du sel; enfin le troisième frère se montra fidèle à ces doctrines roturières en prenant pour femme Mlle Grossetête, fille unique du receveur général de Bourges [22]. Les trois belles-sœurs, les deux beaux-frères trouvaient tant de charmes et d'avantages personnels à rester dans la haute sphère des puissances politiques et dans les salons du faubourg Saint-Germain, qu'ils s'accordèrent tous pour former une petite cour à la hautaine Émilie. Ce pacte d'intérêt et d'orgueil ne fut cependant pas tellement bien cimenté que la jeune souveraine n'excitât souvent des révolutions dans son petit État. Des scènes, que le bon ton n'eût pas désavouées, entretenaient entre tous les membres de cette puissante famille une humeur moqueuse qui, sans altérer sensiblement l'amitié affichée en public, dégénérait quelquefois dans l'intérieur en sentiments peu charitables. Ainsi la femme du lieutenant général, devenue baronne, se croyait tout aussi noble qu'une Kergarouët, et prétendait que cent bonnes mille livres de rente lui donnaient le droit d'être

aussi impertinente que sa belle-sœur Émilie à laquelle elle
souhaitait parfois avec ironie un mariage heureux, en
annonçant que la fille de tel pair venait d'épouser monsieur un tel, tout court. La femme du vicomte de Fontaine
s'amusait à éclipser Émilie par le bon goût et par la
richesse qui se faisaient remarquer dans ses toilettes, dans
ses ameublements et ses équipages. L'air moqueur avec
lequel les belles-sœurs et les deux beaux-frères accueilli-
rent quelquefois les prétentions avouées par Mlle de
Fontaine excitait chez elle un courroux à peine calmé par
une grêle d'épigrammes. Lorsque le chef de la famille
éprouva quelque refroidissement dans la tacite et précaire
amitié du monarque, il trembla d'autant plus, que, par
suite des défis railleurs de ses sœurs, jamais sa fille chérie
n'avait jeté ses vues si haut.

Au milieu de ces circonstances et au moment où cette
petite lutte domestique était devenue fort grave, le monarque, auprès duquel M. de Fontaine croyait rentrer en
grâce, fut attaqué de la maladie dont il devait périr. Le
grand politique qui sut si bien conduire sa nauf [23] au sein
des orages ne tarda pas à succomber. Incertain de la
faveur à venir, le comte de Fontaine fit donc les plus
grands efforts pour rassembler autour de sa dernière fille
l'élite des jeunes gens à marier. Ceux qui ont tâché de
résoudre le problème difficile que présente l'établissement d'une fille orgueilleuse et fantasque comprendront
peut-être les peines que se donna le pauvre vendéen.
Achevée au gré de son enfant chéri, cette dernière entreprise eût couronné dignement la carrière que le comte
parcourait depuis dix ans à Paris. Par la manière dont sa
famille envahissait les traitements de tous les ministères,
elle pouvait se comparer à la maison d'Autriche, qui, par
ses alliances, menace d'envahir l'Europe. Aussi le vieux
vendéen ne se rebutait-il pas dans ses présentations de
prétendus, tant il avait à cœur le bonheur de sa fille ; mais
rien n'était plus plaisant que la façon dont l'impertinente
créature prononçait ses arrêts et jugeait le mérite de ses
adorateurs. On eût dit que, semblable à l'une de ces
princesses des *Mille et Un Jours* [24], Émilie fût assez
riche, assez belle pour avoir le droit de choisir parmi tous

les princes du monde; ses objections étaient plus bouf-
fonnes les unes que les autres : l'un avait les jambes trop
grosses ou les genoux cagneux, l'autre était myope, celui-ci s'appelait Durand, celui-là boitait, presque tous lui
semblaient trop gras. Plus vive, plus charmante, plus gaie
que jamais après avoir rejeté deux ou trois prétendus, elle
s'élançait dans les fêtes de l'hiver et courait aux bals où
ses yeux perçants examinaient les célébrités du jour, où
elle se plaisait à exciter des demandes qu'elle rejetait
toujours. La nature lui avait donné en profusion les
avantages nécessaires à ce rôle de Célimène [25]. Grande et
svelte, Émilie de Fontaine possédait une démarche impo-
sante ou folâtre, à son gré. Son col un peu long lui
permettait de prendre de charmantes attitudes de dédain et
d'impertinence. Elle s'était fait un fécond répertoire de
ces airs de tête et de ces gestes féminins qui expliquent si
cruellement ou si heureusement les demi-mots et les sourires. De beaux cheveux noirs, des sourcils très fournis et
fortement arqués prêtaient à sa physionomie une expression de fierté que la coquetterie autant que son miroir lui
apprirent à rendre terrible ou à tempérer par la fixité ou
par la douceur de son regard, par l'immobilité ou par les
légères inflexions de ses lèvres, par la froideur ou la grâce
de son sourire. Quand Émilie voulait s'emparer d'un
cœur, sa voix pure ne manquait pas de mélodie; mais elle
pouvait aussi lui imprimer une sorte de clarté brève quand
elle entreprenait de paralyser la langue indiscrète d'un
cavalier. Sa figure blanche et son front d'albâtre étaient
semblables à la surface limpide d'un lac qui tour à tour se
ride sous l'effort d'une brise ou reprend sa sérénité
joyeuse quand l'air se calme. Plus d'un jeune homme en
proie à ses dédains l'accusa de jouer la comédie; mais
elle se justifiait en inspirant aux médisants le désir de lui
plaire et les soumettant aux dédains de sa coquetterie.
Parmi les jeunes filles à la mode, nulle mieux qu'elle ne
savait prendre un air de hauteur en recevant le salut d'un
homme de talent, ou déployer cette politesse insultante
qui fait de nos égaux des inférieurs, et déverser son
impertinence sur tous ceux qui essayaient de marcher de
pair avec elle. Elle semblait, partout où elle se trouvait,

recevoir plutôt des hommages que des compliments, et même chez une princesse, sa tournure et ses airs eussent converti le fauteuil sur lequel elle se serait assise en un trône impérial.

M. de Fontaine découvrit trop tard combien l'éducation de la fille qu'il aimait le plus avait été faussée par la tendresse de toute la famille. L'admiration que le monde témoigne d'abord à une jeune personne, mais de laquelle il ne tarde pas à se venger, avait encore exalté l'orgueil d'Émilie et accru sa confiance en elle. Une complaisance générale avait développé chez elle l'égoïsme naturel aux enfants gâtés qui, semblables à des rois, s'amusent de tout ce qui les approche. En ce moment, la grâce de la jeunesse et le charme des talents cachaient à tous les yeux ces défauts, d'autant plus odieux chez une femme qu'elle ne peut plaire que par le dévouement et par l'abnégation ; mais rien n'échappe à l'œil d'un bon père : M. de Fontaine essaya souvent d'expliquer à sa fille les principales pages du livre énigmatique de la vie. Vaine entreprise ! Il eut trop souvent à gémir sur l'indocilité capricieuse et sur la sagesse ironique de sa fille pour persévérer dans une tâche aussi difficile que celle de corriger un si pernicieux naturel. Il se contenta de donner de temps en temps des conseils pleins de douceur et de bonté ; mais il avait la douleur de voir ses plus tendres paroles glissant sur le cœur de sa fille comme s'il eût été de marbre. Les yeux d'un père se dessillent si tard, qu'il fallut au vieux vendéen plus d'une épreuve pour s'apercevoir de l'air de condescendance avec laquelle sa fille lui accordait de rares caresses. Elle ressemblait à ces jeunes enfants qui paraissent dire à leur mère : « Dépêche-toi de m'embrasser pour que j'aille jouer. » Enfin, Émilie daignait avoir de la tendresse pour ses parents. Mais souvent, par des caprices soudains qui semblent inexplicables chez les jeunes filles, elle s'isolait et ne se montrait plus que rarement ; elle se plaignait d'avoir à partager avec trop de monde le cœur de son père et de sa mère, elle devenait jalouse de tout, même de ses frères et de ses sœurs. Puis, après avoir pris bien de la peine à créer un désert autour d'elle, cette fille bizarre accusait la nature entière de sa solitude fac-

tice et de ses peines volontaires. Armée de son expérience
de vingt ans, elle condamnait le sort parce que, ne sachant pas que le premier principe du bonheur est en nous,
elle demandait aux choses de la vie de le lui donner. Elle
aurait fui au bout du globe pour éviter des mariages
semblables à ceux de ses deux sœurs ; et néanmoins, elle
avait dans le cœur une affreuse jalousie de les voir mariées, riches et heureuses. Enfin, quelquefois elle donnait
à penser à sa mère, victime de ses procédés tout autant
que M. de Fontaine, qu'elle avait un grain de folie. Cette
aberration était assez explicable : rien n'est plus commun
que cette secrète fierté née au cœur des jeunes personnes
qui appartiennent à des familles haut placées sur l'échelle
sociale, et que la nature a douées d'une grande beauté.
Presque toutes sont persuadées que leurs mères, arrivées
à l'âge de quarante ou cinquante ans, ne peuvent plus ni
sympathiser avec leurs jeunes âmes, ni en concevoir les
fantaisies. Elles s'imaginent que la plupart des mères,
jalouses de leurs filles, veulent les habiller à leur mode
dans le dessein prémédité de les éclipser ou de leur ravir
des hommages. De là, souvent, des larmes secrètes ou de
sourdes révoltes contre la prétendue tyrannie maternelle.
Au milieu de ces chagrins qui deviennent réels, quoique
assis sur une base imaginaire, elles ont encore la manie de
composer un thème pour leur existence, et se tirent à
elles-mêmes un brillant horoscope ; leur magie consiste à
prendre leurs rêves pour des réalités, elles résolvent secrètement, dans leurs longues méditations, de n'accorder
leur cœur et leur main qu'à l'homme qui possédera tel ou
tel avantage ; elles dessinent dans leur imagination un
type auquel il faut, bon gré mal gré, que leur futur
ressemble. Après avoir expérimenté la vie et fait les
réflexions sérieuses qu'amènent les années, à force de
voir le monde et son train prosaïque, à force d'exemples
malheureux, les belles couleurs de leur figure idéale
s'abolissent ; puis, elles se trouvent un beau jour, dans le
courant de la vie, tout étonnées d'être heureuses sans la
nuptiale poésie de leurs rêves. Suivant cette poétique,
Mlle Émilie de Fontaine avait arrêté, dans sa fragile
sagesse, un programme auquel devait se conformer son

prétendu pour être accepté. De là ses dédains et ses
sarcasmes.

« Quoique jeune et de noblesse ancienne, s'était-elle
dit, il sera pair de France ou fils aîné d'un pair ! Il me
serait insupportable de ne pas voir mes armes peintes sur
les panneaux de ma voiture au milieu des plis flottants
d'un manteau d'azur [26], et de ne pas courir comme les
princes dans la grande allée des Champs-Élysées, les
jours de Longchamp. D'ailleurs, mon père prétend que ce
sera un jour la plus belle dignité de France. Je le veux
militaire en me réservant de lui faire donner sa démission,
et je le veux décoré pour que l'on nous porte les armes. »

Ces rares qualités ne servaient à rien, si cet être de
raison ne possédait pas encore une grande amabilité, une
jolie tournure, de l'esprit, et s'il n'était pas svelte. La
maigreur, cette grâce du corps, quelque fugitive qu'elle
pût être, surtout dans un gouvernement représentatif [27],
était une clause de rigueur. Mlle de Fontaine avait une
certaine mesure idéale qui lui servait de modèle. Le jeune
homme qui, au premier coup d'œil, ne remplissait pas les
conditions voulues, n'obtenait même pas un second regard.

« Oh ! mon Dieu, voyez combien ce monsieur est
gras », était chez elle la plus haute expression de mépris.

A l'entendre, les gens d'une honnête corpulence
étaient incapables de sentiments, mauvais maris et indi-
gnes d'entrer dans une société civilisée. Quoique ce fût
une beauté recherchée en Orient, l'embonpoint lui semblait un malheur chez les femmes ; mais chez un homme,
c'était un crime. Ces opinions paradoxales amusaient,
grâce à une certaine gaieté d'élocution. Néanmoins, le
comte sentit que plus tard les prétentions de sa fille, dont
le ridicule allait être visible pour certaines femmes aussi
clairvoyantes que peu charitables, deviendraient un fatal
sujet de raillerie. Il craignit que les idées bizarres de sa
fille ne se changeassent en mauvais ton. Il tremblait que
le monde impitoyable ne se moquât déjà d'une personne
qui restait si longtemps en scène sans donner un dénouement à la comédie qu'elle y jouait. Plus d'un acteur,
mécontent d'un refus, paraissait attendre le moindre inci-

dent malheureux pour se venger. Les indifférents, les oisifs commençaient à se lasser : l'admiration est toujours une fatigue pour l'espèce humaine. Le vieux vendéen savait mieux que personne que s'il faut choisir avec art le moment d'entrer sur les tréteaux du monde, sur ceux de la cour, dans un salon ou sur la scène, il est encore plus difficile d'en sortir à propos. Aussi, pendant le premier hiver qui suivit l'avènement de Charles X au trône, redoubla-t-il d'efforts, conjointement avec ses trois fils et ses gendres, pour réunir dans les salons de son hôtel les meilleurs partis que Paris et les différentes députations des départements pouvaient présenter. L'éclat de ses fêtes, le luxe de sa salle à manger et ses dîners parfumés de truffes rivalisaient avec les célèbres repas par lesquels les ministres du temps s'assuraient le vote de leurs soldats parlementaires.

L'honorable député fut alors signalé comme un des plus puissants corrupteurs de la probité législative de cette illustre Chambre qui sembla mourir d'indigestion. Chose bizarre ! ses tentatives pour marier sa fille le maintinrent dans une éclatante faveur. Peut-être trouva-t-il quelque avantage secret à vendre deux fois ses truffes. Cette accusation due à certains libéraux railleurs qui compensaient, par l'abondance de leurs paroles, la rareté de leurs adhérents dans la Chambre, n'eut aucun succès. La conduite du gentilhomme poitevin était en général si noble et si honorable, qu'il ne reçut pas une seule de ces épigrammes par lesquelles les malins journaux de cette époque [28] assaillirent les trois cents votants du centre, les ministres, les cuisiniers, les directeurs généraux, les princes de la fourchette et les défenseurs d'office qui soutenaient l'administration Villèle. A la fin de cette campagne, pendant laquelle M. de Fontaine avait, à plusieurs reprises, fait donner toutes ses troupes, il crut que son assemblée de prétendus ne serait pas, cette fois, une fantasmagorie pour sa fille. Il avait une certaine satisfaction intérieure d'avoir bien rempli son devoir de père. Puis, après avoir fait flèche de tout bois, il espérait que, parmi tant de cœurs offerts à la capricieuse Émilie, il pouvait s'en rencontrer au moins un qu'elle eût distingué.

Incapable de renouveler cet effort, et d'ailleurs lassé de la conduite de sa fille, vers la fin du carême, un matin que la séance de la Chambre ne réclamait pas trop impérieusement son vote, il résolut de la consulter. Pendant qu'un valet de chambre dessinait artistement sur son crâne jaune le delta de poudre qui complétait, avec des ailes de pigeon pendantes, sa coiffure vénérable, le père d'Émilie ordonna, non sans une secrète émotion, à son vieux valet de chambre d'aller avertir l'orgueilleuse demoiselle de comparaître immédiatement devant le chef de la famille.

« Joseph, lui dit-il au moment où il eut achevé sa coiffure, ôtez cette serviette, tirez ces rideaux, mettez ces fauteuils en place, secouez le tapis de la cheminée et remettez-le bien droit, essuyez partout. Allons ! Donnez un peu d'air à mon cabinet en ouvrant la fenêtre. »

Le comte multipliait ses ordres, essoufflait Joseph, qui, devinant les intentions de son maître, restitua quelque fraîcheur à cette pièce naturellement la plus négligée de toute la maison, et réussit à imprimer une sorte d'harmonie à des monceaux de comptes, aux cartons, aux livres, aux meubles de ce sanctuaire où se débattaient les intérêts du domaine royal. Quand Joseph eut achevé de mettre un peu d'ordre dans ce chaos et de placer en évidence, comme dans un magasin de nouveautés, les choses qui pouvaient être les plus agréables à voir, ou produire par leurs couleurs une sorte de poésie bureaucratique, il s'arrêta au milieu du dédale des paperasses étalées en quelques endroits jusque sur le tapis, il s'admira lui-même un moment, hocha la tête et sortit.

Le pauvre sinécuriste ne partagea pas la bonne opinion de son serviteur. Avant de s'asseoir dans son immense fauteuil à oreilles, il jeta un regard de méfiance autour de lui, examina d'un air hostile sa robe de chambre, en chassa quelques grains de tabac, s'essuya soigneusement le nez, rangea les pelles et les pincettes, attisa le feu, releva les quartiers de ses pantoufles [29], rejeta en arrière sa petite queue horizontalement logée entre le col de son gilet et celui de sa robe de chambre, et lui fit reprendre sa position perpendiculaire ; puis, il donna un coup de balai aux cendres d'un foyer qui attestait l'obstination de son

catarrhe. Enfin le vieillard ne s'assit qu'après avoir re-
passé une dernière fois en revue son cabinet, en espérant
que rien n'y pourrait donner lieu aux remarques aussi
plaisantes qu'impertinentes par lesquelles sa fille avait
coutume de répondre à ses sages avis. En cette occurrence, il ne voulait pas compromettre sa dignité paternelle. Il prit délicatement une prise de tabac, et toussa
deux ou trois fois comme s'il se disposait à demander
l'appel nominal : il entendait le pas léger de sa fille, qui
entra en fredonnant un air d'*Il Barbiere* [30].

« Bonjour, mon père. Que me voulez-vous donc si
matin ? »

Après ces paroles jetées comme la ritournelle de l'air
qu'elle chantait, elle embrassa le comte, non pas avec
cette tendresse familière qui rend le sentiment filial chose
si douce, mais avec l'insouciante légèreté d'une maîtresse
sûre de toujours plaire quoi qu'elle fasse.

« Ma chère enfant, dit gravement M. de Fontaine, je
t'ai fait venir pour causer très sérieusement avec toi, sur
ton avenir. La nécessité où tu es en ce moment de choisir
un mari de manière à rendre ton bonheur durable...

— Mon bon père, répondit Émilie en employant les
sons les plus caressants de sa voix pour l'interrompre, il
me semble que l'armistice que nous avons conclu relativement à mes prétendus n'est pas encore expiré.

— Émilie, cessons aujourd'hui de badiner sur un sujet
si important. Depuis quelque temps les efforts de ceux
qui t'aiment véritablement, ma chère enfant, se réunis-
sent pour te procurer un établissement convenable, et ce
serait être coupable d'ingratitude que d'accueillir légèrement les marques d'intérêt que je ne suis pas seul à te
prodiguer. »

En entendant ces paroles et après avoir lancé un regard
malicieusement investigateur sur les meubles du cabinet
paternel, la jeune fille alla prendre celui des fauteuils qui
paraissait avoir le moins servi aux solliciteurs, l'apporta
elle-même de l'autre côté de la cheminée, de manière à se
placer en face de son père, prit une attitude si grave qu'il
était impossible de n'y pas voir les traces d'une moque-
rie, et se croisa les bras sur la riche garniture d'une

pèlerine *à la neige* [31] dont les nombreuses ruches de tulle furent impitoyablement froissées. Après avoir regardé de côté, et en riant, la figure soucieuse de son vieux père, elle rompit le silence.

« Je ne vous ai jamais entendu dire, mon cher père, que le gouvernement fît ses communications en robe de chambre. Mais, ajouta-t-elle en souriant, n'importe, le peuple ne doit pas être difficile. Voyons donc vos projets de loi et vos présentations officielles.

— Je n'aurai pas toujours la facilité de vous en faire, jeune folle ! Écoute, Émilie. Mon intention n'est pas de compromettre plus longtemps mon caractère, qui est une partie de la fortune de mes enfants, à recruter ce régiment de danseurs que tu mets en déroute à chaque printemps. Déjà tu as été la cause innocente de bien des brouilleries dangereuses avec certaines familles. J'espère que tu comprendras mieux aujourd'hui les difficultés de ta position et de la nôtre. Tu as vingt-deux ans, ma fille, et voici près de trois ans que tu devrais être mariée. Tes frères, tes deux sœurs sont tous établis richement et heureusement. Mais, mon enfant, les dépenses que nous ont suscitées ces mariages, et le train de maison que tu fais tenir à ta mère, ont absorbé tellement nos revenus, qu'à peine pourrai-je te donner cent mille francs de dot. Dès aujourd'hui je veux m'occuper du sort à venir de ta mère, qui ne doit pas être sacrifiée à ses enfants. Émilie, si je venais à manquer à ma famille, Mme de Fontaine ne saurait être à la merci de personne, et doit continuer à jouir de l'aisance par laquelle j'ai récompensé trop tard son dévouement à mes malheurs. Tu vois, mon enfant, que la faiblesse de ta dot ne saurait être en harmonie avec tes idées de grandeur. Encore sera-ce un sacrifice que je n'ai fait pour aucun autre de mes enfants ; mais ils se sont généreusement accordés à ne pas se prévaloir un jour de l'avantage que nous ferons à un enfant trop chéri.

— Dans leur position ! dit Émilie en agitant la tête avec ironie.

— Ma fille, ne dépréciez jamais ainsi ceux qui vous aiment. Sachez qu'il n'y a que les pauvres de généreux ! Les riches ont toujours d'excellentes raisons pour ne pas

abandonner vingt mille francs à un parent. Eh bien ! ne
boude pas, mon enfant, et parlons raisonnablement.
Parmi les jeunes gens à marier, n'as-tu pas remarqué
M. de Manerville ?

— Oh ! il dit *zeu* au lieu de jeu, il regarde toujours son
pied parce qu'il le croit petit, et il se mire ! D'ailleurs, il
est blond, je n'aime pas les blonds.

— Eh bien ! M. de Beaudenord ?

— Il n'est pas noble. Il est mal fait et gros. A la vérité
il est brun. Il faudrait que ces deux messieurs s'entendis-
sent pour réunir leurs fortunes, et que le premier donnât
son corps et son nom au second qui garderait ses cheveux, et alors... peut-être...

— Qu'as-tu à dire contre M. de Rastignac ?

— Mme de Nucingen en a fait un banquier, dit-elle
malicieusement.

— Et le vicomte de Portenduère, notre parent [32] ?

— Un enfant qui danse mal, et d'ailleurs sans fortune.
Enfin, mon père, ces gens-là n'ont pas de titre. Je veux
être au moins comtesse comme l'est ma mère.

— Tu n'as donc vu personne cet hiver, qui...

— Non, mon père.

— Que veux-tu donc ?

— Le fils d'un pair de France.

— Ma fille, vous êtes folle ! » dit M. de Fontaine en se
levant.

Mais tout à coup il leva les yeux au ciel, sembla puiser
une nouvelle dose de résignation dans une pensée religieuse ; puis, jetant un regard de pitié paternelle sur son
enfant, qui devint émue, il lui prit la main, la serra, et lui
dit avec attendrissement : « Dieu m'en est témoin, pauvre
créature égarée ! j'ai consciencieusement rempli mes devoirs de père envers toi, que dis-je consciencieusement ?
avec amour, mon Émilie. Oui, Dieu le sait, cet hiver j'ai
amené près de toi plus d'un honnête homme dont les
qualités, les mœurs, le caractère m'étaient connus, et tous
ont paru dignes de toi. Mon enfant, ma tâche est remplie.
D'aujourd'hui je te rends l'arbitre de ton sort, me trouvant heureux et malheureux tout ensemble de me voir
déchargé de la plus lourde des obligations paternelles. Je

ne sais pas si longtemps encore tu entendras une voix qui, par malheur, n'a jamais été sévère; mais souviens-toi que le bonheur conjugal ne se fonde pas tant sur des qualités brillantes et sur la fortune, que sur une estime réciproque. Cette félicité est, de sa nature, modeste et sans éclat. Va, ma fille, mon aveu est acquis à celui que tu me présenteras pour gendre; mais si tu devenais malheureuse, songe que tu n'auras pas le droit d'accuser ton père. Je ne me refuserai pas à faire des démarches et à t'aider; seulement, que ton choix soit sérieux, définitif: je ne compromettrai pas deux fois le respect dû à mes cheveux blancs. »

L'affection que lui témoignait son père et l'accent solennel qu'il mit à son onctueuse [33] allocution touchèrent vivement Mlle de Fontaine; mais elle dissimula son attendrissement, sauta sur les genoux du comte qui s'était assis tout tremblant encore, lui fit les caresses les plus douces, et le câlina avec tant de grâce que le front du vieillard se dérida. Quand Émilie jugea que son père était remis de sa pénible émotion, elle lui dit à voix basse: « Je vous remercie bien de votre gracieuse attention, mon cher père. Vous avez arrangé votre appartement pour recevoir votre fille chérie. Vous ne saviez peut-être pas la trouver si folle et si rebelle. Mais, mon père, est-il donc bien difficile d'épouser un pair de France? vous prétendiez qu'on en faisait par douzaines. Ah! du moins vous ne me refuserez pas des conseils.

— Non, pauvre enfant, non, et je te crierai plus d'une fois: Prends garde! Songe donc que la pairie est un ressort trop nouveau dans notre gouvernementabilité, comme disait le feu roi, pour que les pairs puissent posséder de grandes fortunes. Ceux qui sont riches veulent le devenir encore plus. Le plus opulent de tous les membres de notre pairie n'a pas la moitié du revenu que possède le moins riche lord de la Chambre haute en Angleterre. Or les pairs de France chercheront tous de riches héritières pour leurs fils, n'importe où elles se trouveront. La nécessité où ils sont tous de faire des mariages d'argent durera plus de deux siècles. Il est possible qu'en attendant l'heureux hasard que tu désires, recherche qui peut te coûter tes plus belles années, tes charmes (car on s'épouse considérablement par amour dans notre siècle), tes charmes, dis-je, opèrent un prodige. Lorsque l'expérience se cache sous un visage aussi frais que le tien, l'on peut en espérer des merveilles. N'as-tu pas d'abord la facilité de reconnaître les vertus dans le plus ou le moins de volume que prennent les corps ? ce n'est pas un petit mérite. Aussi n'ai-je pas besoin de prévenir une personne aussi sage que toi de toutes les difficultés de l'entreprise. Je suis certain que tu ne supposeras jamais à un inconnu du bon sens en lui voyant une figure flatteuse, ou des vertus en lui trouvant une jolie tournure. Enfin je suis parfaitement de ton avis sur l'obligation dans laquelle sont tous les fils de pair d'avoir un air à eux et des manières tout à fait distinctives. Quoique aujourd'hui rien ne marque le haut rang, ces jeunes gens-là auront pour toi, peut-être, un *je ne sais quoi* qui te les révélera. D'ailleurs, tu tiens ton cœur en bride comme un bon cavalier certain de ne pas laisser broncher son coursier. Ma fille, bonne chance.

— Tu te moques de moi, mon père. Eh bien, je te déclare que j'irai plutôt mourir au couvent de Mlle de Condé [34], que de ne pas être la femme d'un pair de France. »

Elle s'échappa des bras de son père, et, fière d'être sa maîtresse, elle s'en alla en chantant l'air de *Cara non dubitare* du *Matrimonio secreto* [35]. Par hasard la famille fêtait ce jour-là l'anniversaire d'une fête domestique. Au dessert, Mme Planat, la femme du receveur général et l'aînée d'Émilie, parla assez hautement d'un jeune Américain, possesseur d'une immense fortune qui, devenu passionnément épris de sa sœur, lui avait fait des propositions extrêmement brillantes.

« C'est un banquier, je crois, dit négligemment Émilie. Je n'aime pas les gens de finance.

— Mais, Émilie, répondit le baron de Villaine, le mari de la seconde sœur de Mlle de Fontaine, vous n'aimez pas non plus la magistrature, de manière que je ne vois pas trop, si vous repoussez les propriétaires non titrés, dans quelle classe vous choisirez un mari.

— Surtout, Émilie, avec ton système de maigreur, ajouta le lieutenant général.

— Je sais, répondit la jeune fille, ce qu'il me faut.

— Ma sœur, veut un beau nom, un beau jeune homme, un bel avenir, dit la baronne de Fontaine et cent mille livres de rente, enfin M. de Marsay par exemple !

— Je sais, ma chère sœur, reprit Émilie, que je ne ferai pas un sot mariage comme j'en ai tant vu faire. D'ailleurs, pour éviter ces discussions nuptiales, je déclare que je regarderai comme les ennemis de mon repos ceux qui me parleront de mariage. »

Un oncle d'Émilie, un vice-amiral, dont la fortune venait de s'augmenter d'une vingtaine de mille livres de rente par suite de la loi d'indemnité [36], vieillard septuagénaire en possession de dire de dures vérités à sa petite-nièce de laquelle il raffolait, s'écria pour dissiper l'aigreur de cette conversation : « Ne tourmentez donc pas ma pauvre Émilie ! ne voyez-vous pas qu'elle attend la majorité du duc de Bordeaux [37] ! »

Un rire universel accueillit la plaisanterie du vieillard.

« Prenez garde que je ne vous épouse, vieux fou ! » repartit la jeune fille dont les dernières paroles furent heureusement étouffées par le bruit.

« Mes enfants, dit Mme de Fontaine pour adoucir cette impertinence, Émilie, de même que vous tous, ne prendra conseil que de sa mère.

— O, mon Dieu ! Je n'écouterai que moi dans une affaire qui ne regarde que moi », dit fort distinctement Mlle de Fontaine.

Tous les regards se portèrent alors sur le chef de la famille. Chacun semblait être curieux de voir comment il allait s'y prendre pour maintenir sa dignité. Non seulement le vénérable vendéen jouissait d'une grande considération dans le monde, mais encore, plus heureux que bien des pères, il était apprécié par sa famille dont tous les membres avaient su reconnaître les qualités solides qui lui servaient à faire la fortune des siens ; aussi était-il entouré de ce profond respect que témoignent les familles anglaises et quelques maisons aristocratiques du continent au représentant de l'arbre généalogique. Il s'établit un profond silence, et les yeux des convives se portèrent alternativement sur la figure boudeuse et altière de l'enfant gâté et sur les visages sévères de M. et de Mme de Fontaine.

« J'ai laissé ma fille Émilie maîtresse de son sort », fut la réponse que laissa tomber le comte d'un son de voix profond.

Les parents et les convives regardèrent alors Mlle de Fontaine avec une curiosité mêlée de pitié. Cette parole semblait annoncer que la bonté paternelle s'était lassée de lutter contre un caractère que la famille savait être incorrigible. Les gendres murmurèrent, et les frères lancèrent à leurs femmes des sourires moqueurs. Dès ce moment, chacun cessa de s'intéresser au mariage de l'orgueilleuse fille. Son vieil oncle fut le seul qui, en sa qualité d'ancien marin, osât courir des bordées avec elle, et essuyer ses boutades, sans être jamais embarrassé de lui rendre feu pour feu.

Quand la belle saison fut venue après le vote du budget, cette famille, véritable modèle des familles parlementaires de l'autre bord de la Manche, qui ont un pied dans toutes les administrations et dix voix aux Communes, s'envola, comme une nichée d'oiseaux, vers les beaux sites d'Aulnay, d'Antony et de Châtenay. L'opulent receveur général avait récemment acheté dans ces parages une maison de campagne pour sa femme qui ne restait à Paris que pendant les sessions. Quoique la belle Émilie méprisât la roture, ce sentiment n'allait pas jusqu'à dédaigner les avantages de la fortune amassée par les bourgeois, elle accompagna donc sa sœur à sa *villa* somptueuse, moins par amitié pour les personnes de sa famille qui s'y réfugièrent, que parce que le bon ton ordonne impérieusement à toute femme qui se respecte d'abandonner Paris pendant l'été. Les vertes campagnes de Sceaux remplissaient admirablement bien les conditions exigées par le bon ton et le devoir des charges publiques.

Comme il est un peu douteux que la réputation du bal champêtre de Sceaux ait jamais dépassé l'enceinte du département de la Seine, il est nécessaire de donner quelques détails sur cette fête hebdomadaire qui, par son importance, menaçait alors de devenir une institution. Les environs de la petite ville de Sceaux jouissent d'une renommée due à des sites qui passent pour être ravissants. Peut-être sont-ils fort ordinaires et ne doivent-ils leur célébrité qu'à la stupidité des bourgeois de Paris, qui, au sortir des abîmes de moellon où ils sont ensevelis, se-raient disposés à admirer les plaines de la Beauce. Ce-pendant les poétiques ombrages d'Aulnay, les collines d'Antony et la vallée de Bièvre étant habités par quelques artistes qui ont voyagé, par des étrangers, gens fort diffi-ciles, et par nombre de jolies femmes qui ne manquent pas de goût, il est à croire que les Parisiens ont raison. Mais Sceaux possède un autre attrait non moins puissant sur le Parisien. Au milieu d'un jardin d'où se découvrent de délicieux aspects, se trouve une immense rotonde ouverte de toutes parts dont le dôme aussi léger que vaste est soutenu par d'élégants piliers [38]. Ce dais champêtre protège une salle de danse. Il est rare que les propriétaires les plus collets-montés du voisinage n'émigrent pas une fois ou deux pendant la saison vers ce palais de la Terpsi-chore villageoise, soit en cavalcades brillantes, soit dans ces élégantes et légères voitures qui saupoudrent de pous-sière les piétons philosophes. L'espoir de rencontrer là quelques femmes du beau monde et d'être vus par elles, l'espoir moins souvent trompé d'y voir de jeunes paysan-nes aussi rusées que des juges, fait accourir le dimanche, au bal de Sceaux, de nombreux essaims de clercs d'avoués, de disciples d'Esculape et de jeunes gens dont le teint blanc et la fraîcheur sont entretenus par l'air humide des arrière-boutiques parisiennes. Aussi bon nombre de mariages bourgeois se sont-ils ébauchés aux sons de l'orchestre qui occupe le centre de cette salle circulaire. Si le toit pouvait parler, que d'amours ne raconterait-il pas? Cette intéressante mêlée rendait alors le bal de Sceaux plus piquant que ne le sont deux ou trois autres bals des environs de Paris sur lesquels sa rotonde, la beauté du site et les agréments de son jardin lui don-naient d'incontestables avantages. Émilie, la première, manifesta le désir d'aller *faire peuple* à ce joyeux bal de

l'arrondissement, en se promettant un énorme plaisir à se
trouver au milieu de cette assemblée. On s'étonna de son
désir d'errer au sein d'une telle cohue ; mais l'incognito
n'est-il pas pour les grands une très vive jouissance ? Mlle
de Fontaine se plaisait à se figurer toutes ces tournures
citadines, elle se voyait laissant dans plus d'un cœur
bourgeois le souvenir d'un regard et d'un sourire en-
chanteurs, riait déjà des danseuses à prétentions, et taillait
ses crayons pour les scènes avec lesquelles elle comptait
enrichir les pages de son album satirique. Le dimanche
n'arriva jamais assez tôt au gré de son impatience. La
société du pavillon Planat se mit en route à pied, afin de
ne pas commettre d'indiscrétion sur le rang des personnages qui voulaient honorer le bal de leur présence. On
avait dîné de bonne heure. Enfin, le mois de mai favorisa
cette escapade aristocratique par la plus belle de ses
soirées. Mlle de Fontaine fut toute surprise de trouver,
sous la rotonde, quelques quadrilles composés de personnes qui paraissaient appartenir à la bonne compagnie.
Elle vit bien, çà et là, quelques jeunes gens qui semblaient avoir employé les économies d'un mois pour
briller pendant une journée, et reconnut plusieurs couples
dont la joie trop franche n'accusait rien de conjugal ; mais
elle n'eut qu'à glaner au lieu de récolter. Elle s'étonna de
voir le plaisir habillé de percale ressembler si fort au
plaisir vêtu de satin, et la bourgeoisie dansant avec autant
de grâce, quelquefois mieux que ne dansait la noblesse.
La plupart des toilettes étaient simples et bien portées.
Ceux qui, dans cette assemblée, représentaient les suze-
rains du territoire, c'est-à-dire les paysans, se tenaient
dans leur coin avec une incroyable politesse. Il fallut
même à Mlle Émilie une certaine étude des divers éléments qui composaient cette réunion avant de pouvoir y
trouver un sujet de plaisanterie. Mais elle n'eut ni le
temps de se livrer à ses malicieuses critiques, ni le loisir
d'entendre beaucoup de ces propos saillants que les cari-
caturistes recueillent avec joie. L'orgueilleuse créature
rencontra subitement dans ce vaste champ une fleur, la
métaphore est de saison, dont l'éclat et les couleurs agi-
rent sur son imagination avec les prestiges d'une nou-

veauté. Il nous arrive souvent de regarder une robe, une tenture, un papier blanc avec assez de distraction pour n'y pas apercevoir sur-le-champ une tache ou quelque point brillant qui plus tard frappent tout à coup notre œil comme s'ils y survenaient à l'instant seulement où nous les voyons ; par une espèce de phénomène moral assez semblable à celui-là, Mlle de Fontaine reconnut dans un jeune homme le type des perfections extérieures qu'elle rêvait depuis si longtemps.

Assise sur une de ces chaises grossières qui décrivaient l'enceinte obligée de la salle, elle s'était placée à l'extrémité du groupe formé par sa famille afin de pouvoir se lever ou s'avancer suivant ses fantaisies, en se comportant avec les vivants tableaux et les groupes offerts par cette salle comme à l'exposition du Musée ; elle braquait impertinemment son lorgnon sur une personne qui se trouvait à deux pas d'elle, et faisait ses réflexions comme si elle eût critiqué ou loué une tête d'étude, une scène de genre. Ses regards, après avoir erré sur cette vaste toile animée, furent tout à coup saisis par cette figure qui semblait avoir été mise exprès dans un coin du tableau, sous le plus beau jour, comme un personnage hors de toute proportion avec le reste. L'inconnu, rêveur et solitaire, légèrement appuyé sur une des colonnes qui supportent le toit, avait les bras croisés et se tenait penché comme s'il se fût placé là pour permettre à un peintre de faire son portrait. Quoique pleine d'élégance et de fierté, cette attitude était exempte d'affectation. Aucun geste ne démontrait qu'il eût mis sa face de trois quarts et faiblement incliné sa tête à droite, comme Alexandre, comme lord Byron, et quelques autres grands hommes, dans le seul but d'attirer sur lui l'attention. Son regard fixe suivait les mouvements d'une danseuse, en trahissant quelque sentiment profond. Sa taille svelte et dégagée rappelait les belles proportions de l'Apollon. De beaux cheveux noirs se bouclaient naturellement sur son front élevé. D'un seul coup d'œil Mlle de Fontaine remarqua la finesse de son linge, la fraîcheur de ses gants de chevreau évidemment pris chez le bon faiseur, et la petitesse d'un pied bien chaussé dans une botte de peau d'Irlande. Il ne

portait aucun de ces ignobles brimborions dont se char-
gent les anciens petits-maîtres de la Garde nationale, ou
les Lovelace de comptoir. Seulement un ruban noir auquel était suspendu son lorgnon flottait sur un gilet d'une
coupe distinguée. Jamais la difficile Émilie n'avait vu les
yeux d'un homme ombragés par des cils si longs et si
recourbés. La mélancolie et la passion respiraient dans
cette figure caractérisée par un teint olivâtre et mâle. Sa
bouche semblait toujours prête à sourire et à relever les
coins de deux lèvres éloquentes ; mais cette disposition,
loin de tenir à la gaieté, révélait plutôt une sorte de grâce
triste. Il y avait trop d'avenir dans cette tête, trop de
distinction dans la personne, pour qu'on pût dire : « Voilà
un bel homme ou un joli homme ! » ; on désirait le
connaître. En voyant l'inconnu, l'observateur le plus
perspicace n'aurait pu s'empêcher de le prendre pour un
homme de talent attiré par quelque intérêt puissant à cette
fête de village.

Cette masse d'observations ne coûta guère à Émilie
qu'un moment d'attention, pendant lequel cet homme
privilégié, soumis à une analyse sévère, devint l'objet
d'une secrète admiration. Elle ne se dit pas : « Il faut qu'il
soit pair de France ! » mais : « Oh ! s'il est noble, et il doit
l'être... » Sans achever sa pensée, elle se leva tout à coup,
alla, suivie de son frère le lieutenant général, vers cette
colonne en paraissant regarder les joyeux quadrilles ;
mais, par un artifice d'optique familier aux femmes, elle
ne perdait pas un seul des mouvements du jeune homme,
de qui elle s'approcha. L'inconnu s'éloigna poliment
pour céder la place aux deux survenants, et s'appuya sur
une autre colonne. Émilie, aussi piquée de la politesse de
l'étranger qu'elle l'eût été d'une impertinence, se mit à
causer avec son frère en élevant la voix beaucoup plus
que le bon ton ne le voulait ; elle prit des airs de tête,
multiplia ses gestes et rit sans trop en avoir sujet, moins
pour amuser son frère que pour attirer l'attention de
l'imperturbable inconnu. Aucun de ces petits artifices ne
réussit. Mlle de Fontaine suivit alors la direction que
prenaient les regards du jeune homme, et aperçut la cause
de cette insouciance.

Au milieu du quadrille qui se trouvait devant elle, dansait une jeune personne pâle, et semblable à ces déités écossaises que Girodet a placées dans son immense composition des guerriers français reçus par Ossian [39]. Émilie crut reconnaître en elle une illustre lady qui était venue habiter depuis peu de temps une campagne voisine. Elle avait pour cavalier un jeune homme de quinze ans, aux mains rouges, en pantalon de nankin, en habit bleu, en souliers blancs, qui prouvait que son amour pour la danse ne la rendait pas difficile sur le choix de ses partners. Ses mouvements ne se ressentaient pas de son apparente faiblesse ; mais une rougeur légère colorait déjà ses joues blanches, et son teint commençait à s'animer. Mlle de Fontaine s'approcha du quadrille pour pouvoir examiner l'étrangère au moment où elle reviendrait à sa place, pendant que les vis-à-vis répétaient la figure qu'elle exécutait. Mais l'inconnu s'avança, se pencha vers la jolie danseuse, et la curieuse Émilie put entendre distinctement ces paroles, quoique prononcées d'une voix à la fois impérieuse et douce : « Clara, mon enfant, ne dansez plus. »

Clara fit une petite moue boudeuse, inclina la tête en signe d'obéissance et finit par sourire. Après la contredansc, le jeune homme eut les précautions d'un amant en mettant sur les épaules de la jeune fille un châle de cachemire, et la fit asseoir de manière à ce qu'elle fût à l'abri du vent. Puis bientôt Mlle de Fontaine, qui les vit se lever et se promener autour de l'enceinte comme des gens disposés à partir, trouva le moyen de les suivre sous prétexte d'admirer les points de vue du jardin. Son frère se prêta avec une malicieuse bonhomie aux caprices de cette marche assez vagabonde. Émilie aperçut alors ce beau couple montant dans un élégant tilbury que gardait un domestique à cheval et en livrée ; au moment où le jeune homme du haut de son siège mettait ses guides égales, elle obtint d'abord de lui un de ces regards que l'on jette sans but sur les grandes foules ; puis elle eut la faible satisfaction de lui voir retourner la tête à deux reprises différentes, et la jeune inconnue l'imita. Était-ce jalousie ?

« Je présume que tu as maintenant assez observé le jardin, lui dit son frère, nous pouvons retourner à la danse.

— Je le veux bien, répondit-elle. Croyez-vous que ce soit une parente de lady Dudley?

— Lady Dudley peut avoir chez elle un parent, reprit le baron de Fontaine; mais une jeune parente, non. »

Le lendemain, Mlle de Fontaine manifesta le désir de faire une promenade à cheval. Insensiblement elle accoutuma son vieil oncle et ses frères à l'accompagner dans certaines courses matinales, très salutaires, disait-elle, pour sa santé. Elle affectionnait singulièrement les alentours du village habité par lady Dudley. Malgré ses manœuvres de cavalerie, elle ne revit pas l'étranger aussi promptement que la joyeuse recherche à laquelle elle se livrait pouvait le lui faire espérer. Elle retourna plusieurs fois au bal de Sceaux, sans pouvoir y retrouver le jeune Anglais tombé du ciel pour dominer ses rêves et les embellir. Quoique rien n'aiguillonne plus le naissant amour d'une jeune fille qu'un obstacle, il y eut cependant un moment où Mlle Émilie de Fontaine fut sur le point d'abandonner son étrange et secrète poursuite, en désespérant presque du succès d'une entreprise dont la singularité peut donner une idée de la hardiesse de son caractère. Elle aurait pu en effet tourner longtemps autour du village de Châtenay sans revoir son inconnu. La jeune Clara, puisque tel est le nom que Mlle de Fontaine avait entendu, n'était pas anglaise, et le prétendu étranger n'habitait pas les bosquets fleuris et embaumés de Châtenay. Un soir, Émilie, sortie à cheval avec son oncle, qui depuis les beaux jours avait obtenu de sa goutte une assez longue cessation d'hostilités, rencontra lady Dudley. L'illustre étrangère avait auprès d'elle dans sa calèche M. de Vandenesse. Émilie reconnut ce joli couple, et ses suppositions furent en un moment dissipées comme se dissipent les rêves. Dépitée comme toute femme frustrée dans son attente, elle tourna bride si rapidement, que son oncle eut toutes les peines du monde à la suivre, tant elle avait lancé son poney.

« Je suis apparemment devenu trop vieux pour com-

prendre ces esprits de vingt ans, se dit le marin en mettant
son cheval au galop, ou peut-être la jeunesse d'aujourd'hui ne ressemble-t-elle plus à celle d'autrefois.
Mais qu'a donc ma nièce ? La voilà maintenant qui marche à petits pas comme un gendarme en patrouille dans
les rues de Paris. Ne dirait-on pas qu'elle veut cerner ce
brave bourgeois qui m'a l'air d'être un auteur rêvassant à
ses poésies, car il a, je crois, un *album* à la main. Par ma
foi, je suis un grand sot ! Ne serait-ce pas le jeune homme
en quête de qui nous sommes ? »

A cette pensée le vieux marin modéra le pas de son
cheval, de manière à pouvoir arriver sans bruit auprès de
sa nièce. Le vice-amiral avait fait trop de noirceurs dans
les années 1771 et suivantes, époques de nos annales où
la galanterie était en honneur, pour ne pas deviner sur-le-
champ qu'Émilie avait par le plus grand hasard rencontré
l'inconnu du bal de Sceaux. Malgré le voile que l'âge
répandait sur ses yeux gris, le comte de Kergarouët sut
reconnaître les indices d'une agitation extraordinaire chez
sa nièce, en dépit de l'immobilité qu'elle essayait d'imprimer à son visage. Les yeux perçants de la jeune fille
étaient fixés avec une sorte de stupeur sur l'étranger qui
marchait paisiblement devant elle.

« C'est bien ça ! se dit le marin, elle va le suivre comme
un vaisseau marchand suit un corsaire. Puis, quand elle
l'aura vu s'éloigner, elle sera au désespoir de ne pas
savoir qui elle aime, et d'ignorer si c'est un marquis ou
un bourgeois. Vraiment les jeunes têtes devraient toujours avoir auprès d'elles une vieille perruque comme
moi... »

Il poussa tout à coup son cheval à l'improviste de
manière à faire partir celui de sa nièce, et passa si vite
entre elle et le jeune promeneur, qu'il le força de se jeter
sur le talus de verdure qui encaissait le chemin. Arrêtant
aussitôt son cheval, le comte s'écria : « Ne pouviez-vous
pas vous ranger ?

— Ah ! pardon, monsieur, répondit l'inconnu.
J'ignorais que ce fût à moi de vous faire des excuses de ce
que vous avez failli me renverser.

— Eh ! l'ami, finissons », reprit aigrement le marin en

prenant un son de voix dont le ricanement avait quelque chose d'insultant.

En même temps le comte leva sa cravache comme pour fouetter son cheval, et toucha l'épaule de son interlocuteur en disant : « Le bourgeois libéral est raisonneur, tout raisonneur doit être sage. »

Le jeune homme gravit le talus de la route en entendant ce sarcasme ; il se croisa les bras et répondit d'un ton fort ému : « Monsieur, je ne puis croire, en voyant vos cheveux blancs, que vous vous amusiez encore à chercher des duels.

— Cheveux blancs ? s'écria le marin en l'interrompant, tu en as menti par ta gorge, ils ne sont que gris. »

Une dispute ainsi commencée devint en quelques secondes si chaude, que le jeune adversaire oublia le ton de modération qu'il s'était efforcé de conserver. Au moment où le comte de Kergarouët vit sa nièce arrivant à eux avec toutes les marques d'une vive inquiétude, il donnait son nom à son antagoniste en lui disant de garder le silence devant la jeune personne confiée à ses soins. L'inconnu ne put s'empêcher de sourire et remit une carte au vieux marin en lui faisant observer qu'il habitait une maison de campagne à Chevreuse, et s'éloigna rapidement après la lui avoir indiquée.

« Vous avez manqué blesser ce pauvre péquin, ma nièce, dit le comte en s'empressant d'aller au-devant d'Émilie. Vous ne savez donc plus tenir votre cheval en bride. Vous me laissez là compromettre ma dignité pour couvrir vos folies ; tandis que si vous étiez restée, un seul de vos regards ou une de vos paroles polies, une de celles que vous dites si joliment quand vous n'êtes pas impertinente, aurait tout raccommodé, lui eussiez-vous cassé le bras.

— Eh ! mon cher oncle, c'est votre cheval, et non le mien, qui est la cause de cet accident. Je crois, en vérité, que vous ne pouvez plus monter à cheval, vous n'êtes déjà plus si bon cavalier que vous l'étiez l'année dernière. Mais au lieu de dire des riens...

— Diantre ! des riens. Ce n'est donc rien que de faire une impertinence à votre oncle ?

— Ne devrions-nous pas aller savoir si ce jeune homme est blessé? Il boite, mon oncle, voyez donc.

— Non, il court. Ah! je l'ai rudement morigéné.

— Ah! mon oncle, je vous reconnais là.

— Halte-là, ma nièce, dit le comte en arrêtant le cheval d'Émilie par la bride. Je ne vois pas la nécessité de faire des avances à quelque boutiquier trop heureux d'avoir été jeté à terre par une charmante jeune fille ou par le commandant de *La Belle-Poule* [40].

— Pourquoi croyez-vous que ce soit un roturier, mon cher oncle? Il me semble qu'il a des manières fort distinguées.

— Tout le monde a des manières aujourd'hui, ma nièce.

— Non, mon oncle, tout le monde n'a pas l'air et la tournure que donne l'habitude des salons, et je parierais avec vous volontiers que ce jeune homme est noble.

— Vous n'avez pas trop eu le temps de l'examiner.

— Mais ce n'est pas la première fois que je le vois.

— Et ce n'est pas non plus la première fois que vous le cherchez», lui répliqua l'amiral en riant.

Émilie rougit, son oncle se plut à la laisser quelque temps dans l'embarras; puis il lui dit: «Émilie, vous savez que je vous aime comme mon enfant, précisément parce que vous êtes la seule de la famille qui ayez cet orgueil légitime que donne une haute naissance. Diantre! ma petite-nièce, qui aurait cru que les bons principes deviendraient si rares? Eh bien, je veux être votre confident. Ma chère petite, je vois que ce jeune gentilhomme ne vous est pas indifférent. Chut! Ils se moqueraient de nous dans la famille si nous nous embarquions sous un méchant pavillon. Vous savez ce que cela veut dire. Ainsi laissez-moi vous aider, ma nièce. Gardons-nous tous deux le secret, et je vous promets de l'amener au milieu du salon.

— Et quand, mon oncle?

— Demain.

— Mais, mon cher oncle, je ne serai obligée à rien?

— A rien du tout, et vous pourrez le bombarder, l'incendier, et le laisser là comme une vieille caraque [41] si cela vous plaît. Ce ne sera pas le premier, n'est-ce pas?

— Êtes-vous bon, mon oncle!»

Aussitôt que le comte fut rentré, il mit ses besicles, tira secrètement la carte de sa poche et lut: MAXIMILIEN LONGUEVILLE, RUE DU SENTIER [42].

«Soyez tranquille, ma chère nièce, dit-il à Émilie, vous pouvez le harponner en toute sécurité de conscience, il appartient à l'une de nos familles historiques; et s'il n'est pas pair de France, il le sera infailliblement.

— D'où savez-vous tant de choses?

— C'est mon secret.

— Vous connaissez donc son nom?»

Le comte inclina en silence sa tête grise qui ressemblait assez à un vieux tronc de chêne autour duquel auraient voltigé quelques feuilles roulées par le froid d'automne; à ce signe, sa nièce vint essayer sur lui le pouvoir toujours neuf de ses coquetteries. Instruite dans l'art de cajoler le vieux marin, elle lui prodigua les caresses les plus enfantines, les paroles les plus tendres; elle alla même jusqu'à l'embrasser, afin d'obtenir de lui la révélation d'un secret si important. Le vieillard, qui passait sa vie à faire jouer à sa nièce ces sortes de scènes, et qui les payait souvent par le prix d'une parure ou par l'abandon de sa loge aux Italiens, se complut cette fois à se laisser prier et surtout caresser. Mais, comme il faisait durer ses plaisirs trop longtemps, Émilie se fâcha, passa des caresses aux sarcasmes et bouda, puis elle revint dominée par la curiosité. Le marin diplomate obtint solennellement de sa nièce une promesse d'être à l'avenir plus réservée, plus douce, moins volontaire, de dépenser moins d'argent, et surtout de lui tout dire. Le traité conclu et signé par un baiser qu'il déposa sur le front blanc d'Émilie, il l'amena dans un coin du salon, l'assit sur ses genoux, plaça la carte sous ses deux pouces de manière à la cacher, découvrit lettre à lettre le nom de Longueville, et refusa fort obstinément d'en laisser voir davantage. Cet événement rendit plus intense le sentiment secret de Mlle de Fontaine qui déroula pendant une grande partie de la nuit les tableaux les plus brillants des rêves par lesquels elle avait nourri ses espérances. Enfin, grâce à ce hasard imploré si souvent, Émilie voyait maintenant tout autre chose qu'une chimère à la source des richesses imaginaires avec lesquelles elle dorait sa vie conjugale. Comme toutes les jeunes personnes, ignorant les dangers de l'amour et du mariage, elle se passionna pour les dehors trompeurs du mariage et de l'amour. N'est-ce pas dire que son sentiment naquit comme naissent presque tous ces caprices du premier âge, douces et cruelles erreurs qui exercent une si fatale influence sur l'existence des jeunes filles assez inexpérimentées pour ne s'en remettre qu'à elles-mêmes du soin de leur bonheur à venir ? Le lendemain matin, avant qu'Émilie fût réveillée, son oncle avait couru à Chevreuse. En reconnaissant dans la cour d'un élégant pavillon le jeune homme qu'il avait si résolument insulté la veille, il alla vers lui avec cette affectueuse politesse des vieillards de l'ancienne cour.

« Eh ! mon cher monsieur, qui aurait dit que je me ferais une affaire, à l'âge de soixante-treize ans, avec le fils ou le petit-fils d'un de mes meilleurs amis ? Je suis vice-amiral, monsieur. N'est-ce pas vous dire que je m'embarrasse aussi peu d'un duel que de fumer un cigare. Dans mon temps, deux jeunes gens ne pouvaient devenir intimes qu'après avoir vu la couleur de leur sang. Mais, ventre-de-biche ! hier, j'avais, en ma qualité de marin, embarqué un peu trop de rhum à bord, et j'ai sombré sur vous. Touchez là ! J'aimerais mieux recevoir cent rebuffades d'un Longueville que de causer la moindre peine à sa famille. »

Quelque froideur que le jeune homme s'efforçât de marquer au comte de Kergarouët, il ne put longtemps tenir à la franche bonté de ses manières, et se laissa serrer la main.

« Vous alliez monter à cheval, dit le comte, ne vous gênez pas. Mais à moins que vous n'ayez des projets, venez avec moi, je vous invite à dîner aujourd'hui au pavillon Planat. Mon neveu, le comte de Fontaine, est un homme essentiel à connaître. Ah ! je prétends, morbleu, vous dédommager de ma brusquerie en vous présentant à cinq des plus jolies femmes de Paris. Hé ! hé ! jeune homme, votre front se déride. J'aime les jeunes gens, et

LE BAL DE SCEAUX   131

j'aime à les voir heureux. Leur bonheur me rappelle les
bienfaisantes années de ma jeunesse où les aventures ne
manquaient pas plus que les duels. On était gai, alors!
Aujourd'hui, vous raisonnez, et l'on s'inquiète de tout,
comme s'il n'y avait eu ni quinzième ni seizième siècle.
— Mais, monsieur, n'avons-nous pas raison? Le seizième siècle n'a donné que la liberté religieuse à l'Europe, et le dix-neuvième lui donnera la liberté pol...
— Ah! ne parlons pas politique. Je suis une *gana-
che* [43] d'ultra, voyez-vous. Mais je n'empêche pas les
jeunes gens d'être révolutionnaires, pourvu qu'ils laissent
au Roi la liberté de dissiper leurs attroupements. »
A quelques pas de là, lorsque le comte et son jeune
compagnon furent au milieu des bois, le marin avisa un
jeune bouleau assez mince, arrêta son cheval, prit un de
ses pistolets, et la balle alla se loger au milieu de l'arbre,
à quinze pas de distance.
« Vous voyez, mon cher, que je ne crains pas un duel,
dit-il avec une gravité comique en regardant M. Longueville.
— Ni moi non plus, reprit ce dernier qui arma promptement son pistolet, visa le trou fait par la balle du comte,
et plaça la sienne près de ce but.
— Voilà ce qui s'appelle un jeune homme bien
élevé », s'écria le marin avec une sorte d'enthousiasme.
Pendant la promenade qu'il fit avec celui qu'il regardait déjà comme son neveu, il trouva mille occasions de
l'interroger sur toutes les bagatelles dont la parfaite
connaissance constituait, selon son code particulier, un
gentilhomme accompli.
« Avez-vous des dettes, demanda-t-il enfin à son compagnon après bien des questions.
— Non, monsieur.
— Comment! vous payez tout ce qui vous est fourni?
— Exactement, monsieur; autrement, nous perdrions
tout crédit et toute espèce de considération.
— Mais au moins vous avez plus d'une maîtresse?
Ah! vous rougissez, mon camarade?... les mœurs ont
bien changé. Avec ces idées d'ordre légal, de kantisme et
de liberté, la jeunesse s'est gâtée. Vous n'avez ni Gui-

mard, ni Duthé[44], ni créanciers, et vous ne savez pas le blason; mais, mon jeune ami, vous n'êtes pas *élevé!* Sachez que celui qui ne fait pas ses folies au printemps les fait en hiver. Si j'ai quatre-vingt mille livres de rentes à soixante-dix ans, c'est que j'en ai mangé le capital à trente ans... Oh! avec ma femme, en tout bien tout honneur. Néanmoins, vos imperfections ne m'empêcheront pas de vous annoncer au pavillon Planat. Songez que vous m'avez promis d'y venir, et je vous y attends.

— Quel singulier petit vieillard, se dit le jeune Longueville, il est vert et gaillard; mais quoiqu'il veuille paraître bon homme, je ne m'y fierai pas. »

Le lendemain, vers quatre heures, au moment où la compagnie était éparse dans les salons ou au billard, un domestique annonça aux habitants du pavillon Planat: Monsieur *de* Longueville. Au nom du favori du vieux comte de Kergarouët, tout le monde, jusqu'au joueur qui allait manquer une bille, accourut, autant pour observer la contenance de Mlle de Fontaine que pour juger le phénix humain qui avait mérité une mention honorable au détriment de tant de rivaux. Une mise aussi élégante que simple, des manières pleines d'aisance, des formes polies, une voix douce et d'un timbre qui faisait vibrer les cordes du cœur, concilièrent à M. Longueville la bienveillance de toute la famille. Il ne sembla pas étranger au luxe de la demeure du fastueux receveur général. Quoique sa conversation fût celle d'un homme du monde, chacun put facilement deviner qu'il avait reçu la plus brillante éducation et que ses connaissances étaient aussi solides qu'étendues. Il trouva si bien le mot propre dans une discussion assez légère suscitée par le vieux marin sur les constructions navales, qu'une des femmes fit observer qu'il semblait être sorti de l'École polytechnique.

« Je crois, madame, répondit-il, qu'on peut regarder comme un titre de gloire d'y être entré. »

Malgré de vives instances, il se refusa avec politesse, mais avec fermeté, au désir qu'on lui témoigna de le garder à dîner, et arrêta les observations des dames en disant qu'il était l'Hippocrate d'une jeune sœur dont la santé délicate exigeait beaucoup de soins.

« Monsieur est sans doute médecin, demanda avec ironie une des belles-sœurs d'Émilie.

— Monsieur est sorti de l'École polytechnique », répondit avec bonté Mlle de Fontaine, dont la figure s'anima des teintes les plus riches au moment où elle apprit que la jeune fille du bal était la sœur de M. Longueville.

« Mais, ma chère, on peut être médecin et avoir été à l'École polytechnique, n'est-ce pas, monsieur ?

— Madame, rien ne s'y oppose », répondit le jeune homme.

Tous les yeux se portèrent sur Émilie, qui regardait alors avec une sorte de curiosité inquiète le séduisant inconnu. Elle respira plus librement quand il ajouta, non sans un sourire : « Je n'ai pas l'honneur d'être médecin, madame, et j'ai même renoncé à entrer dans le service des ponts-et-chaussées afin de conserver mon indépendance.

— Et vous avez bien fait, dit le comte. Mais comment pouvez-vous regarder comme un honneur d'être médecin ? ajouta le noble Breton. Ah ! mon jeune ami, pour un homme comme vous…

— Monsieur le comte, je respecte infiniment toutes les professions qui ont un but d'utilité.

— Eh ! nous sommes d'accord : vous respectez ces professions-là, j'imagine, comme un jeune homme respecte une douairière. »

La visite de M. Longueville ne fut ni trop longue, ni trop courte. Il se retira au moment où il s'aperçut qu'il avait plu à tout le monde, et que la curiosité de chacun s'était éveillée sur son compte.

« C'est un rusé compère », dit le comte en rentrant au salon après l'avoir reconduit.

Mlle de Fontaine, qui seule était dans le secret de cette visite, avait fait une toilette assez recherchée pour attirer les regards du jeune homme ; mais elle eut le petit chagrin de voir qu'il ne lui accorda pas autant d'attention qu'elle croyait en mériter. La famille fut assez surprise du silence dans lequel elle s'était renfermée. Émilie déployait ordinairement pour les nouveaux venus sa coquetterie, son babil spirituel, et l'inépuisable éloquence de ses regards et de ses attitudes. Soit que la voix mélodieuse du jeune homme et l'attrait de ses manières l'eussent charmée, qu'elle aimât sérieusement, et que ce sentiment eût opéré en elle un changement, son maintien perdit toute affectation. Devenue simple et naturelle, elle dut sans doute paraître plus belle. Quelques-unes de ses sœurs et une vieille dame, amie de la famille, virent un raffinement de coquetterie dans cette conduite. Elles supposèrent que jugeant le jeune homme digne d'elle, Émilie se proposait peut-être de ne montrer que lentement ses avantages, afin de l'éblouir tout à coup, au moment où elle lui aurait plu. Toutes les personnes de la famille étaient curieuses de savoir ce que cette capricieuse fille pensait de cet étranger ; mais lorsque, pendant le dîner, chacun prit plaisir à doter M. Longueville d'une qualité nouvelle, en prétendant l'avoir seul découverte, Mlle de Fontaine resta muette pendant quelque temps ; un léger sarcasme de son oncle la réveilla tout à coup de son apathie, elle dit d'une manière assez épigrammatique que cette perfection céleste devait couvrir quelque grand défaut, et qu'elle se garderait bien de juger à la première vue un homme si habile ; — ceux qui plaisent ainsi à tout le monde ne plaisent à personne, ajouta-t-elle, et que le pire de tous les défauts est de n'en avoir aucun. Comme toutes les jeunes filles qui aiment, Émilie caressait l'espérance de pouvoir cacher son sentiment au fond de son cœur en donnant le change aux Argus qui l'entouraient ; mais, au bout d'une quinzaine de jours, il n'y eut pas un des membres de cette nombreuse famille qui ne fût initié dans ce petit secret domestique. A la troisième visite que fit M. Longueville, Émilie crut y être pour beaucoup. Cette découverte lui causa un plaisir si enivrant, qu'elle en fut étonnée en y réfléchissant. Il y avait là quelque chose de pénible pour son orgueil. Habituée à se faire le centre du monde, elle fut obligée de reconnaître une force qui l'attirait hors d'elle-même ; elle essaya de se révolter, mais elle ne put chasser de son cœur la séduisante image du jeune homme. Puis vinrent bientôt des inquiétudes. Deux qualités de M. Longueville très contraires à la curiosité générale, et surtout à celle de Mlle de Fontaine, étaient une discrétion et une modestie inattendues. Les finesses qu'Émilie semait dans sa conversation et les pièges qu'elle y tendait pour arracher à ce jeune homme des détails sur lui-même, il savait les déconcerter avec l'adresse d'un diplomate qui veut cacher des secrets. Parlait-elle peinture, M. Longueville répondait en connaisseur. Faisait-elle de la musique, le jeune homme prouvait sans fatuité qu'il était assez fort sur le piano. Un soir, il enchanta toute la compagnie, en mariant sa voix délicieuse à celle d'Émilie dans un des plus beaux duos de Cimarosa; mais, quand on essaya de s'informer s'il était artiste, il plaisanta avec tant de grâce, qu'il ne laissa pas à ces femmes si exercées dans l'art de deviner les sentiments la possibilité de découvrir à quelle sphère sociale il appartenait. Avec quelque courage que le vieil oncle jetât le grappin sur ce bâtiment, Longueville s'esquivait avec souplesse afin de se conserver le charme du mystère; et il lui fut d'autant plus facile de rester le *bel inconnu* au pavillon Planat, que la curiosité n'y excédait pas les bornes de la politesse. Émilie, tourmentée de cette réserve, espéra tirer meilleur parti de la sœur que du frère pour ces sortes de confidences. Secondée par son oncle, qui s'entendait aussi bien à cette manœuvre qu'à celle d'un bâtiment, elle essaya de mettre en scène le personnage jusqu'alors muet de Mlle Clara Longueville. La société du pavillon manifesta bientôt le plus grand désir de connaître une si aimable personne, et de lui procurer quelque distraction. Un bal sans cérémonie fut proposé et accepté. Les femmes ne désespérèrent pas complètement de faire parler une jeune fille de seize ans.

Malgré ces petits nuages amoncelés par le soupçon et créés par la curiosité, une vive lumière pénétrait l'âme de Mlle de Fontaine, qui jouissait délicieusement de l'existence en la rapportant à un autre qu'à elle. Elle commençait à concevoir les rapports sociaux. Soit que le bonheur nous rende meilleurs, soit qu'elle fût trop occupée pour tourmenter les autres, elle devint moins caustique, plus indulgente, plus douce. Le changement de son caractère enchanta sa famille étonnée. Peut-être, après tout, son

égoïsme se métamorphosait-il en amour. Attendre l'arrivée de son timide et secret adorateur était une joie profonde. Sans qu'un seul mot de passion eût été prononcé
entre eux, elle se savait aimée, et avec quel art ne se
plaisait-elle pas à faire déployer au jeune inconnu les
trésors d'une instruction qui se montra variée ! Elle s'aperçut qu'elle aussi était observée avec soin, et alors elle
essaya de vaincre tous les défauts que son éducation avait
laissés croître en elle. N'était-ce pas déjà un premier
hommage rendu à l'amour, et un reproche cruel qu'elle
s'adressait à elle-même ? Elle voulait plaire, elle enchanta ;
elle aimait, elle fut idolâtrée. Sa famille, la sachant bien
gardée par son orgueil, lui donnait assez de liberté pour
qu'elle pût savourer ces petites félicités enfantines qui
donnent tant de charme et de violence aux premières
amours. Plus d'une fois, le jeune homme et Mlle de
Fontaine se promenèrent seuls dans les allées de ce parc où
la nature était parée comme une femme qui va au bal. Plus
d'une fois, ils eurent de ces entretiens sans but ni physionomie dont les phrases les plus vides de sens sont celles qui
cachent le plus de sentiments. Ils admirèrent souvent
ensemble le soleil couchant et ses riches couleurs. Ils
cueillirent des marguerites pour les effeuiller, et chantèrent les duos les plus passionnés en se servant des notes
trouvées par Pergolèse ou par Rossini comme de truche-
ments fidèles pour exprimer leurs secrets.

Le jour du bal arriva. Clara Longueville et son frère, que
les valets s'obstinaient à décorer de la noble particule, en
furent les héros. Pour la première fois de sa vie, Mlle de
Fontaine vit le triomphe d'une jeune fille avec plaisir. Elle
prodigua sincèrement à Clara ces caresses gracieuses et ces
petits soins que les femmes ne se rendent ordinairement
entre elles que pour exciter la jalousie des hommes. Mais
Émilie avait un but, elle voulait surprendre des secrets.
Mais en sa qualité de fille, Mlle Longueville montra plus
de finesse et d'esprit que son frère, elle n'eut pas même
l'air d'être discrète et sut tenir la conversation sur des
sujets étrangers aux intérêts matériels, tout en y jetant un si
grand charme que Mlle de Fontaine en conçut une sorte
d'envie, et la surnomma la sirène. Quoique Émilie eût

formé le dessein de faire causer Clara, ce fut Clara qui interrogea Émilie ; elle voulait la juger, et fut jugée par elle ; elle se dépita souvent d'avoir laissé percer son caractère dans quelques réponses que lui arracha malicieusement Clara, dont l'air modeste et candide éloignait tout soupçon de perfidie. Il y eut un moment où Mlle de Fontaine parut fâchée d'avoir fait contre les roturiers une imprudente sortie provoquée par Clara.

« Mademoiselle, lui dit cette charmante créature, j'ai tant entendu parler de vous par Maximilien, que j'avais le plus vif désir de vous connaître par attachement pour lui ; mais vouloir vous connaître, n'est-ce pas vouloir vous aimer ?

— Ma chère Clara, j'avais peur de vous déplaire en parlant ainsi de ceux qui ne sont pas nobles.

— Oh ! rassurez-vous. Aujourd'hui, ces sortes de discussions sont sans objet. Quant à moi, elles ne m'atteignent pas : je suis en dehors de la question. »

Quelque ambiguë que fût cette réponse, Mlle de Fontaine en ressentit une joie profonde ; car, semblable à tous les gens passionnés, elle l'expliqua comme s'expliquent les oracles, dans le sens qui s'accordait avec ses désirs, et revint à la danse plus joyeuse que jamais en regardant Longueville dont les formes, dont l'élégance surpassaient peut-être celles de son type imaginaire. Elle ressentit une satisfaction de plus en songeant qu'il était noble, ses yeux noirs scintillèrent, elle dansa avec tout le plaisir qu'on y trouve en présence de celui qu'on aime. Jamais les deux amants ne s'entendirent mieux qu'en ce moment ; et plus d'une fois ils sentirent le bout de leurs doigts frémir et trembler lorsque les lois de la contre-danse les mariaient.

Ce joli couple atteignit le commencement de l'automne au milieu des fêtes et des plaisirs de la campagne, en se laissant doucement abandonner au courant du sentiment le plus doux de la vie, en le fortifiant par mille petits accidents que chacun peut imaginer : les amours se ressemblent toujours en quelques points. L'un et l'autre, ils s'étudiaient, autant que l'on peut s'étudier quand on aime.

« Enfin, jamais amourette n'a si promptement tourné en mariage d'inclination », disait le vieil oncle, qui suivait les

deux jeunes gens de l'œil comme un naturaliste examine
un insecte au microscope.

Ce mot effraya M. et Mme de Fontaine. Le vieux
vendéen cessa d'être aussi indifférent au mariage de sa fille
qu'il avait naguère promis de l'être. Il alla chercher à Paris
des renseignements et n'en trouva pas. Inquiet de ce
mystère, et ne sachant pas encore quel serait le résultat de
l'enquête qu'il avait prié un administrateur parisien de lui
faire sur la famille Longueville, il crut devoir avertir sa
fille de se conduire prudemment. L'observation paternelle
fut reçue avec une feinte obéissance pleine d'ironie.

« Au moins, ma chère Émilie, si vous l'aimez, ne le lui
avouez pas !

— Mon père, il est vrai que je l'aime, mais j'attendrai
pour le lui dire que vous me le permettiez.

— Cependant, Émilie, songez que vous ignorez encore
quelle est sa famille, son état.

— Si je l'ignore, je le veux bien. Mais, mon père, vous
avez souhaité me voir mariée, vous m'avez donné la
liberté de faire un choix, le mien est fait irrévocablement,
que faut-il de plus ?

— Il faut savoir, ma chère enfant, si celui que tu as
choisi est fils d'un pair de France », répondit ironiquement le vénérable gentilhomme.

Émilie resta un moment silencieuse. Elle releva bientôt
la tête, regarda son père, et lui dit avec une sorte d'inquiétude : « Est-ce que les Longueville...

— Sont éteints en la personne du vieux duc de
Rostein-Limbourg qui a péri sur l'échafaud en 1793. Il
était le dernier rejeton de la dernière branche cadette.

— Mais, mon père, il y a de fort bonnes maisons
issues de bâtards. L'histoire de France fourmille de princes qui mettaient des barres à leur écu.

— Tes idées ont bien changé », dit le vieux gentilhomme en souriant.

Le lendemain était le dernier jour que la famille Fontaine dût passer au pavillon Planat. Émilie, que l'avis de
son père avait fortement inquiétée, attendit avec une vive
impatience l'heure à laquelle le jeune Longueville avait
l'habitude de venir, afin d'obtenir de lui une explication.

Elle sortit après le dîner et alla se promener seule dans le parc en se dirigeant vers le bosquet aux confidences où elle savait que l'empressé jeune homme la chercherait ; et tout en courant, elle songeait à la meilleure manière de surprendre, sans se compromettre, un secret si important : chose assez difficile ! Jusqu'à présent, aucun aveu direct n'avait sanctionné le sentiment qui l'unissait à cet inconnu. Elle avait secrètement joui, comme Maximilien, de la douceur d'un premier amour ; mais aussi fiers l'un que l'autre, il semblait que chacun d'eux craignît d'avouer qu'il aimât.

Maximilien Longueville, à qui Clara avait inspiré sur le caractère d'Émilie des soupçons assez fondés, se trouvait tour à tour emporté par la violence d'une passion de jeune homme, et retenu par le désir de connaître et d'éprouver la femme à laquelle il devait confier son bonheur. Son amour ne l'avait pas empêché de reconnaître en Émilie les préjugés qui gâtaient ce jeune caractère ; mais il désirait savoir s'il était aimé d'elle avant de les combattre, car il ne voulait pas plus hasarder le sort de son amour que celui de sa vie. Il s'était donc constamment tenu dans un silence que ses regards, son attitude et ses moindres actions démentaient. De l'autre côté, la fierté naturelle à une jeune fille, encore augmentée chez Mlle de Fontaine par la sotte vanité que lui donnaient sa naissance et sa beauté, l'empêchait d'aller au-devant d'une déclaration qu'une passion croissante lui persuadait quelquefois de solliciter. Aussi les deux amants avaient-ils instinctivement compris leur situation sans s'expliquer leurs secrets motifs. Il est des moments de la vie où le vague plaît à de jeunes âmes. Par cela même que l'un et l'autre avaient trop tardé de parler, ils semblaient tous deux se faire un jeu cruel de leur attente. L'un cherchait à découvrir s'il était aimé par l'effort que coûterait un aveu à son orgueilleuse maîtresse, l'autre espérait voir rompre à tout moment un trop respectueux silence.

Assise sur un banc rustique, Émilie songeait aux événements qui venaient de se passer pendant ces trois mois pleins d'enchantements. Les soupçons de son père étaient les dernières craintes qui pouvaient l'atteindre, elle en fit même justice par deux ou trois de ces réflexions de jeune fille inexpérimentée qui lui semblèrent victorieuses. Avant tout, elle convint avec elle-même qu'il était impossible qu'elle se trompât. Durant toute la saison, elle n'avait pu apercevoir en Maximilien, ni un seul geste, ni une seule parole qui indiquassent une origine ou des occupations communes; bien mieux, sa manière de discuter décelait un homme occupé des hauts intérêts du pays. « D'ailleurs, se dit-elle, un homme de bureau, un financier ou un commerçant n'aurait pas eu le loisir de rester une saison entière à me faire la cour au milieu des champs et des bois, en dispensant son temps aussi libéralement qu'un noble qui a devant lui toute une vie libre de soins. » Elle s'abandonnait au cours d'une méditation beaucoup plus intéressante pour elle que ces pensées préliminaires, quand un léger bruissement du feuillage lui annonça que depuis un moment Maximilien la contemplait sans doute avec admiration.

« Savez-vous que cela est fort mal de surprendre ainsi les jeunes filles? lui dit-elle en souriant.

— Surtout lorsqu'elles sont occupées de leurs secrets, répondit finement Maximilien.

— Pourquoi n'aurais-je pas les miens? vous avez bien les vôtres!

— Vous pensiez donc réellement à vos secrets? reprit-il en riant.

— Non, je songeais aux vôtres. Les miens, je les connais.

— Mais, s'écria doucement le jeune homme en saisissant le bras de Mlle de Fontaine et le mettant sous le sien, peut-être mes secrets sont-ils les vôtres, et vos secrets les miens. »

Après avoir fait quelques pas, ils se trouvèrent sous un massif d'arbres que les couleurs du couchant enveloppaient comme d'un nuage rouge et brun. Cette magie naturelle imprima une sorte de solennité à ce moment. L'action vive et libre du jeune homme, et surtout l'agitation de son cœur bouillant dont les pulsations précipitées parlaient au bras d'Émilie, la jetèrent dans une exaltation d'autant plus pénétrante qu'elle ne fut excitée que par les accidents les plus simples et les plus innocents. La réserve dans laquelle vivent les jeunes filles du grand monde donne une force incroyable aux explosions de leurs sentiments, et c'est un des plus grands dangers qui puissent les atteindre quand elles rencontrent un amant passionné. Jamais les yeux d'Émilie et de Maximilien n'avaient dit tant de ces choses qu'on n'ose pas dire. En proie à cette ivresse, ils oublièrent aisément les petites stipulations de l'orgueil et les froides considérations de la défiance. Ils ne purent même s'exprimer d'abord que par un serrement de mains qui servit d'interprète à leurs joyeuses pensées.

« Monsieur, j'ai une question à vous faire, dit en tremblant et d'une voix émue Mlle de Fontaine après un long silence et après avoir fait quelques pas avec une certaine lenteur. Mais songez, de grâce, qu'elle m'est en quelque sorte commandée par la situation assez étrange où je me trouve vis-à-vis de ma famille. »

Une pause effrayante pour Émilie succéda à ces phrases qu'elle avait presque bégayées. Pendant le moment que dura le silence, cette jeune fille si fière n'osa soutenir le regard éclatant de celui qu'elle aimait, car elle avait un secret sentiment de la bassesse des mots suivants qu'elle ajouta : « Êtes-vous noble ? »

Quand ces dernières paroles furent prononcées, elle aurait voulu être au fond d'un lac.

« Mademoiselle, reprit gravement Longueville dont la figure altérée contracta une sorte de dignité sévère, je vous promets de répondre sans détour à cette demande quand vous aurez répondu avec sincérité à celle que je vais vous faire. » Il quitta le bras de la jeune fille, qui tout à coup se crut seule dans la vie, et lui dit : « Dans quelle intention me questionnez-vous sur ma naissance ? » Elle demeura immobile, froide et muette. « Mademoiselle, reprit Maximilien, n'allons pas plus loin si nous ne nous comprenons pas. — Je vous aime, ajouta-t-il d'un son de voix profond et attendri. Eh bien ! reprit-il d'un air joyeux après avoir entendu l'exclamation de bonheur que ne put retenir la jeune fille, pourquoi me demander si je suis noble ? »

[annotation manuscrite en marge : pourquoi est que vous voulez connaitre mon naissance ?]

« Parlerait-il ainsi s'il ne l'était pas ? » s'écria une voix intérieure qu'Émilie crut sortie du fond de son cœur. Elle releva gracieusement la tête, sembla puiser une nouvelle vie dans le regard du jeune homme et lui tendit le bras comme pour faire une nouvelle alliance.

« Vous avez cru que je tenais beaucoup à des dignités, demanda-t-elle avec une finesse malicieuse.

— Je n'ai pas de titres à offrir à ma femme, répondit-il d'un air moitié gai, moitié sérieux. Mais si je la prends dans un haut rang et parmi celles que la fortune paternelle habitue au luxe et aux plaisirs de l'opulence, je sais à quoi ce choix m'oblige. L'amour donne tout, ajouta-t-il avec gaieté, mais aux amants seulement. Quant aux époux, il leur faut un peu plus que le dôme du ciel et le tapis des prairies. »

« Il est riche, pensa-t-elle. Quant aux titres, peut-être veut-il m'éprouver ! On lui aura dit que j'étais entichée de noblesse, et que je ne voulais épouser qu'un pair de France. Mes bégueules de sœurs m'auront joué ce tour-là. » « Je vous assure, monsieur, dit-elle à haute voix, que j'ai eu des idées bien exagérées sur la vie et le monde ; mais aujourd'hui, reprit-elle avec intention en le regardant d'une manière à le rendre fou, je sais où sont pour une femme les véritables richesses.

— J'ai besoin de croire que vous parlez à cœur ouvert, répondit-il avec une gravité douce. Mais cet hiver, ma chère Émilie, dans moins de deux mois peut-être, je serai fier de ce que je pourrai vous offrir, si vous tenez aux jouissances de la fortune. Ce sera le seul secret que je garderai là, dit-il en montrant son cœur ; car de sa réussite dépend mon bonheur, je n'ose dire le nôtre…

— Oh dites, dites ! »

Ce fut au milieu des plus doux propos qu'ils revinrent à pas lents rejoindre la compagnie au salon. Jamais Mlle de Fontaine ne trouva son prétendu plus aimable, ni plus spirituel : ses formes sveltes, ses manières engageantes lui semblèrent plus charmantes encore depuis une conversation qui venait en quelque sorte de lui confirmer la possession d'un cœur digne d'être envié par toutes les femmes. Ils chantèrent un duo italien avec tant d'expression, que l'assemblée les applaudit avec enthousiasme. Leur adieu prit un accent de convention sous lequel ils cachèrent leur bonheur. Enfin, cette journée devint pour la jeune fille comme une chaîne qui la lia plus étroitement encore à la destinée de l'inconnu. La force et la dignité qu'il venait de déployer dans la scène où ils s'étaient révélé leurs sentiments avaient peut-être imposé à Mlle de Fontaine ce respect sans lequel il n'existe pas de véritable amour. Lorsqu'elle resta seule avec son père dans le salon, le vénérable vendéen s'avança vers elle, lui prit affectueusement les mains, et lui demanda si elle avait acquis quelque lumière sur la fortune et sur la famille de M. Longueville.

« Oui, mon cher père, répondit-elle, je suis plus heureuse que je ne pouvais le désirer. Enfin M. de Longueville est le seul homme que je veuille épouser.

— C'est bien, Émilie, reprit le comte, je sais ce qu'il me reste à faire.

— Connaîtriez-vous quelque obstacle ? demanda-t-elle avec une véritable anxiété.

— Ma chère enfant, ce jeune homme est absolument inconnu ; mais, à moins que ce ne soit un malhonnête homme, du moment où tu l'aimes, il m'est aussi cher qu'un fils.

— Un malhonnête homme ? reprit Émilie, je suis bien tranquille. Mon oncle, qui nous l'a présenté, peut vous répondre de lui. Dites, cher oncle, a-t-il été flibustier, forban, corsaire ?

— Je savais bien que j'allais me trouver là », s'écria le vieux marin en se réveillant.

Il regarda dans le salon, mais sa nièce avait disparu comme un feu Saint-Elme [45], pour se servir de son expression habituelle.

« Eh bien, mon oncle ! reprit M. de Fontaine, comment avez-vous pu nous cacher tout ce que vous saviez sur ce jeune homme ? Vous avez cependant dû vous apercevoir de nos inquiétudes. M. Longueville est-il de bonne famille ?

— Je ne le connais ni d'Ève ni d'Adam, s'écria le comte de Kergarouët. Me fiant au tact de cette petite

folle, je lui ai amené son Saint-Preux par un moyen à moi
connu. Je sais que ce garçon tire le pistolet admirablement, chasse très bien, joue merveilleusement au billard,
aux échecs et au trictrac; il fait des armes et monte à
cheval comme feu le chevalier de Saint-Georges [46]. Il a
une érudition corsée relativement à nos vignobles. Il
calcule comme Barrême [47], dessine, danse et chante bien.
Eh diantre, qu'avez-vous donc, vous autres? Si ce n'est
pas là un gentilhomme parfait, montrez-moi un bourgeois
qui sache tout cela. Trouvez-moi un homme qui
vive aussi noblement que lui? Fait-il quelque chose?
Compromet-il sa dignité à aller dans des bureaux, à se
courber devant des parvenus que vous appelez des
directeurs généraux? Il marche droit. C'est un homme.
Mais, au surplus, je viens de retrouver dans la poche
de mon gilet la carte qu'il m'a donnée quand il croyait
que je voulais lui couper la gorge, pauvre innocent!
La jeunesse d'aujourd'hui n'est guère rusée. Tenez,
voici.

— Rue du Sentier, nº 5, dit M. de Fontaine en cherchant à se rappeler parmi tous les renseignements qu'il
avait obtenus celui qui pouvait concerner le jeune inconnu. Que diable cela signifie-t-il? MM. Palma, Werbrust et compagnie, dont le principal commerce est celui
des mousselines, calicots et toiles peintes en gros, demeurent là. Bon, j'y suis! Longueville, le député, a un
intérêt dans leur maison. Oui; mais je ne connais à
Longueville qu'un fils de trente-deux ans, qui ne ressemble pas du tout au nôtre et auquel il donne cinquante mille
livres de rente en mariage afin de lui faire épouser la fille
d'un ministre; il a envie d'être fait pair tout comme un
autre. Jamais je ne lui ai entendu parler de ce Maximilien.
A-t-il une fille? Qu'est-ce que cette Clara? Au surplus,
permis à plus d'un intrigant de s'appeler Longueville.
Mais la maison Palma, Werbrust et compagnie n'est-elle
pas à moitié ruinée par une spéculation au Mexique ou
aux Indes? J'éclaircirai tout cela.

— Tu parles tout seul comme si tu étais sur un théâtre,
et tu parais me compter pour zéro, dit tout à coup le vieux
marin. Tu ne sais donc pas que s'il est gentilhomme, j'ai

plus d'un sac dans mes écoutilles pour parer à son défaut de fortune ?

— Quant à cela, s'il est fils de Longueville, il n'a besoin de rien ; mais, dit M. de Fontaine en agitant la tête de droite à gauche, son père n'a même pas acheté de savonnette à vilain [48]. Avant la révolution, il était procureur ; et le *de* qu'il a pris depuis la Restauration lui appartient tout autant que la moitié de sa fortune.

— Bah ! bah ! heureux ceux dont les pères ont été pendus », s'écria gaiement le marin.

Trois ou quatre jours après cette mémorable journée et dans une de ces belles matinées du mois de novembre qui font voir aux Parisiens leurs boulevards nettoyés par le froid piquant d'une première gelée, Mlle de Fontaine, parée d'une fourrure nouvelle qu'elle voulait mettre à la mode, était sortie avec deux de ses belles-sœurs sur lesquelles elle avait jadis décoché le plus d'épigrammes. Ces trois femmes étaient bien moins invitées à cette promenade parisienne par l'envie d'essayer une voiture très élégante et des robes qui devaient donner le ton aux modes de l'hiver, que par le désir de voir une pèlerine qu'une de leurs amies avait remarquée dans un riche magasin de lingerie situé au coin de la rue de la Paix. Quand les trois dames furent entrées dans la boutique, Mme la baronne de Fontaine tira Émilie par la manche et lui montra Maximilien Longueville assis dans le comptoir et occupé à rendre avec une grâce mercantile la monnaie d'une pièce d'or à la lingère avec laquelle il semblait en conférence. Le *bel inconnu* tenait à la main quelques échantillons qui ne laissaient aucun doute sur son honorable profession. Sans qu'on pût s'en apercevoir, Émilie fut saisie d'un frisson glacial. Cependant, grâce au savoir-vivre de la bonne compagnie, elle dissimula parfaitement la rage qu'elle avait dans le cœur, et répondit à sa sœur un : « Je le savais ! » dont la richesse d'intonation et l'accent inimitable eussent fait envie à la plus célèbre actrice de ce temps. Elle s'avança vers le comptoir. Longueville leva la tête, mit les échantillons dans sa poche avec un sang-froid désespérant, salua Mlle de Fontaine et s'approcha d'elle en lui jetant un regard pénétrant.

« Mademoiselle, dit-il à la lingère qui le suivit d'un air
très inquiet, j'enverrai régler ce compte ; ma maison le
veut ainsi. Mais, tenez, ajouta-t-il à l'oreille de la jeune
femme en lui remettant un billet de mille francs, prenez :
ce sera une affaire entre nous. Vous me pardonnerez,
j'espère, mademoiselle, dit-il en se retournant vers Émilie. Vous aurez la bonté d'excuser la tyrannie qu'exercent
les affaires.

— Mais il me semble, monsieur, que cela m'est fort
indifférent », répondit Mlle de Fontaine en le regardant
avec une assurance et un air d'insouciance moqueuse qui
pouvaient faire croire qu'elle le voyait pour la première
fois.

« Parlez-vous sérieusement ? » demanda Maximilien
d'une voix entrecoupée.

Émilie lui tourna le dos avec une incroyable impertinence. Ce peu de mots, prononcés à voix basse, avait
échappé à la curiosité des deux belles-sœurs. Quand,
après avoir pris la pèlerine, les trois dames furent remon-
tées en voiture, Émilie, qui se trouvait assise sur le
devant, ne put s'empêcher d'embrasser par son dernier
regard la profondeur de cette odieuse boutique où elle vit
Maximilien debout et les bras croisés, dans l'attitude d'un
homme supérieur au malheur qui l'atteignait si subitement. Leurs yeux se rencontrèrent et se lancèrent deux
regards implacables. Chacun d'eux espéra qu'il blessait
cruellement le cœur qu'il aimait. En un moment tous
deux se trouvèrent aussi loin l'un de l'autre que s'ils
eussent été, l'un à la Chine et l'autre au Groenland. La
vanité n'a-t-elle pas un souffle qui dessèche tout ? En
proie au plus violent combat qui puisse agiter le cœur
d'une jeune fille, Mlle de Fontaine recueillit la plus ample moisson de douleurs que jamais les préjugés et les
petitesses aient semée dans une âme humaine. Son visage, frais et velouté naguère, était sillonné de tons jaunes, de taches rouges, et parfois les teintes blanches de
ses joues verdissaient soudain. Dans l'espoir de dérober
son trouble à ses sœurs, elle leur montrait en riant ou un
passant ou une toilette ridicule ; mais ce rire était convulsif. Elle se sentait plus vivement blessée de la compassion

silencieuse de ses sœurs que des épigrammes par lesquelles elles auraient pu se venger. Elle employa tout son esprit à les entraîner dans une conversation où elle essaya d'exhaler sa colère par des paradoxes insensés, en accablant les négociants des injures les plus piquantes et d'épigrammes de mauvais ton. En rentrant, elle fut saisie d'une fièvre dont le caractère eut d'abord quelque chose de dangereux. Au bout d'un mois, les soins de ses parents, ceux du médecin, la rendirent aux vœux de sa famille. Chacun espéra que cette leçon serait assez forte pour dompter le caractère d'Émilie qui reprit insensiblement ses anciennes habitudes et s'élança de nouveau dans le monde. Elle prétendit qu'il n'y avait pas de honte à se tromper. Si, comme son père, elle avait quelque influence à la Chambre, disait-elle, elle provoquerait une loi pour obtenir que les commerçants, surtout les marchands de calicot [49], fussent marqués au front comme les moutons du Berry, jusqu'à la troisième génération. Elle voulait que les nobles eussent seuls le droit de porter ces anciens habits français qui allaient si bien aux courtisans de Louis XV. A l'entendre, peut-être était-ce un malheur pour la monarchie qu'il n'y eût aucune différence visible entre un marchand et un pair de France. Mille autres plaisanteries, faciles à deviner, se succédaient rapidement quand un incident imprévu la mettait sur ce sujet. Mais ceux qui aimaient Émilie remarquèrent à travers ses railleries une teinte de mélancolie. Évidemment Maximilien Longueville régnait toujours au fond de ce cœur inexplicable. Parfois elle devenait douce comme pendant la saison fugitive qui vit naître son amour, et parfois aussi elle se montrait plus que jamais insupportable. Chacun excusa les inégalités d'une humeur qui prenait sa source dans une souffrance à la fois secrète et connue. Le comte de Kergarouët obtint un peu d'empire sur elle, grâce à un surcroît de prodigalités, genre de consolation qui manque rarement son effet sur les jeunes Parisiennes. La première fois que Mlle de Fontaine alla au bal, ce fut chez l'ambassadeur de Naples. Au moment où elle se plaça dans le plus brillant des quadrilles, elle aperçut à quelques pas d'elle Longueville qui fit un léger signe de tête à son danseur.

« Ce jeune homme est un de vos amis, demanda-t-elle à son cavalier d'un air de dédain.

— Rien que mon frère », répondit-il.

Émilie ne put s'empêcher de tressaillir.

« Ah ! reprit-il d'un ton d'enthousiasme, c'est bien la plus belle âme qui soit au monde...

— Savez-vous mon nom, lui demanda Émilie en l'interrompant avec vivacité.

— Non, mademoiselle. C'est un crime, je l'avoue, de ne pas avoir retenu un nom qui est sur toutes les lèvres, je devrais dire dans tous les cœurs ; mais j'ai une excuse valable : j'arrive d'Allemagne. Mon ambassadeur, qui est à Paris en congé, m'a envoyé ce soir ici pour servir de chaperon à son aimable femme, que vous pouvez voir là-bas dans un coin.

— Un vrai masque tragique, dit Émilie après avoir examiné l'ambassadrice.

— Voilà cependant sa figure de bal, repartit en riant le jeune homme. Il faudra bien que je la fasse danser ! Aussi ai-je voulu avoir une compensation. » Mlle de Fontaine s'inclina. « J'ai été bien surpris, dit le babillard secrétaire d'ambassade en continuant, de trouver mon frère ici. En arrivant de Vienne, j'ai appris que le pauvre garçon était malade et au lit. Je comptais bien le voir avant d'aller au bal ; mais la politique ne nous laisse pas toujours le loisir d'avoir des affections de famille. La *padrona della casa* ne m'a pas permis de monter chez mon pauvre Maximilien.

— Monsieur votre frère n'est pas comme vous dans la diplomatie ? dit Émilie.

— Non, dit le secrétaire en soupirant, le pauvre garçon s'est sacrifié pour moi ! Lui et ma sœur Clara ont renoncé à la fortune de mon père, afin qu'il pût réunir sur ma tête un majorat [50]. Mon père rêve la pairie comme tous ceux qui votent pour le ministère. Il a la promesse d'être nommé, ajouta-t-il à voix basse. Après avoir réuni quelques capitaux, mon frère s'est alors associé à une maison de banque ; et je sais qu'il vient de faire avec le Brésil une spéculation qui peut le rendre millionnaire. Vous me voyez tout joyeux d'avoir contribué par mes

relations diplomatiques au succès. J'attends même avec
impatience une dépêche de la légation brésilienne qui sera
de nature à lui dérider le front. Comment le trouvez-
vous?

— Mais la figure de monsieur votre frère ne me semble pas être celle d'un homme occupé d'argent. »

Le jeune diplomate scruta par un seul regard la figure
en apparence calme de sa danseuse.

« Comment! dit-il en souriant, les demoiselles devinent
donc aussi les pensées d'amour à travers les fronts
muets?

— Monsieur votre frère est amoureux? demanda-t-elle
en laissant échapper un geste de curiosité.

— Oui. Ma sœur Clara, pour laquelle il a des soins
maternels, m'a écrit qu'il s'était amouraché, cet été,
d'une fort jolie personne; mais depuis je n'ai pas eu de
nouvelles de ses amours. Croiriez-vous que le pauvre
garçon se levait à cinq heures du matin, et allait expédier
ses affaires afin de pouvoir se trouver à quatre heures à la
campagne de la belle? Aussi a-t-il abîmé un charmant
cheval de race que je lui avais envoyé. Pardonnez-
moi mon babil, mademoiselle: j'arrive d'Allemagne.
Depuis un an je n'ai pas entendu parler correctement le
français, je suis sevré de visages français et rassasié
d'allemands, si bien que dans ma rage patriotique je par-
lerais, je crois, aux chimères d'un candélabre parisien.
Puis, si je cause avec un abandon peu convenable
chez un diplomate, la faute en est à vous, mademoiselle. N'est-ce pas vous qui m'avez montré mon frère?
Quand il est question de lui, je suis intarissable. Je voudrais pouvoir dire à la terre entière combien il est
bon et généreux. Il ne s'agissait de rien moins que
de cent mille livres de rente que rapporte la terre de
Longueville. »

Si Mlle de Fontaine obtint ces révélations importantes,
elle les dut en partie à l'adresse avec laquelle elle sut
interroger son confiant cavalier, du moment où elle apprit
qu'il était le frère de son amant dédaigné.

« Est-ce que vous avez pu, sans quelque peine, voir
monsieur votre frère vendant des mousselines et des cali-

cots? demanda Émilie après avoir accompli la troisième
figure de la contredanse.

— D'où savez-vous cela? lui demanda le diplomate.
Dieu merci! tout en débitant un flux de paroles, j'ai déjà
l'art de ne dire que ce que je veux, ainsi que tous les
apprentis diplomates de ma connaissance.

— Vous me l'avez dit, je vous assure. »

M. de Longueville regarda Mlle de Fontaine avec un
étonnement plein de perspicacité. Un soupçon entra dans
son âme. Il interrogea successivement les yeux de son
frère et de sa danseuse, il devina tout, pressa ses mains
l'une contre l'autre, leva les yeux au plafond, se mit à rire
et dit : « Je ne suis qu'un sot! Vous êtes la plus belle
personne du bal, mon frère vous regarde à la dérobée, il
danse malgré la fièvre, et vous feignez de ne pas le voir.
Faites son bonheur, dit-il en la reconduisant auprès de son
vieil oncle, je n'en serai pas jaloux; mais je tressaillerai
toujours un peu en vous nommant ma sœur... »

Cependant les deux amants devaient être aussi inexorables l'un que l'autre pour eux-mêmes. Vers les deux
heures du matin, l'on servit un ambigu[51] dans une immense galerie où, pour laisser les personnes d'une même
coterie libres de se réunir, les tables avaient été disposées
comme elles le sont chez les restaurateurs. Par un de ces
hasards qui arrivent toujours aux amants, Mlle de Fontaine se trouva placée à une table voisine de celle autour
de laquelle se mirent les personnes les plus distinguées.
Maximilien faisait partie de ce groupe. Émilie, qui prêta
une oreille attentive aux discours tenus par ses voisins,
put entendre une de ces conversations qui s'établissent si
facilement entre les jeunes femmes et les jeunes gens qui
ont les grâces et la tournure de Maximilien Longueville.
L'interlocutrice du jeune banquier était une duchesse na-
politaine dont les yeux lançaient des éclairs, dont la peau
blanche avait l'éclat du satin. L'intimité que le jeune
Longueville affectait d'avoir avec elle blessa d'autant
plus Mlle de Fontaine qu'elle venait de rendre à son
amant vingt fois plus de tendresse qu'elle ne lui en portait
jadis.

— Oui, monsieur, dans mon pays, le véritable amour

sait faire toute espèce de sacrifices, disait la duchesse en minaudant.

— Vous êtes plus passionnées que ne le sont les Françaises, dit Maximilien dont le regard enflammé tomba sur Émilie. Elles sont tout vanité.

— Monsieur, reprit vivement la jeune fille, n'est-ce pas une mauvaise action que de calomnier sa patrie ? Le dévouement est de tous les pays.

— Croyez-vous, mademoiselle, reprit l'Italienne avec un sourire sardonique, qu'une Parisienne soit capable de suivre son amant partout ?

— Ah ! entendons-nous, madame. On va dans un désert y habiter une tente, on ne va pas s'asseoir dans une boutique. »

Elle acheva sa pensée en laissant échapper un geste de dédain. Ainsi l'influence exercée sur Émilie par sa funeste éducation tua deux fois son bonheur naissant, et lui fit manquer son existence. La froideur apparente de Maximilien et le sourire d'une femme lui arrachèrent un de ces sarcasmes dont les perfides jouissances la séduisaient toujours.

« Mademoiselle, lui dit à voix basse Longueville à la faveur du bruit que firent les femmes en se levant de table, personne ne formera pour votre bonheur des vœux plus ardents que ne le seront les miens : permettez-moi de vous donner cette assurance en prenant congé de vous. Dans quelques jours, je partirai pour l'Italie.

— Avec une duchesse, sans doute ?

— Non, mademoiselle, mais avec une maladie mortelle peut-être.

— N'est-ce pas une chimère, demanda Émilie en lui lançant un regard inquiet.

— Non, dit-il, il est des blessures qui ne se cicatrisent jamais.

— Vous ne partirez pas, dit l'impérieuse jeune fille en souriant.

— Je partirai, reprit gravement Maximilien.

— Vous me trouverez mariée au retour, je vous en préviens, dit-elle avec coquetterie.

— Je le souhaite.

— L'impertinent, s'écria-t-elle, se venge-t-il assez cruellement ! »

Quinze jours après, Maximilien Longueville partit avec sa sœur Clara pour les chaudes et poétiques contrées de la belle Italie, laissant Mlle de Fontaine en proie aux plus violents regrets. Le jeune secrétaire d'ambassade épousa la querelle de son frère, et sut tirer une vengeance éclatante des dédains d'Émilie en publiant les motifs de la rupture des deux amants. Il rendit avec usure à sa danseuse les sarcasmes qu'elle avait jadis lancés sur Maximilien, et fit souvent sourire plus d'une Excellence en peignant la belle ennemie des comptoirs, l'amazone qui prêchait une croisade contre les banquiers, la jeune fille dont l'amour s'était évaporé devant un demi-tiers de mousseline. Le comte de Fontaine fut obligé d'user de son crédit pour faire obtenir à Auguste Longueville une mission en Russie, afin de soustraire sa fille au ridicule que ce jeune et dangereux persécuteur versait sur elle à pleines mains. Bientôt le ministère, obligé de lever une conscription de pairs pour soutenir les opinions aristocratiques qui chancelaient dans la noble chambre à la voix d'un illustre écrivain, nomma M. *Guiraudin* de Longueville pair de France et vicomte. M. de Fontaine obtint aussi la pairie, récompense due autant à sa fidélité pendant les mauvais jours qu'à son nom qui manquait à la chambre héréditaire.

Vers cette époque, Émilie devenue majeure [52] fit sans doute de sérieuses réflexions sur la vie, car elle changea sensiblement de ton et de manières : au lieu de s'exercer à dire des méchancetés à son oncle, elle lui apporta sa béquille avec une persévérance de tendresse qui faisait rire les plaisants ; elle lui offrit le bras, alla dans sa voiture, et l'accompagna dans toutes ses promenades ; elle lui persuada même qu'elle aimait l'odeur de la pipe, et lui lut sa chère *Quotidienne* au milieu des bouffées de tabac que le malicieux marin lui envoyait à dessein ; elle étudia le piquet pour tenir tête au vieux comte ; enfin cette jeune personne si fantasque écouta sans s'impatienter les récits périodiques du combat de *La Belle-Poule,* des manœuvres de *La Ville-de-Paris,* de la première expédition de M. de Suffren, ou de la bataille d'Aboukir. Quoique le vieux marin eût souvent dit qu'il connaissait trop sa longitude et sa latitude pour se laisser capturer par une jeune corvette, un beau matin les salons de Paris apprirent le mariage de Mlle de Fontaine et du comte de Kergaroüet. La jeune comtesse donna des fêtes splendides pour s'étourdir; mais elle trouva sans doute le néant au fond de ce tourbillon : le luxe cachait imparfaitement le vide et le malheur de son âme souffrante; la plupart du temps, malgré les éclats d'une gaieté feinte, sa belle figure exprimait une sourde mélancolie. Émilie prodigua d'ailleurs ses attentions à son vieux mari, qui souvent, en s'en allant dans son appartement le soir au bruit d'un joyeux orchestre, disait : « Je ne me reconnais plus. Devais-je donc attendre à soixante-douze ans pour m'embarquer comme pilote sur LA BELLE ÉMILIE, après vingt ans de galères conjugales ? » La conduite de la comtesse fut empreinte d'une telle sévérité, que la critique la plus clairvoyante n'eut rien à y reprendre. Les observateurs pensèrent que le vice-amiral s'était réservé le droit de disposer de sa fortune pour enchaîner plus fortement sa femme : supposition injurieuse et pour l'oncle et pour la nièce. L'attitude des deux époux fut d'ailleurs si savamment calculée, que les jeunes gens les plus intéressés à deviner le secret de ce ménage ne purent deviner si le vieux comte traitait sa femme en époux ou en père. On lui entendait dire souvent qu'il avait recueilli sa nièce comme une naufragée, et que, jadis, il n'abusait jamais de l'hospitalité quand il lui arrivait de sauver un ennemi de la fureur des orages. Quoique la comtesse aspirât à régner sur Paris et qu'elle essayât de marcher de pair avec Mmes les duchesses de Maufrigneuse, de Chaulieu, les marquises d'Espard et d'Aiglemont, les comtesses Féraud, de Montcornet, de Restaud, Mme de Camps et Mlle Des Touches, elle ne céda point à l'amour du jeune vicomte de Portenduère qui fit d'elle son idole.

Deux ans après son mariage, dans un des antiques salons du faubourg Saint-Germain où l'on admirait son caractère digne des anciens temps, Émilie entendit annoncer M. le vicomte de Longueville ; et dans le coin du

salon où elle faisait le piquet de l'évêque de Persépolis,
son émotion ne put être remarquée de personne : en tournant la tête, elle avait vu entrer son ancien prétendu dans
tout l'éclat de la jeunesse. La mort de son père et celle de
son frère, tué par l'inclémence du climat de Pétersbourg,
avaient posé sur la tête de Maximilien les plumes hérédi-
taires du chapeau de la pairie ; sa fortune égalait ses
connaissances et son mérite ; la veille même, sa jeune et
bouillante éloquence avait éclairé l'assemblée. En ce
moment, il apparut à la triste comtesse, libre et paré de
tous les avantages qu'elle demandait jadis à son type
idéal. Toutes les mères chargées de filles à marier faisaient de coquettes avances à un jeune homme doué des
vertus qu'on lui supposait en admirant sa grâce ; mais
mieux que tout autre, Émilie savait que le vicomte de
Longueville possédait cette fermeté de caractère dans
laquelle les femmes prudentes voient un gage de bonheur.
Elle jeta les yeux sur l'amiral, qui selon son expression
familière paraissait devoir tenir encore longtemps sur son
bord, et maudit les erreurs de son enfance.

En ce moment, M. de Persépolis [53] lui dit avec sa
grâce épiscopale : « Ma belle dame, vous avez écarté [54] le
roi de cœur, j'ai gagné. Mais ne regrettez pas votre
argent, je le réserve pour mes petits séminaires. »

Paris, décembre 1829.

LA VENDETTA

DÉDIÉ A PUTTINATI [1],
Sculpteur milanais

En 1800, vers la fin du mois d'octobre, un étranger, accompagné d'une femme et d'une petite fille, arriva devant les Tuileries à Paris, et se tint assez longtemps auprès des décombres d'une maison récemment démolie à l'endroit où s'élève aujourd'hui l'aile commencée qui devait unir le château de Catherine de Médicis au Louvre des Valois [2]. Il resta là, debout, les bras croisés, la tête inclinée, et la relevait parfois pour regarder alternativement le palais consulaire, et sa femme assise auprès de lui sur une pierre. Quoique l'inconnue parût ne s'occuper que de la petite fille âgée de neuf à dix ans dont les longs cheveux noirs étaient comme un amusement entre ses mains, elle ne perdait aucun des regards que lui adressait son compagnon. Un même sentiment, autre que l'amour, unissait ces deux êtres, et animait d'une même inquiétude leurs mouvements et leurs pensées. La misère est peut-être le plus puissant de tous les liens. L'étranger avait une de ces têtes abondantes en cheveux, larges et graves, qui se sont souvent offertes au pinceau des Carrache. Ces cheveux si noirs étaient mélangés d'une grande quantité de cheveux blancs. Quoique nobles et fiers, ses traits avaient un ton de dureté qui les gâtait. Malgré sa force et sa taille droite, il semblait avoir plus de soixante ans. Ses vêtements délabrés annonçaient qu'il venait d'un pays étranger. Quoique la figure jadis belle et alors flétrie de la femme trahît une tristesse profonde, quand son mari la regardait elle s'efforçait de sourire en affectant une contenance calme. La petite fille restait debout, malgré la fatigue dont les marques frappaient son jeune visage hâlé

par le soleil. Elle avait une tournure italienne, de grands
yeux noirs sous des sourcils bien arqués, une noblesse
native, une grâce vraie. Plus d'un passant se sentait ému
au seul aspect de ce groupe dont les personnages ne
faisaient aucun effort pour cacher un désespoir aussi
profond que l'expression en était simple ; mais la source
de cette fugitive obligeance qui distingue les Parisiens se
tarissait promptement. Aussitôt que l'inconnu se croyait
l'objet de l'attention de quelque oisif, il le regardait d'un
air si farouche, que le flâneur le plus intrépide hâtait le
pas comme s'il eût marché sur un serpent. Après être
demeuré longtemps indécis, tout à coup le grand étranger
passa la main sur son front, il en chassa, pour ainsi dire,
les pensées qui l'avaient sillonné de rides, et prit sans
doute un parti désespéré. Après avoir jeté un regard
perçant sur sa femme et sur sa fille, il tira de sa veste un
long poignard, le tendit à sa compagne, et lui dit en
italien : « Je vais voir si les Bonaparte se souviennent de
nous. » Et il marcha d'un pas lent et assuré vers l'entrée
du palais, où il fut naturellement arrêté par un soldat de la
garde consulaire avec lequel il ne put longtemps discuter.
En s'apercevant de l'obstination de l'inconnu, la senti-
nelle lui présenta sa baïonnette en manière d'*ultimatum*.
Le hasard voulut que l'on vînt en ce moment relever le
soldat de sa faction, et le caporal indiqua fort obligeam-
ment à l'étranger l'endroit où se tenait le commandant du
poste.

« Faites savoir à Bonaparte que Bartholoméo di Piombo [3] voudrait lui parler », dit l'Italien au capitaine de
service.

Cet officier eut beau représenter à Bartholoméo qu'on
ne voyait pas le Premier consul sans lui avoir préalable-
ment demandé par écrit une audience, l'étranger voulut
absolument que le militaire allât prévenir Bonaparte.
L'officier objecta les lois de la consigne, et refusa for-
mellement d'obtempérer à l'ordre de ce singulier solli-
citeur. Bartholoméo fronça le sourcil, jeta sur le commandant un regard terrible, et sembla le rendre responsable
des malheurs que ce refus pouvait occasionner puis il
garda le silence, se croisa fortement les bras sur la poi-

trine, et alla se placer sous le portique qui sert de communication entre la cour et le jardin des Tuileries. Les gens qui veulent fortement une chose sont presque toujours bien servis par le hasard. Au moment où Bartholoméo di Piombo s'asseyait sur une des bornes qui sont auprès de l'entrée des Tuileries, il arriva une voiture d'où descendit Lucien Bonaparte, alors ministre de l'Intérieur.

« Ah ! Loucian, il est bien heureux pour moi de te rencontrer », s'écria l'étranger.

Ces mots, prononcés en patois corse, arrêtèrent Lucien au moment où il s'élançait sous la voûte, il regarda son compatriote et le reconnut. Au premier mot que Bartholoméo lui dit à l'oreille, il emmena le Corse avec lui. Murat, Lannes, Rapp se trouvaient dans le cabinet du Premier consul. En voyant entrer Lucien, suivi d'un homme aussi singulier que l'était Piombo, la conversation cessa. Lucien prit Napoléon par la main et le conduisit dans l'embrasure de la croisée. Après avoir échangé quelques paroles avec son frère, le Premier consul fit un geste de main auquel obéirent Murat et Lannes en s'en allant. Rapp feignit de n'avoir rien vu, afin de pouvoir rester. Bonaparte l'ayant interpellé vivement, l'aide de camp sortit en rechignant. Le Premier consul, qui entendit le bruit des pas de Rapp dans le salon voisin, sortit brusquement et le vit près du mur qui séparait le cabinet du salon.

« Tu ne veux donc pas me comprendre ? dit le Premier consul. J'ai besoin d'être seul avec mon compatriote.

— Un Corse, répondit l'aide de camp. Je me défie trop de ces gens-là pour ne pas... »

Le Premier consul ne put s'empêcher de sourire, et poussa légèrement son fidèle officier par les épaules.

« Eh bien, que viens-tu faire ici, mon pauvre Bartholoméo ? dit le Premier consul à Piombo.

— Te demander asile et protection, si tu es un vrai Corse, répondit Bartholomé d'un ton brusque.

— Quel malheur a pu te chasser du pays ? Tu en étais le plus riche, le plus...

— J'ai tué tous les Porta », répliqua le Corse d'un son de voix profond en fronçant les sourcils.

Le Premier consul fit deux pas en arrière comme un homme surpris.

« Vas-tu me trahir ? s'écria Bartholoméo en jetant un regard sombre à Bonaparte. Sais-tu que nous sommes encore quatre Piombo en Corse ? »

Lucien prit le bras de son compatriote, et le secoua.

« Viens-tu donc ici pour menacer le sauveur de la France ? » lui dit-il vivement.

Bonaparte fit un signe à Lucien, qui se tut. Puis il regarda Piombo, et lui dit : « Pourquoi donc as-tu tué les Porta ?

— Nous avions fait amitié, répondit-il, les Barbante nous avaient réconciliés. Le lendemain du jour où nous trinquâmes pour noyer nos querelles, je les quittai parce que j'avais affaire à Bastia. Ils restèrent chez moi, et mirent le feu à ma vigne de Longone. Ils ont tué mon fils Grégorio. Ma fille Ginevra et ma femme leur ont échappé ; elles avaient communié le matin, la Vierge les a protégées. Quand je revins, je ne trouvai plus ma maison, je la cherchais les pieds dans ses cendres. Tout à coup je heurtai le corps de Grégorio, que je reconnus à la lueur de la lune. « Oh ! les Porta ont fait le coup ! » me dis-je. J'allai sur-le-champ dans les *Maquis,* j'y rassemblai quelques hommes auxquels j'avais rendu service, entends-tu, Bonaparte ? et nous marchâmes sur la vigne des Porta. Nous sommes arrivés à cinq heures du matin, à sept ils étaient tous devant Dieu. Giacomo prétend qu'Élisa Vanni a sauvé un enfant, le petit Luigi ; mais je l'avais attaché moi-même dans son lit avant de mettre le feu à la maison. J'ai quitté l'île avec ma femme et ma fille, sans avoir pu vérifier s'il était vrai que Luigi Porta vécût encore. »

Bonaparte regardait Bartholoméo avec curiosité, mais sans étonnement.

« Combien étaient-ils ? demanda Lucien.

— Sept, répondit Piombo. Ils ont été vos persécuteurs dans les temps », leur dit-il. Ces mots ne réveillèrent aucune expression de haine chez les deux frères. « Ah ! vous n'êtes plus corses, s'écria Bartholoméo avec une sorte de désespoir. Adieu. Autrefois je vous ai protégés, ajouta-t-il d'un ton de reproche. Sans moi, ta mère ne serait pas arrivée à Marseille, dit-il en s'adressant à Bonaparte qui restait pensif le coude appuyé sur le manteau de la cheminée.

— En conscience, Piombo, répondit Napoléon, je ne puis pas te prendre sous mon aile. Je suis devenu le chef d'une grande nation, je commande la république, et dois faire exécuter les lois.

— Ah! ah! dit Bartholoméo.

— Mais je puis fermer les yeux, reprit Bonaparte. Le préjugé de la *Vendetta* empêchera longtemps le règne des lois en Corse, ajouta-t-il en se parlant à lui-même. Il faut cependant le détruire à tout prix. »

Bonaparte resta un moment silencieux, et Lucien fit signe à Piombo de ne rien dire. Le Corse agitait déjà la tête de droite et de gauche d'un air improbateur.

« Demeure ici, reprit le consul en s'adressant à Bartholoméo, nous n'en saurons rien. Je ferai acheter tes propriétés afin de te donner d'abord les moyens de vivre. Puis, dans quelque temps, plus tard, nous penserons à toi. Mais plus de *Vendetta!* Il n'y a pas de maquis ici. Si tu y joues du poignard, il n'y aurait pas de grâce à espérer. Ici la loi protège tous les citoyens, et l'on ne se fait pas justice soi-même.

— Il s'est fait le chef d'un singulier pays, répondit Bartholoméo en prenant la main de Lucien et la serrant. Mais vous me reconnaissez dans le malheur, ce sera maintenant entre nous à la vie à la mort, et vous pouvez disposer de tous les Piombo. »

A ces mots, le front du Corse se dérida, et il regarda autour de lui avec satisfaction.

« Vous n'êtes pas mal ici, dit-il en souriant, comme s'il voulait y loger. Et tu es habillé tout en rouge comme un cardinal.

— Il ne tiendra qu'à toi de parvenir et d'avoir un palais à Paris, dit Bonaparte qui toisait son compatriote. Il m'arrivera plus d'une fois de regarder autour de moi pour chercher un ami dévoué auquel je puisse me confier. »

Un soupir de joie sortit de la vaste poitrine de Piombo

qui tendit la main au Premier consul en lui disant : « Il y a
encore du Corse en toi ! »

Bonaparte sourit. Il regarda silencieusement cet
homme, qui lui apportait en quelque sorte l'air de sa
patrie, de cette île où naguère il avait été sauvé si mira-
culeusement de la haine du *parti anglais* [4], et qu'il ne
devait plus revoir. Il fit un signe à son frère, qui emmena
Bartholoméo di Piombo. Lucien s'enquit avec intérêt de
la situation financière de l'ancien protecteur de leur famille. Piombo amena le ministre de l'Intérieur auprès
d'une fenêtre, et lui montra sa femme et Ginevra, assises
toutes deux sur un tas de pierres.

« Nous sommes venus de Fontainebleau ici à pied, et
nous n'avons pas une obole », lui dit-il.

Lucien donna sa bourse à son compatriote et lui re-
commanda de venir le trouver le lendemain afin d'aviser
aux moyens d'assurer le sort de sa famille. La valeur de
tous les biens que Piombo possédait en Corse ne pouvait
guère le faire vivre honorablement à Paris.

Quinze ans s'écoulèrent entre l'arrivée de la famille
Piombo à Paris et l'aventure suivante, qui, sans le récit de
ces événements, eût été moins intelligible.

Servin, l'un de nos artistes les plus distingués, conçut
le premier l'idée d'ouvrir un atelier pour les jeunes personnes qui veulent prendre des leçons de peinture. Âgé
d'une quarantaine d'années, de mœurs pures et entièrement livré à son art, il avait épousé par inclination la fille
d'un général sans fortune. Les mères conduisirent
d'abord elles-mêmes leurs filles chez le professeur puis
elles finirent par les y envoyer quand elles eurent bien
connu ses principes et apprécié le soin qu'il mettait à
mériter la confiance. Il était entré dans le plan du peintre
de n'accepter pour écolières que des demoiselles appartenant à des familles riches ou considérées afin de n'avoir
pas de reproches à subir sur la composition de son atelier ;
il se refusait même à prendre les jeunes filles qui voulaient devenir artistes et auxquelles il aurait fallu donner
certains enseignements sans lesquels il n'est pas de talent
possible en peinture. Insensiblement sa prudence, la su-
périorité avec lesquelles il initiait ses élèves aux secrets

de l'art, la certitude où les mères étaient de savoir leurs filles en compagnie de jeunes personnes bien élevées et la sécurité qu'inspiraient le caractère, les mœurs, le mariage de l'artiste, lui valurent dans les salons une excellente renommée. Quand une jeune fille manifestait le désir d'apprendre à peindre ou à dessiner, et que sa mère demandait conseil : « Envoyez-la chez Servin ! » était la réponse de chacun. Servin devint donc pour la peinture féminine une spécialité [5], comme Herbault pour les chapeaux, Leroy pour les modes et Chevet pour les comestibles. Il était reconnu qu'une jeune femme qui avait pris des leçons chez Servin pouvait juger en dernier ressort les tableaux du Musée, faire supérieurement un portrait, copier une toile et peindre son tableau de genre. Cet artiste suffisait ainsi à tous les besoins de l'aristocratie. Malgré les rapports qu'il avait avec les meilleurs maisons de Paris, il était indépendant, patriote, et conservait avec tout le monde ce ton léger, spirituel, parfois ironique, cette liberté de jugement qui distinguent les peintres. Il avait poussé le scrupule de ses précautions jusque dans l'ordonnance du local où étudiaient ses écolières. L'entrée du grenier qui régnait au-dessus de ses appartements avait été murée. Pour parvenir à cette retraite, aussi sacrée qu'un harem, il fallait monter par un escalier pratiqué dans l'intérieur de son logement. L'atelier, qui occupait tout le comble de la maison, offrait ces proportions énormes qui surprennent toujours les curieux quand, arrivés à soixante pieds du sol, ils s'attendent à voir les artistes logés dans une gouttière. Cette espèce de galerie était profusément éclairée par d'immenses châssis vitrés et garnis de ces grandes toiles vertes à l'aide desquelles les peintres disposent de la lumière. Une foule de caricatures, de têtes faites au trait, avec de la couleur ou la pointe d'un couteau, sur les murailles peintes en gris foncé, prouvaient, sauf la différence de l'expression, que les filles les plus distinguées ont dans l'esprit autant de folie que les hommes peuvent en avoir. Un petit poêle et ses grands tuyaux, qui décrivaient un effroyable zigzag avant d'atteindre les hautes régions du toit, étaient l'infaillible ornement de cet atelier. Une planche régnait autour des murs et soutenait des modèles en plâtre qui gisaient confusément placés, la plupart couverts d'une blonde poussière. Au-dessous de ce rayon, çà et là, une tête de Niobé pendue à un clou montrait sa pose de douleur, une Vénus souriait, une main se présentait brusquement aux yeux comme celle d'un pauvre demandant l'aumône, puis quelques *écorchés* jaunis par la fumée avaient l'air de membres arrachés la veille à des cercueils; enfin des tableaux, des dessins, des mannequins, des cadres sans toiles et des toiles sans cadres achevaient de donner à cette pièce irrégulière la physionomie d'un atelier que distingue un singulier mélange d'ornement et de nudité, de misère et de richesse, de soin et d'incurie. Cet immense vaisseau, où tout paraît petit même l'homme, sent la coulisse d'opéra; il s'y trouve de vieux linges, des armures dorées, des lambeaux d'étoffe, des machines; mais il y a je ne sais quoi de grand comme la pensée : le génie et la mort sont là; la Diane ou l'Apollon auprès d'un crâne ou d'un squelette, le beau et le désordre, la poésie et la réalité, de riches couleurs dans l'ombre, et souvent tout un drame immobile et silencieux. Quel symbole d'une tête d'artiste!

Au moment où commence cette histoire, le brillant soleil du mois de juillet illuminait l'atelier, et deux rayons le traversaient dans sa profondeur en y traçant de larges bandes d'or diaphanes où brillaient des grains de poussière. Une douzaine de chevalets élevaient leurs flèches aiguës, semblables à des mâts de vaisseau dans un port. Plusieurs jeunes filles animaient cette scène par la variété de leurs physionomies, de leurs attitudes, et par la différence de leurs toilettes. Les fortes ombres que jetaient les serges vertes, placées suivant les besoins de chaque chevalet, produisaient une multitude de contrastes, de piquants effets de clair-obscur. Ce groupe formait le plus beau de tous les tableaux de l'atelier. Une jeune fille blonde et mise simplement se tenait loin de ses compagnes, travaillait avec courage en paraissant prévoir le malheur; nulle ne la regardait, ne lui adressait la parole : elle était la plus jolie, la plus modeste et la moins riche. Deux groupes principaux, séparés l'un de l'autre par une

faible distance, indiquaient deux sociétés, deux esprits
jusque dans cet atelier où les rangs et la fortune auraient
dû s'oublier. Assises ou debout, ces jeunes filles, entourées de leurs boîtes à couleurs, jouant avec leurs pinceaux
ou les préparant, maniant leurs éclatantes palettes, peignant, parlant, riant, chantant, abandonnées à leur naturel, laissant voir leur caractère, composaient un spectacle
inconnu aux hommes : celle-ci, fière, hautaine, capricieuse, aux cheveux noirs, aux belles mains, lançait au
hasard la flamme de ses regards ; celle-là, insouciante et
gaie, le sourire sur les lèvres, les cheveux châtains, les
mains blanches et délicates, vierge française, légère, sans
arrière-pensée, vivant de sa vie actuelle ; une autre, rê-
veuse, mélancolique, pâle, penchant la tête comme une
fleur qui tombe ; sa voisine, au contraire, grande, indo-
lente, aux habitudes musulmanes, l'œil long, noir, humide ; parlant peu, mais songeant et regardant à la dérobée la tête d'Antinoüs. Au milieu d'elles, comme le
jocoso d'une pièce espagnole, pleine d'esprit et de saillies
épigrammatiques, une fille les espionnait toutes d'un seul
coup d'œil, les faisait rire et levait sans cesse sa figure
trop vive pour n'être pas jolie ; elle commandait au premier groupe des écolières qui comprenait les filles de
banquier, de notaire et de négociant ; toutes riches, mais
essuyant toutes les dédains imperceptibles quoique poi-
gnants que leur prodiguaient les autres jeunes personnes
appartenant à l'aristocratie. Celles-ci étaient gouvernées
par la fille d'un huissier du cabinet du roi, petite créature
aussi sotte que vaine, et fière d'avoir pour père un homme
ayant une charge à la Cour ; elle voulait toujours paraître
avoir compris du premier coup les observations du maître, et semblait travailler par grâce ; elle se servait d'un
lorgnon, ne venait que très parée, tard, et suppliait ses
compagnes de parler bas. Dans ce second groupe, on eût
remarqué des tailles délicieuses, des figures distinguées ;
mais les regards de ces jeunes filles offraient peu de
naïveté. Si leurs attitudes étaient élégantes et leurs mouvements gracieux, les figures manquaient de franchise, et
l'on devinait facilement qu'elles appartenaient à un
monde où la politesse façonne de bonne heure les carac--

tères, où l'abus des jouissances sociales tue les sentiments et développe l'égoïsme. Lorsque cette réunion était
complète, il se trouvait dans le nombre de ces jeunes
filles des têtes enfantines, des vierges d'une pureté ravissante, des visages dont la bouche légèrement entrouverte
laissait voir des dents vierges, et sur laquelle errait un
sourire de vierge. L'atelier ne ressemblait pas à un sérail,
mais à un groupe d'anges assis sur un nuage dans le ciel.

A midi, Servin n'avait pas encore paru. Depuis quelques jours, la plupart du temps il restait à un atelier qu'il
avait ailleurs et où il achevait un tableau pour l'exposition. Tout à coup, Mlle Amélie Thirion, chef du parti
aristocratique de cette petite assemblée, parla longtemps
à sa voisine, il se fit un grand silence dans le groupe des
patriciennes ; le parti de la banque étonné se tut également, et tâcha de deviner le sujet d'une semblable conférence ; mais le secret des jeunes *ultra* fut bientôt connu.
Amélie se leva, prit à quelques pas d'elle un chevalet
pour le replacer à une assez grande distance du noble
groupe, près d'une cloison grossière qui séparait l'atelier
d'un cabinet obscur où l'on mettait les plâtres brisés, les
toiles condamnées par le professeur, et la provision de
bois en hiver. L'action d'Amélie excita un murmure de
surprise qui ne l'empêcha pas d'achever ce déménage-
ment en roulant vivement près du chevalet la boîte
à couleurs et le tabouret, tout jusqu'à un tableau de
Prudhon que copiait sa compagne absente. Après ce coup
d'État, si le côté droit se mit à travailler silencieusement,
le côté gauche pérora longuement.

« Que va dire Mlle Piombo, demanda une jeune fille à
Mlle Mathilde Roguin, l'oracle malicieux du premier
groupe.

— Elle n'est pas fille à parler, répondit-elle ; mais
dans cinquante ans elle se souviendra de cette injure
comme si elle l'avait reçue la veille, et saura s'en venger
cruellement. C'est une personne avec laquelle je ne voudrais pas être en guerre.

— La proscription dont la frappent ces demoiselles est
d'autant plus injuste, dit une autre jeune fille, qu'avant-
hier Mlle Ginevra était fort triste ; son père venait, dit-on,

de donner sa démission. Ce serait donc ajouter à son malheur, tandis qu'elle a été fort bonne pour ces demoiselles pendant les Cent-Jours. Leur a-t-elle jamais dit une parole qui pût les blesser ? Elle évitait au contraire de parler politique. Mais nos Ultras paraissent agir plutôt par jalousie que par esprit de parti.

— J'ai envie d'aller chercher le chevalet de Mlle Piombo, et de le mettre auprès du mien », dit Mathilde Roguin. Elle se leva, mais une réflexion la fit rasseoir : « Avec un caractère comme celui de Mlle Ginevra, dit-elle, on ne peut pas savoir de quelle manière elle prendrait notre politesse, attendons l'événement.

— *Ecco la* », dit languissamment la jeune fille aux yeux noirs.

En effet, le bruit des pas d'une personne qui montait l'escalier retentit dans la salle. Ce mot : « La voici ! » passa de bouche en bouche, et le plus profond silence régna dans l'atelier.

Pour comprendre l'importance de l'ostracisme exercé par Amélie Thirion, il est nécessaire d'ajouter que cette scène avait lieu vers la fin du mois de juillet 1815. Le second retour des Bourbons venait de troubler bien des amitiés qui avaient résisté au mouvement de la première restauration. En ce moment les familles presque toutes divisées d'opinion, renouvelaient plusieurs de ces déplorables scènes qui souillent l'histoire de tous les pays aux époques de guerre civile ou religieuse. Les enfants, les jeunes filles, les vieillards partageaient la fièvre monarchique à laquelle le gouvernement était en proie. La discorde se glissait sous tous les toits, et la défiance teignait de ses sombres couleurs les actions et les discours les plus intimes. Ginevra Piombo aimait Napoléon avec idolâtrie, et comment aurait-elle pu le haïr ? l'Empereur était son compatriote et le bienfaiteur de son père. Le baron de Piombo était un des serviteurs de Napoléon qui avaient coopéré le plus efficacement au retour de l'île d'Elbe. Incapable de renier sa foi politique, jaloux même de la confesser, le vieux baron de Piombo restait à Paris au milieu de ses ennemis. Ginevra Piombo pouvait donc être d'autant mieux mise au nombre des personnes suspectes, qu'elle ne faisait pas mystère du chagrin que la seconde restauration causait à sa famille. Les seules larmes qu'elle eût peut-être versées dans sa vie lui furent arrachées par la double nouvelle de la captivité de Bonaparte sur le *Bellé-rophon* et de l'arrestation de Labédoyère [6].

Les jeunes personnes qui composaient le groupe des nobles appartenaient aux familles royalistes les plus exaltées de Paris. Il serait difficile de donner une idée des exagérations de cette époque et de l'horreur que causaient les bonapartistes. Quelque insignifiante et petite que puisse paraître aujourd'hui l'action d'Amélie Thirion, elle était alors une expression de haine fort naturelle. Ginevra Piombo, l'une des premières écolières de Servin, occupait la place dont on voulait la priver depuis le jour où elle était venue à l'atelier; le groupe aristocratique l'avait insensiblement entourée : la chasser d'une place qui lui appartenait en quelque sorte était non seulement lui faire injure, mais lui causer une espèce de peine; car les artistes ont tous une place de prédilection pour leur travail. Mais l'animadversion politique entrait peut-être pour peu de chose dans la conduite de ce petit Côté Droit de l'atelier. Ginevra Piombo, la plus forte des élèves de Servin, était l'objet d'une profonde jalousie : le maître professait autant d'admiration pour les talents que pour le caractère de cette élève favorite, qui servait de terme à toutes ses comparaisons; enfin, sans qu'on s'expliquât l'ascendant que cette jeune personne obtenait sur tout ce qui l'entourait, elle exerçait sur ce petit monde un prestige presque semblable à celui de Bonaparte sur ses soldats. L'aristocratie de l'atelier avait résolu depuis plusieurs jours la chute de cette reine; mais, personne n'ayant encore osé s'éloigner de la bonapartiste, Mlle Thirion venait de frapper un coup décisif, afin de rendre ses compagnes complices de sa haine. Quoique Ginevra fût sincèrement aimée par deux ou trois des Royalistes, presque toutes chapitrées au logis paternel relativement à la politique, elles jugèrent avec ce tact particulier aux femmes qu'elles devaient rester indifférentes à la querelle. A son arrivée, Ginevra fut donc accueillie par un profond silence. De toutes les jeunes

filles venues jusqu'alors dans l'atelier de Servin, elle était
la plus belle, la plus grande et la mieux faite. Sa démarche possédait un caractère de noblesse et de grâce qui
commandait le respect. Sa figure empreinte d'intelligence
semblait rayonner, tant y respirait cette animation particulière aux Corses et qui n'exclut point le calme. Ses
longs cheveux, ses yeux et ses cils noirs exprimaient la
passion. Quoique les coins de sa bouche se dessinassent
mollement et que ses lèvres fussent un peu trop fortes, il
s'y peignait cette bonté que donne aux êtres forts la
conscience de leur force. Par un singulier caprice de la
nature, le charme de son visage se trouvait en quelque
sorte démenti par un front de marbre où se peignait une
fierté presque sauvage, où respiraient les mœurs de la
Corse. Là était le seul lien qu'il y eût entre elle et son
pays natal : dans tout le reste de sa personne, la simplicité, l'abandon des beautés lombardes séduisaient si bien
qu'il fallait ne pas la voir pour lui causer la moindre
peine. Elle inspirait un si vif attrait que, par prudence,
son vieux père la faisait accompagner jusqu'à l'atelier. Le
seul défaut de cette créature véritablement poétique venait de la puissance même d'une beauté si largement
développée : elle avait l'air d'être femme. Elle s'était
refusée au mariage, par amour pour son père et sa mère,
en se sentant nécessaire à leurs vieux jours. Son goût pour
la peinture avait remplacé les passions qui agitent ordinairement les femmes.

« Vous êtes bien silencieuses aujourd'hui, mesdemoiselles, dit-elle après avoir fait deux ou trois pas au milieu
de ses compagnes. Bonjour, ma petite Laure, ajouta-
t-elle d'un ton doux et caressant en s'approchant de la
jeune fille qui peignait loin des autres. Cette tête est fort
bien ! Les chairs sont un peu trop roses, mais tout en est
dessiné à merveille. »

Laure leva la tête, regarda Ginevra d'un air attendri, et
leurs figures s'épanouirent en exprimant une même affection. Un faible sourire anima les lèvres de l'Italienne
qui paraissait songeuse, et qui se dirigea lentement vers
sa place en regardant avec nonchalance les dessins ou les
tableaux, en disant bonjour à chacune des jeunes filles du

premier groupe, sans s'apercevoir de la curiosité insolite
qu'excitait sa présence. On eût dit d'une reine dans sa
cour. Elle ne donna aucune attention au profond silence
qui régnait parmi les patriciennes, et passa devant leur
camp sans prononcer un seul mot. Sa préoccupation fut si
grande qu'elle se mit à son chevalet, ouvrit sa boîte à
couleurs, prit ses brosses, revêtit ses manches brunes,
ajusta son tablier, regarda son tableau, examina sa palette
sans penser, pour ainsi dire, à ce qu'elle faisait. Toutes
les têtes du groupe des bourgeoises étaient tournées vers
elle. Si les jeunes personnes du camp Thirion ne mettaient pas tant de franchise que leurs compagnes dans leur
impatience, leurs œillades n'en étaient pas moins dirigées
sur Ginevra.

« Elle ne s'aperçoit de rien », dit Mlle Roguin.

En ce moment Ginevra quitta l'attitude méditative dans
laquelle elle avait contemplé sa toile, et tourna la tête vers
le groupe aristocratique. Elle mesura d'un seul coup d'œil
la distance qui l'en séparait, et garda le silence.

« Elle ne croit pas qu'on ait eu la pensée de l'insulter,
dit Mathilde, elle n'a ni pâli, ni rougi. Comme ces demoiselles vont être vexées si elle se trouve mieux à sa
nouvelle place qu'à l'ancienne ! — Vous êtes là hors
ligne, mademoiselle », ajouta-t-elle alors à haute voix en
s'adressant à Ginevra.

L'Italienne feignit de ne pas entendre, ou peut-être
n'entendit-elle pas, elle se leva brusquement, longea avec
une certaine lenteur la cloison qui séparait le cabinet noir
de l'atelier, et parut examiner le châssis d'où venait le
jour en y donnant tant d'importance qu'elle monta sur une
chaise pour attacher beaucoup plus haut la serge verte qui
interceptait la lumière. Arrivée à cette hauteur, elle atteignit à une crevasse assez légère dans la cloison, le véritable but de ses efforts, car le regard qu'elle y jeta ne peut
se comparer qu'à celui d'un avare découvrant les trésors
d'Aladin ; elle descendit vivement, revint à sa place,
ajusta son tableau, feignit d'être mécontente du jour,
approcha de la cloison une table sur laquelle elle mit une
chaise, grimpa lestement sur cet échafaudage, et regarda
de nouveau par la crevasse. Elle ne jeta qu'un regard dans

le cabinet alors éclairé par un jour de souffrance qu'on avait ouvert, et ce qu'elle y aperçut produisit sur elle une sensation si vive qu'elle tressaillit.

« Vous allez tomber, mademoiselle Ginevra », s'écria Laure.

Toutes les jeunes filles regardèrent l'imprudente qui chancelait. La peur de voir arriver ses compagnes auprès d'elle lui donna du courage, elle retrouva ses forces et son équilibre, se tourna vers Laure en se dandinant sur sa chaise, et dit d'une voix émue : « Bah ! c'est encore un peu plus solide qu'un trône ! » Elle se hâta d'arracher la serge, descendit, repoussa la table et la chaise bien loin de la cloison, revint à son chevalet, et fit encore quelques essais en ayant l'air de chercher une masse de lumière qui lui convînt. Son tableau ne l'occupait guère, son but était de s'approcher du cabinet noir auprès duquel elle se plaça, comme elle le désirait, à côté de la porte. Puis elle se mit à préparer sa palette en gardant le plus profond silence. A cette place, elle entendit bientôt plus distinctement le léger bruit qui, la veille, avait si fortement excité sa curiosité et fait parcourir à sa jeune imagination le vaste champ des conjectures. Elle reconnut facilement la respiration forte et régulière de l'homme endormi qu'elle venait de voir. Sa curiosité était satisfaite au-delà de ses souhaits, mais elle se trouvait chargée d'une immense responsabilité. A travers la crevasse, elle avait entrevu l'aigle impériale et, sur un lit de sangles faiblement éclairé, la figure d'un officier de la Garde. Elle devina tout : Servin cachait un proscrit. Maintenant elle tremblait qu'une de ses compagnes ne vînt examiner son tableau, et n'entendît ou la respiration de ce malheureux ou quelque aspiration trop forte, comme celle qui était arrivée à son oreille pendant la dernière leçon. Elle résolut de rester auprès de cette porte, en se fiant à son adresse pour déjouer les chances du sort.

« Il vaut mieux que je sois là, pensait-elle, pour prévenir un accident sinistre, que de laisser le pauvre prisonnier à la merci d'une étourderie. » Tel était le secret de l'indifférence apparente que Ginevra avait manifestée en trouvant son chevalet dérangé ; elle en fut intérieurement

enchantée, puisqu'elle avait pu satisfaire assez naturellement sa curiosité : puis, en ce moment, elle était trop
vivement préoccupée pour chercher la raison de son dé-
ménagement. Rien n'est plus mortifiant pour des jeunes
filles, comme pour tout le monde, que de voir une méchanceté, une insulte ou un bon mot manquant leur effet
par suite du dédain qu'en témoigne la victime. Il semble
que la haine envers un ennemi s'accroisse de toute la
hauteur à laquelle il s'élève au-dessus de nous. La
conduite de Ginevra devint une énigme pour toutes ses
compagnes. Ses amies comme ses ennemies furent également surprises ; car on lui accordait toutes les qualités
possibles, hormis le pardon des injures. Quoique les
occasions de déployer ce vice de caractère eussent été
rarement offertes à Ginevra dans les événements de sa vie
d'atelier, les exemples qu'elle avait pu donner de ses
dispositions vindicatives et de sa fermeté n'en avaient pas
moins laissé des impressions profondes dans l'esprit de
ses compagnes. Après bien des conjectures, Mlle Roguin
finit par trouver dans le silence de l'Italienne une grandeur d'âme au-dessus de tout éloge ; et son cercle, inspiré
par elle, forma le projet d'humilier l'aristocratie de l'atelier. Elles parvinrent à leur but par un feu de sarcasmes
qui abattit l'orgueil du Côté Droit. L'arrivée de Mme
Servin mit fin à cette lutte d'amour-propre. Avec cette
finesse qui accompagne toujours la méchanceté, Amélie
avait remarqué, analysé, commenté la prodigieuse préoccupation qui empêchait Ginevra d'entendre la dispute
aigrement polie dont elle était l'objet. La vengeance que
Mlle Roguin et ses compagnes tiraient de Mlle Thirion et
de son groupe eut alors le fatal effet de faire rechercher
par les jeunes Ultras la cause du silence que gardait
Ginevra di Piombo. La belle Italienne devint donc le
centre de tous les regards, et fut épiée par ses amies
comme par ses ennemies. Il est bien difficile de cacher la
plus petite émotion, le plus léger sentiment, à quinze
jeunes filles curieuses, inoccupées, dont la malice et
l'esprit ne demandent que des secrets à deviner, des
intrigues à créer, à déjouer, et qui savent trouver trop
d'interprétations différentes à un geste, à une œillade, à

une parole, pour ne pas en découvrir la véritable signification. Aussi le secret de Ginevra di Piombo fut-il bientôt en grand péril d'être connu. En ce moment la présence de Mme Servin produisit un entracte dans le drame qui se jouait sourdement au fond de ces jeunes cœurs et dont les sentiments, les pensées, les progrès étaient exprimés par des phrases presque allégoriques, par de malicieux coups d'œil, par des gestes, et par le silence même, souvent plus intelligible que la parole. Aussitôt que Mme Servin entra dans l'atelier, ses yeux se portèrent sur la porte auprès de laquelle était Ginevra. Dans les circonstances présentes, ce regard ne fut pas perdu. Si d'abord aucune des écolières n'y fit attention, plus tard Mlle Thirion s'en souvint, et s'expliqua la défiance, la crainte et le mystère qui donnèrent alors quelque chose de fauve aux yeux de Mme Servin.

« Mesdemoiselles, dit-elle, M. Servin ne pourra pas venir aujourd'hui. » Puis elle complimenta chaque jeune personne, en recevant de toutes une foule de ces caresses féminines qui sont autant dans la voix et dans les regards que dans les gestes. Elle arriva promptement auprès de Ginevra, dominée par une inquiétude qu'elle déguisait en vain. L'Italienne et la femme du peintre se firent un signe de tête amical, et restèrent toutes deux silencieuses, l'une peignant, l'autre regardant peindre. La respiration du militaire s'entendait facilement, mais Mme Servin ne parut pas s'en apercevoir; et sa dissimulation était si grande, que Ginevra fut tentée de l'accuser d'une surdité volontaire. Cependant l'inconnu se remua dans son lit. L'Italienne regarda fixement Mme Servin, qui lui dit alors, sans que son visage éprouvât la plus légère altération : « Votre copie est aussi belle que l'original. S'il me fallait choisir, je serais fort embarrassée.

— M. Servin n'a pas mis sa femme dans la confidence de ce mystère », pensa Ginevra qui, après avoir répondu à la jeune femme par un doux sourire d'incrédulité, fredonna une *canzonnetta* de son pays pour couvrir le bruit que pourrait faire le prisonnier.

C'était quelque chose de si insolite que d'entendre la studieuse Italienne chanter, que toutes les jeunes filles

surprises la regardèrent. Plus tard cette circonstance servit de preuve aux charitables suppositions de la haine.
Mme Servin s'en alla bientôt, et la séance s'acheva sans
autres événements. Ginevra laissa partir ses compagnes et
parut vouloir travailler longtemps encore ; mais elle trahissait à son insu son désir de rester seule, car à mesure
que les écolières se préparaient à sortir, elle leur jetait des
regards d'impatience mal déguisée. Mlle Thirion, devenue en peu d'heures une cruelle ennemie pour celle qui la
primait en tout, devina par un instinct de haine que la
fausse application de sa rivale cachait un mystère. Elle
avait été frappée plus d'une fois de l'air attentif avec
lequel Ginevra s'était mise à écouter un bruit que personne n'entendait. L'expression qu'elle surprit en dernier
lieu dans les yeux de l'Italienne fut pour elle un trait de
lumière. Elle s'en alla la dernière de toutes les écolières et
descendit chez Mme Servin avec laquelle elle causa un
instant ; puis elle feignit d'avoir oublié son sac, remonta
tout doucement à l'atelier, et aperçut Ginevra grimpée sur
un échafaudage fait à la hâte et si absorbée dans la
contemplation du militaire inconnu qu'elle n'entendit pas
le léger bruit que produisaient les pas de sa compagne. Il
est vrai que, suivant une expression de Walter Scott,
Amélie marchait comme sur des œufs ; elle regagna
promptement la porte de l'atelier et toussa. Ginevra tressaillit, tourna la tête, vit son ennemie, rougit, s'empressa
de détacher la serge pour donner le change sur ses intentions et descendit après avoir rangé sa boîte à couleurs.
Elle quitta l'atelier en emportant gravée dans son souvenir l'image d'une tête d'homme aussi gracieuse que celle
de l'Endymion, chef-d'œuvre de Girodet qu'elle avait
copié quelques jours auparavant.

   « Proscrire un homme si jeune ! Qui donc peut-il être,
car ce n'est pas le maréchal Ney ? »

   Ces deux phrases sont l'expression la plus simple de
toutes les idées que Ginevra commenta pendant deux
jours. Le surlendemain, malgré sa diligence pour arriver
la première à l'atelier, elle y trouva Mlle Thirion qui s'y
était fait conduire en voiture. Ginevra et son ennemie
s'observèrent longtemps ; mais elles se composèrent des

visages impénétrables l'une pour l'autre. Amélie avait vu la tête ravissante de l'inconnu ; mais, heureusement et malheureusement tout à la fois, les aigles et l'uniforme n'étaient pas placés dans l'espace que la fente lui avait permis d'apercevoir. Elle se perdit alors en conjectures. Tout à coup Servin arriva beaucoup plus tôt qu'à l'ordinaire.

« Mademoiselle Ginevra, dit-il après avoir jeté un coup d'œil sur l'atelier, pourquoi vous êtes-vous mise là ? Le jour est mauvais. Approchez-vous donc de ces demoiselles, et descendez un peu votre rideau. »

Puis il s'assit auprès de Laure, dont le travail méritait ses plus complaisantes corrections.

« Comment donc ! s'écria-t-il, voici une tête supérieurement faite. Vous serez une seconde Ginevra. »

Le maître alla de chevalet en chevalet, grondant, flattant, plaisantant, et faisant, comme toujours, craindre plutôt ses plaisanteries que ses réprimandes. L'Italienne n'avait pas obéi aux observations du professeur et restait à son poste avec la ferme intention de ne pas s'en écarter. Elle prit une feuille de papier et se mit à *croquer* à la sépia la tête du pauvre reclus. Une œuvre conçue avec passion porte toujours un cachet particulier. La faculté d'imprimer aux traductions de la nature ou de la pensée des couleurs vraies constitue le génie, et souvent la passion en tient lieu [7]. Aussi, dans la circonstance où se trouvait Ginevra, l'intuition qu'elle devait à sa mémoire vivement frappée, ou la nécessité peut-être, cette mère des grandes choses, lui prêta-t-elle un talent surnaturel. La tête de l'officier fut jetée sur le papier au milieu d'un tressaillement intérieur qu'elle attribuait à la crainte, et dans lequel un physiologiste aurait reconnu la fièvre de l'inspiration. Elle glissait de temps en temps un regard furtif sur ses compagnes, afin de pouvoir cacher le lavis en cas d'indiscrétion de leur part. Malgré son active surveillance, il y eut un moment où elle n'aperçut pas le lorgnon que son impitoyable ennemie braquait sur le mystérieux dessin en s'abritant derrière un grand portefeuille. Mlle Thirion, qui reconnut la figure du proscrit, leva brusquement la tête, et Ginevra serra la feuille de papier.

«Pourquoi êtes-vous donc restée là malgré mon avis, mademoiselle?» demanda gravement le professeur à Ginevra.

L'écolière tourna vivement son chevalet de manière que personne ne pût voir son lavis, et dit d'une voix émue en le montrant à son maître : «Ne trouvez-vous pas comme moi que ce jour est plus favorable? ne dois-je pas rester là?»

Servin pâlit. Comme rien n'échappe aux yeux perçants de la haine, Mlle Thirion se mit, pour ainsi dire, en tiers dans les émotions qui agitèrent le maître et l'écolière.

«Vous avez raison, dit Servin. Mais vous en saurez bientôt plus que moi», ajouta-t-il en riant forcément. Il y eut une pause pendant laquelle le professeur contempla la tête de l'officier. «Ceci est un chef-d'œuvre digne de Salvator Rosa», s'écria-t-il avec une énergie d'artiste.

A cette exclamation, toutes les jeunes personnes se levèrent, et Mlle Thirion accourut avec la vélocité du tigre qui se jette sur sa proie. En ce moment le proscrit éveillé par le bruit se remua. Ginevra fit tomber son tabouret, prononça des phrases assez incohérentes et se mit à rire; mais elle avait plié le portrait et l'avait jeté dans son portefeuille avant que sa redoutable ennemie eût pu l'apercevoir. Le chevalet fut entouré, Servin détailla à haute voix les beautés de la copie que faisait en ce moment son élève favorite, et tout le monde fut dupe de ce stratagème, moins Amélie qui, se plaçant en arrière de ses compagnes, essaya d'ouvrir le portefeuille où elle avait vu mettre le lavis. Ginevra saisit le carton et le plaça devant elle sans mot dire. Les deux jeunes filles s'examinèrent alors en silence.

«Allons, mesdemoiselles, à vos places, dit Servin. Si vous voulez en savoir autant que Mlle de Piombo, il ne faut pas toujours parler modes ou bals et baguenauder comme vous faites.»

Quand toutes les jeunes personnes eurent regagné leurs chevalets, Servin s'assit auprès de Ginevra.

«Ne valait-il pas mieux que ce mystère fût découvert par moi que par une autre? dit l'Italienne en parlant à voix basse.

— Oui, répondit le peintre. Vous êtes patriote ; mais, ne le fussiez-vous pas, ce serait encore vous à qui je l'aurais confié. »

Le maître et l'écolière se comprirent, et Ginevra ne craignit plus de demander : « Qui est-ce ?

— L'ami intime de Labédoyère, celui qui, après l'infortuné colonel, a contribué le plus à la réunion du septième [8] avec les grenadiers de l'île d'Elbe. Il était chef d'escadron dans la Garde, et revient de Waterloo.

— Comment n'avez-vous pas brûlé son uniforme, son shako, et ne lui avez-vous pas donné des habits bourgeois ? dit vivement Ginevra.

— On doit m'en apporter ce soir.

— Vous auriez dû fermer notre atelier pendant quelques jours.

— Il va partir.

— Il veut donc mourir ? dit la jeune fille. Laissez-le chez vous pendant le premier moment de la tourmente. Paris est encore le seul endroit de la France où l'on puisse cacher sûrement un homme. Il est votre ami ? demanda-t-elle.

— Non, il n'a pas d'autres titres à ma recommandation que son malheur. Voici comment il m'est tombé sur les bras : mon beau-père, qui avait repris du service pendant cette campagne, a rencontré ce pauvre jeune homme, et l'a très subtilement sauvé des griffes de ceux qui ont arrêté Labédoyère. Il voulait le défendre, l'insensé !

— C'est vous qui le nommez ainsi ! s'écria Ginevra en lançant un regard de surprise au peintre qui garda le silence un moment.

— Mon beau-père est trop espionné pour pouvoir garder quelqu'un chez lui, reprit-il. Il me l'a donc nuitamment amené la semaine dernière. J'avais espéré le dérober à tous les yeux en le mettant dans ce coin, le seul endroit de la maison où il puisse être en sûreté.

— Si je puis vous être utile, employez-moi, dit Ginevra, je connais le maréchal Feltre [9].

— Eh bien ! nous verrons », répondit le peintre.

Cette conversation dura trop longtemps pour ne pas

être remarquée de toutes les jeunes filles. Servin quitta
Ginevra, revint encore à chaque chevalet, et donna de si
longues leçons qu'il était encore sur l'escalier quand
sonna l'heure à laquelle ses écolières avaient l'habitude
de partir.

« Vous oubliez votre sac, mademoiselle Thirion »,
s'écria le professeur en courant après la jeune fille qui
descendait jusqu'au métier d'espion pour satisfaire sa
haine.

La curieuse élève vint chercher son sac en manifestant
un peu de surprise de son étourderie, mais le soin de
Servin fut pour elle une nouvelle preuve de l'existence
d'un mystère dont la gravité n'était pas douteuse ; elle
avait déjà inventé tout ce qui devait être, et pouvait dire
comme l'abbé Vertot : *« Mon siège est fait* [10] ». Elle descendit bruyamment l'escalier et tira violemment la porte
qui donnait dans l'appartement de Servin, afin de faire
croire qu'elle sortait ; mais elle remonta doucement, et se
tint derrière la porte de l'atelier. Quand le peintre et
Ginevra se crurent seuls, il frappa d'une certaine manière
à la porte de la mansarde qui tourna aussitôt sur ses gonds
rouillés et criards. L'Italienne vit paraître un jeune
homme grand et bien fait dont l'uniforme impérial lui fit
battre le cœur. L'officier avait un bras en écharpe, et la
pâleur de son teint accusait de vives souffrances. En
apercevant une inconnue, il tressaillit. Amélie, qui ne
pouvait rien voir, trembla de rester plus longtemps ; mais
il lui suffisait d'avoir entendu le grincement de la porte,
elle s'en alla sans bruit.

« Ne craignez rien, dit le peintre à l'officier, mademoiselle est la fille du plus fidèle ami de l'Empereur, le baron
de Piombo. »

Le jeune militaire ne conserva plus de doute sur le
patriotisme de Ginevra, après l'avoir vue.

« Vous êtes blessé ? dit-elle.

— Oh ! ce n'est rien, mademoiselle, la plaie se re-
ferme. »

En ce moment, les voix criardes et perçantes des col-
porteurs arrivèrent jusqu'à l'atelier : « Voici le jugement
qui condamne à mort... » Tous trois tressaillirent. Le

soldat entendit, le premier, un nom qui le fit pâlir.

« Labédoyère ! » dit-il en tombant sur le tabouret.

Ils se regardèrent en silence. Des gouttes de sueur se formèrent sur le front livide du jeune homme, il saisit d'une main et par un geste de désespoir les touffes noires de sa chevelure, et appuya son coude sur le bord du chevalet de Ginevra.

« Après tout, dit-il en se levant brusquement, Labédoyère et moi nous savions ce que nous faisions. Nous connaissions le sort qui nous attendait après le triomphe comme après la chute. Il meurt pour sa cause, et moi je me cache... »

Il alla précipitamment vers la porte de l'atelier ; mais plus leste que lui, Ginevra s'était élancée et lui en barrait le chemin.

« Rétablirez-vous l'empereur ? dit-elle. Croyez-vous pouvoir relever ce géant quand lui-même n'a pas su rester debout ?

— Que voulez-vous que je devienne ? dit alors le proscrit en s'adressant aux deux amis que lui avait envoyés le hasard. Je n'ai pas un seul parent dans le monde, Labédoyère était mon protecteur et mon ami, je suis seul ; demain je serai peut-être proscrit ou condamné, je n'ai jamais eu que ma paye pour fortune, j'ai mangé mon dernier écu pour venir arracher Labédoyère à son sort et tâcher de l'emmener ; la mort est donc une nécessité pour moi. Quand on est décidé à mourir, il faut savoir vendre sa tête au bourreau. Je pensais tout à l'heure que la vie d'un honnête homme vaut bien celle de deux traîtres, et qu'un coup de poignard bien placé peut donner l'immortalité ! »

Cet accès de désespoir effraya le peintre et Ginevra elle-même qui comprit bien le jeune homme. L'Italienne admira cette belle tête et cette voix délicieuse dont la douceur était à peine altérée par des accents de fureur ; puis elle jeta tout à coup du baume sur toutes les plaies de l'infortuné.

« Monsieur, dit-elle, quant à votre détresse pécuniaire, permettez-moi de vous offrir l'or de mes économies [11]. Mon père est riche, je suis son seul enfant, il m'aime, et je suis bien sûre qu'il ne me blâmera pas. Ne vous faites pas scrupule d'accepter : nos biens viennent de l'Empereur, nous n'avons pas un centime qui ne soit un effet de sa munificence. N'est-ce pas être reconnaissants que d'obliger un de ses fidèles soldats ? Prenez donc cette somme avec aussi peu de façons que j'en mets à vous l'offrir. Ce n'est que de l'argent, ajouta-t-elle d'un ton de mépris. Maintenant, quant à des amis, vous en trouverez ! » Là, elle leva fièrement la tête, et ses yeux brillèrent d'un éclat inusité. « La tête qui tombera demain devant une douzaine de fusils sauve la vôtre, reprit-elle. Attendez que cet orage passe, et vous pourrez aller chercher du service à l'étranger si l'on ne vous oublie pas, ou dans l'armée française si l'on vous oublie. »

Il existe dans les consolations que donne une femme une délicatesse qui a toujours quelque chose de maternel, de prévoyant, de complet. Mais quand, à ces paroles de paix et d'espérance, se joignent la grâce des gestes, cette éloquence de ton qui vient du cœur, et que surtout la bienfaitrice est belle, il est difficile à un jeune homme de résister. Le colonel aspira l'amour par tous les sens. Une légère teinte rose nuança ses joues blanches, ses yeux perdirent un peu de la mélancolie qui les ternissait, et il dit d'un son de voix particulier : « Vous êtes un ange de bonté ! Mais Labédoyère, ajouta-t-il, Labédoyère ! »

A ce cri, ils se regardèrent tous trois en silence, et ils se comprirent. Ce n'était plus des amis de vingt minutes, mais de vingt ans.

« Mon cher, reprit Servin, pouvez-vous le sauver ?

— Je puis le venger ! »

Ginevra tressaillit : quoique l'inconnu fût beau, son aspect n'avait point ému la jeune fille ; la douce pitié que les femmes trouvent dans leur cœur pour les misères qui n'ont rien d'ignoble avait étouffé chez Ginevra toute autre affection ; mais entendre un cri de vengeance, rencontrer dans ce proscrit une âme italienne, du dévouement pour Napoléon, de la générosité à la corse ?... c'en était trop pour elle, elle contempla donc l'officier avec une émotion respectueuse qui lui agita fortement le cœur. Pour la première fois, un homme lui faisait éprouver un sentiment si vif. Comme toutes les femmes, elle se plut à mettre l'âme de l'inconnu en harmonie avec la beauté distinguée de ses traits, avec les heureuses proportions de sa taille qu'elle admirait en artiste. Menée par le hasard de la curiosité à la pitié, de la pitié à un intérêt puissant, elle arrivait de cet intérêt à des sensations si profondes, qu'elle crut dangereux de rester là plus longtemps.

« A demain », dit-elle en laissant à l'officier le plus doux de ses sourires pour consolation.

En voyant ce sourire, qui jetait comme un nouveau jour sur la figure de Ginevra, l'inconnu oubl lia tout pendant un instant.

« Demain, répondit-il avec tristesse, demain, Labédoyère... »

Ginevra se retourna, mit un doigt sur ses lèvres, et le regarda comme si elle lui disait : « Calmez-vous, soyez prudent. »

Alors le jeune homme s'écria : *« O Dio ! che non vorrei vivere dopo averla veduta ! »* (Ô Dieu ! qui ne voudrait vivre après l'avoir vue !)

L'accent particulier avec lequel il prononça cette phrase fit tressaillir Ginevra.

« Vous êtes corse ? s'écria-t-elle en revenant à lui le cœur palpitant d'aise.

— Je suis né en Corse, répondit-il ; mais j'ai été amené très jeune à Gênes ; et, aussitôt que j'eus atteint l'âge auquel on entre au service militaire, je me suis engagé. »

La beauté de l'inconnu, l'attrait surnaturel que lui prêtaient son attachement à l'Empereur, sa blessure, son malheur, son danger même, tout disparut aux yeux de Ginevra, ou plutôt tout se fondit dans un seul sentiment, nouveau, délicieux. Ce proscrit était un enfant de la Corse, il en parlait le langage chéri ! La jeune fille resta pendant un moment immobile, retenue par une sensation magique ; elle avait sous les yeux un tableau vivant auquel tous les sentiments humains réunis et le hasard donnaient de vives couleurs : sur l'invitation de Servin, l'officier s'était assis sur un divan, le peintre avait dénoué l'écharpe qui retenait le bras de son hôte, et s'occupait à en défaire l'appareil afin de panser la blessure. Ginevra

frisonna en voyant la longue et large plaie faite par la
lame d'un sabre sur l'avant-bras du jeune homme, et
laissa échapper une plainte. L'inconnu leva la tête vers
elle et se mit à sourire. Il y avait quelque chose de
touchant et qui allait à l'âme dans l'attention avec laquelle Servin enlevait la charpie et tâtait les chairs meur-
tries; tandis que la figure du blessé, quoique pâle et
maladive, exprimait, à l'aspect de la jeune fille, plus de
plaisir que de souffrance. Une artiste devait admirer involontairement cette opposition de sentiments, et les
contrastes que produisaient la blancheur des linges, la
nudité du bras, avec l'uniforme bleu et rouge de l'officier [12]. En ce moment, une obscurité douce enveloppait
l'atelier; mais un dernier rayon de soleil vint éclairer la
place où se trouvait le proscrit, en sorte que sa noble et
blanche figure, ses cheveux noirs, ses vêtements, tout fut
inondé par le jour. Cet effet si simple, la superstitieuse
Italienne le prit pour un heureux présage. L'inconnu
ressemblait ainsi à un céleste messager qui lui faisait
entendre le langage de la patrie, et la mettait sous le
charme des souvenirs de son enfance, pendant que dans
son cœur naissait un sentiment aussi frais, aussi pur que
son premier âge d'innocence. Pendant un moment bien
court, elle demeura songeuse et comme plongée dans une
pensée infinie; puis elle rougit de laisser voir sa préoccupation, échangea un doux et rapide regard avec le proscrit, et s'enfuit en le voyant toujours.

Le lendemain n'était pas un jour de leçon, Ginevra vint
à l'atelier et le prisonnier put rester auprès de sa compatriote; Servin, qui avait une esquisse à terminer, permit
au reclus d'y demeurer en servant de mentor aux deux
jeunes gens qui s'entretinrent souvent en corse. Le pauvre
soldat raconta ses souffrances pendant la déroute de Mos-
cou, car il s'était trouvé, à l'âge de dix-neuf ans, au
passage de la Bérézina, seul de son régiment, après avoir
perdu dans ses camarades les seuls hommes qui pussent
s'intéresser à un orphelin. Il peignit en traits de feu le
grand désastre de Waterloo. Sa voix fut une musique pour
l'Italienne [13]. Élevée à la corse, Ginevra était en quelque
sorte la fille de la nature, elle ignorait le mensonge et se

livrait sans détour à ses impressions, elle les avouait, ou plutôt les laissait deviner sans le manège de la petite et calculatrice coquetterie des jeunes filles de Paris. Pendant cette journée, elle resta plus d'une fois, sa palette d'une main, son pinceau de l'autre, sans que le pinceau s'abreuvât des couleurs de la palette : les yeux attachés sur l'officier et la bouche légèrement entrouverte, elle écoutait, se tenant toujours prête à donner un coup de pinceau qu'elle ne donnait jamais. Elle ne s'étonnait pas de trouver tant de douceur dans les yeux du jeune homme, car elle sentait les siens devenir doux malgré sa volonté de les tenir sévères ou calmes. Puis, elle peignait ensuite avec une attention particulière et pendant des heures entières, sans lever la tête, parce qu'il était là, près d'elle, la regardant travailler. La première fois qu'il vint s'asseoir pour la contempler en silence, elle lui dit d'un son de voix ému, et après une longue pause : « Cela vous amuse donc de voir peindre ? » Ce jour-là, elle apprit qu'il se nommait Luigi. Avant de se séparer, ils convinrent que, les jours d'atelier, s'il arrivait quelque événement politique important, Ginevra l'en instruirait en chantant à voix basse certains airs italiens.

Le lendemain Mlle Thirion apprit sous le secret à toutes ses compagnes que Ginevra di Piombo était aimée d'un jeune homme qui venait, pendant les heures consacrées aux leçons, s'établir dans le cabinet noir de l'atelier.

« Vous qui prenez son parti, dit-elle à Mlle Roguin, examinez-la bien, et vous verrez à quoi elle passera son temps. »

Ginevra fut donc observée avec une attention diabolique. On écouta ses chansons, on épia ses regards. Au moment où elle ne croyait être vue de personne, une douzaine d'yeux étaient incessamment arrêtés sur elle. Ainsi prévenues, ces jeunes filles interprétèrent dans leur sens vrai les agitations qui passèrent sur la brillante figure de l'Italienne, et ses gestes, et l'accent particulier de ses fredonnements, et l'air attentif avec lequel on la vit écoutant des sons indistincts qu'elle seule entendait à travers la cloison. Au bout d'une semaine, une seule des

quinze élèves de Servin, Laure, avait résisté à l'envie
d'examiner Louis par la crevasse de la cloison ; et, par un
instinct de la faiblesse, elle défendait encore la belle
Corse ; Mlle Roguin voulut la faire rester sur l'escalier à
l'heure du départ afin de lui prouver l'intimité de Ginevra
et du beau jeune homme en les surprenant ensemble ;
mais elle refusa de descendre à un espionnage que la
curiosité ne justifiait pas, et devint l'objet d'une réprobation universelle. Bientôt la fille de l'huissier du cabinet
du roi trouva peu convenable de venir à l'atelier d'un
peintre dont les opinions avaient une teinte de patriotisme
ou de bonapartisme, ce qui, à cette époque, semblait une
seule et même chose, elle ne revint donc plus chez Servin. Si Amélie oublia Ginevra, le mal qu'elle avait semé
porta ses fruits. Insensiblement, par hasard, par caque-
tage ou par pruderie, toutes les autres jeunes personnes
instruisirent leurs mères de l'étrange aventure qui se passait à l'atelier. Un jour Mathilde Roguin ne vint pas, la
leçon suivante ce fut une autre jeune fille ; enfin trois ou
quatre demoiselles, qui étaient restées les dernières, ne
revinrent plus. Ginevra et Mlle Laure, sa petite amie,
furent pendant deux ou trois jours les seules habitantes de
l'atelier désert. L'Italienne ne s'aperçut point de l'abandon dans lequel elle se trouvait, et ne rechercha même pas
la cause de l'absence de ses compagnes. Dès qu'elle eût
inventé les moyens de correspondre avec Louis, elle
vécut à l'atelier comme dans une délicieuse retraite, seule
au milieu d'un monde, ne pensant qu'à l'officier et aux
dangers qui le menaçaient. Cette jeune fille, quoique
sincèrement admiratrice des nobles caractères qui ne
veulent pas trahir leur foi politique, pressait Louis de se
soumettre promptement à l'autorité royale, afin de le
garder en France, et Louis ne voulait point se soumettre
pour ne pas sortir de sa cachette. Si les passions ne
naissent et ne grandissent que sous l'influence de causes
romanesques, jamais tant de circonstances ne concouru-
rent à lier deux êtres par un même sentiment. L'amitié de
Ginevra pour Louis et de Louis pour elle fit ainsi plus de
progrès en un mois qu'une amitié du monde n'en fait en
dix ans dans un salon. L'adversité n'est-elle pas la pierre

de touche des caractères ? Ginevra put donc apprécier facilement Louis, le connaître, et ils ressentirent bientôt une estime réciproque l'un pour l'autre. Plus âgée que Louis, Ginevra trouva quelque douceur à être courtisée par un jeune homme déjà si grand, si éprouvé par le sort, et qui joignait à l'expérience d'un homme les grâces de l'adolescence. De son côté, Louis ressentit un indicible plaisir à se laisser protéger en apparence par une jeune fille de vingt-cinq ans. N'était-ce pas une preuve d'amour ? L'union de la douceur et de la fierté, de la force et de la faiblesse avait en Ginevra d'irrésistibles attraits, aussi Louis fut-il entièrement subjugué par elle. Enfin, ils s'aimaient si profondément déjà, qu'ils n'eurent besoin ni de se le nier, ni de se le dire.

Un jour, vers le soir, Ginevra entendit le signal convenu : Louis frappait avec une épingle sur la boiserie de manière à ne pas produire plus de bruit qu'une araignée qui attache son fil, et demandait ainsi à sortir de sa retraite, elle jeta un coup d'œil dans l'atelier, ne vit pas la petite Laure, et répondit au signal ; mais en ouvrant la porte, Louis aperçut l'écolière, et rentra précipitamment. Étonnée, Ginevra regarde autour d'elle, trouve Laure, et lui dit en allant à son chevalet : « Vous restez bien tard, ma chère. Cette tête me paraît pourtant achevée, il n'y a plus qu'un reflet à indiquer sur le haut de cette tresse de cheveux.

— Vous seriez bien bonne, dit Laure d'une voix émue, si vous vouliez me corriger cette copie, je pourrais conserver quelque chose de vous...

— Je veux bien, répondit Ginevra sûre de pouvoir ainsi la congédier. Je croyais, reprit-elle en donnant de légers coups de pinceau, que vous aviez beaucoup de chemin à faire de chez vous à l'atelier.

— Oh ! Ginevra, je vais m'en aller et pour toujours, s'écria la jeune fille d'un air triste.

— Vous quittez M. Servin, demanda l'Italienne sans se montrer affectée de ces paroles comme elle l'aurait été un mois auparavant.

— Vous ne vous apercevez donc pas, Ginevra, que depuis quelque temps il n'y a plus ici que vous et moi ?

— C'est vrai, répondit Ginevra frappée tout à coup comme par un souvenir. Ces demoiselles seraient-elles malades, se marieraient-elles, ou leurs pères seraient-ils tous de service au château?

— Toutes ont quitté M. Servin, répondit Laure.

— Et pourquoi?

— A cause de vous, Ginevra.

— De moi! répéta la fille corse en se levant, le front menaçant, l'air fier et les yeux étincelants.

— Oh! ne vous fâchez pas, ma bonne Ginevra, s'écria douloureusement Laure. Mais ma mère aussi veut que je quitte l'atelier. Toutes ces demoiselles ont dit que vous aviez une intrigue, que M. Servin se prêtait à ce qu'un jeune homme qui vous aime demeurât dans le cabinet noir; je n'ai jamais cru ces calomnies et n'en ai rien dit à ma mère. Hier au soir, Mme Roguin [14] a rencontré ma mère dans un bal et lui a demandé si elle m'envoyait toujours ici. Sur la réponse affirmative de ma mère, elle lui a répété les mensonges de ces demoiselles. Maman m'a bien grondée, elle a prétendu que je devais savoir tout cela, que j'avais manqué à la confiance qui règne entre une mère et sa fille en ne lui en parlant pas. O ma chère Ginevra! moi qui vous prenais pour modèle, combien je suis fâchée de ne plus pouvoir rester votre compagne...

— Nous nous retrouverons dans la vie: les jeunes filles se marient... dit Ginevra.

— Quand elles sont riches, répondit Laure.

— Viens me voir, mon père a de la fortune...

— Ginevra, reprit Laure attendrie, Mme Roguin et ma mère doivent venir demain chez M. Servin pour lui faire des reproches, au moins qu'il en soit prévenu. »

La foudre tombée à deux pas de Ginevra l'aurait moins étonnée que cette révélation.

« Qu'est-ce que cela leur faisait? dit-elle naïvement.

— Tout le monde trouve cela fort mal. Maman dit que c'est contraire aux mœurs...

— Et vous, Laure, qu'en pensez-vous? »

La jeune fille regarda Ginevra, leurs pensées se confondirent; Laure ne retint plus ses larmes, se jeta au cou de son amie et l'embrassa. En ce moment, Servin arriva.

« Mademoiselle Ginevra, dit-il avec enthousiasme, j'ai fini mon tableau, on le vernit. Qu'avez-vous donc ? Il paraît que toutes ces demoiselles prennent des vacances, ou sont à la campagne. »

Laure sécha ses larmes, salua Servin, et se retira.

« L'atelier est désert depuis plusieurs jours, dit Ginevra, et ces demoiselles ne reviendront plus.

— Bah ?...

— Oh ! ne riez pas, reprit Ginevra, écoutez-moi : je suis la cause involontaire de la perte de votre réputation. »

L'artiste se mit à sourire, et dit en interrompant son écolière : « Ma réputation ?... mais, dans quelques jours, mon tableau sera exposé.

— Il ne s'agit pas de votre talent, dit l'Italienne ; mais de votre moralité. Ces demoiselles ont publié que Louis était renfermé ici, que vous vous prêtiez... à... notre amour...

— Il y a du vrai là-dedans, mademoiselle, répondit le professeur. Les mères de ces demoiselles sont des bégueules, reprit-il. Si elles étaient venues me trouver, tout se serait expliqué. Mais que je prenne du souci de tout cela ? la vie est trop courte ! »

Et le peintre fit craquer ses doigts par-dessus sa tête. Louis, qui avait entendu une partie de cette conversation, accourut aussitôt.

« Vous allez perdre toutes vos écolières, s'écria-t-il, et je vous aurai ruiné. »

L'artiste prit la main de Louis et celle de Ginevra, les joignit. « Vous vous marierez, mes enfants ? » leur demanda-t-il avec une touchante bonhomie. Ils baissèrent tous deux les yeux, et leur silence fut le premier aveu qu'ils se firent. « Eh bien ! reprit Servin, vous serez heureux, n'est-ce pas ? Y a-t-il quelque chose qui puisse payer le bonheur de deux êtres tels que vous ?

— Je suis riche, dit Ginevra, et vous me permettrez de vous indemniser...

— Indemniser ?... s'écria Servin. Quand on saura que j'ai été victime des calomnies de quelques sottes, et que je cachais un proscrit; mais tous les libéraux de Paris m'enverront leurs filles! Je serai peut-être alors votre débiteur... »

Louis serrait la main de son protecteur sans pouvoir prononcer une parole; mais enfin il lui dit d'une voix attendrie: « C'est donc à vous que je devrai toute ma félicité.

— Soyez heureux, je vous unis », dit le peintre avec une onction comique en imposant ses mains sur la tête des deux amants.

Cette plaisanterie d'artiste mit fin à leur attendrissement. Ils se regardèrent tous trois en riant. L'Italienne serra la main de Louis par une violente étreinte et avec une simplicité d'action digne des mœurs de sa patrie.

« Ah çà, mes chers enfants, reprit Servin, vous croyez que tout ça va maintenant à merveille? Eh bien, vous vous trompez. »

Les deux amants l'examinèrent avec étonnement.

« Rassurez-vous, je suis le seul que votre espièglerie embarrasse! Mme Servin est un peu *collet monté,* et je ne sais en vérité pas comment nous nous arrangerons avec elle.

— Dieu! j'oubliais! s'écria Ginevra. Demain, Mme Roguin et la mère de Laure doivent venir vous...

— J'entends! dit le peintre en interrompant.

— Mais vous pouvez vous justifier, reprit la jeune fille en laissant échapper un geste de tête plein d'orgueil. Monsieur Louis, dit-elle en se tournant vers lui et le regardant avec finesse, ne doit plus avoir d'antipathie pour le gouvernement royal? — Eh bien, reprit-elle après l'avoir vu souriant, demain matin j'enverrai une pétition à l'un des personnages les plus influents du ministère de la Guerre, à un homme qui ne peut rien refuser à la fille du baron de Piombo. Nous obtiendrons un pardon tacite pour le commandant Louis, car *ils* ne voudront pas vous reconnaître le grade de colonel. Et vous pourrez, ajouta-t-elle en s'adressant à Servin, confondre les mères de mes charitables compagnes en leur disant la vérité.

— Vous êtes un ange! » s'écria Servin.

Pendant que cette scène se passait à l'atelier, le père et

la mère de Ginevra s'impatientaient de ne pas la voir revenir.

« Il est six heures, et Ginevra n'est pas encore de retour, s'écria Bartholoméo.

— Elle n'est jamais rentrée si tard », répondit la femme de Piombo.

Les deux vieillards se regardèrent avec toutes les marques d'une anxiété peu ordinaire. Trop agité pour rester en place, Bartholoméo se leva et fit deux fois le tour de son salon assez lestement pour un homme de soixante-dix-sept ans. Grâce à sa constitution robuste, il avait subi peu de changements depuis le jour de son arrivée à Paris, et malgré sa haute taille, il se tenait encore droit. Ses cheveux devenus blancs et rares laissaient à découvert un crâne large et protubérant qui donnait une haute idée de son caractère et de sa fermeté. Sa figure marquée de rides profondes avait pris un très grand développement et gardait ce teint pâle qui inspire la vénération. La fougue des passions régnait encore dans le feu surnaturel de ses yeux dont les sourcils n'avaient pas entièrement blanchi, et qui conservaient leur terrible mobilité. L'aspect de cette tête était sévère, mais on voyait que Bartholoméo avait le droit d'être ainsi. Sa bonté, sa douceur n'étaient guère connues que de sa femme et de sa fille. Dans ses fonctions ou devant un étranger, il ne déposait jamais la majesté que le temps imprimait à sa personne, et l'habitude de froncer ses gros sourcils, de contracter les rides de son visage, de donner à son regard une fixité napoléonienne, rendait son abord glacial. Pendant le cours de sa vie politique, il avait été si généralement craint, qu'il passait pour peu sociable ; mais il n'est pas difficile d'expliquer les causes de cette réputation. La vie, les mœurs et la fidélité de Piombo faisaient la censure de la plupart des courtisans. Malgré les missions délicates confiées à sa discrétion, et qui pour tout autre eussent été lucratives, il ne possédait pas plus d'une trentaine de mille livres de rente en inscriptions sur le Grand Livre [15]. Si l'on vient à songer au bon marché des rentes sous l'Empire, à la libéralité de Napoléon envers ceux de ses fidèles serviteurs qui savaient parler, il est facile de voir que le baron de Piombo était un homme d'une probité sévère ; il ne devait son plumage de baron [16] qu'à la nécessité dans laquelle Napoléon s'était trouvé de lui donner un titre en l'envoyant dans une cour étrangère. Bartholoméo avait toujours professé une haine implacable pour les traîtres dont s'entoura Napoléon en croyant les conquérir à force de victoires. Ce fut lui qui, dit-on, fit trois pas vers la porte du cabinet de l'Empereur, après lui avoir donné le conseil de se débarrasser de trois hommes en France [17], la veille du jour où il partit pour sa célèbre et admirable campagne de 1814. Depuis le second retour des Bourbons, Bartholoméo ne portait plus la décoration de la Légion d'honneur. Jamais homme n'offrit une plus belle image de ces vieux républicains, amis incorruptibles de l'Empire, qui restaient comme les vivants débris des deux gouvernements les plus énergiques que le monde ait connus. Si le baron de Piombo déplaisait à quelques courtisans, il avait les Daru, les Drouot, les Carnot [18] pour amis. Aussi, quant au reste des hommes politiques, depuis Waterloo, s'en souciait-il autant que des bouffées de fumée qu'il tirait de son cigare.

Bartholoméo di Piombo avait acquis, moyennant la somme assez modique que *Madame,* mère de l'Empereur, lui avait donnée de ses propriétés en Corse, l'ancien hôtel de Portenduère, dans lequel il ne fit aucun changement. Presque toujours logé aux frais du gouvernement, il n'habitait cette maison que depuis la catastrophe de Fontainebleau [19]. Suivant l'habitude des gens simples et de haute vertu, le baron et sa femme ne donnaient rien au faste extérieur : leurs meubles provenaient de l'ancien ameublement de l'hôtel. Les grands appartements hauts d'étage, sombres et nus de cette demeure, les larges glaces encadrées dans de vieilles bordures dorées presque noires, et ce mobilier du temps de Louis XIV, étaient en rapport avec Bartholoméo et sa femme, personnages dignes de l'Antiquité. Sous l'Empire et pendant les Cent-Jours, en exerçant des fonctions largement rétribuées, le vieux Corse avait eu un grand train de maison, plutôt dans le but de faire honneur à sa place que dans le dessein de briller. Sa vie et celle de sa femme étaient si frugales,

si tranquilles, que leur modeste fortune suffisait à leurs
besoins. Pour eux, leur fille Ginevra valait toutes les
richesses du monde. Aussi, quand, en mai 1814, le baron
de Piombo quitta sa place, congédia ses gens et ferma la
porte de son écurie, Ginevra, simple et sans faste comme
ses parents, n'eut-elle aucun regret : à l'exemple des
grandes âmes, elle mettait son luxe dans la force des
sentiments, comme elle plaçait sa félicité dans la solitude
et le travail. Puis, ces trois êtres s'aimaient trop pour que
les dehors de l'existence eussent quelque prix à leurs
yeux. Souvent, et surtout depuis la seconde et effroyable
chute de Napoléon, Bartholoméo et sa femme passaient
des soirées délicieuses à entendre Ginevra toucher du
piano ou chanter. Il y avait pour eux un immense secret
de plaisir dans la présence, dans la moindre parole de leur
fille, ils la suivaient des yeux avec une tendre inquiétude,
ils entendaient son pas dans la cour, quelque léger qu'il
pût être. Semblables à des amants, ils savaient rester des
heures entières silencieux tous trois, entendant mieux
ainsi que par des paroles l'éloquence de leurs âmes. Ce
sentiment profond, la vie même des deux vieillards, animait toutes leurs pensées. Ce n'était pas trois existences,
mais une seule, qui, semblable à la flamme d'un foyer, se
divisait en trois langues de feu. Si quelquefois le souvenir
des bienfaits et du malheur de Napoléon, si la politique
du moment triomphaient de la constante sollicitude des
deux vieillards, ils pouvaient en parler sans rompre la
communauté de leurs pensées : Ginevra ne partageait-elle
pas leurs passions politiques ? Quoi de plus naturel que
l'ardeur avec laquelle ils se réfugiaient dans le cœur de
leur unique enfant ? Jusqu'alors, les occupations d'une
vie publique avaient absorbé l'énergie du baron de
Piombo ; mais en quittant ses emplois, le Corse eut besoin
de rejeter son énergie dans le dernier sentiment qui lui
restât ; puis, à part les liens qui unissent un père et une
mère à leur fille, il y avait peut-être, à l'insu de ces trois
âmes despotiques, une puissante raison au fanatisme de
leur passion réciproque : ils s'aimaient sans partage, le
cœur tout entier de Ginevra appartenait à son père,
comme à elle celui de Piombo ; enfin, s'il est vrai que

nous nous attachions les uns aux autres plus par nos
défauts que par nos qualités, Ginevra répondait merveilleusement bien à toutes les passions de son père. De là
procédait la seule imperfection de cette triple vie. Ginevra était entière dans ses volontés, vindicative, emportée
comme Bartholoméo l'avait été pendant sa jeunesse. Le
Corse se complut à développer ces sentiments sauvages
dans le cœur de sa fille, absolument comme un lion
apprend à ses lionceaux à fondre sur leur proie. Mais cet
apprentissage de vengeance ne pouvant en quelque sorte
se faire qu'au logis paternel, Ginevra ne pardonnait rien à
son père, et il fallait qu'il lui cédât. Piombo ne voyait que
des enfantillages dans ces querelles factices ; mais l'enfant y contracta l'habitude de dominer ses parents. Au
milieu de ces tempêtes que Bartholoméo aimait à exciter,
un mot de tendresse, un regard suffisaient pour apaiser
leurs âmes courroucées, et ils n'étaient jamais si près
d'un baiser que quand ils se menaçaient. Cependant,
depuis cinq années environ, Ginevra, devenue plus sage
que son père, évitait constamment ces sortes de scènes.
Sa fidélité, son dévouement, l'amour qui triomphait dans
toutes ses pensées et son admirable bon sens avaient fait
justice de ses colères ; mais il n'en était pas moins résulté
un bien grand mal : Ginevra vivait avec son père et sa
mère sur le pied d'une égalité toujours funeste. Pour
achever de faire connaître tous les changements survenus
chez ces trois personnages depuis leur arrivée à Paris,
Piombo et sa femme, gens sans instruction, avaient laissé
Ginevra étudier à sa fantaisie. Au gré de ses caprices de
jeune fille, elle avait tout appris et tout quitté, reprenant
et laissant chaque pensée tour à tour, jusqu'à ce que la
peinture fût devenue sa passion dominante ; elle eût été
parfaite, si sa mère avait été capable de diriger ses études,
de l'éclairer et de mettre en harmonie les dons de la
nature : ses défauts provenaient de la funeste éducation
que le vieux Corse avait pris plaisir à lui donner.

Après avoir pendant longtemps fait crier sous ses pas
les feuilles du parquet, le vieillard sonna. Un domestique
parut.

« Allez au-devant de Mlle Ginevra, dit-il.

— J'ai toujours regretté de ne plus avoir de voiture pour elle, observa la baronne.

— Elle n'en a pas voulu », répondit Piombo en regardant sa femme qui accoutumée depuis quarante ans à son rôle d'obéissance baissa les yeux.

Déjà septuagénaire, grande, sèche, pâle et ridée, la baronne ressemblait parfaitement à ces vieilles femmes que Schnetz [20] met dans les scènes italiennes de ses tableaux de genre ; elle restait si habituellement silencieuse, qu'on l'eût prise pour une nouvelle Mme Shandy [21] ; mais un mot, un regard, un geste annonçaient que ses sentiments avaient gardé la vigueur et la fraîcheur de la jeunesse. Sa toilette, dépouillée de coquetterie, manquait souvent de goût. Elle demeurait ordinairement passive, plongée dans une bergère, comme une sultane *Validé* [22], attendant ou admirant sa Ginevra, son orgueil et sa vie. La beauté, la toilette, la grâce de sa fille, semblaient être devenues siennes. Tout pour elle était bien quand Ginevra se trouvait heureuse. Ses cheveux avaient blanchi, et quelques mèches se voyaient au-dessus de son front blanc et ridé, ou le long de ses joues creuses.

« Voilà quinze jours environ, dit-elle, que Ginevra rentre un peu plus tard.

— Jean n'ira pas assez vite, s'écria l'impatient vieillard qui croisa les basques de son habit bleu, saisit son chapeau, l'enfonça sur sa tête, prit sa canne et partit.

— Tu n'iras pas loin », lui cria sa femme.

En effet, la porte cochère s'était ouverte et fermée, et la vieille mère entendait le pas de Ginevra dans la cour. Bartholoméo reparut tout à coup portant en triomphe sa fille, qui se débattait dans ses bras.

« La voici, la Ginevra, la Ginevrettina, la Ginevrina, la Ginevrola, la Ginevretta, la Ginevra bella !

— Mon père, vous me faites mal. »

Aussitôt Ginevra fut posée à terre avec une sorte de respect. Elle agita la tête par un gracieux mouvement pour rassurer sa mère qui déjà s'effrayait, et pour lui dire : c'est une ruse. Le visage terne et pâle de la baronne reprit alors ses couleurs et une espèce de gaieté. Piombo se frotta les mains avec une force extrême, symptôme le plus certain de sa joie ;

il avait pris cette habitude à la cour en voyant Napoléon se mettre en colère contre ceux de ses généraux ou de ses ministres qui le servaient mal ou qui avaient commis quelque faute. Les muscles de sa figure une fois détendus, la moindre ride de son front exprimait la bienveillance. Ces deux vieillards offraient en ce moment une image exacte de ces plantes souffrantes auxquelles un peu d'eau rend la vie après une longue sécheresse.

« A table, à table ! » s'écria le baron en présentant sa large main à Ginevra qu'il nomma Signora Piombellina, autre symptôme de gaieté auquel sa fille répondit par un sourire.

« Ah çà, dit Piombo en sortant de table, sais-tu que ta mère m'a fait observer que depuis un mois tu restes beaucoup plus longtemps que de coutume à ton atelier ? Il paraît que la peinture passe avant nous.

— O mon père !

— Ginevra nous prépare sans doute quelque surprise, dit la mère.

— Tu m'apporterais un tableau de toi ? s'écria le Corse en frappant dans ses mains.

— Oui, je suis très occupée à l'atelier, répondit-elle.

— Qu'as-tu donc, Ginevra ? Tu pâlis ! lui dit sa mère.

— Non ! s'écria la jeune fille en laissant échapper un geste de résolution, non, il ne sera pas dit que Ginevra Piombo aura menti une fois dans sa vie. »

En entendant cette singulière exclamation, Piombo et sa femme regardèrent leur fille d'un air étonné.

« J'aime un jeune homme », ajouta-t-elle d'une voix émue.

Puis sans oser regarder ses parents, elle abaissa ses larges paupières, comme pour voiler le feu de ses yeux.

« Est-ce un prince ? lui demanda ironiquement son père en prenant un son de voix qui fit trembler la mère et la fille.

— Non, mon père, répondit-elle avec modestie, c'est un jeune homme sans fortune…

— Il est donc bien beau ?

— Il est malheureux.

— Que fait-il ?

— Compagnon de Labédoyère, il était proscrit, sans asile, Servin l'a caché, et...

— Servin est un honnête garçon qui s'est bien comporté, s'écria Piombo; mais vous faites mal, vous, ma fille, d'aimer un autre homme que votre père...

— Il ne dépend pas de moi de ne pas aimer, répondit doucement Ginevra.

— Je me flattais, reprit son père, que ma Ginevra me serait fidèle jusqu'à ma mort, que mes soins et ceux de sa mère seraient les seuls qu'elle aurait reçus, que notre tendresse n'aurait pas rencontré dans son âme de tendresse rivale, et que...

— Vous ai-je reproché votre fanatisme pour Napoléon? dit Ginevra. N'avez-vous aimé que moi? n'avez-vous pas été des mois entiers en ambassade? n'ai-je pas supporté courageusement vos absences? La vie a des nécessités qu'il faut savoir subir.

— Ginevra!

— Non, vous ne m'aimez pas pour moi, et vos reproches trahissent un insupportable égoïsme.

— Tu accuses l'amour de ton père, s'écria Piombo les yeux flamboyants.

— Mon père, je ne vous accuserai jamais, répondit Ginevra avec plus de douceur que sa mère tremblante n'en attendait. Vous avez raison dans votre égoïsme, comme j'ai raison dans mon amour. Le ciel m'est témoin que jamais fille n'a mieux rempli ses devoirs auprès de ses parents. Je n'ai jamais vu que bonheur et amour là où d'autres voient souvent des obligations. Voici quinze ans que je ne me pas suis écartée de dessous votre aile protectrice, et ce fut un bien doux plaisir pour moi que de charmer vos jours. Mais serais-je donc ingrate en me livrant au charme d'aimer, en désirant un époux qui me protège après vous?

— Ah! tu comptes avec ton père, Ginevra», reprit le vieillard d'un ton sinistre.

Il se fit une pause effrayante pendant laquelle personne n'osa parler. Enfin, Bartholoméo rompit le silence en s'écriant d'une voix déchirante: «Oh! reste avec nous, reste auprès de ton vieux père! Je ne saurais te voir

aimant un homme. Ginevra, tu n'attendras pas longtemps
ta liberté...

— Mais, mon père, songez donc que nous ne vous
quitterons pas, que nous serons deux à vous aimer, que
vous connaîtrez l'homme aux soins duquel vous me lais-
serez! Vous serez doublement chéri par moi et par lui:
par lui qui est encore moi, et par moi qui suis tout
lui-même.

— O Ginevra! Ginevra! s'écria le Corse en serrant les
poings, pourquoi ne t'es-tu pas mariée quand Napoléon
m'avait accoutumé à cette idée, et qu'il te présentait des
ducs et des comtes?

— Ils m'aimaient par ordre, dit la jeune fille. D'ailleurs, je ne voulais pas vous quitter, et ils m'auraient
emmenée avec eux.

— Tu ne veux pas nous laisser seuls, dit Piombo; mais
te marier, c'est nous isoler! Je te connais, ma fille, tu ne
nous aimeras plus. Élisa, ajouta-t-il en regardant sa
femme qui restait immobile et comme stupide, nous
n'avons plus de fille, elle veut se marier. »

Le vieillard s'assit après avoir levé les mains en l'air
comme pour invoquer Dieu; puis il resta courbé comme
accablé sous sa peine. Ginevra vit l'agitation de son père,
et la modération de sa colère lui brisa le cœur; elle
s'attendait à une crise, à des fureurs, elle n'avait pas armé
son âme contre la douceur paternelle.

« Mon père, dit-elle d'une voix touchante, non, vous
ne serez jamais abandonné par votre Ginevra. Mais ai-
mez-la aussi un peu pour elle. Si vous saviez comme *il*
m'aime! Ah! ce ne serait pas lui qui me ferait de la
peine!

— Déjà des comparaisons, s'écria Piombo avec un
accent terrible. Non, je ne puis supporter cette idée,
reprit-il. S'il t'aimait comme tu mérites de l'être, il me
tuerait; et s'il ne t'aimait pas, je le poignarderais. »

Les mains de Piombo tremblaient, ses lèvres tremblaient, son corps tremblait et ses yeux lançaient des
éclairs; Ginevra seule pouvait soutenir son regard, car
alors elle allumait ses yeux, et la fille était digne du père.

« Oh! t'aimer! Quel est l'homme digne de cette vie?

reprit-il. T'aimer comme un père, n'est-ce pas déjà vivre dans le paradis; qui donc sera jamais digne d'être ton époux?

— Lui, dit Ginevra, lui de qui je me sens indigne.

— Lui? répéta machinalement Piombo. Qui, *lui?*

— Celui que j'aime.

— Est-ce qu'il peut te connaître encore assez pour t'adorer?

— Mais, mon père, reprit Ginevra éprouvant un mouvement d'impatience, quand il ne m'aimerait pas, du moment où je l'aime...

— Tu l'aimes donc?» s'écria Piombo. Ginevra inclina doucement la tête. «Tu l'aimes alors plus que nous?

— Ces deux sentiments ne peuvent se comparer, répondit-elle.

— L'un est plus fort que l'autre, reprit Piombo.

— Je crois que oui, dit Ginevra.

— Tu ne l'épouseras pas, cria le Corse dont la voix fit résonner les vitres du salon.

— Je l'épouserai, répliqua tranquillement Ginevra.

— Mon Dieu! mon Dieu! s'écria le mère, comment finira cette querelle? *Santa Virgina!* mettez-vous entre eux.»

Le baron, qui se promenait à grands pas, vint s'asseoir; une sévérité glacée rembrunissait son visage, il regarda fixement sa fille, et lui dit d'une voix douce et affaiblie: «Eh bien! Ginevra! non, tu ne l'épouseras pas. Oh! ne me dis pas oui ce soir?... laisse-moi croire le contraire. Veux-tu voir ton père à genoux et ses cheveux blancs prosternés devant toi? je vais te supplier...

— Ginevra Piombo n'a pas été habituée à promettre et à ne pas tenir, répondit-elle. Je suis votre fille.

— Elle a raison, dit la baronne, nous sommes mises au monde pour nous marier.

— Ainsi, vous l'encouragez dans sa désobéissance, dit le baron à sa femme qui frappée de ce mot se changea en statue.

— Ce n'est pas désobéir que de se refuser à un ordre injuste, répondit Ginevra.

— Il ne peut pas être injuste quand il émane de la

bouche de votre père, ma fille! Pourquoi me jugez-vous?
La répugnance que j'éprouve n'est-elle pas un conseil
d'en haut? Je vous préserve peut-être d'un malheur.

— Le malheur serait qu'il ne m'aimât pas.

— Toujours lui!

— Oui, toujours, reprit-elle. Il est ma vie, mon bien,
ma pensée. Même en vous obéissant, il serait toujours
dans mon cœur. Me défendre de l'épouser, n'est-ce pas
vous faire haïr?

— Tu ne nous aimes plus, s'écria Piombo.

— Oh! dit Ginevra en agitant la tête.

— Eh bien! oublie-le, reste-nous fidèle. Après nous...
tu comprends.

— Mon père, voulez-vous me faire désirer votre
mort? s'écria Ginevra.

— Je vivrai plus longtemps que toi! Les enfants qui
n'honorent pas leurs parents meurent promptement[23],
s'écria son père parvenu au dernier degré de l'exaspéra-
tion.

— Raison de plus pour me marier promptement et être
heureuse!» dit-elle.

Ce sang-froid, cette puissance de raisonnement ache-
vèrent de troubler Piombo, le sang lui porta violemment à
la tête, son visage devint pourpre. Ginevra frissonna, elle
s'élança comme un oiseau sur les genoux de son père, lui
passa ses bras autour du cou, lui caressa les cheveux, et
s'écria tout attendrie: «Oh! oui, que je meure la première! Je ne te survivrais pas, mon père, mon bon père!

— O ma Ginevra, ma folle Ginevrina, répondit
Piombo dont toute la colère se fondit à cette caresse
comme une glace sous les rayons du soleil.

— Il était temps que vous finissiez, dit la baronne
d'une voix émue.

— Pauvre mère!

— Ah! Ginevretta! ma Ginevra bella!»

Et le père jouait avec sa fille comme avec un enfant de
six ans, il s'amusait à défaire les tresses ondoyantes de
ses cheveux, à la faire sauter; il y avait de la folie dans
l'expression de sa tendresse. Bientôt sa fille le gronda en
l'embrassant, et tenta d'obtenir en plaisantant l'entrée de

son Louis au logis; mais, tout en plaisantant aussi, le père refusa. Elle bouda, revint, bouda encore; puis, à la fin de la soirée, elle se trouva contente d'avoir gravé dans le cœur de son père et son amour pour Louis et l'idée d'un mariage prochain. Le lendemain elle ne parla plus de son amour, elle alla plus tard à l'atelier, elle en revint de bonne heure; elle devint plus caressante pour son père qu'elle ne l'avait jamais été, et se montra pleine de reconnaissance, comme pour le remercier du consentement qu'il semblait donner à son mariage par son silence. Le soir elle faisait long-temps de la musique, et souvent elle s'écriait: «Il faudrait une voix d'homme pour ce nocturne!» Elle était italienne, c'est tout dire. Au bout de huit jours sa mère lui fit un signe, elle vint; puis à l'oreille et à voix basse: «J'ai amené ton père à le recevoir, lui dit-elle.

— O ma mère! vous me faites bien heureuse!»

Ce jour-là Ginevra eut donc le bonheur de revenir à l'hôtel de son père en donnant le bras à Louis. Pour la seconde fois, le pauvre officier sortait de sa cachette. Les actives sollicitations que Ginevra faisait auprès du duc de Feltre, alors ministre de la Guerre, avaient été couronnées d'un plein succès. Louis venait d'être réintégré sur le contrôle des officiers en disponibilité. C'était un bien grand pas vers un meilleur avenir. Instruit par son amie de toutes les difficultés qui l'attendaient auprès du baron, le jeune chef de bataillon n'osait avouer la crainte qu'il avait de ne pas lui plaire. Cet homme si courageux contre l'adversité, si brave sur un champ de bataille, tremblait en pensant à son entrée dans le salon des Piombo. Ginevra le sentit tressaillant, et cette émotion, dont le principe était leur bonheur, fut pour elle une nouvelle preuve d'amour.

«Comme vous êtes pâle! lui dit-elle quand ils arrivèrent à la porte de l'hôtel.

— O Ginevra! s'il ne s'agissait que de ma vie.»

Quoique Bartholoméo fût prévenu par sa femme de la présentation officielle de celui que Ginevra aimait, il n'alla pas à sa rencontre, resta dans le fauteuil où il avait l'habitude d'être assis, et la sévérité de son front fut glaciale.

« Mon père, dit Ginevra, je vous amène une personne que vous aurez sans doute plaisir à voir : M. Louis, un soldat qui combattait à quatre pas de l'Empereur à Mont-Saint-Jean [24]... »

Le baron de Piombo se leva, jeta un regard furtif sur Louis, et lui dit d'une voix sardonique : « Monsieur n'est pas décoré ?

— Je ne porte plus la Légion d'honneur [25] », répondit timidement Louis qui restait humblement debout.

Ginevra, blessée de l'impolitesse de son père, avança une chaise. La réponse de l'officier satisfit le vieux serviteur de Napoléon. Mme Piombo, s'apercevant que les sourcils de son mari reprenaient leur position naturelle, dit pour ranimer la conversation : « La ressemblance de monsieur avec Nina Porta est étonnante. Ne trouvez-vous pas que monsieur a toute la physionomie des Porta ?

— Rien de plus naturel, répondit le jeune homme sur qui les yeux flamboyants de Piombo s'arrêtèrent, Nina était ma sœur...

— Tu es Luigi Porta ? demanda le vieillard.

— Oui. »

Bartholoméo di Piombo se leva, chancela, fut obligé de s'appuyer sur une chaise et regarda sa femme, Élisa Piombo vint à lui ; puis les deux vieillards silencieux se donnèrent le bras et sortirent du salon en abandonnant leur fille avec une sorte d'horreur. Luigi Porta stupéfait regarda Ginevra, qui devint aussi blanche qu'une statue de marbre et resta les yeux fixés sur la porte vers laquelle son père et sa mère avaient disparu : ce silence et cette retraite eurent quelque chose de si solennel que, pour la première fois peut-être, le sentiment de la crainte entra dans son cœur. Elle joignit ses mains l'une contre l'autre avec force, et dit d'une voix si émue qu'elle ne pouvait guère être entendue que par un amant : « Combien de malheur dans un mot !

— Au nom de notre amour, qu'ai-je donc dit, demanda Luigi Porta.

— Mon père, répondit-elle, ne m'a jamais parlé de

notre déplorable histoire, et j'étais trop jeune quand j'ai quitté la Corse pour la savoir.

— Nous serions en *vendetta,* demanda Luigi en tremblant.

— Oui. En questionnant ma mère, j'ai appris que les Porta avaient tué mes frères et brûlé notre maison. Mon père a massacré toute votre famille. Comment avez-vous survécu, vous qu'il croyait avoir attaché aux colonnes d'un lit avant de mettre le feu à la maison?

— Je ne sais, répondit Luigi. A six ans j'ai été amené à Gênes, chez un vieillard nommé Colonna. Aucun détail sur ma famille ne m'a été donné. Je savais seulement que j'étais orphelin et sans fortune. Ce Colonna me servait de père, et j'ai porté son nom jusqu'au jour où je suis entré au service. Comme il m'a fallu des actes pour prouver qui j'étais, le vieux Colonna m'a dit alors que moi, faible et presque enfant encore, j'avais des ennemis. Il m'a engagé à ne prendre que le nom de Luigi pour leur échapper.

— Partez, partez, Luigi, s'écria Ginevra; mais non, je dois vous accompagner. Tant que vous êtes dans la maison de mon père, vous n'avez rien à craindre; aussitôt que vous en sortirez, prenez bien garde à vous! vous marcherez de danger en danger. Mon père a deux Corses à son service, et si ce n'est pas lui qui menacera vos jours, c'est eux.

— Ginevra, dit-il, cette haine existera-t-elle donc entre nous?»

La jeune fille sourit tristement et baissa la tête. Elle la releva bientôt avec une sorte de fierté, et dit: «O Luigi, il faut que nos sentiments soient bien purs et bien sincères pour que j'aie la force de marcher dans la voie où je vais entrer. Mais il s'agit d'un bonheur qui doit durer toute la vie, n'est-ce pas?»

Luigi ne répondit que par un sourire, et pressa la main de Ginevra. La jeune fille comprit qu'un véritable amour pouvait seul dédaigner en ce moment les protestations vulgaires. L'expression calme et consciencieuse des sentiments de Luigi annonçait en quelque sorte leur force et leur durée. La destinée de ces deux époux fut alors accomplie. Ginevra entrevit de bien cruels combats à soutenir; mais l'idée d'abandonner Louis, idée qui peut-être avait flotté dans son âme, s'évanouit complètement. A lui pour toujours, elle l'entraîna tout à coup avec une sorte d'énergie hors de l'hôtel, et ne le quitta qu'au moment où il atteignit la maison dans laquelle Servin lui avait loué un modeste logement. Quand elle revint chez son père, elle avait pris cette espèce de sérénité que donne une résolution forte : aucune altération dans ses manières ne peignit d'inquiétude. Elle leva sur son père et sa mère, qu'elle trouva prêts à se mettre à table, des yeux dénués de hardiesse et pleins de douceur; elle vit que sa vieille mère avait pleuré, la rougeur de ces paupières flétries ébranla un moment son cœur; mais elle cacha son émotion. Piombo semblait être en proie à une douleur trop violente, trop concentrée pour qu'il pût la trahir par des expressions ordinaires. Les gens servirent le dîner, auquel personne ne toucha. L'horreur de la nourriture est un des symptômes qui trahissent les grandes crises de l'âme. Tous trois se levèrent sans qu'aucun d'eux se fût adressé la parole. Quand Ginevra fut placée entre son père et sa mère dans leur grand salon sombre et solennel, Piombo voulut parler, mais il ne trouva pas de voix; il essaya de marcher, et ne trouva pas de force, il revint s'asseoir et sonna.

« Piétro, dit-il enfin au domestique, allumez du feu, j'ai froid. »

Ginevra tressaillit et regarda son père avec anxiété. Le combat qu'il se livrait devait être horrible, sa figure était bouleversée. Ginevra connaissait l'étendue du péril qui la menaçait, mais elle ne tremblait pas; tandis que les regards furtifs que Bartholoméo jetait sur sa fille semblaient annoncer qu'il craignait en ce moment le caractère dont la violence était son propre ouvrage. Entre eux, tout devait être extrême. Aussi la certitude du changement qui pouvait s'opérer dans les sentiments du père et de la fille animait-elle le visage de la baronne d'une expression de terreur.

« Ginevra, vous aimez l'ennemi de votre famille, dit enfin Piombo sans oser regarder sa fille.

— Cela est vrai, répondit-elle.

— Il faut choisir entre lui et nous. Notre *vendetta* fait partie de nous-mêmes. Qui n'épouse pas ma vengeance, n'est pas de ma famille.

— Mon choix est fait », répondit Ginevra d'une voix calme.

La tranquillité de sa fille trompa Bartholoméo.

« O ma chère fille ! s'écria le vieillard qui montra ses paupières humectées par des larmes, les premières et les seules qu'il répandit dans sa vie.

— Je serai sa femme », dit brusquement Ginevra.

Bartholoméo eut comme un éblouissement : mais il recouvra son sang-froid et répliqua : « Ce mariage ne se fera pas de mon vivant, je n'y consentirai jamais. » Ginevra garda le silence. « Mais, dit le baron en continuant, songes-tu que Luigi est le fils de celui qui a tué tes frères ?

— Il avait six ans au moment où le crime a été commis, il doit en être innocent, répondit-elle.

— Un Porta ? s'écria Bartholoméo.

— Mais ai-je jamais pu partager cette haine ? dit vivement la jeune fille. M'avez-vous élevée dans cette croyance qu'un Porta était un monstre ? Pouvais-je penser qu'il restât un seul de ceux que vous aviez tués ? N'est-il pas naturel que vous fassiez céder votre *vendetta* à mes sentiments ?

— Un Porta ? dit Piombo. Si son père t'avait jadis trouvée dans ton lit, tu ne vivrais pas, il t'aurait donné cent fois la mort.

— Cela se peut, répondit-elle, mais son fils m'a donné plus que la vie. Voir Luigi, c'est un bonheur sans lequel je ne saurais vivre. Luigi m'a révélé le monde des sentiments. J'ai peut-être aperçu des figures plus belles encore que la sienne, mais aucune ne m'a autant charmée ; j'ai peut-être entendu des voix... non, non, jamais de plus mélodieuses. Luigi m'aime, il sera mon mari.

— Jamais, dit Piombo. J'aimerais mieux te voir dans ton cercueil, Ginevra. » Le vieux Corse se leva, se mit à parcourir à grands pas le salon et laissa échapper ces paroles après des pauses qui peignaient toute son agitation : « Vous croyez peut-être faire plier ma volonté ? détrompez-vous : je ne veux pas qu'un Porta soit mon

gendre. Telle est ma sentence. Qu'il ne soit plus question
de ceci entre nous. Je suis Bartholoméo di Piombo, en-
tendez-vous, Ginevra ?

— Attachez-vous quelque sens mystérieux à ces paroles, demanda-t-elle froidement.

— Elles signifient que j'ai un poignard [26], et que je ne
crains pas la justice des hommes. Nous autres Corses,
nous allons nous expliquer avec Dieu.

— Eh bien ! dit la fille en se levant, je suis Ginevra di
Piombo, et je déclare que dans six mois je serai la femme
de Luigi Porta. Vous êtes un tyran, mon père », ajouta-
t-elle après une pause effrayante.

Bartholoméo serra ses poings et frappa sur le marbre de
la cheminée : « Ah ! nous sommes à Paris », dit-il en
murmurant.

Il se tut, se croisa les bras, pencha la tête sur sa poitrine
et ne prononça plus une seule parole pendant toute la
soirée. Après avoir exprimé sa volonté, la jeune fille
affecta un sang-froid incroyable ; elle se mit au piano,
chanta, joua des morceaux ravissants avec une grâce et un
sentiment qui annonçaient une parfaite liberté d'esprit,
triomphant ainsi de son père dont le front ne paraissait pas
s'adoucir. Le vieillard ressentit cruellement cette tacite
injure, et recueillit en ce moment un des fruits amers de
l'éducation qu'il avait donnée à sa fille. Le respect est
une barrière qui protège autant un père et une mère que
les enfants, en évitant à ceux-là des chagrins, à ceux-ci
des remords. Le lendemain Ginevra, qui voulut sortir à
l'heure où elle avait coutume de se rendre à l'atelier,
trouva la porte de l'hôtel fermée pour elle ; mais elle eut
bientôt inventé un moyen d'instruire Luigi Porta des
sévérités paternelles. Une femme de chambre qui ne
savait pas lire fit parvenir au jeune officier la lettre que lui
écrivit Ginevra. Pendant cinq jours les deux amants surent correspondre, grâce à ces ruses qu'on sait toujours
machiner à vingt ans. Le père et la fille se parlèrent
rarement. Tous deux gardant au fond du cœur un principe
de haine, ils souffraient, mais orgueilleusement et en
silence. En reconnaissant combien étaient forts les liens
d'amour qui les attachaient l'un à l'autre, ils essayaient

de les briser, sans pouvoir y parvenir. Nulle pensée douce
ne venait plus comme autrefois égayer les traits sévères
de Bartholoméo quand il contemplait sa Ginevra. La
jeune fille avait quelque chose de farouche en regardant
son père, et le reproche siégeait sur son front d'innocence ; elle se livrait bien à d'heureuses pensées, mais
parfois des remords semblaient ternir ses yeux. Il n'était
même pas difficile de deviner qu'elle ne pourrait jamais
jouir tranquillement d'une félicité qui faisait le malheur
de ses parents. Chez Bartholoméo comme chez sa fille,
toutes les irrésolutions causées par la bonté native de
leurs âmes devaient néanmoins échouer devant leur
fierté, devant la rancune particulière aux Corses. Ils s'en-
courageaient l'un et l'autre dans leur colère et fermaient
les yeux sur l'avenir. Peut-être aussi se flattaient-ils mu-
tuellement que l'un céderait à l'autre.

Le jour de la naissance de Ginevra, sa mère, désespé-
rée de cette désunion qui prenait un caractère grave,
médita de réconcilier le père et la fille, grâce aux souvenirs de cet anniversaire. Ils étaient réunis tous trois dans
la chambre de Bartholoméo. Ginevra devina l'intention
de sa mère à l'hésitation peinte sur son visage et sourit
tristement. En ce moment un domestique annonça deux
notaires accompagnés de plusieurs témoins qui entrèrent.
Bartholoméo regarda fixement ces hommes, dont les figures froidement compassées avaient quelque chose de
blessant pour des âmes aussi passionnées que l'étaient
celles des trois principaux acteurs de cette scène. Le
vieillard se tourna vers sa fille d'un air inquiet, il vit sur
son visage un sourire de triomphe qui lui fit soupçonner
quelque catastrophe ; mais il affecta de garder, à la manière des sauvages, une immobilité mensongère en regardant les deux notaires avec une sorte de curiosité calme.
Les étrangers s'assirent après y avoir été invités par un
geste du vieillard.

« Monsieur est sans doute monsieur le baron de
Piombo », demanda le plus âgé des notaires.

Bartholoméo s'inclina. Le notaire fit un léger mouvement de tête, regarda la jeune fille avec la sournoise
expression d'un garde du commerce qui surprend un

débiteur ; et il tira sa tabatière, l'ouvrit, y prit une pincée
de tabac, se mit à la humer à petits coups en cherchant les
premières phrases de son discours ; puis en les prononçant, il fit des repos continuels (manœuvre oratoire que ce
signe — représentera très imparfaitement).

« Monsieur, dit-il, je suis M. Roguin[27], notaire de
mademoiselle votre fille, et nous venons, — mon collè-
gue et moi, — pour accomplir le vœu de la loi et — mettre un terme aux divisions qui — paraîtraient — s'être
introduites — entre vous et mademoiselle votre fille,
— au sujet — de — son — mariage avec M. Luigi
Porta. »

Cette phrase, assez pédantesquement débitée, parut
probablement trop belle à Me Roguin pour qu'on pût la
comprendre d'un seul coup, il s'arrêta en regardant Bartholoméo avec une expression particulière aux gens
d'affaires et qui tient le milieu entre la servilité et la
familiarité. Habitués à feindre beaucoup d'intérêt pour les
personnes auxquelles ils parlent, les notaires finissent par
faire contracter à leur figure une grimace qu'ils revêtent
et quittent comme leur *pallium*[28] officiel. Ce masque de
bienveillance, dont le mécanisme est si facile à saisir,
irrita tellement Bartholoméo qu'il lui fallut rappeler toute
sa raison pour ne pas jeter M. Roguin par les fenêtres[29],
une expression de colère se glissa dans ses rides, et en la
voyant le notaire se dit en lui-même : « Je produis de
l'effet ! »

« Mais, reprit-il d'une voix mielleuse, monsieur le baron, dans ces sortes d'occasions, notre ministère commence toujours par être essentiellement conciliateur.
— Daignez donc avoir la bonté de m'entendre. — Il est
évident que Mlle Ginevra Piombo — atteint aujourd'hui
même — l'âge auquel il suffit de faire des actes respectueux[30] pour qu'il soit passé outre à la célébration d'un
mariage — malgré le défaut de consentement des parents. Or, — il est d'usage dans les familles — qui jouissent d'une certaine considération, — qui appartiennent à
la société, — qui conservent quelque dignité, — auxquelles il importe enfin de ne pas donner au public le
secret de leurs divisions, — et qui d'ailleurs ne veulent

pas se nuire à elles-mêmes en frappant de réprobation l'avenir de deux jeunes époux (car — c'est se nuire à soi-même !) — il est d'usage, — dis-je, — parmi ces familles honorables — de ne pas laisser susbsister des actes semblables, — qui restent, qui — sont des monuments d'une division qui — finit — par cesser. — Du moment, monsieur, où une jeune personne a recours aux actes respectueux, elle annonce une intention trop décidée pour qu'un père et — une mère, ajouta-t-il en se tournant vers la baronne, puissent espérer de lui voir suivre leurs avis. — La résistance paternelle étant alors nulle — par ce fait — d'abord, — puis étant infirmée par la loi, il est constant que tout homme sage, après avoir fait une dernière remontrance à son enfant, lui donne la liberté de... »

M. Roguin s'arrêta en s'apercevant qu'il pouvait parler deux heures ainsi sans obtenir de réponse, et il éprouva d'ailleurs une émotion particulière à l'aspect de l'homme qu'il essayait de convertir. Il s'était fait une révolution extraordinaire sur le visage de Bartholoméo : toutes ses rides contractées lui donnaient un air de cruauté indéfinissable, et il jetait sur le notaire un regard de tigre. La baronne demeurait muette et passive. Ginevra, calme et résolue, attendait, elle savait que la voix du notaire était plus puissante que la sienne, et alors elle semblait s'être décidée à garder le silence. Au moment où Roguin se tut, cette scène devint si effrayante que les témoins étrangers tremblèrent : jamais peut-être ils n'avaient été frappés par un semblable silence. Les notaires se regardèrent comme pour se consulter, se levèrent et allèrent ensemble à la croisée.

« As-tu jamais rencontré des clients fabriqués comme ceux-là, demanda Roguin à son confrère.

— Il n'y a rien à en tirer, répondit le plus jeune. A ta place, moi, je m'en tiendrais à la lecture de mon acte. Le vieux ne me paraît pas amusant, il est colère, et tu ne gagnera rien à vouloir *discuter* avec lui... »

M. Roguin lut un papier timbré contenant un procès-verbal rédigé à l'avance et demanda froidement à Bartholoméo quelle était sa réponse.

« Il y a donc en France des lois qui détruisent le pouvoir paternel, demanda le Corse.

— Monsieur... dit Roguin de sa voix mielleuse.

— Qui arrachent une fille à son père ?

— Monsieur...

— Qui privent un vieillard de sa dernière consolation ?

— Monsieur, votre fille ne vous appartient que...

— Qui le tuent ?

— Monsieur, permettez ?... »

Rien n'est plus affreux que le sang-froid et les raisonnements exacts d'un notaire au milieu des scènes passionnées où ils ont coutume d'intervenir. Les figures que Piombo voyait lui semblèrent échappées de l'enfer, sa rage froide et concentrée ne connut plus de bornes au moment où la voix calme et presque flûtée de son petit antagoniste prononça ce fatal : « *Permettez ?* » Il sauta sur un long poignard suspendu par un clou au-dessus de sa cheminée et s'élança sur sa fille. Le plus jeune des deux notaires et l'un des témoins se jetèrent entre lui et Ginevra ; mais Bartholoméo renversa brutalement les deux conciliateurs en leur montrant une figure en feu et des yeux flamboyants qui paraissaient plus terribles que ne l'était la clarté du poignard. Quand Ginevra se vit en présence de son père, elle le regarda fixement d'un air de triomphe, s'avança lentement vers lui et s'agenouilla.

« Non ! non ! je ne saurais, dit-il en lançant si violemment son arme qu'elle alla s'enfoncer dans la boiserie.

— Eh bien, grâce ! grâce, dit-elle. Vous hésitez à me donner la mort, et vous me refusez la vie. O mon père, jamais je ne vous ai tant aimé, accordez-moi Luigi ? Je vous demande votre consentement à genoux : une fille peut s'humilier devant son père, mon Luigi ou je meurs. »

L'irritation violente qui la suffoquait l'empêcha de continuer, elle ne trouvait plus de voix ; ses efforts convulsifs disaient assez qu'elle était entre la vie et la mort. Bartholoméo repoussa durement sa fille.

« Fuis, dit-il. La Luigi Porta ne saurait être une Piombo. Je n'ai plus de fille ! Je n'ai pas la force de te maudire ; mais je t'abandonne, et tu n'as plus de père. Ma Ginevra Piombo est enterrée là, s'écria-t-il d'un son de voix profond en se pressant fortement le cœur. — Sors donc, malheureuse, ajouta-t-il après un moment de silence, sors, et ne reparais plus devant moi. » Puis il prit Ginevra par le bras, et la conduisit silencieusement hors de la maison.

« Luigi, s'écria Ginevra en entrant dans le modeste appartement où était l'officier, mon Luigi nous n'avons d'autre fortune que notre amour.

— Nous sommes plus riches que tous les rois de la terre, répondit-il.

— Mon père et ma mère m'ont abandonnée, dit-elle avec une profonde mélancolie.

— Je t'aimerai pour eux.

— Nous serons donc bien heureux ? s'écria-t-elle avec une gaieté qui eut quelque chose d'effrayant.

— Et toujours », répondit-il en la serrant sur son cœur.

Le lendemain du jour où Ginevra quitta la maison de son père, elle alla prier Mme Servin de lui accorder un asile et sa protection jusqu'à l'époque fixée par la loi pour son mariage avec Luigi Porta. Là, commença pour elle l'apprentissage des chagrins que le monde sème autour de ceux qui ne suivent pas ses usages. Très affligée du tort que l'aventure de Ginevra faisait à son mari, Mme Servin reçut froidement la fugitive, et lui apprit par des paroles poliment circonspectes qu'elle ne devait pas compter sur son appui. Trop fière pour insister, mais étonnée d'un égoïsme auquel elle n'était pas habituée, la jeune Corse alla se loger dans l'hôtel garni le plus voisin de la maison où demeurait Luigi. Le fils des Porta vint passer toutes ses journées aux pieds de sa future ; son jeune amour, la pureté de ses paroles dissipaient les nuages que la réprobation paternelle amassait sur le front de la fille bannie, et il lui peignait l'avenir si beau qu'elle finissait par sourire, sans néanmoins oublier la rigueur de ses parents.

Un matin, la servante de l'hôtel remit à Ginevra plusieurs malles qui contenaient des étoffes, du linge, et une foule de choses nécessaires à une jeune femme qui se met en ménage ; elle reconnut dans cet envoi la prévoyante bonté d'une mère, car en visitant ces présents, elle trouva une bourse où la baronne avait mis la somme qui apparte-

nait à sa fille, en y joignant le fruit de ses économies.
L'argent était accompagné d'une lettre où la mère conju-
rait la fille d'abandonner son funeste projet de mariage,
s'il en était encore temps ; il lui avait fallu, disait-elle, des
précautions inouïes pour faire parvenir ces faibles secours
à Ginevra ; elle la suppliait de ne pas l'accuser de dureté,
si par la suite elle la laissait dans l'abandon, elle craignait
de ne pouvoir plus l'assister, elle la bénissait, lui souhaitait de trouver le bonheur dans ce fatal mariage, si elle
persistait, en lui assurant qu'elle ne pensait qu'à sa fille
chérie. En cet endroit, des larmes avaient effacé plusieurs
mots de la lettre.

« O ma mère ! » s'écria Ginevra tout attendrie. Elle
éprouvait le besoin de se jeter à ses genoux, de la voir, et
de respirer l'air bienfaisant de la maison paternelle ; elle
s'élançait déjà, quand Luigi entra ; elle le regarda, et sa
tendresse filiale s'évanouit, ses larmes se séchèrent, elle
ne se sentit pas la force d'abandonner cet enfant si malheureux et si aimant. Être le seul espoir d'une noble
créature, l'aimer et l'abandonner ?... ce sacrifice est une
trahison dont sont incapables de jeunes âmes. Ginevra eut
la générosité d'ensevelir sa douleur au fond de son âme.

Enfin, le jour du mariage arriva. Ginevra ne vit personne autour d'elle. Luigi avait profité du moment où elle
s'habillait pour aller chercher les témoins nécessaires à la
signature de leur acte de mariage. Ces témoins étaient de
braves gens. L'un, ancien maréchal des logis de hus-
sards, avait contracté, à l'armée, envers Luigi, de ces
obligations qui ne s'effacent jamais du cœur d'un honnête
homme ; il s'était mis loueur de voitures et possédait
quelques fiacres. L'autre, entrepreneur de maçonnerie,
était le propriétaire de la maison où les nouveaux époux
devaient demeurer. Chacun d'eux se fit accompagner par
un ami, puis tous quatre vinrent avec Luigi prendre la
mariée. Peu accoutumés aux grimaces sociales, et ne
voyant rien que de très simple dans le service qu'ils
rendaient à Luigi, ces gens s'étaient habillés proprement,
mais sans luxe, et rien n'annonçait le joyeux cortège
d'une noce. Ginevra, elle-même, se mit très simplement
afin de se conformer à sa fortune ; néanmoins sa beauté

avait quelque chose de si noble et de si imposant, qu'à
son aspect la parole expira sur les lèvres des témoins qui
se crurent obligés de lui adresser un compliment, ils la
saluèrent avec respect, elle s'inclina; ils la regardèrent en
silence et ne surent plus que l'admirer. Cette réserve jeta
du froid entre eux. La joie ne peut éclater que parmi des
gens qui se sentent égaux. Le hasard voulut donc que tout
fût sombre et grave autour des deux fiancés. Rien ne
refléta leur félicité. L'église et la mairie n'étaient pas très
éloignées de l'hôtel. Les deux Corses, suivis des quatre
témoins que leur imposait la loi, voulurent y aller à pied,
dans une simplicité qui dépouilla de tout appareil cette
grande scène de la vie sociale. Ils trouvèrent dans la cour
de la mairie une foule d'équipages qui annonçaient nombreuse compagnie, ils montèrent et arrivèrent à une
grande salle où les mariés dont le bonheur était indiqué
pour ce jour-là attendaient assez impatiemment le maire
du quartier. Ginevra s'assit près de Luigi au bout d'un
grand banc, et leurs témoins restèrent debout, faute de
sièges. Deux mariées pompeusement habillées de blanc,
chargées de rubans, de dentelles, de perles, et couronnées
de bouquets de fleurs d'oranger dont les boutons satinés
tremblaient sous leur voile, étaient entourées de leurs
familles joyeuses, et accompagnées de leurs mères
qu'elles regardaient d'un air à la fois satisfait et craintif;
tous les yeux réfléchissaient leur bonheur, et chaque
figure semblait leur prodiguer des bénédictions. Les pères, les témoins, les frères, les sœurs allaient et venaient,
comme un essaim se jouant dans un rayon de soleil qui va
disparaître. Chacun semblait comprendre la valeur de ce
moment fugitif où, dans la vie, le cœur se trouve entre
deux espérances : les souhaits du passé, les promesses de
l'avenir. A cet aspect, Ginevra sentit son cœur se gonfler,
et pressa le bras de Luigi qui lui lança un regard. Une
larme roula dans les yeux du jeune Corse, il ne comprit
jamais mieux qu'alors tout ce que sa Ginevra lui sacri-
fiait. Cette larme précieuse fit oublier à la jeune fille
l'abandon dans lequel elle se trouvait. L'amour versa des
trésors de lumière entre les deux amants, qui ne virent
plus qu'eux au milieu de ce tumulte : ils étaient là, seuls,

dans cette foule, tels qu'ils devaient être dans la vie.
Leurs témoins, indifférents à la cérémonie, causaient
tranquillement de leurs affaires.

« L'avoine est bien chère, disait le maréchal des logis
au maçon.

— Elle n'est pas encore si renchérie que le plâtre,
proportion gardée », répondit l'entrepreneur.

Et ils firent un tour dans la salle.

« Comme on perd du temps ici », s'écria le maçon en
remettant dans sa poche une grosse montre d'argent.

Luigi et Ginevra, serrés l'un contre l'autre, semblaient
ne faire qu'une même personne. Certes, un poète aurait
admiré ces deux têtes unies par un même sentiment,
également colorées, mélancoliques et silencieuses en présence de deux noces bourdonnant, devant quatre familles
tumultueuses, étincelant de diamants, de fleurs, et dont la
gaieté avait quelque chose de passager. Tout ce que ces
groupes bruyants et splendides mettaient de joie en dehors, Luigi et Ginevra l'ensevelissaient au fond de leurs
cœurs. D'un côté, le grossier fracas du plaisir ; de l'autre,
le délicat silence des âmes joyeuses : la terre et le ciel.
Mais la tremblante Ginevra ne sut pas entièrement dé-
pouiller les faiblesses de la femme. Superstitieuse comme
une Italienne, elle voulut voir un présage dans ce
contraste, et garda au fond de son cœur un sentiment
d'effroi, invincible autant que son amour. Tout à coup,
un garçon de bureau à la livrée de la Ville ouvrit une porte
à deux battants, l'on fit silence, et sa voix retentit comme
un glapissement en appelant M. Luigi da Porta et Mlle
Ginevra di Piombo. Ce moment causa quelque embarras
aux deux fiancés. La célébrité du nom de Piombo attira
l'attention, les spectateurs cherchèrent une noce qui semblait devoir être somptueuse. Ginevra se leva, ses regards
foudroyants d'orgueil imposèrent à toute la foule, elle
donna le bras à Luigi, et marcha d'un pas ferme suivie de
ses témoins. Un murmure d'étonnement qui alla croissant, un chuchotement général vint rappeler à Ginevra
que le monde lui demandait compte de l'absence de
ses parents : la malédiction paternelle semblait la pour-
suivre.

« Attendez les familles, dit le maire à l'employé qui lisait promptement les actes.

— Le père et la mère protestent, répondit flegmatiquement le secrétaire.

— Des deux côtés ? reprit le maire.

— L'époux est orphelin.

— Où sont les témoins ?

— Les voici, répondit encore le secrétaire en montrant les quatre hommes immobiles et muets qui, les bras croisés, ressemblaient à des statues.

— Mais, s'il y a protestation ? dit le maire.

— Les actes respectueux ont été légalement faits », répliqua l'employé en se levant pour transmettre au fonctionnaire les pièces annexées à l'acte de mariage.

Ce débat bureaucratique [31] eut quelque chose de flétrissant et contenait en peu de mots toute une histoire. La haine des Porta et des Piombo, de terribles passions furent inscrites sur une page de l'état civil, comme sur la pierre d'un tombeau sont gravées en quelques lignes les annales d'un peuple, et souvent même en un mot : Robespierre ou Napoléon. Ginevra tremblait. Semblable à la colombe qui, traversant les mers, n'avait que l'arche pour poser ses pieds, elle ne pouvait réfugier son regard que dans les yeux de Luigi, car tout était triste et froid autour d'elle. Le maire avait un air improbateur et sévère, et son commis regardait les deux époux avec une curiosité malveillante. Rien n'eut jamais moins l'air d'une fête. Comme toutes les choses de la vie humaine quand elles sont dépouillées de leurs accessoires, ce fut un fait simple en lui-même, immense par la pensée. Après quelques interrogations auxquelles les époux répondirent, après quelques paroles marmottées par le maire, et après l'apposition de leurs signatures sur le regîstre, Luigi et Ginevra furent unis. Les deux jeunes Corses, dont l'alliance offrait toute la poésie consacrée par le génie dans celle de Roméo et Juliette, traversèrent deux haies de parents joyeux auxquels ils n'appartenaient pas, et qui s'impatientaient presque du retard que leur causait ce mariage si triste en apparence. Quand la jeune fille se trouva dans la cour de la mairie et sous le ciel, un soupir s'échappa de son sein.

« Oh ! toute une vie de soins et d'amour suffira-t-elle pour reconnaître le courage et la tendresse de ma Ginevra ? » lui dit Luigi.

A ces mots accompagnés par des larmes de bonheur, la mariée oublia toutes ses souffrances ; car elle avait souffert de se présenter devant le monde, en réclamant un bonheur que sa famille refusait de sanctionner.

« Pourquoi les hommes se mettent-ils donc entre nous ? » dit-elle avec une naïveté de sentiment qui ravit Luigi.

Le plaisir rendit les deux époux plus légers. Ils ne virent ni ciel, ni terre, ni maisons, et volèrent comme avec des ailes vers l'église. Enfin, ils arrivèrent à une petite chapelle obscure et devant un autel sans pompe où un vieux prêtre célébra leur union. Là, comme à la mairie, ils furent entourés par les deux noces qui les persécutaient de leur éclat. L'église, pleine d'amis et de parents, retentissait du bruit que faisaient les carrosses, les bedeaux, les suisses, les prêtres. Les autels brillaient de tout le luxe ecclésiastique, les couronnes de fleurs d'oranger qui paraient les statues de la Vierge semblaient être neuves. On ne voyait que fleurs, que parfums, que cierges étincelants, que coussins de velours brodés d'or. Dieu paraissait être complice de cette joie d'un jour. Quand il fallut tenir au-dessus des têtes de Luigi et de Ginevra ce symbole d'union éternelle, ce joug de satin blanc [32], doux, brillant, léger pour les uns, et de plomb pour le plus grand nombre, le prêtre chercha, mais en vain, les jeunes garçons qui remplissent ce joyeux office : deux des témoins les remplacèrent. L'ecclésiastique fit à la hâte une instruction aux époux sur les périls de la vie, sur les devoirs qu'ils enseigneraient un jour à leurs enfants ; et, à ce sujet, il glissa un reproche indirect sur l'absence des parents de Ginevra ; puis, après les avoir unis devant Dieu, comme le maire les avait unis devant la Loi, il acheva sa messe et les quitta.

« Dieu les bénisse ! dit Vergniaud au maçon sous le porche de l'église. Jamais deux créatures ne furent mieux faites l'une pour l'autre. Les parents de cette fille-là sont des infirmes. Je ne connais pas de soldat plus brave que le colonel Louis! Si tout le monde s'était comporté comme lui, l'autre y serait encore. »

La bénédiction du soldat, la seule qui, dans ce jour, leur eût été donnée, répandit comme un baume sur le cœur de Ginevra.

Ils se séparèrent en se serrant la main, et Luigi remercia cordialement son propriétaire.

« Adieu, mon brave, dit Luigi au maréchal, je te remercie.

— Tout à votre service, mon colonel. Ame, individu, chevaux et voitures, chez moi tout est à vous.

— Comme il t'aime! » dit Ginevra.

Luigi entraîna vivement sa mariée à la maison qu'ils devaient habiter, ils atteignirent bientôt leur modeste appartement; et, là, quand la porte fut refermée, Luigi prit sa femme dans ses bras en s'écriant: «O ma Ginevra! car maintenant tu es à moi, ici est la véritable fête. Ici, reprit-il, tout nous sourira. »

Ils parcoururent ensemble les trois chambres qui composaient leur logement. La pièce d'entrée servait de salon et de salle à manger. A droite se trouvait une chambre à coucher, à gauche un grand cabinet que Luigi avait fait arranger pour sa chère femme et où elle trouva les chevalets, la boîte à couleurs, les plâtres, les modèles, les mannequins, les tableaux, les portefeuilles, enfin tout le mobilier de l'artiste.

« Je travaillerai donc là », dit-elle avec une expression enfantine. Elle regarda longtemps la tenture, les meubles, et toujours elle se retournait vers Luigi pour le remercier, car il y avait une sorte de magnificence dans ce petit réduit: une bibliothèque contenait les livres favoris de Ginevra, au fond était un piano. Elle s'assit sur un divan, attira Luigi près d'elle, et lui serrant la main: « Tu as bon goût, dit-elle d'une voix caressante.

— Tes paroles me font bien heureux, dit-il.

— Mais voyons donc tout », demanda Ginevra à qui Luigi avait fait un mystère des ornements de cette retraite.

Ils allèrent alors vers une chambre nuptiale, fraîche et blanche comme une vierge.

« Oh ! sortons, dit Luigi en riant.

— Mais je veux tout voir. » Et l'impérieuse Ginevra visita l'ameublement avec le soin curieux d'un antiquaire examinant une médaille, elle toucha les soieries et passa tout en revue avec le contentement naïf d'une jeune mariée qui déploie les richesses de sa corbeille. « Nous commençons par nous ruiner, dit-elle d'un air moitié joyeux, moitié chagrin.

— C'est vrai ! tout l'arriéré de ma solde est là, répondit Luigi. Je l'ai vendu à un brave homme nommé Gigonnet.

— Pourquoi ? reprit-elle d'un ton de reproche où perçait une satisfaction secrète. Crois-tu que je serais moins heureuse sous un toit ? Mais, reprit-elle, tout cela est bien joli, et c'est à nous. » Luigi la contemplait avec tant d'enthousiasme qu'elle baissa les yeux et lui dit : « Allons voir le reste. »

Au-dessus de ces trois chambres, sous les toits, il y avait un cabinet pour Luigi, une cuisine et une chambre de domestique. Ginevra fut satisfaite de son petit domaine, quoique la vue s'y trouvât bornée par le large mur d'une maison voisine, et que la cour d'où venait le jour fût sombre. Mais les deux amants avaient le cœur si joyeux, mais l'espérance leur embellissait si bien l'avenir, qu'ils ne voulurent apercevoir que de charmantes images dans leur mystérieux asile. Ils étaient au fond de cette vaste maison et perdus dans l'immensité de Paris, comme deux perles dans leur nacre, au sein des profondes mers : pour tout autre c'eût été une prison, pour eux ce fut un paradis. Les premiers jours de leur union appartinrent à l'amour. Il leur fut trop difficile de se vouer tout à coup au travail, et ils ne surent pas résister au charme de leur propre passion. Luigi restait des heures entières couché aux pieds de sa femme, admirant la couleur de ses cheveux, la coupe de son front, le ravissant encadrement de ses yeux, la pureté, la blancheur des deux arcs sous lesquels ils glissaient lentement en exprimant le bonheur d'un amour satisfait. Ginevra caressait la chevelure de son Luigi sans se lasser de contempler, suivant une de ses expressions, la *bellà folgorante* de ce jeune homme, la finesse de ses traits ; toujours séduite par la noblesse de ses manières, comme elle le séduisait toujours par la grâce des siennes. Ils jouaient comme des enfants avec des riens, ces riens les ramenaient toujours à leur passion, et ils ne cessaient leurs jeux que pour tomber dans la rêverie du *far niente*. Un air chanté par Ginevra leur reproduisait encore les nuances délicieuses de leur amour. Puis, unissant leurs pas comme ils avaient uni leurs âmes, ils parcouraient les campagnes en y retrouvant leur amour partout, dans les fleurs, sur les cieux, au sein des teintes ardentes du soleil couchant ; ils le lisaient jusque sur les nuées capricieuses qui se combattaient dans les airs. Une journée ne ressemblait jamais à la précédente, leur amour allait croissant parce qu'il était vrai. Ils s'étaient éprouvés en peu de jours, et avaient instinctivement reconnu que leurs âmes étaient de celles dont les richesses inépuisables semblent toujours promettre de nouvelles jouissances pour l'avenir. C'était l'amour dans toute sa naïveté, avec ses interminables causeries, ses phrases inachevées, ses longs silences, son repos oriental et sa fougue. Luigi et Ginevra avaient tout compris de l'amour. L'amour n'est-il pas comme la mer qui, vue superficiellement ou à la hâte, est accusée de monotonie par les âmes vulgaires, tandis que certains êtres privilégiés peuvent passer leur vie à l'admirer en y trouvant sans cesse de changeants phénomènes qui les ravissent ?

Cependant, un jour, la prévoyance vint tirer les jeunes époux de leur Éden, il était devenu nécessaire de travailler pour vivre. Ginevra, qui possédait un talent particulier pour imiter les vieux tableaux, se mit à faire des copies et se forma une clientèle parmi les brocanteurs. De son côté, Luigi chercha très activement de l'occupation ; mais il était fort difficile à un jeune officier, dont tous les talents se bornaient à bien connaître la stratégie, de trouver de l'emploi à Paris. Enfin, un jour que, lassé de ses vains efforts, il avait le désespoir dans l'âme en voyant que le fardeau de leur existence tombait tout entier sur Ginevra, il songea à tirer parti de son écriture, qui était fort belle.

Avec une constance dont l'exemple lui était donné par sa femme, il alla solliciter les avoués, les notaires, les avocats de Paris. La franchise de ses manières, sa situation intéressèrent vivement en sa faveur, et il obtint assez d'expéditions pour être obligé de se faire aider par des jeunes gens. Insensiblement il entreprit les écritures en grand. Le produit de ce bureau, le prix des tableaux de Ginevra finirent par mettre le jeune ménage dans une aisance qui le rendit fier, car elle provenait de son industrie. Ce fut pour eux le plus beau moment de leur vie. Les journées s'écoulaient rapidement entre les occupations et les joies de l'amour. Le soir, après avoir bien travaillé, ils se retrouvaient avec bonheur dans la cellule de Ginevra. La musique les consolait de leurs fatigues. Jamais une expression de mélancolie ne vint obscurcir les traits de la jeune femme, et jamais elle ne se permit une plainte. Elle savait toujours apparaître à son Luigi le sourire sur les lèvres et les yeux rayonnants. Tous deux caressaient une pensée dominante qui leur eût fait trouver du plaisir aux travaux les plus rudes : Ginevra se disait qu'elle travaillait pour Luigi, et Luigi pour Ginevra. Parfois, en l'absence de son mari, la jeune femme songeait au bonheur parfait qu'elle aurait eu si cette vie d'amour s'était écoulée en présence de son père et de sa mère, elle tombait alors dans une mélancolie profonde en éprouvant la puissance des remords ; de sombres tableaux passaient comme des ombres dans son imagination : elle voyait son vieux père seul ou sa mère pleurant le soir et dérobant ses larmes à l'inflexible Piombo ; ces deux têtes blanches et graves se dressaient soudain devant elle, il lui semblait qu'elle ne devait plus les contempler qu'à la lueur fantastique du souvenir. Cette idée la poursuivait comme un pressentiment. Elle célébra l'anniversaire de son mariage en donnant à son mari un portrait qu'il avait souvent désiré, celui de sa Ginevra. Jamais la jeune artiste n'avait rien composé de si remarquable. A part une ressemblance parfaite, l'éclat de sa beauté, la pureté de ses sentiments, le bonheur de l'amour y étaient rendus avec une sorte de magie. Le chef-d'œuvre fut inauguré. Ils passèrent encore une autre année au sein de l'aisance. L'histoire de leur vie peut se faire alors en trois mots : *Ils étaient heureux*. Il ne leur arriva donc aucun événement qui mérite d'être rapporté.

Au commencement de l'hiver de l'année 1819, les marchands de tableaux conseillèrent à Ginevra de leur donner autre chose que des copies, car ils ne pouvaient plus les vendre avantageusement par suite de la concurrence. Mme Porta reconnut le tort qu'elle avait eu de ne pas s'exercer à peindre des tableaux de genre qui lui auraient acquis un nom, elle entreprit de faire des portraits ; mais elle eut à lutter contre une foule d'artistes encore moins riches qu'elle ne l'était. Cependant, comme Luigi et Ginevra avaient amassé quelque argent, ils ne désespérèrent pas de l'avenir. A la fin de l'hiver de cette même année, Luigi travailla sans relâche. Lui aussi luttait contre des concurrents : le prix des écritures avait tellement baissé, qu'il ne pouvait plus employer personne, et se trouvait dans la nécessité de consacrer plus de temps qu'autrefois à son labeur pour en retirer la même somme. Sa femme avait fini plusieurs tableaux qui n'étaient pas sans mérite ; mais les marchands achetaient à peine ceux des artistes en réputation, Ginevra les offrit à vil prix sans pouvoir les vendre. La situation de ce ménage eut quelque chose d'épouvantable : les âmes des deux époux nageaient dans le bonheur, l'amour les accablait de ses trésors, la Pauvreté se levait comme un squelette au milieu de cette moisson de plaisir [33], et ils se cachaient l'un à l'autre leurs inquiétudes. Au moment où Ginevra se sentait près de pleurer en voyant son Luigi souffrant, elle le comblait de caresses. De même Luigi gardait un noir chagrin au fond de son cœur en exprimant à Ginevra le plus tendre amour. Ils cherchaient une compensation à leurs maux dans l'exaltation de leurs sentiments, et leurs paroles, leurs joies, leurs jeux s'empreignaient d'une espèce de frénésie. Ils avaient peur de l'avenir. Quel est le sentiment dont la force puisse se comparer à celle d'une passion qui doit cesser le lendemain, tuée par la mort ou par la nécessité ? Quand ils se parlaient de leur indigence, ils éprouvaient le besoin de se tromper l'un et l'autre, et saisissaient avec une égale ardeur le plus léger

espoir. Une nuit, Ginevra chercha vainement Luigi auprès d'elle, et se leva tout effrayée. Une faible lueur
reflétée par le mur noir de la petite cour lui fit deviner que
son mari travaillait pendant la nuit. Luigi attendait que sa
femme fût endormie avant de monter à son cabinet.
Quatre heures sonnèrent, Ginevra se recoucha, feignit de
dormir, Luigi revint accablé de fatigue et de sommeil, et
Ginevra regarda douloureusement cette belle figure sur
laquelle les travaux et les soucis imprimaient déjà quelques rides.

« C'est pour moi qu'il passe les nuits à écrire », dit-elle
en pleurant.

Une pensée sécha ses larmes. Elle songeait à imiter
Luigi. Le jour même, elle alla chez un riche marchand
d'estampes, et à l'aide d'une lettre de recommandation
qu'elle se fit donner pour le négociant par Élie Magus [34],
un de ses marchands de tableaux, elle obtint une entreprise de coloriages. Le jour, elle peignait et s'occupait
des soins du ménage; puis quand la nuit arrivait, elle
coloriait des gravures. Ces deux êtres épris d'amour
n'entrèrent alors au lit nuptial que pour en sortir. Tous
deux, ils feignaient de dormir, et par dévouement se
quittaient aussitôt que l'un avait trompé l'autre. Une nuit,
Luigi, succombant à l'espèce de fièvre causée par un
travail sous le poids duquel il commençait à plier, ouvrit
la lucarne de son cabinet pour respirer l'air pur du matin
et secouer ses douleurs; quand en abaissant ses regards il
aperçut la lueur projetée sur le mur par la lampe de
Ginevra, le malheureux devina tout, il descendit, marcha
doucement et surprit sa femme au milieu de son atelier
enluminant des gravures.

« Oh! Ginevra! » s'écria-t-il.

Elle fit un saut convulsif sur sa chaise et rougit.

« Pouvais-je dormir tandis que tu t'épuisais de fatigue?
dit-elle.

— Mais c'est à moi seul qu'appartient le droit de
travailler ainsi.

— Puis-je rester oisive, répondit la jeune femme dont
les yeux se mouillèrent de larmes, quand je sais que
chaque morceau de pain nous coûte presque une goutte de

ton sang? Je mourrais si je ne joignais pas mes efforts aux tiens. Tout ne doit-il pas être commun entre nous, plaisirs et peines?

— Elle a froid, s'écria Luigi avec désespoir. Ferme donc mieux ton châle sur ta poitrine, ma Ginevra, la nuit est humide et fraîche. »

Ils vinrent devant la fenêtre, la jeune femme appuya sa tête sur le sein de son bien-aimé qui la tenait par la taille, et tous deux, ensevelis dans un silence profond, regardèrent le ciel que l'aube éclairait lentement. Des nuages d'une teinte grise se succédèrent rapidement, et l'orient devint de plus en plus lumineux.

« Vois-tu, dit Ginevra, c'est un présage : nous serons heureux.

— Oui, au ciel, répondit Luigi avec un sourire amer. O Ginevra! toi qui méritais tous les trésors de la terre…

— J'ai ton cœur, dit-elle avec un accent de joie.

— Ah! je ne me plains pas », reprit-il en la serrant fortement contre lui. Et il couvrit de baisers ce visage délicat qui commençait à perdre la fraîcheur de la jeunesse, mais dont l'expression était si tendre et si douce, qu'il ne pouvait jamais le voir sans être consolé.

« Quel silence! dit Ginevra. Mon ami, je trouve un grand plaisir à veiller. La majesté de la nuit est vraiment contagieuse, elle impose, elle inspire; il y a je ne sais quelle puissance dans cette idée : tout dort et je veille.

— O! ma Ginevra, ce n'est pas d'aujourd'hui que je sens combien ton âme est délicatement gracieuse! Mais voici l'aurore, viens dormir.

— Oui, répondit-elle, si je ne dors pas seule. J'ai bien souffert la nuit où je me suis aperçue que mon Luigi veillait sans moi! »

Le courage avec lequel ces deux jeunes gens combattaient le malheur reçut pendant quelque temps sa récompense; mais l'événement qui met presque toujours le comble à la félicité des ménages devait leur être funeste : Ginevra eut un fils qui, pour se servir d'une expression populaire, fut *beau comme le jour* [35]. Le sentiment de la maternité doubla les forces de la jeune femme. Luigi emprunta pour subvenir aux dépenses des couches de

Ginevra. Dans les premiers moments, elle ne sentit donc
pas tout le malaise de sa situation, et les deux époux se
livrèrent au bonheur d'élever un enfant. Ce fut leur dernière félicité. Comme deux nageurs qui unissent leurs
efforts pour rompre un courant, les deux Corses luttèrent
d'abord courageusement; mais parfois ils s'abandon-
naient à une apathie semblable à ces sommeils qui précè-
dent la mort, et bientôt ils se virent obligés de vendre
leurs bijoux. La Pauvreté se montra tout à coup, non pas
hideuse, mais vêtue simplement, et presque douce à supporter; sa voix n'avait rien d'effrayant, elle ne traînait
après elle ni désespoir, ni spectres, ni haillons; mais elle
faisait perdre le souvenir et les habitudes de l'aisance,
elle usait les ressorts de l'orgueil. Puis, vint la Misère
dans toute son horreur, insouciante de ses guenilles et
foulant aux pieds tous les sentiments humains. Sept ou
huit mois après la naissance du petit Bartholoméo, l'on
aurait eu de la peine à reconnaître dans la mère qui
allaitait cet enfant malingre l'original de l'admirable portrait, le seul ornement d'une chambre nue. Sans feu par
un rude hiver, Ginevra vit les gracieux contours de sa
figure se détruire lentement, ses joues devinrent blanches
comme de la porcelaine et ses yeux pâles comme si les
sources de la vie tarissaient en elle. En voyant son enfant
amaigri, décoloré, elle ne souffrait que de cette jeune
misère, et Luigi n'avait plus le courage de sourire à son
fils.

« J'ai couru tout Paris, disait-il d'une voix sourde, je
n'y connais personne, et comment oser demander à des
indifférents? Vergniaud, le nourrisseur, mon vieil Égyp-
tien, est impliqué dans une conspiration, il a été mis en
prison, et d'ailleurs, il m'a prêté tout ce dont il pouvait
disposer. Quant à notre propriétaire, il ne nous a rien
demandé depuis un an.

— Mais nous n'avons besoin de rien, répondit doucement Ginevra en affectant un air calme.

— Chaque jour qui arrive amène une difficulté de
plus », reprit Luigi avec terreur.

Luigi prit tous les tableaux de Ginevra, le portrait,
plusieurs meubles desquels le ménage pouvait encore se

passer, il vendit tout à vil prix, et la somme qu'il en obtint prolongea l'agonie du ménage pendant quelques moments. Dans ces jours de malheur, Ginevra montra la sublimité de son caractère et l'étendue de sa résignation, elle supporta stoïquement les atteintes de la douleur ; son âme énergique la soutenait contre tous les maux ; elle travaillait d'une main défaillante auprès de son fils mourant, expédiait les soins du ménage avec une activité miraculeuse, et suffisait à tout. Elle était même heureuse encore quand elle voyait sur les lèvres de Luigi un sourire d'étonnement à l'aspect de la propreté qu'elle faisait régner dans l'unique chambre où ils s'étaient réfugiés.

« Mon ami, je t'ai gardé ce morceau de pain, lui dit-elle un soir qu'il rentrait fatigué.

— Et toi ?

— Moi, j'ai dîné, cher Luigi, je n'ai besoin de rien. »

Et la douce expression de son visage le pressait encore plus que sa parole d'accepter une nourriture de laquelle elle se privait. Luigi l'embrassa par un de ces baisers de désespoir qui se donnaient en 1793 entre amis à l'heure où ils montaient ensemble à l'échafaud. En ces moments suprêmes, deux êtres se voient cœur à cœur. Aussi, le malheureux Luigi, comprenant tout à coup que sa femme était à jeun, partagea-t-il la fièvre qui la dévorait, il frissonna, sortit en prétextant une affaire pressante, car il aurait mieux aimé prendre le poison le plus subtil, plutôt que d'éviter la mort en mangeant le dernier morceau de pain qui se trouvait chez lui. Il se mit à errer dans Paris au milieu des voitures les plus brillantes, au sein de ce luxe insultant qui éclate partout ; il passa promptement devant les boutiques des changeurs où l'or étincelle ; enfin, il résolut de se vendre, de s'offrir comme remplaçant pour le service militaire en espérant que ce sacrifice sauverait Ginevra, et que, pendant son absence, elle pourrait rentrer en grâce auprès de Bartholoméo. Il alla donc trouver un de ces hommes qui font la traite des Blancs, et il éprouva une sorte de bonheur à reconnaître en lui un ancien officier de la Garde impériale.

« Il y a deux jours que je n'ai mangé, lui dit-il d'une

voix lente et faible, ma femme meurt de faim, et ne
m'adresse pas une plainte, elle expirerait en souriant, je
crois. De grâce, mon camarade, ajouta-t-il avec un sourire amer, achète-moi d'avance, je suis robuste, je ne suis
plus au service, et je... »

L'officier donna une somme à Luigi en acompte sur
celle qu'il s'engageait à lui procurer. L'infortuné poussa
un rire convulsif quand il tint une poignée de pièces d'or,
il courut de toute sa force vers sa maison, haletant, et
criant parfois : « O ma Ginevra ! Ginevra ! » Il commençait
à faire nuit quand il arriva chez lui. Il entra tout doucement, craignant de donner une trop forte émotion à sa
femme, qu'il avait laissée faible. Les derniers rayons du
soleil pénétrant par la lucarne venaient mourir sur le
visage de Ginevra qui dormait assise sur une chaise en
tenant son enfant sur son sein.

« Réveille-toi, mon âme », dit-il sans s'apercevoir de la
pose de son enfant qui dans ce moment conservait un
éclat surnaturel.

En entendant cette voix, la pauvre mère ouvrit les
yeux, rencontra le regard de Luigi, et sourit ; mais Luigi
jeta un cri d'épouvante : à peine reconnut-il sa femme
quasi folle à qui par un geste d'une sauvage énergie il
montra l'or. Ginevra se mit à rire machinalement, et tout
à coup elle s'écria d'une voix affreuse : « Louis ! l'enfant
est froid. » Elle regarda son fils et s'évanouit : le petit
Barthélemy était mort. Luigi prit sa femme dans ses bras
sans lui ôter l'enfant qu'elle serrait avec une force incompréhensible ; et après l'avoir posée sur le lit, il sortit pour
appeler au secours.

« O mon Dieu ! dit-il à son propriétaire qu'il rencontra
sur l'escalier, j'ai de l'or, et mon enfant est mort de faim,
sa mère se meurt, aidez-nous ! »

Il revint comme un désespéré vers sa femme, et laissa
l'honnête maçon occupé, ainsi que plusieurs voisins, de
rassembler tout ce qui pouvait soulager une misère inconnue jusqu'alors, tant les deux Corses l'avaient soigneusement cachée par un sentiment d'orgueil. Luigi avait jeté
son or sur le plancher, et s'était agenouillé au chevet du
lit où gisait sa femme.

«Mon père! prenez soin de mon fils qui porte votre nom, s'écriait Ginevra dans son délire.

— O mon ange! calme-toi, lui disait Luigi en l'embrassant, de beaux jours nous attendent. »

Cette voix et cette caresse lui rendirent quelque tranquillité.

«O mon Louis! reprit-elle en le regardant avec une attention extraordinaire, écoute-moi bien. Je sens que je meurs. Ma mort est naturelle, je souffrais trop, et puis un bonheur aussi grand que le mien devait se payer. Oui, mon Luigi, console-toi. J'ai été si heureuse, que si je recommençais à vivre, j'accepterais encore notre destinée. Je suis une mauvaise mère : je te regrette encore plus que je ne regrette mon enfant. — Mon enfant», ajouta-t-elle d'un son de voix profond. Deux larmes se détachèrent de ses yeux mourants, et soudain elle pressa le cadavre qu'elle n'avait pu réchauffer. «Donne ma chevelure à mon père, en souvenir de sa Ginevra, reprit-elle. Dis-lui bien que je ne l'ai jamais accusé... » Sa tête tomba sur le bras de son époux.

« Non, tu ne peux pas mourir, s'écria Luigi, le médecin va venir. Nous avons du pain. Ton père va te recevoir en grâce. La prospérité s'est levée pour nous. Reste avec nous, ange de beauté ! »

Mais ce cœur fidèle et plein d'amour devenait froid, Ginevra tournait instinctivement les yeux vers celui qu'elle adorait, quoiqu'elle ne fût plus sensible à rien : des images confuses s'offraient à son esprit, près de perdre tout souvenir de la terre. Elle savait que Luigi était là, car elle serrait toujours plus fortement sa main glacée, et semblait vouloir se retenir au-dessus d'un précipice où elle croyait tomber.

«Mon ami, dit-elle enfin, tu as froid, je vais te réchauffer. »

Elle voulut mettre la main de son mari sur son cœur, mais elle expira. Deux médecins, un prêtre, des voisins entrèrent en ce moment en apportant tout ce qui était nécessaire pour sauver les deux époux et calmer leur désespoir. Ces étrangers firent beaucoup de bruit d'abord; mais quand ils furent entrés, un affreux silence régna dans cette chambre.

Pendant que cette scène avait lieu, Bartholoméo et sa femme étaient assis dans leurs fauteuils antiques, chacun à un coin de la vaste cheminée dont l'ardent brasier réchauffait à peine l'immense salon de leur hôtel. La pendule marquait minuit. Depuis longtemps le vieux couple avait perdu le sommeil. En ce moment, ils étaient silencieux comme deux vieillards tombés en enfance et qui regardent tout sans rien voir. Leur salon désert, mais plein de souvenirs pour eux, était faiblement éclairé par une seule lampe près de mourir. Sans les flammes pétillantes du foyer, ils eussent été dans une obscurité complète. Un de leurs amis venait de les quitter, et la chaise sur laquelle il s'était assis pendant sa visite se trouvait entre les deux Corses. Piombo avait déjà jeté plus d'un regard sur cette chaise, et ces regards pleins d'idées se succédaient comme des remords, car la chaise vide était celle de Ginevra. Élisa Piombo épiait les expressions qui passaient sur la blanche figure de son mari. Quoiqu'elle fût habituée à deviner les sentiments du Corse, d'après les changeantes révolutions de ses traits, ils étaient tour à tour si menaçants et si mélancoliques, qu'elle ne pouvait plus lire dans cette âme incompréhensible.

Bartholoméo succombait-il sous les puissants souvenirs que réveillait cette chaise? était-il choqué de voir qu'elle venait de servir pour la première fois à un étranger depuis le départ de sa fille? l'heure de sa clémence, cette heure si vainement attendue jusqu'alors, avait-elle sonné?

Ces réflexions agitèrent successivement le cœur d'Élisa Piombo. Pendant un instant la physionomie de son mari devint si terrible, qu'elle trembla d'avoir osé employer une ruse si simple pour faire naître l'occasion de parler de Ginevra. En ce moment, la bise chassa si violemment les flocons de neige sur les persiennes, que les deux vieillards purent en entendre le léger bruissement. La mère de Ginevra baissa la tête pour dérober ses larmes à son mari. Tout à coup un soupir sortit de la poitrine du vieillard, sa femme le regarda, il était abattu;

elle hasarda pour la seconde fois, depuis trois ans, à lui parler de sa fille.

« Si Ginevra avait froid », s'écria-t-elle doucement. Piombo tressaillit. « Elle a peut-être faim », dit-elle en continuant. Le Corse laissa échapper une larme. « Elle a un enfant, et ne peut pas le nourrir, son lait s'est tari, reprit vivement la mère avec l'accent du désespoir.

— Qu'elle vienne ! qu'elle vienne, s'écria Piombo. O mon enfant chéri ! tu m'as vaincu. »

La mère se leva comme pour aller chercher sa fille. En ce moment, la porte s'ouvrit avec fracas, et un homme dont le visage n'avait plus rien d'humain surgit tout à coup devant eux.

« *Morte !* Nos deux familles devaient s'exterminer l'une par l'autre, car voilà tout ce qui reste d'elle », dit-il en posant sur une table la longue chevelure noire de Ginevra [36].

Les deux vieillards frissonnèrent comme s'ils eussent reçu une commotion de la foudre, et ne virent plus Luigi.

« Il nous épargne un coup de feu, car il est mort », s'écria lentement Bartholoméo en regardant à terre [37].

Paris, janvier 1830.

LA BOURSE

A SOFKA [1]

N'avez-vous pas remarqué, Mademoiselle, qu'en mettant deux figures en adoration aux côtés d'une belle sainte, les peintres ou les sculpteurs du Moyen Age n'ont jamais manqué de leur imprimer une ressemblance filiale ? En voyant votre nom parmi ceux qui me sont chers et sous la protection desquels je place mes œuvres, souvenez-vous de cette touchante harmonie, et vous trouverez ici moins un hommage que l'expression de l'affection fraternelle que vous a vouée

Votre serviteur, De Balzac.

Il est pour les âmes faciles à s'épanouir une heure délicieuse qui survient au moment où la nuit n'est pas encore et où le jour n'est plus ; la lueur crépusculaire jette alors ses teintes molles ou ses reflets bizarres sur tous les objets, et favorise une rêverie qui se marie vaguement aux jeux de la lumière et de l'ombre. Le silence qui règne presque toujours en cet instant le rend plus particulièrement cher aux artistes qui se recueillent, se mettent à quelques pas de leurs œuvres auxquelles ils ne peuvent plus travailler, et ils les jugent en s'enivrant du sujet dont le sens intime éclate alors aux yeux intérieurs du génie. Celui qui n'est pas demeuré pensif près d'un ami, pendant ce moment de songes poétiques, en comprendra difficilement les indicibles bénéfices. A la faveur du clair-obscur, les ruses matérielles employées par l'art pour faire croire à des réalités disparaissent entièrement. S'il s'agit d'un tableau, les personnages qu'il représente semblent et parler et marcher : l'ombre devient ombre, le jour est jour, la chair est vivante, les yeux remuent, le sang coule dans les veines, et les étoffes chatoient[2]. L'imagination aide au naturel de chaque détail et ne voit plus que les beautés de l'œuvre. A cette heure, l'illusion règne despotiquement : peut-être se lève-t-elle avec la nuit ? l'illusion n'est-elle pas pour la pensée une espèce de nuit que nous meublons de songes ? L'illusion déploie alors ses ailes, elle emporte l'âme dans le monde des fantaisies, monde fertile en voluptueux caprices et où l'artiste oublie le monde positif, la veille et le lendemain, l'avenir, tout jusqu'à ses misères, les bonnes comme les mauvaises. A cette heure de magie, un jeune peintre, homme de talent, et qui dans l'art ne voyait que l'art même, était monté sur la double échelle qui lui servait à peindre une grande, une haute toile presque terminée. Là, se critiquant, s'admirant avec bonne foi, nageant au cours de ses pensées, il s'abîmait dans une de ces méditations qui ravissent l'âme et la grandissent, la caressent et la consolent. Sa rêverie dura longtemps sans doute. La nuit vint. Soit qu'il voulût descendre de son échelle, soit qu'il eût fait un mouvement imprudent en se croyant sur le plancher, l'événement ne lui permit pas d'avoir un souvenir exact des causes de son accident, il tomba, sa tête porta sur un tabouret, il perdit connaissance et resta sans mouvement pendant un laps de temps dont la durée lui fut inconnue. Une douce voix le tira de l'espèce d'engourdissement dans lequel il était plongé. Lorsqu'il ouvrit les yeux, la vue d'une vive lumière les lui fit refermer promptement ; mais à travers le voile qui enveloppait ses sens, il entendit le chuchotement de deux femmes, et sentit deux jeunes, deux timides mains entre lesquelles reposait sa tête. Il reprit bientôt connaissance et put apercevoir, à la lueur d'une de ces vieilles lampes dites *à double courant d'air*[3], la plus délicieuse tête de jeune fille qu'il eût jamais vue, une de ces têtes qui souvent passent pour un caprice du pinceau, mais qui tout à coup réalisa pour lui les théories de ce beau idéal que se crée chaque artiste et d'où procède son talent. Le visage de l'inconnue appartenait, pour ainsi dire, au type fin et

délicat de l'école de Prudhon, et possédait aussi cette
poésie que Girodet donnait à ses figures fantastiques. La
fraîcheur des tempes, la régularité des sourcils, la pureté
des lignes, la virginité fortement empreinte dans tous les
traits de cette physionomie faisaient de la jeune fille une
création accomplie. La taille était souple et mince, les
formes étaient frêles. Ses vêtements, quoique simples et
propres, n'annonçaient ni fortune ni misère. En reprenant
possession de lui-même, le peintre exprima son admiration par un regard de surprise, et balbutia de confus
remerciements. Il trouva son front pressé par un mouchoir, et reconnut, malgré l'odeur particulière aux ateliers, la senteur forte de l'éther, sans doute employé pour
le tirer de son évanouissement. Puis, il finit par voir une
vieille femme, qui ressemblait aux marquises de l'ancien
régime, et qui tenait la lampe en donnant des conseils à la
jeune inconnue.

« Monsieur », répondit la jeune fille à l'une des demandes faites par le peintre pendant le moment où il était
encore en proie à tout le vague que la chute avait produit
dans ses idées, « ma mère et moi, nous avons entendu le
bruit de votre corps sur le plancher, nous avons cru
distinguer un gémissement. Le silence qui a succédé à la
chute nous a effrayées, et nous nous sommes empressées
de monter. En trouvant la clef sur la porte, nous nous
sommes heureusement permis d'entrer, et nous vous
avons aperçu étendu par terre, sans mouvement. Ma mère
a été chercher tout ce qu'il fallait pour faire une com-
presse et vous ranimer. Vous êtes blessé au front, là,
sentez-vous ?

— Oui, maintenant, dit-il.

— Oh ! cela ne sera rien, reprit la vieille mère. Votre
tête a, par bonheur, porté sur ce mannequin.

— Je me sens infiniment mieux, répondit le peintre, je
n'ai plus besoin que d'une voiture pour retourner chez
moi. La portière ira m'en chercher une. »

Il voulut réitérer ses remerciements aux deux inconnues ; mais, à chaque phrase, la vieille dame l'interrom-
pait en disant : « Demain, monsieur, ayez bien soin de
mettre des sangsues ou de vous faire saigner, buvez

quelques tasses de vulnéraire [4], soignez-vous, les chutes
sont dangereuses. »

La jeune fille regardait à la dérobée le peintre et les
tableaux de l'atelier. Sa contenance et ses regards révé-
laient une décence parfaite ; sa curiosité ressemblait à de
la distraction, et ses yeux paraissaient exprimer cet intérêt
que les femmes portent, avec une spontanéité pleine de
grâce, à tout ce qui est malheur en nous. Les deux
inconnues semblaient oublier les œuvres du peintre en
présence du peintre souffrant. Lorsqu'il les eut rassurées
sur sa situation, elles sortirent en l'examinant avec une
sollicitude également dénuée d'emphase et de familiarité,
sans lui faire de questions indiscrètes, ni sans chercher à
lui inspirer le désir de les connaître. Leurs actions furent
marquées au coin d'un naturel exquis et du bon goût.
Leurs manières nobles et simples produisirent d'abord
peu d'effet sur le peintre ; mais plus tard, lorsqu'il se
souvint de toutes les circonstances de cette événement, il
en fut vivement frappé. En arrivant à l'étage au-dessus
duquel était situé l'atelier du peintre, la vieille femme
s'écria doucement : « Adélaïde, tu as laissé la porte ouverte.

— C'était pour me secourir, répondit le peintre avec
un sourire de reconnaissance.

— Ma mère, vous êtes descendue tout à l'heure, répliqua la jeune fille en rougissant.

— Voulez-vous que nous vous accompagnions
jusqu'en bas ? dit la mère au peintre. L'escalier est sombre.

— Je vous remercie, madame, je suis bien mieux.

— Tenez bien la rampe ! »

Les deux femmes restèrent sur le palier pour éclairer le
jeune homme en écoutant le bruit de ses pas.

Afin de faire comprendre tout ce que cette scène pouvait avoir de piquant et d'inattendu pour le peintre, il faut
ajouter que depuis quelques jours seulement il avait installé son atelier dans les combles de cette maison, sise à
l'endroit le plus obscur, partant le plus boueux, de la rue
de Surène, presque devant l'église de la Madeleine, à
deux pas de son appartement qui se trouvait rue des

Champs-Élysées⁵. La célébrité que son talent lui avait
acquise ayant fait de lui l'un des artistes les plus chers à la
France, il commençait à ne plus connaître le besoin, et
jouissait, selon son expression, de ses dernières misères.
Au lieu d'aller travailler dans un de ces ateliers situés près
des barrières et dont le loyer modique était jadis en
rapport avec la modestie de ses gains, il avait satisfait à
un désir qui renaissait tous les jours, en s'évitant une
longue course et la perte d'un temps devenu pour lui plus
précieux que jamais. Personne au monde n'eût inspiré
autant d'intérêt qu'Hippolyte Schinner s'il eût consenti à
se faire connaître ; mais il ne confiait pas légèrement
les secrets de sa vie. Il était l'idole d'une mère pauvre
qui l'avait élevé au prix des plus dures privations.
Mlle Schinner, fille d'un fermier alsacien, n'avait jamais
été mariée. Son âme tendre fut jadis cruellement froissée
par un homme riche qui ne se piquait pas d'une grande
délicatesse en amour. Le jour où, jeune fille et dans tout
l'éclat de sa beauté, dans toute la gloire de sa vie, elle
subit, aux dépens de son cœur et de ses belles illusions,
ce désenchantement qui nous atteint si lentement et si
vite, car nous voulons croire le plus tard possible au mal
et il nous semble toujours venu trop promptement, ce jour
fut tout un siècle de réflexions, et ce fut aussi le jour des
pensées religieuses et de la résignation. Elle refusa les
aumônes de celui qui l'avait trompée, renonça au monde,
et se fit une gloire de sa faute. Elle se donna toute à
l'amour maternel en lui demandant, pour les jouissances
sociales auxquelles elle disait adieu, toutes ses délices.
Elle vécut de son travail, en accumulant un trésor dans
son fils. Aussi plus tard, un jour, une heure lui paya-t-elle
les longs et lents sacrifices de son indigence. A la dernière exposition, son fils avait reçu la croix de la Légion
d'honneur. Les journaux, unanimes en faveur d'un talent
ignoré, retentissaient encore de louanges sincères. Les
artistes eux-mêmes reconnaissaient Schinner pour un
maître, et les marchands couvraient d'or ses tableaux. A
vingt-cinq ans, Hippolyte Schinner, auquel sa mère avait
transmis son âme de femme, avait, mieux que jamais,
compris sa situation dans le monde. Voulant rendre à sa

mère les jouissances dont la société l'avait privée pendant
si longtemps, il vivait pour elle, espérant à force de gloire
et de fortune la voir un jour heureuse, riche, considérée,
entourée d'hommes célèbres. Schinner avait donc choisi
ses amis parmi les hommes les plus honorables et les plus
distingués. Difficile dans le choix de ses relations, il
voulait encore élever sa position que son talent faisait
déjà si haute. En le forçant à demeurer dans la solitude,
cette mère des grandes pensées, le travail auquel il s'était
voué dès sa jeunesse l'avait laissé dans les belles croyances qui décorent les premiers jours de la vie. Son âme
adolescente ne méconnaissait aucune des mille pudeurs
qui font du jeune homme un être à part dont le cœur
abonde en félicités, en poésies, en espérances vierges,
faibles aux yeux des gens blasés, mais profondes parce
qu'elles sont simples. Il avait été doué de ces manières
douces et polies qui vont si bien à l'âme et séduisent ceux
mêmes par qui elles ne sont pas comprises. Il était bien
fait. Sa voix, qui partait du cœur, y remuait chez les
autres des sentiments nobles, et témoignait d'une modestie vraie par une certaine candeur dans l'accent. En le
voyant, on se sentait porté vers lui par une de ces attrac-
tions morales que les savants ne savent heureusement pas
encore analyser, ils y trouveraient quelque phénomène de
galvanisme ou le jeu de je ne sais quel fluide, et formu-
leraient nos sentiments par des proportions d'oxygène et
d'électricité. Ces détails feront peut-être comprendre aux
gens hardis par caractère et aux hommes bien cravatés
pourquoi, pendant l'absence du portier, qu'il avait envoyé chercher une voiture au bout de la rue de la Madeleine, Hippolyte Schinner ne fit à la portière aucune
question sur les deux personnes dont le bon cœur s'était
dévoilé pour lui. Mais quoiqu'il répondît par oui et non
aux demandes, naturelles en semblable occurrence, qui
lui furent faites par cette femme sur son accident et sur
l'intervention officieuse des locataires qui occupaient le
quatrième étage, il ne put l'empêcher d'obéir à l'instinct
des portiers; elle lui parla des deux inconnues selon les
intérêts de sa politique et d'après les jugements souter-
rains de la loge.

« Ah! dit-elle, c'est sans doute Mlle Leseigneur et sa
mère qui demeurent ici depuis quatre ans. Nous ne savons
pas encore ce que font ces dames; le matin, jusqu'à midi
seulement, une vieille femme de ménage à moitié sourde,
et qui ne parle pas plus qu'un mur, vient les servir; le
soir, deux ou trois vieux messieurs, décorés comme vous,
monsieur, dont l'un a équipage, des domestiques, et à qui
l'on donne soixante mille livres de rente, arrivent chez
elles, et restent souvent très tard. C'est d'ailleurs des
locataires bien tranquilles, comme vous, monsieur; et
puis, c'est économe, ça vit de rien; aussitôt qu'il arrive
une lettre, elles la paient [6]. C'est drôle, monsieur, la mère
se nomme autrement que la fille. Ah! quand elles vont
aux Tuileries, mademoiselle est bien flambante [7], et ne
sort pas de fois qu'elle ne soit suivie de jeunes gens
auxquels elle ferme la porte au nez, et elle fait bien. Le
propriétaire ne souffrirait pas... »

La voiture était arrivée, Hippolyte n'en entendit pas
davantage et revint chez lui. Sa mère, à laquelle il raconta
son aventure, pansa de nouveau sa blessure, et ne lui
permit pas de retourner le lendemain à son atelier.
Consultation faite, diverses prescriptions furent ordon-
nées, et Hippolyte resta trois jours au logis. Pendant cette
réclusion, son imagination inoccupée lui rappela vivement, et comme par fragments, les détails de la scène qui
suivit son évanouissement. Le profil de la jeune fille
tranchait fortement sur les ténèbres de sa vision intérieure : il revoyait le visage flétri de la mère ou sentait
encore les mains d'Adélaïde, il retrouvait un geste qui
l'avait peu frappé d'abord mais dont les grâces exquises
furent mises en relief par le souvenir; puis une attitude ou
les sons d'une voix mélodieuse embellis par le lointain de
la mémoire reparaissaient tout à coup, comme ces objets
qui plongés au fond des eaux reviennent à la surface.
Aussi, le jour où il put reprendre ses travaux, retourna-t-il
de bonne heure à son atelier; mais la visite qu'il avait
incontestablement le droit de faire à ses voisines fut la
véritable cause de son empressement, il oubliait déjà ses
tableaux commencés. Au moment où une passion brise
ses langes, il se rencontre des plaisirs inexplicables que

comprennent ceux qui ont aimé. Ainsi quelques personnes sauront pourquoi le peintre monta lentement les marches du quatrième étage, et seront dans le secret des
pulsations qui se succédèrent rapidement dans son cœur
au moment où il vit la porte brune du modeste appartement habité par Mlle Leseigneur. Cette fille, qui ne portait pas le nom de sa mère, avait éveillé mille sympathies
chez le jeune peintre; il voulait voir entre elle et lui
quelques similitudes de position, et la dotait des malheurs
de sa propre origine. Tout en travaillant, Hippolyte se
livra fort complaisamment à des pensées d'amour, et fit
beaucoup de bruit pour obliger les deux dames à s'occuper de lui comme il s'occupait d'elles. Il resta très tard à
son atelier, il y dîna; puis vers sept heures, descendit
chez ses voisines.

Aucun peintre de mœurs n'a osé nous initier, par pudeur peut-être, aux intérieurs vraiment curieux de certaines existences parisiennes, au secret de ces habitations
d'où sortent de si fraîches, de si élégantes toilettes, des
femmes si brillantes qui, riches au-dehors, laissent voir
partout chez elles les signes d'une fortune équivoque. Si
la peinture est ici trop franchement dessinée, si vous y
trouvez des longueurs, n'en accusez pas la description qui
fait, pour ainsi dire, corps avec l'histoire [8], car l'aspect de
l'appartement habité par ses deux voisines influa beaucoup sur les sentiments et sur les espérances d'Hippolyte
Schinner.

La maison appartenait à l'un de ces propriétaires chez
lesquels préexiste une horreur profonde pour les réparations et pour les embellissements, un de ces hommes qui
considèrent leur position de propriétaire parisien comme
un état. Dans la grande chaîne des espèces morales, ces
gens tiennent le milieu entre l'avare et l'usurier [9]. Opti-
mistes par calcul, ils sont tous fidèles au *statu quo* de
l'Autriche [10]. Si vous parlez de déranger un placard ou
une porte, de pratiquer la plus nécessaire des ventouses,
leurs yeux brillent, leur bile s'émeut, ils se cabrent
comme des chevaux effrayés. Quand le vent a renversé
quelques faîteaux de leurs cheminées, ils sont malades et
se privent d'aller au Gymnase ou à la Porte-Saint-Martin

pour cause de réparations. Hippolyte, qui, à propos de certains embellissements à faire dans son atelier, avait eu *gratis* la représentation d'une scène comique avec le sieur Molineux [11], ne s'étonna pas des tons noirs et gras, des teintes huileuses, des taches et autres accessoires assez désagréables qui décoraient les boiseries. Ces stigmates de misère ne sont point d'ailleurs sans poésie aux yeux d'un artiste.

Mlle Leseigneur vint elle-même ouvrir la porte. En reconnaissant le jeune peintre, elle le salua; puis, en même temps, avec cette dextérité parisienne et cette présence d'esprit que la fierté donne, elle se retourna pour fermer la porte d'une cloison vitrée à travers laquelle Hippolyte aurait pu entrevoir quelques linges étendus sur des cordes au-dessus des fourneaux économiques, un vieux lit de sangles, la braise, le charbon, les fers à repasser, la fontaine filtrante, la vaisselle et tous les ustensiles particuliers aux petits ménages. Des rideaux de mousseline assez propres cachaient soigneusement ce *capharnaüm* [12], mot en usage pour désigner familièrement ces espèces de laboratoires, mal éclairé d'ailleurs par des jours de souffrance [13] pris sur une cour voisine. Avec le rapide coup d'œil des artistes, Hippolyte vit la destination, les meubles, l'ensemble et l'état de cette première pièce coupée en deux. La partie honorable, qui servait à la fois d'antichambre et de salle à manger, était tendue d'un vieux papier de couleur aurore, à bordure veloutée, sans doute fabriqué par Réveillon [14], et dont les trous ou les taches avaient été soigneusement dissimulés sous des pains à cacheter. Des estampes représentant les batailles d'Alexandre par Lebrun [15], mais à cadres dédorés, garnissaient symétriquement les murs. Au milieu de cette pièce était une table d'acajou massif, vieille de formes et à bords usés. Un petit poêle, dont le tuyau droit et sans coude s'apercevait à peine, se trouvait devant la cheminée, dont l'âtre contenait une armoire. Par un contraste bizarre, les chaises offraient quelques vestiges d'une splendeur passée, elles étaient en acajou sculpté; mais le maroquin rouge du siège, les clous dorés et les cannetilles montraient des cicatrices aussi nombreuses que celles des

vieux sergents de la garde impériale. Cette pièce servait
de musée à certaines choses qui ne se rencontrent que
dans ces sortes de ménages amphibies, objets innommés
participant à la fois du luxe et de la misère. Entre autres
curiosités, Hippolyte remarqua une longue-vue magnifi-
quement ornée, suspendue au-dessus de la petite glace
verdâtre qui décorait la cheminée. Pour appareiller cet
étrange mobilier, il y avait entre la cheminée et la cloison
un mauvais buffet peint en acajou, celui de tous les bois
qu'on réussit le moins à simuler. Mais le carreau rouge en
glissant, mais les méchants petits tapis placés devant les
chaises, mais les meubles, tout reluisait de cette propreté
frotteuse qui prête un faux lustre aux vieilleries en accusant encore mieux leurs défectuosités, leur âge et leurs
longs services. Il régnait dans cette pièce une senteur
indéfinissable résultant des exhalaisons du capharnaüm
mêlées aux vapeurs de la salle à manger et à celles de
l'escalier, quoique la fenêtre fût entrouverte et que l'air
de la rue agitât les rideaux de percale soigneusement
étendus, de manière à cacher l'embrasure où les précé-
dents locataires avaient signé leur présence par diverses
incrustations, espèces de fresques domestiques. Adélaïde
ouvrit promptement la porte de l'autre chambre, où elle
introduisit le peintre avec un certain plaisir. Hippolyte,
qui jadis avait vu chez sa mère les mêmes signes d'indigence, les remarqua avec la singulière vivacité d'impression qui caractérise les premières acquisitions de notre
mémoire, et entra mieux que tout autre ne l'aurait fait
dans les détails de cette existence. En reconnaissant les
choses de sa vie d'enfance [16], ce bon jeune homme n'eut
ni mépris de ce malheur caché, ni orgueil du luxe qu'il
venait de conquérir pour sa mère.

« Eh bien, monsieur! j'espère que vous ne vous sentez
plus de votre chute? lui dit la vieille mère en se levant
d'une antique bergère placée au coin de la cheminée et en
lui présentant un fauteuil.

— Non, madame. Je viens vous remercier des bons
soins que vous m'avez donnés, et surtout mademoiselle
qui m'a entendu tomber. »

En disant cette phrase, empreinte de l'adorable stupidité que donnent à l'âme les premiers troubles de l'amour vrai, Hippolyte regardait la jeune fille. Adélaïde allumait la lampe à double courant d'air, sans doute pour faire disparaître une chandelle contenue dans un grand martinet [17] de cuivre et ornée de quelques cannelures saillantes par un coulage extraordinaire. Elle salua légèrement, alla mettre le martinet dans l'antichambre, revint placer la lampe sur la cheminée, et s'assit près de sa mère, un peu en arrière du peintre, afin de pouvoir le regarder à son aise en paraissant très occupée du début de la lampe dont la lumière, saisie par l'humidité d'un verre terni, pétillait en se débattant avec une mèche noire et mal coupée. En voyant la grande glace qui ornait la cheminée, Hippolyte y jeta promptement les yeux pour admirer Adélaïde. La petite ruse de la jeune fille ne servit donc qu'à les embarrasser tous deux. En causant avec Mme Leseigneur, car Hippolyte lui donna ce nom à tout hasard, il examina le salon, mais décemment et à la dérobée. On voyait à peine les figures égyptiennes des chenets en fer dans un foyer plein de cendres où des tisons essayaient de se rejoindre devant une fausse bûche en terre cuite, enterrée aussi soigneusement que peut l'être le trésor d'un avare. Un vieux tapis d'Aubusson bien raccommodé, bien passé, usé comme l'habit d'un invalide, ne couvrait pas tout le carreau dont la froideur se faisait sentir aux pieds. Les murs avaient pour ornement un papier rougeâtre, figurant une étoffe en lampas à dessins jaunes. Au milieu de la paroi opposée à celle des fenêtres, le peintre vit une fente et les cassures produites dans le papier par les portes d'une alcôve où Mme Leseigneur couchait sans doute, et qu'un canapé placé devant déguisait mal. En face de la cheminée, au-dessus d'une commode en acajou dont les ornements ne manquaient pas de richesse ni de goût se trouvait le portrait d'un militaire de haut grade que le peu de lumière ne permit pas au peintre de distinguer; mais d'après le peu qu'il en vit, il pensa que cette effroyable croûte devait avoir été peinte en Chine. Aux fenêtres, des rideaux en soie rouge étaient décolorés comme le meuble en tapisserie jaune et rouge de ce salon à deux fins. Sur le marbre de la commode, un précieux plateau de malachite supportait une douzaine de tasses à café, magnifiques de peinture, et sans doute faites à Sèvres. Sur la cheminée s'élevait l'éternelle pendule de l'Empire, un guerrier guidant les quatre chevaux d'un char dont la roue porte à chaque rais le chiffre d'une heure. Les bougies des flambeaux étaient jaunies par la fumée, et à chaque coin du chambranle on voyait un vase en porcelaine couronné de fleurs artificielles pleines de poussière et garnies de mousse. Au milieu de la pièce, Hippolyte remarqua une table de jeu dressée et des cartes neuves. Pour un observateur, il y avait je ne sais quoi de désolant dans le spectacle de cette misère fardée comme une vieille femme qui veut faire mentir son visage. A ce spectacle, tout homme de bon sens se serait proposé secrètement et tout d'abord cette espèce de dilemme : ou ces deux femmes sont la probité même, ou elles vivent d'intrigues et de jeu. Mais en voyant Adélaïde, un jeune homme aussi pur que Schinner devait croire à l'innocence la plus parfaite, et prêter aux incohérences de ce mobilier les plus honorables causes.

« Ma fille, dit la vieille dame à la jeune personne, j'ai froid, faites-nous un peu de feu, et donnez-moi mon châle. »

Adélaïde alla dans une chambre contiguë au salon où sans doute elle couchait, et revint en apportant à sa mère un châle de cachemire qui neuf dut avoir un grand prix, les dessins étaient indiens ; mais vieux, sans fraîcheur et plein de reprises, il s'harmoniait avec les meubles. Mme Leseigneur s'en enveloppa très artistement et avec l'adresse d'une vieille femme qui voulait faire croire à la vérité de ses paroles. La jeune fille courut lestement au capharnaüm, et reparut avec une poignée de menu bois qu'elle jeta bravement dans le feu pour le rallumer.

Il serait assez difficile de traduire la conversation qui eut lieu entre ces trois personnes. Guidé par le tact que donnent presque toujours les malheurs éprouvés dès l'enfance, Hippolyte n'osait se permettre la moindre observation relative à la position de ses voisines, en voyant autour de lui les symptômes d'une gêne si mal déguisée. La plus simple question eût été indiscrète et ne devait être

faite que par une amitié déjà vieille. Néanmoins le peintre
était profondément préoccupé de cette misère cachée, son
âme généreuse en souffrait; mais sachant ce que toute
espèce de pitié, même la plus amie, peut avoir d'offen-
sif [18], il se trouvait mal à l'aise du désaccord qui existait
entre ses pensées et ses paroles. Les deux dames parlèrent
d'abord de peinture, car les femmes devinent très bien les
secrets embarras que cause une première visite; elles les
éprouvent peut-être, et la nature de leur esprit leur fournit
mille ressources pour les faire cesser. En interrogeant le
jeune homme sur les procédés matériels de son art, sur
ses études, Adélaïde et sa mère surent l'enhardir à causer.
Les riens indéfinissables de leur conversation animée de
bienveillance amenèrent tout naturellement Hippolyte à
lancer des remarques ou des réflexions qui peignirent la
nature de ses mœurs et de son âme. Les chagrins avaient
prématurément flétri le visage de la vieille dame, sans
doute belle autrefois; mais il ne lui restait plus que les
traits saillants, les contours, en un mot le squelette d'une
physionomie dont l'ensemble indiquait une grande finesse, beaucoup de grâce dans le jeu des yeux où se
retrouvait l'expression particulière aux femmes de l'ancienne cour et que rien ne saurait définir. Ces traits si
fins, si déliés pouvaient tout aussi bien dénoter des sentiments mauvais, faire supposer l'astuce et la ruse félimi-
nes à un haut degré de perversité que révéler les délicates-
ses d'une belle âme. En effet, le visage de la femme a
cela d'embarrassant pour les observateurs vulgaires, que
la différence entre la franchise et la duplicité, entre le
génie de l'intrigue et le génie du cœur, y est impercepti-
ble. L'homme doué d'une vue pénétrante devine ces
nuances insaisissables que produisent une ligne plus ou
moins courbe, une fossette plus ou moins creuse, une
saillie plus ou moins bombée ou proéminente. L'appré-
ciation de ces diagnostics est tout entière dans le domaine
de l'intuition, qui peut seule faire découvrir ce que chacun est intéressé à cacher. Il en était du visage de cette
vieille dame comme de l'appartement qu'elle habitait: il
semblait aussi difficile de savoir si cette misère couvrait
des vices ou une haute probité, que de reconnaître si la

mère d'Adélaïde était une ancienne coquette habituée à tout peser, à tout calculer, à tout vendre, ou une femme aimante, pleine de noblesse et d'aimables qualités. Mais à l'âge de Schinner, le premier mouvement du cœur est de croire au bien. Aussi, en contemplant le front noble et presque dédaigneux d'Adélaïde, en regardant ses yeux pleins d'âme et de pensées, respira-t-il, pour ainsi dire, les suaves et modestes parfums de la vertu. Au milieu de la conversation, il saisit l'occasion de parler des portraits en général, pour avoir le droit d'examiner l'effroyable pastel dont toutes les teintes avaient pâli, et dont la poussière était en grande partie tombée.

« Vous tenez sans doute à cette peinture en faveur de la ressemblance, mesdames, car le dessin en est horrible ? dit-il en regardant Adélaïde.

— Elle a été faite à Calcutta, en grande hâte », répondit la mère d'une voix émue.

Elle contempla l'esquisse informe avec cet abandon profond que donnent les souvenirs de bonheur quand ils se réveillent et tombent sur le cœur, comme une bienfaisante rosée aux fraîches impressions de laquelle on aime à s'abandonner; mais il y eut aussi dans l'expression du visage de la vieille dame les vestiges d'un deuil éternel. Le peintre voulut du moins interpréter ainsi l'attitude et la physionomie de sa voisine, près de laquelle il vint alors s'asseoir.

« Madame, dit-il, encore un peu de temps, et les couleurs de ce pastel auront disparu. Le portrait n'existera plus que dans votre mémoire. Là où vous verrez une figure qui vous est chère, les autres ne pourront plus rien apercevoir. Voulez-vous me permettre de transporter cette ressemblance sur la toile ? elle y sera plus solidement fixée qu'elle ne l'est sur ce papier. Accordez-moi, en faveur de notre voisinage, le plaisir de vous rendre ce service. Il se rencontre des heures pendant lesquelles un artiste aime à se délasser de ses grandes compositions par des travaux d'une portée moins élevée, ce sera donc pour moi une distraction que de refaire cette tête. »

La vieille dame tressaillit en entendant ces paroles, et Adélaïde jeta sur le peintre un de ces regards recueillis qui semblent être un jet de l'âme. Hippolyte voulait appartenir à ses deux voisines par quelque lien, et conquérir le droit de se mêler à leur vie. Son offre, en s'adressant aux plus vives affections du cœur, était la seule qu'il lui fût possible de faire : elle contentait sa fierté d'artiste, et n'avait rien de blessant pour les deux dames. Mme Leseigneur accepta sans empressement ni regret, mais avec cette conscience des grandes âmes qui savent l'étendue des liens que nouent de semblables obligations et qui en font un magnifique éloge, une preuve d'estime.

« Il me semble, dit le peintre, que cet uniforme est celui d'un officier de marine ?

— Oui, dit-elle, c'est celui des capitaines de vaisseau. M. de Rouville, mon mari, est mort à Batavia des suites d'une blessure reçue dans un combat contre un vaisseau anglais qui le rencontra sur les côtes d'Asie. Il montait une frégate de cinquante-six canons, et le *Revenge* était un vaisseau de quatre-vingt-seize. La lutte fut très inégale ; mais il se défendit si courageusement qu'il la maintint jusqu'à la nuit et put échapper. Quand je revins en France, Bonaparte n'avait pas encore le pouvoir, et l'on me refusa une pension. Lorsque, dernièrement, je la sollicitai de nouveau, le ministre me dit avec dureté que si le baron de Rouville eût émigré, je l'aurai conservé ; qu'il serait sans doute aujourd'hui contre-amiral ; enfin, Son Excellence finit par m'opposer je ne sais quelle loi sur les déchéances [19]. Je n'ai fait cette démarche, à laquelle des amis m'avaient poussée, que pour ma pauvre Adélaïde. J'ai toujours eu de la répugnance à tendre la main au nom d'une douleur qui ôte à une femme sa voix et ses forces. Je n'aime pas cette évaluation pécuniaire d'un sang irréparablement versé...

— Ma mère, ce sujet de conversation vous fait toujours mal. »

Sur ce mot d'Adélaïde, la baronne Leseigneur de Rouville inclina la tête et garda le silence.

« Monsieur, dit la jeune fille à Hippolyte, je croyais que les travaux des peintres étaient en général peu bruyants ? »

A cette question, Schinner se prit à rougir en se souve-
nant de son tapage. Adélaïde n'acheva pas et lui sauva
quelque mensonge en se levant tout à coup au bruit d'une
voiture qui s'arrêtait à la porte, elle alla dans sa chambre
d'où elle revint aussitôt en tenant deux flambeaux dorés
garnis de bougies entamées qu'elle alluma promptement ;
et sans attendre le tintement de la sonnette, elle ouvrit la
porte de la première pièce, où elle laissa la lampe. Le
bruit d'un baiser reçu et donné retentit jusque dans le
cœur d'Hippolyte. L'impatience que le jeune homme eut
de voir celui qui traitait si familièrement Adélaïde ne fut
pas promptement satisfaite, les arrivants eurent avec la
jeune fille une conversation à voix basse qu'il trouva bien
longue. Enfin, Mlle de Rouville reparut suivie de deux
hommes dont le costume, la physionomie et l'aspect sont
toute une histoire. Agé d'environ soixante ans, le premier
portait un de ces habits inventés, je crois, pour
Louis XVIII alors régnant, et dans lesquels le problème
vestimental [20] le plus difficile fut résolu par un tailleur qui
devrait être immortel. Cet artiste connaissait, à coup sûr,
l'art des transitions qui fut tout le génie de ce temps si
politiquement mobile. N'est-ce pas un bien rare mérite
que de savoir juger son époque ? Cet habit, que les jeunes
gens d'aujourd'hui peuvent prendre pour une fable,
n'était ni civil ni militaire et pouvait passer tour à tour
pour militaire et pour civil. Des fleurs de lys brodées
ornaient les retroussis des deux pans de derrière. Les
boutons dorés étaient également fleurdelisés. Sur les
épaules, deux attentes [21] vides demandaient des épaulettes inutiles. Ces deux symptômes de milice étaient là
comme une pétition sans apostille [22]. Chez le vieillard, la
boutonnière de cet habit en drap bleu de roi était fleurie
de plusieurs rubans. Il tenait sans doute toujours à la main
son tricorne garni d'une ganse d'or, car les ailes neigeu-
ses de ses cheveux poudrés n'offraient pas trace de la
pression du chapeau. Il semblait ne pas avoir plus de
cinquante ans, et paraissait jouir d'une santé robuste.
Tout en accusant le caractère loyal et franc des vieux
émigrés, sa physionomie dénotait aussi les mœurs liberti-
nes et faciles, les passions gaies et l'insouciance de ces

mousquetaires, jadis si célèbres dans les fastes de la
galanterie. Ses gestes, son allure, ses manières annonçaient qu'il ne voulait se corriger ni de son royalisme, ni
de sa religion, ni de ses amours.

Une figure vraiment fantastique suivait ce prétentieux
voltigeur de Louis XIV (tel fut le sobriquet donné par les
bonapartistes à ces nobles restes de la monarchie); mais
pour la bien peindre il faudrait en faire l'objet principal
du tableau où elle n'est qu'un accessoire. Figurez-vous
un personnage sec et maigre, vêtu comme l'était le premier, mais n'en étant pour ainsi dire que le reflet, ou
l'ombre, si vous voulez. L'habit, neuf chez l'un, se
trouvait vieux et flétri chez l'autre. La poudre des cheveux semblait moins blanche chez le second, l'or des
fleurs de lys moins éclatant, les attentes de l'épaulette
plus désespérées et plus recroquevillées, l'intelligence
plus faible, la vie plus avancée vers le terme fatal que
chez le premier. Enfin, il réalisait ce mot de Rivarol sur
Champcenetz [23] : « C'est mon clair de lune. » Il n'était
que le double de l'autre, le double pâle et pauvre, car il se
trouvait entre eux toute la différence qui existe entre la
première et la dernière épreuve d'une lithographie. Ce
vieillard muet fut un mystère pour le peintre, et resta
constamment un mystère. Le chevalier, il était chevalier,
ne parla pas, et personne ne lui parla. Était-ce un ami, un
parent pauvre, un homme qui restait près du vieux galant
comme une demoiselle de compagnie près d'une vieille
femme ? Tenait-il le milieu entre le chien, le perroquet et
l'ami ? Avait-il sauvé la fortune ou seulement la vie de
son bienfaiteur ? Était-ce le *Trim* d'un autre capitaine
Tobie [24] ? Ailleurs, comme chez la baronne de Rouville,
il excitait toujours la curiosité sans jamais la satisfaire.
Qui pouvait, sous la Restauration, se rappeler l'attachement qui liait avant la Révolution ce chevalier à la femme
de son ami, morte depuis vingt ans ?

Le personnage qui paraissait être le plus neuf de ces
deux débris s'avança galamment vers la baronne de Rouville, lui baisa la main, et s'assit auprès d'elle. L'autre
salua et se mit près de son type, à une distance représentée par deux chaises. Adélaïde vint appuyer ses coudes

sur le dossier du fauteuil occupé par le vieux gentilhomme en imitant, sans le savoir, la pose que Guérin a
donnée à la sœur de Didon dans son célèbre tableau [25].
Quoique la familiarité du gentilhomme fût celle d'un
père, pour le moment ses libertés parurent déplaire à la
jeune fille.

« Eh bien! tu me boudes?» dit-il. Puis il jeta sur
Schinner un de ces regards obliques pleins de finesse et
de ruse, regards diplomatiques dont l'expression trahissait la prudente inquiétude, la curiosité polie des gens
bien élevés qui semblent demander en voyant un inconnu : «Est-il des nôtres?»

« Vous voyez notre voisin, lui dit la vieille dame en lui
montrant Hippolyte. Monsieur est un peintre célèbre dont
le nom doit être connu de vous malgré votre insouciance
pour les arts. »

Le gentilhomme reconnut la malice de sa vieille amie
dans l'omission du nom, et salua le jeune homme.

« Certes, dit-il, j'ai beaucoup entendu parler de ses
tableaux au dernier Salon. Le talent a de beaux privilèges, monsieur, ajouta-t-il en regardant le ruban rouge de
l'artiste. Cette distinction, qu'il nous faut acquérir au prix
de notre sang et de longs services, vous l'obtenez jeunes ;
mais toutes les gloires sont sœurs », ajouta-t-il en portant
les mains à sa croix de Saint-Louis.

Hippolyte balbutia quelques paroles de remerciement,
et rentra dans son silence, se contentant d'admirer avec
un enthousiasme croissant la belle tête de jeune fille par
laquelle il était charmé. Bientôt il s'oublia dans cette
contemplation, sans plus songer à la misère profonde du
logis. Pour lui, le visage d'Adélaïde se détachait sur une
atmosphère lumineuse. Il répondit brièvement aux questions qui lui furent adressées et qu'il entendit heureusement, grâce à une singulière faculté de notre âme dont la
pensée peut en quelque sorte se dédoubler parfois. A qui
n'est-il pas arrivé de rester plongé dans une méditation
voluptueuse ou triste, d'en écouter la voix en soi-même,
et d'assister à une conversation ou à une lecture? Admirable dualisme qui souvent aide à prendre les ennuyeux
en patience! Féconde et riante, l'espérance lui versa mille

pensées de bonheur, et il ne voulut plus rien observer
autour de lui. Enfant plein de confiance, il lui parut
honteux d'analyser un plaisir. Après un certain laps de
temps, il s'aperçut que la vieille dame et sa fille jouaient
avec le vieux gentilhomme. Quant au satellite de celui-ci,
fidèle à son état d'ombre, il se tenait debout derrière son
ami dont le jeu le préoccupait, répondant aux muettes
questions que lui faisait le joueur par de petites grimaces
approbatives qui répétaient les mouvements interroga-
teurs de l'autre physionomie.

« Du Halga [26], je perds toujours, disait le gentilhomme.

— Vous écartez mal, répondait la baronne de Rouville.

— Voilà trois mois que je n'ai pas pu vous gagner une
seule partie, reprit-il.

— Monsieur le comte a-t-il des as ? demanda la vieille
dame.

— Oui. Encore un marqué, dit-il.

— Voulez-vous que je vous conseille ? disait Adélaïde.

— Non, non, reste devant moi. Ventre-de-biche ! ce
serait trop perdre que de ne pas t'avoir en face. »

Enfin la partie finit. Le gentilhomme tira sa bourse, et
jetant deux louis sur le tapis, non sans humeur : « Quarante francs, juste comme de l'or, dit-il. Et diantre ! il est
onze heures.

— Il est onze heures », répéta le personnage muet en
regardant le peintre.

Le jeune homme, entendant cette parole un peu plus
distinctement que toutes les autres, pensa qu'il était
temps de se retirer. Rentrant alors dans le monde des
idées vulgaires, il trouva quelques lieux communs pour
prendre la parole, salua la baronne, sa fille, les deux
inconnus, et sortit en proie aux premières félicités de
l'amour vrai, sans chercher à s'analyser les petits événements de cette soirée.

Le lendemain, le jeune peintre éprouva le désir le plus
violent de revoir Adélaïde. S'il avait écouté sa passion, il
serait entré chez ses voisines dès six heures du matin, en
arrivant à son atelier. Il eut cependant encore assez de

raison pour attendre jusqu'à l'après-midi. Mais, aussitôt qu'il crut pouvoir se présenter chez Mme de Rouville, il descendit, sonna, non sans quelques larges battements de cœur; et, rougissant comme une jeune fille, il demanda timidement le portrait du baron de Rouville à Mlle Leseigneur qui était venue lui ouvrir.

« Mais entrez », lui dit Adélaïde qui l'avait sans doute entendu descendre de son atelier.

Le peintre la suivit, honteux, décontenancé, ne sachant rien dire, tant le bonheur le rendait stupide. Voir Adélaïde, écouter le frissonnement de sa robe, après avoir désiré pendant toute une matinée d'être près d'elle, après s'être levé cent fois en disant: «Je descends!» et n'être pas descendu, c'était, pour lui, vivre si richement que de telles sensations trop prolongées lui auraient usé l'âme. Le cœur a la singulière puissance de donner un prix extraordinaire à des riens. Quelle joie n'est-ce pas pour un voyageur de recueillir un brin d'herbe, une feuille inconnue, s'il a risqué sa vie dans cette recherche. Les riens de l'amour sont ainsi, la vieille dame n'était pas dans le salon. Quand la jeune fille s'y trouva seule avec le peintre, elle apporta une chaise pour avoir le portrait; mais, en s'apercevant qu'elle ne pouvait pas le décrocher sans mettre le pied sur la commode, elle se tourna vers Hippolyte et lui dit en rougissant: «Je ne suis pas assez grande. Voulez-vous le prendre?»

Un sentiment de pudeur, dont témoignaient l'expression de sa physionomie et l'accent de sa voix, fut le véritable motif de sa demande; et le jeune homme, la comprenant ainsi, lui jeta un de ces regards intelligents qui sont le plus doux langage de l'amour. En voyant que le peintre l'avait devinée, Adélaïde baissa les yeux par un mouvement de fierté dont le secret appartient aux vierges. Ne trouvant pas un mot à dire, et presque intimidé, le peintre prit alors le tableau, l'examina gravement en le mettant au jour près de la fenêtre, et s'en alla sans dire autre chose à Mlle Leseigneur que: «Je vous le rendrai bientôt. » Tous deux, pendant ce rapide instant, ils ressentirent une de ces commotions vives dont les effets dans l'âme peuvent se comparer à ceux que produit une

pierre jetée au fond d'un lac. Les réflexions les plus
douces naissent et se succèdent, indéfinissables, multi-
pliées, sans but, agitant le cœur comme les rides circu-
laires qui plissent longtemps l'onde en partant du point où
la pierre est tombée. Hippolyte revint dans son atelier
armé de ce portrait. Déjà son chevalet avait été garni
d'une toile, une palette chargée de couleurs ; les pinceaux
étaient nettoyés, la place et le jour choisis. Aussi, jusqu'à
l'heure du dîner, travailla-t-il au portrait avec cette ardeur
que les artistes mettent à leurs caprices. Il revint le soir
même chez la baronne de Rouville, et y resta depuis neuf
heures jusqu'à onze. Hormis les différents sujets de
conversation, cette soirée ressembla fort exactement à la
précédente. Les deux vieillards arrivèrent à la même
heure, la même partie de piquet eut lieu, les mêmes
phrases furent dites par les joueurs, la somme perdue par
l'ami d'Adélaïde fut aussi considérable que celle perdue
la veille ; seulement Hippolyte, un peu plus hardi, osa
causer avec la jeune fille.

Huit jours se passèrent ainsi, pendant lesquels les sentiments du peintre et ceux d'Adélaïde subirent ces délicieuses et lentes transformations qui amènent les âmes à
une parfaite entente. Aussi, de jour en jour, le regard par
lequel Adélaïde accueillait son ami devint-il plus intime,
plus confiant, plus gai, plus franc ; sa voix, ses manières
eurent-elles quelque chose de plus onctueux, de plus
familier. Schinner voulut apprendre le piquet. Ignorant et
novice, il fit naturellement école sur école [27], et, comme
le vieillard, il perdit presque toutes les parties. Sans s'être
encore confié leur amour, les deux amants savaient qu'ils
s'appartenaient l'un à l'autre. Tous deux riaient, causaient, se communiquaient leurs pensées, parlaient d'eux-
mêmes avec la naïveté de deux enfants qui, dans l'espace
d'une journée, ont fait connaissance, comme s'ils
s'étaient vus depuis trois ans. Hippolyte se plaisait à
exercer son pouvoir sur sa timide amie. Bien des conces-
sions lui furent faites par Adélaïde qui, craintive et dé-
vouée, était la dupe de ces fausses bouderies que l'amant
le moins habile ou la jeune fille la plus naïve inventent et
dont ils se servent sans cesse comme les enfants gâtés

abusent de la puissance que leur donne l'amour de leur
mère. Ainsi, toute familiarité cessa promptement entre le
vieux comte et Adélaïde. La jeune fille comprit les tris-
tesses du peintre et les pensées cachées dans les plis de
son front, dans l'accent brusque du peu de mots qu'il
prononçait lorsque le vieillard baisait sans façon les
mains ou le cou d'Adélaïde. De son côté, Mlle Leseigneur demanda bientôt à son amoureux un compte sévère
de ses moindres actions : elle était si malheureuse, si
inquiète quand Hippolyte ne venait pas, elle savait si bien
le gronder de ses absences, que le peintre dut renoncer à
voir ses amis, à hanter le monde. Adélaïde laissa percer la
jalousie naturelle aux femmes en apprenant que parfois,
en sortant de chez Mme de Rouville, à onze heures, le
peintre faisait encore des visites et parcourait les salons
les plus brillants de Paris. Selon elle, ce genre de vie était
mauvais pour la santé ; puis, avec cette conviction profonde à laquelle l'accent, le geste et le regard d'une
personne aimée donnent tant de pouvoir, elle prétendit
« qu'un homme obligé de prodiguer à plusieurs femmes à
la fois son temps et les grâces de son esprit ne pouvait pas
être l'objet d'une affection bien vive ». Le peintre fut
donc amené, autant par le despotisme de la passion que
par les exigences d'une jeune fille aimante, à ne vivre que
dans ce petit appartement où tout lui plaisait. Enfin,
jamais amour ne fut ni plus pur ni plus ardent. De part et
d'autre, la même foi, la même délicatesse firent croître
cette passion sans le secours de ces sacrifices par lesquels
beaucoup de gens cherchent à se prouver leur amour.
Entre eux il existait un échange continuel de sensations si
douces, qu'ils ne savaient lequel des deux donnait ou
recevait le plus. Un penchant involontaire rendait l'union
de leurs âmes toujours plus étroite. Le progrès de ce
sentiment vrai fut si rapide que, deux mois après l'accident auquel le peintre avait dû le bonheur de connaître
Adélaïde, leur vie était devenue une même vie. Dès le
matin, la jeune fille, entendant le pas du peintre, pouvait
se dire : « Il est là ! » Quand Hippolyte retournait chez sa
mère à l'heure du dîner, il ne manquait jamais de venir
saluer ses voisines ; et le soir, il accourait, à l'heure

accoutumée, avec une ponctualité d'amoureux. Ainsi, la
femme la plus tyrannique et la plus ambitieuse en amour
n'aurait pu faire le plus léger reproche au jeune peintre.
Aussi Adélaïde savoura-t-elle un bonheur sans mélange et
sans bornes en voyant se réaliser dans toute son étendue
l'idéal qu'il est si naturel de rêver à son âge. Le vieux
gentilhomme vint moins souvent, le jaloux Hippolyte
l'avait remplacé le soir, au tapis vert, dans son malheur
constant au jeu. Cependant, au milieu de son bonheur, en
songeant à la désastreuse situation de Mme de Rouville
car il avait acquis plus d'une preuve de sa détresse, il fut
saisi par une pensée importune. Déjà plusieurs fois il
s'était dit en rentrant chez lui : « Comment ! vingt francs
tous les soirs ? » Et il n'osait s'avouer à lui-même
d'odieux soupçons. Il employa deux mois à faire le portrait, et quand il fut fini, verni, encadré, il le regarda
comme un de ses meilleurs ouvrages. Mme la baronne de
Rouville ne lui en avait plus parlé. Était-ce insouciance
ou fierté ? Le peintre ne voulut pas s'expliquer ce silence.
Il complota joyeusement avec Adélaïde de mettre le portrait en place pendant une absence de Mme de Rouville.
Un jour donc, durant la promenade que sa mère faisait
ordinairement aux Tuileries, Adélaïde monta seule, pour
la première fois, à l'atelier d'Hippolyte, sous prétexte de
voir le portrait dans le jour favorable sous lequel il avait
été peint. Elle demeura muette et immobile, en proie à
une contemplation délicieuse où se fondaient en un seul
tous les sentiments de la femme. Ne se résument-ils pas
tous dans une admiration pour l'homme aimé ? Lorsque le
peintre, inquiet de ce silence, se pencha pour voir la
jeune fille, elle lui tendit la main, sans pouvoir dire un
mot ; mais deux larmes étaient tombées de ses yeux ;
Hippolyte prit cette main, la couvrit de baisers, et,
pendant un moment, ils se regardèrent en silence, voulant tous deux s'avouer leur amour, et ne l'osant pas.
Le peintre garda la main d'Adélaïde dans les siennes,
une même chaleur et un même mouvement leur
apprirent alors que leurs cœurs battaient aussi fort l'un
que l'autre. Trop émue, la jeune fille s'éloigna doucement d'Hippolyte, et dit, en lui jetant un regard plein

de naïveté : « Vous allez rendre ma mère bien heureuse !

— Quoi ! votre mère seulement, demanda-t-il.

— Oh ! moi, je le suis trop. »

Le peintre baissa la tête et resta silencieux, effrayé de la violence des sentiments que l'accent de cette phrase réveilla dans son cœur. Comprenant alors tous deux le danger de cette situation, ils descendirent et mirent le portrait à sa place. Hippolyte dîna pour la première fois avec la baronne qui, dans son attendrissement et tout en pleurs, voulut l'embrasser. Le soir, le vieil émigré, ancien camarade du baron de Rouville, fit à ses deux amies une visite pour leur apprendre qu'il venait d'être nommé vice-amiral. Ses navigations terrestres à travers l'Allemagne et la Russie lui avaient été comptées comme des campagnes navales. A l'aspect du portrait, il serra cordialement la main du peintre, et s'écria : « Ma foi ! quoique ma vieille carcasse ne vaille pas la peine d'être conservée, je donnerais bien cinq cents pistoles pour me voir aussi ressemblant que l'est mon vieux Rouville. »

A cette proposition, la baronne regarda son ami, et sourit en laissant éclater sur son visage les marques d'une soudaine reconnaissance. Hippolyte crut deviner que le vieil amiral voulait lui offrir le prix des deux portraits en payant le sien. Sa fierté d'artiste, tout autant que sa jalousie peut-être, s'offensa de cette pensée, et il répondit : « Monsieur, si je peignais le portrait, je n'aurais pas fait celui-ci. »

L'amiral se mordit les lèvres et se mit à jouer. Le peintre resta près d'Adélaïde qui lui proposa six rois de piquet, il accepta. Tout en jouant, il observa chez Mme de Rouville une ardeur pour le jeu qui le surprit. Jamais cette vieille baronne n'avait encore manifesté un désir si ardent pour le gain, ni un plaisir si vif en palpant les pièces d'or du gentilhomme. Pendant la soirée, de mauvais soupçons vinrent troubler le bonheur d'Hippolyte, et lui donnèrent de la défiance. Mme de Rouville vivrait-elle donc du jeu ? Ne jouait-elle pas en ce moment pour acquitter quelque dette, ou poussée par quelque nécessité ? Peut-être n'avait-elle pas payé son loyer. Ce vieillard paraissait être assez fin pour ne pas se laisser impunément prendre son argent. Quel intérêt l'attirait dans cette maison pauvre, lui riche ? Pourquoi, jadis si familier près d'Adélaïde, avait-il renoncé à des privautés acquises et dues peut-être ? Ces réflexions involontaires l'excitèrent à examiner le vieillard et la baronne, dont les airs d'intelligence et certains regards obliques jetés sur Adélaïde et sur lui le mécontentèrent. « Me tromperait-on ? » fut pour Hippolyte une dernière idée, horrible, flétrissante, à laquelle il crut précisément assez pour en être torturé. Il voulut rester après le départ des deux vieillards pour confirmer ses soupçons ou pour les dissiper. Il tira sa bourse, afin de payer Adélaïde ; mais, emporté par ses pensées poignantes, il la mit sur la table, tomba dans une rêverie qui dura peu ; puis, honteux de son silence, il se leva, répondit à une interrogation banale de Mme de Rouville et vint près d'elle pour, tout en causant, mieux scruter ce vieux visage. Il sortit en proie à mille incertitudes. Après avoir descendu quelques marches, il rentra pour prendre sa bourse oubliée.

« Je vous ai laissé ma bourse, dit-il à la jeune fille.

— Non, répondit-elle en rougissant.

— Je la croyais là », reprit-il en montrant la table de jeu. Honteux pour Adélaïde et pour la baronne de ne pas l'y voir, il les regarda d'un air hébété qui les fit rire, pâlit et reprit en tâtant son gilet : « Je me suis trompé, je l'ai sans doute. »

Dans l'un des côtés de cette bourse, il y avait quinze louis, et, dans l'autre, quelque menue monnaie. Le vol était si flagrant, si effrontément nié, qu'Hippolyte n'eut plus de doute sur la moralité de ses voisines ; il s'arrêta dans l'escalier, le descendit avec peine ; ses jambes tremblaient, il avait des vertiges, il suait, il grelottait, et se trouvait hors d'état de marcher, aux prises avec l'atroce commotion causée par le renversement de toutes ses espérances. Dès ce moment, il pêcha dans sa mémoire une foule d'observations, légères en apparence, mais qui corroboraient ses affreux soupçons, et qui, en lui prouvant la réalité du dernier fait, lui ouvrirent les yeux sur le caractère et la vie de ces deux femmes. Avaient-elles donc attendu que le portrait fût donné, pour voler cette bourse ? Combiné, le vol semblait encore plus odieux. Le peintre se souvint, pour son malheur, que, depuis deux ou trois soirées, Adélaïde, en paraissant examiner avec une curiosité de jeune fille le travail particulier du réseau de soie usé, vérifiait probablement l'argent contenu dans la bourse en faisant des plaisanteries innocentes en apparence, mais qui sans doute avaient pour but d'épier le moment où la somme serait assez forte pour être dérobée. « Le vieil amiral a peut-être d'excellentes raisons pour ne pas épouser Adélaïde, et alors la baronne aura tâché de me… » A cette supposition, il s'arrêta, n'achevant pas même sa pensée qui fut détruite par une réflexion bien juste : « Si la baronne, pensa-t-il, espère me marier avec sa fille, elles ne m'auraient pas volé. » Puis il essaya, pour ne point renoncer à ses illusions, à son amour déjà si fortement enraciné, de chercher quelque justification dans le hasard. « Ma bourse sera tombée à terre, se dit-il, elle sera restée sur mon fauteuil. Je l'ai peut-être, je suis si distrait ! » Il se fouilla par des mouvements rapides et ne retrouva pas la maudite bourse. Sa mémoire cruelle lui retraçait par instants la fatale vérité. Il voyait distincte-ment sa bourse étalée sur le tapis ; mais ne doutant plus du vol, il excusait alors Adélaïde en se disant que l'on ne devait pas juger si promptement les malheureux. Il y avait sans doute un secret dans cette action en apparence si dégradante. Il ne voulait pas que cette fière et noble figure fût un mensonge. Cependant cet appartement si misérable lui apparut dénué des poésies de l'amour qui embellit tout : il le vit sale et flétri, le considéra comme la représentation d'une vie intérieure sans noblesse, inoccu-pée, vicieuse. Nos sentiments ne sont-ils pas, pour ainsi dire, écrits sur les choses qui nous entourent ? Le lende-main matin, il se leva sans avoir dormi. La douleur du cœur, cette grave maladie morale, avait fait en lui d'énormes progrès. Perdre un bonheur rêvé, renoncer à tout un avenir, est une souffrance plus aiguë que celle causée par la ruine d'une félicité ressentie, quelque com-plète qu'elle ait été : l'espérance n'est-elle pas meilleure que le souvenir ? Les méditations dans lesquelles tombe tout à coup notre âme sont alors comme une mer sans rivage au sein de laquelle nous pouvons nager pendant un moment, mais où il faut que notre amour se noie et périsse. Et c'est une affreuse mort. Les sentiments ne sont-ils pas la partie la plus brillante de notre vie ? De cette mort partielle viennent, chez certaines organisations délicates ou fortes, les grands ravages produits par les désenchantements, par les espérances et les passions trompées. Il en fut ainsi du jeune peintre. Il sortit de grand matin, alla se promener sous les frais ombrages des Tuileries, absorbé par ses idées, oubliant tout dans le monde. Là, par hasard, il rencontra un de ses amis les plus intimes, un camarade de collège et d'atelier, avec lequel il avait vécu mieux qu'on ne vit avec un frère.

« Eh bien, Hippolyte, qu'as-tu donc ? lui dit François Souchet, jeune sculpteur qui venait de remporter le grand prix et devait bientôt partir pour l'Italie.

— Je suis très malheureux, répondit gravement Hippolyte.

— Il n'y a qu'une affaire de cœur qui puisse te chagriner. Argent, gloire, considération, rien ne te manque. »

Insensiblement, les confidences commencèrent, et le peintre avoua son amour. Au moment où il parla de la rue de Surène et d'une jeune personne logée à un quatrième étage : « Halte-là ! s'écria gaiement Souchet. C'est une petite fille que je viens voir tous les matins à l'Assomption, et à laquelle je fais la cour. Mais mon cher, nous la connaissons tous. Sa mère est une baronne ! Est-ce que tu crois aux baronnes logées au quatrième ? Brrr. Ah ! bien, tu es un homme de l'âge d'or. Nous voyons ici, dans cette allée, la vieille mère tous les jours ; mais elle a une figure, une tournure qui disent tout. Comment ! tu n'as pas deviné ce qu'elle est à la manière dont elle tient son sac ? »

Les deux amis se promenèrent longtemps, et plusieurs jeunes gens qui connaissaient Souchet ou Schinner se joignirent à eux. L'aventure du peintre, jugée comme de peu d'importance, leur fut racontée par le sculpteur.

« Et lui aussi, disait-il, a vu cette petite ! »

Ce fut des observations, des rires, des moqueries innocentes et empreintes de la gaieté familière aux artistes, mais qui firent horriblement souffrir Hippolyte. Une certaine pudeur d'âme le mettait mal à l'aise en voyant le secret de son cœur traité si légèrement, sa passion déchirée, mise en lambeaux, une jeune fille inconnue et dont la vie paraissait si modeste, sujette à des jugements vrais ou faux, portés avec tant d'insouciance. Il affecta d'être mû par un esprit de contradiction, il demanda sérieusement à chacun les preuves de ses assertions, et les plaisanteries recommencèrent.

« Mais, mon cher ami. as-tu vu le châle de la baronne ? disait Souchet.

— As-tu suivi la petite quand elle trotte le matin à l'Assomption ? disait Joseph Bridau, jeune rapin de l'atelier de Gros [28].

— Ah ! la mère a, entre autres vertus, une certaine robe grise que je regarde comme un type, dit Bixiou le faiseur de caricatures.

— Écoute, Hippolyte, reprit le sculpteur, viens ici vers quatre heures, et analyse un peu la marche de la mère et de la fille. Si, après, tu as des doutes ! hé bien, l'on ne fera jamais rien de toi : tu seras capable d'épouser la fille de ta portière. »

En proie aux sentiments les plus contraires, le peintre quitta ses amis. Adélaïde et sa mère lui semblaient devoir être au-dessus de ces accusations, et il éprouvait, au fond de son cœur, le remords d'avoir soupçonné la pureté de cette jeune fille, si belle et si simple. Il vint à son atelier, passa devant la porte de l'appartement où était Adélaïde, et sentit en lui-même une douleur de cœur à laquelle nul homme ne se trompe. Il aimait Mlle de Rouville si passionnément que, malgré le vol de la bourse, il l'adorait encore. Son amour était celui du chevalier des Grieux admirant et purifiant sa maîtresse jusque sur la charrette qui mène en prison les femmes perdues. « Pourquoi mon amour ne la rendrait-il pas la plus pure de toutes les femmes ? Pourquoi l'abandonner au mal et au vice, sans lui tendre une main amie ? » Cette mission lui plut. L'amour fait son profit de tout. Rien ne séduit plus un jeune homme que de jouer le rôle d'un bon génie auprès d'une femme. Il y a je ne sais quoi de romanesque dans

cette entreprise, qui sied aux âmes exaltées. N'est-ce pas
le dévouement le plus étendu sous la forme la plus élevée,
la plus gracieuse? N'y a-t-il pas quelque grandeur à
savoir que l'on aime assez pour aimer encore là où
l'amour des autres s'éteint et meurt? Hippolyte s'assit
dans son atelier, contempla son tableau sans y rien faire,
n'en voyant les figures qu'à travers quelques larmes qui
lui roulaient dans les yeux, tenant toujours sa brosse à la
main, s'avançant vers la toile comme pour adoucir une
teinte, et n'y touchant pas. La nuit le surprit dans cette
attitude. Réveillé de sa rêverie par l'obscurité, il descendit, rencontra le vieil amiral dans l'escalier, lui jeta un
regard sombre en le saluant, et s'enfuit. Il avait eu l'intention d'entrer chez ses voisines, mais l'aspect du protecteur d'Adélaïde lui glaça le cœur et fit évanouir sa
résolution. Il se demanda pour la centième fois quel
intérêt pouvait amener ce vieil homme à bonnes fortunes,
riche de quatre-vingt mille livres de rentes, dans ce quatrième étage où il perdait environ quarante francs tous les
soirs; et cet intérêt, il crut le deviner. Le lendemain et les
jours suivants, Hippolyte se jeta dans le travail pour
tâcher de combattre sa passion par l'entraînement des
idées et par la fougue de la conception. Il réussit à demi.
L'étude le consola sans parvenir cependant à étouffer les
souvenirs de tant d'heures caressantes passées auprès
d'Adélaïde. Un soir, en quittant son atelier, il trouva la
porte de l'appartement des deux dames entrouverte. Une
personne y était debout, dans l'embrasure de la fenêtre.
La disposition de la porte et de l'escalier ne permettait
pas au peintre de passer sans voir Adélaïde, il la salua
froidement en lui lançant un regard plein d'indifférence;
mais, jugeant des souffrances de cette jeune fille par les
siennes, il eut un tressaillement intérieur en songeant à
l'amertume que ce regard et cette froideur devaient jeter
dans un cœur aimant. Couronner les plus douces fêtes
qui aient jamais réjoui deux âmes pures par un dédain de
huit jours, et par le mépris le plus profond, le plus
entier?... affreux dénouement! Peut-être la bourse était-
elle retrouvée, et peut-être chaque soir Adélaïde avait-
elle attendu son ami? Cette pensée si simple, si naturelle

fit éprouver de nouveaux remords à l'amant, il se demanda si les preuves d'attachement que la jeune fille lui avait données, si les ravissantes causeries empreintes d'un amour qui l'avait charmé, ne méritaient pas au moins une enquête, ne valaient pas une justification. Honteux d'avoir résisté pendant une semaine aux vœux de son cœur, et se trouvant presque criminel de ce combat, il vint le soir même chez Mme de Rouville. Tous ses soupçons, toutes ses pensées mauvaises s'évanouirent à l'aspect de la jeune fille pâle et maigrie.

«Eh, bon Dieu! Qu'avez-vous donc?» lui dit-il après avoir salué la baronne.

Adélaïde ne lui répondit rien, mais elle lui jeta un regard plein de mélancolie, un regard triste, découragé, qui lui fit mal.

« Vous avez sans doute beaucoup travaillé, dit la vieille dame, vous êtes changé. Nous sommes la cause de votre réclusion. Ce portrait aura retardé quelques tableaux importants pour votre réputation. »

Hippolyte fut heureux de trouver une si bonne excuse à son impolitesse.

«Oui, dit-il, j'ai été fort occupé, mais j'ai souffert... »

A ces mots, Adélaïde leva la tête, regarda son amant, et ses yeux inquiets ne lui reprochèrent plus rien.

« Vous nous avez donc supposées bien indifférentes à ce qui peut vous arriver d'heureux ou de malheureux? dit la vieille dame.

— J'ai eu tort, reprit-il. Cependant il est de ces peines que l'on ne saurait confier à qui que ce soit, même à un sentiment moins jeune que ne l'est celui dont vous m'honorez...

— La sincérité, la force de l'amitié ne doivent pas se mesurer d'après le temps. J'ai vu de vieux amis ne pas se donner une larme dans le malheur, dit la baronne en hochant la tête.

— Mais qu'avez-vous donc, demanda le jeune homme à Adélaïde.

— Oh! rien, répondit la baronne. Adélaïde a passé quelques nuits pour achever un ouvrage de femme, et n'a pas voulu m'écouter lorsque je lui disais qu'un jour de plus ou de moins importait peu... »

Hippolyte n'écoutait pas. En voyant ces deux figures si nobles, si calmes, il rougissait de ses soupçons, et attribuait la perte de sa bourse à quelque hasard inconnu. Cette soirée fut délicieuse pour lui, et peut-être aussi pour elle. Il y a de ces secrets que les âmes jeunes entendent si bien! Adélaïde devinait les pensées d'Hippolyte. Sans vouloir avouer ses torts, le peintre les reconnaissait, il revenait à sa maîtresse plus aimant, plus affectueux, en essayant ainsi d'acheter un pardon tacite. Adélaïde savourait des joies si parfaites, si douces qu'elles ne lui semblaient pas trop payées par tout le malheur qui avait si cruellement froissé son âme. L'accord si vrai de leurs cœurs, cette entente pleine de magie, fut néanmoins troublée par un mot de la baronne de Rouville.

« Faisons-nous notre petite partie? dit-elle, car mon vieux Kergarouët me tient rigueur. »

Cette phrase réveilla toutes les craintes du jeune peintre, qui rougit en regardant la mère d'Adélaïde; mais il ne vit sur ce visage que l'expression d'une bonhomie sans fausseté : nulle arrière-pensée n'en détruisait le charme, la finesse n'en était point perfide, la malice en semblait douce, et nul remords n'en altérait le calme. Il se mit alors à la table de jeu. Adélaïde voulut partager le sort du peintre, en prétendant qu'il ne connaissait pas le piquet, et avait besoin d'un *partner*. Mme de Rouville et sa fille se firent, pendant la partie, des signes d'intelligence qui inquiétèrent d'autant plus Hippolyte qu'il gagnait; mais à la fin, un dernier coup rendit les deux amants débiteurs de la baronne. En voulant chercher de la monnaie dans son gousset, le peintre retira ses mains de dessus la table, et vit alors devant lui une bourse qu'Adélaïde y avait glissée sans qu'il s'en aperçût; la pauvre enfant tenait l'ancienne, et s'occupait par contenance à y chercher de l'argent pour payer sa mère. Tout le sang d'Hippolyte afflua si vivement à son cœur qu'il faillit perdre connaissance. La bourse neuve substituée à la sienne, et qui contenait ses quinze louis, était brodée en perles d'or. Les coulants, les glands, tout attestait le bon goût d'Adélaïde, qui sans

doute avait épuisé son pécule aux ornements de ce charmant ouvrage. Il était impossible de dire avec plus de
finesse que le don du peintre ne pouvait être récompensé
que par un témoignage de tendresse. Quand Hippolyte,
accablé de bonheur, tourna les yeux sur Adélaïde et sur la
baronne, il les vit tremblant de plaisir et heureuses de
cette aimable supercherie. Il se trouva petit, mesquin,
niais; il aurait voulu pouvoir se punir, se déchirer le
cœur. Quelques larmes lui vinrent aux yeux, il se leva par
un mouvement irrésistible, prit Adélaïde dans ses bras, la
serra contre son cœur, lui ravit un baiser; puis, avec une
bonne foi d'artiste : «Je vous la demande pour femme»,
s'écria-t-il en regardant la baronne.

Adélaïde jetait sur le peintre des yeux à demi courroucés, et Mme de Rouville un peu étonnée cherchait une
réponse, quand cette scène fut interrompue par le bruit de
la sonnette. Le vieux vice-amiral apparut suivi de son
ombre et de Mme Schinner. Après avoir deviné la cause
des chagrins que son fils essayait vainement de lui cacher, la mère d'Hippolyte avait pris des renseignements
auprès de quelques-uns de ses amis sur Adélaïde. Justement alarmée des calomnies qui pesaient sur cette jeune
fille à l'insu du comte de Kergarouët dont le nom lui fut
dit par la portière, elle était allée les conter au vice-amiral, qui dans sa colère «voulait, disait-il, couper les
oreilles à ces bélîtres». Animé par son courroux, l'amiral
avait appris à Mme Schinner le secret des pertes volontaires qu'il faisait au jeu, puisque la fierté de la baronne
ne lui laissait que cet ingénieux moyen de la secourir.

Lorsque Mme Schinner eut salué Mme de Rouville,
celle-ci regarda le comte de Kergarouët, le chevalier du
Halga, l'ancien ami de la feue comtesse de Kergarouët,
Hippolyte, Adélaïde, et dit avec la grâce du cœur : «Il
paraît que nous sommes en famille ce soir.»

Paris, mai 1832.

NOTES

LA MAISON DU CHAT-QUI-PELOTE

1. La dédicace date de l'édition Furne, en 1842. A Mme Hanska qui lui demandait de la lui expliquer, Balzac répondit en 1843 : « Marie de Montheau est la fille de Camille Delannoy, l'amie de ma sœur, et la petite-fille de Mme Delannoy, qui est comme une mère pour moi. » Mme Delannoy, fille du munitionnaire Doumerc, restait liée avec la mère de Balzac qui avait été sa dame de compagnie. Sa généreuse amitié fut précieuse pour l'écrivain qui lui dédia, en 1839, *La Recherche de l'absolu*. Anne-Marie Meininger fait remarquer que « Camille de Montheau, fille de Mme Delannoy et mère de Marie, était morte en 1837 dans des conditions et pour des raisons qui rappelaient de façon singulière le drame de Laurence ». Balzac (Pléiade, p. 1184).

2. La rue du Petit-Lion-Saint-Sauveur disparut sous le second Empire pour devenir une partie de la rue Tiquetonne (entre la rue Saint-Denis et la rue Dussoubs). Dans une lettre à Laure du 12 août 1819, Balzac parle de son propriétaire de la rue de Lesdiguières dont la fille est « mariée au m[archan]d de porcelaines de la rue du Petit-Lion. C'est à lui, dit-il, que nous avons acheté ladite soupière du p[eti]t service de maman. » (Correspondance Pierrot, t. I, p. 31, voir notre introduction, p. 9.)

3. Au début des *Petits Bourgeois*, Balzac écrira : « Hélas ! le vieux Paris disparaît avec une effrayante rapidité. Çà et là, dans cette œuvre, il en restera tantôt un type d'habitation du Moyen Age, comme celle décrite au commencement du *Chat-qui-pelote*, et dont un ou deux modèles subsistent encore ; tantôt la maison habitée par le juge Popinot, spécimen de vieille bourgeoisie... » (Pléiade, t. VIII, p. 22.)

4. Le Conservatoire des arts et métiers fut installé sous la Révolution dans l'ancien prieuré de Saint-Martin-des-Champs. Dans sa thèse encore inédite sur *Balzac archéologue de Paris*, Jeannine Guichardet note que dans la croisade des artistes contre le vandalisme, alors que Victor Hugo combat presque essentiellement pour la sauvegarde des grands monuments du Moyen Age, « Balzac fait d'autres choix singulièrement originaux pour l'époque : témoignages archéologiques beaucoup plus humbles, modeste enseigne, étroite maison, petite rue... » (p. 272-273).

5. Peloter : « Se jeter et se renvoyer la balle à la paume sans faire une partie régulière » (Larousse du XIXᵉ siècle).

6. Ce nom est traditionnel chez les drapiers, comme l'attestent *La Farce de Maître Pathelin* et *L'Amour médecin* de Molière. Mais Balzac s'est peut-être plutôt souvenu de *La Pension bourgeoise* de Scribe (1822) où un couple de drapiers de la rue Saint-Denis porte le nom de Guillaume.

7. Dans son *Histoire de la rue Saint-Denis*, le docteur Vimont dresse un répertoire des enseignes qui y figuraient: on peut y relever une Truie-qui-file, deux Singe-vert, La Grâce-de-Dieu et A-la-grâce-de-Dieu, A-la-bonne-foi, un Chat-qui-pêche mais pas de Chat-qui-pelote. Balzac connaît bien toutes ces enseignes pour avoir imprimé le *Petit dictionnaire critique et anecdotique des enseignes de Paris, par un batteur de pavé*, œuvre d'un certain Brismontier.

8. Le texte du manuscrit porte: «Ses gants blancs déchirés indiquaient qu'il sortait sans doute de quelque noce.» Voilà qui permet d'attribuer sans aucun doute à Balzac, comme le fait P.-G. Castex, un article de *La Silhouette* écrit en 1830: «Étude de mœurs par les gants», dans lequel on lit: «Ce serait une étude curieuse que celle du caractère et des actions par l'inspection des gants, le lendemain d'un bal ou d'un rout!»

9. Sur le modèle du buste de l'empereur romain Caracalla (188-217); mais les «cheveux noirs défrisés» répandus en boucles sur les épaules de Sommervieux ne ressemblent pas du tout aux cheveux courts, drus et frisés que montre le buste antique.

10. Premier emploi dans *La Comédie humaine* de ce verbe pronominal que Balzac utilise régulièrement à la place de *s'harmoniser*. La fréquence de ce verbe dans *La Comédie humaine* s'inscrit dans la théorie balzacienne des correspondances entre le physique et le moral qui fonde tous les portraits des personnages.

11. A la suite de Lavater, dont il possédait l'édition de 1820 en dix volumes, Balzac était un adepte fervent de la physiognomonie, science qui permettait de connaître le caractère des hommes par l'inspection des traits de leur visage.

12. Élégante périphrase pour désigner un vulgaire clystère.

13. La comparaison avec les vierges de Raphaël est naturelle à Balzac qui l'emploie très souvent dans *La Comédie humaine* comme l'indique l'*Index des personnes réelles* (Pléiade, t. XII, p. 1795-1796), mais aussi dans ses lettres à ses sœurs. C'est ainsi qu'il écrit à Laure en novembre 1821, de Villeparisis: «J'ai bien ta jolie petite chambre à papier écossais, ce petit lit de sangle, ce petit vent coulis de la porte à papa. Mais je n'ai pas ce joli petit visage de vierge de Raphaël qui paraissait entre les draps quand Mlle Laure y était» (*Correspondance*, t. I, p. 117).

14. La première scène de «jeune fille à la fenêtre» se trouve dans *Annette et le criminel*, éd. André Lorant, GF, p. 54.

15. Fenêtre à guillotine.

16. Alexandre de Humboldt (1769-1859) découvrit dans l'Orénoque

ce poisson doté d'organes électriques qui ressemble à une anguille et dont la longueur peut atteindre deux mètres. Balzac avait souvent rencontré le naturaliste dans le salon du peintre Gérard.

17. L'admiration de Balzac pour Cuvier est bien connue. Les *Recherches sur les ossements fossiles*, publiées sous la Restauration, ont exercé une large influence sur la création balzacienne. Balzac note dans la *Théorie de la démarche* : « Pour l'âme comme pour le corps, un détail mène logiquement à l'ensemble. » La méthode de description déductive du romancier lui a été inspirée par le fondateur de l'anatomie comparée.

18. Très conservateur, M. Guillaume est resté attaché à cette expression désignant les « juges-consuls » qui rendaient la justice en matière commerciale sous l'Ancien Régime. Le code de 1808 a créé le tribunal de commerce.

19. Le manuscrit porte « le régime de la terreur ». Il s'agit du régime qui avait fixé, en mai 93, le prix maximum des denrées pour réagir contre l'agiotage et l'accaparement, sources de la misère.

20. Dans une rédaction primitive, on trouve *Elbeuf*. Or le grand-oncle de Balzac, Antoine-Michel Sallambier, membre du comité consultatif de l'habillement et équipement des troupes, est en relations d'affaires avec sa belle-famille d'Elbeuf, les manufacturiers Lejeune.

21. Dans *Les Employés*, Balzac développera cette idée qui sera l'une des bases du plan de réforme administrative de Rabourdin.

22. Étoffe de coton peinte qui fut d'abord fabriquée dans l'Inde ; cette étoffe peu coûteuse montre la parcimonie des époux Guillaume.

23. Par an, bien entendu ; au début de sa carrière, un employé de bureau touchait entre 800 et 1 200 F par an selon les administrations.

24. Comme le fait remarquer P.-G. Castex, il y a contradiction entre l'édition Furne et le « Furne corrigé » où Balzac a substitué *trois* à *deux* « sans prévoir les incidences d'une telle correction ».

25. Anne-Marie Meininger pense que ce nom vient « du Marais familial : un Lebas avait repris aux Balzac leur appartement de la rue du Roi-doré en 1824 » (Pléiade, t. I, p. 27), mais il est surtout intéressant de noter, avec Lucienne Frappier-Mazur, « la synecdoque du patronyme de Lebas, le gendre marchand de drap et terre-à-terre de *La Maison-du-chat-qui-pelote* » qui illustre le rapport d'harmonie morale entre un nom et le personnage qui le porte (*L'Expression métaphorique dans « La Comédie humaine »*, Klincksieck, 1976, p. 65).

26. « Certaines pièces de toile ou de dentelle que les dames portaient jadis à leurs coiffures » (Larousse du XIXᵉ siècle).

27. Mme Durry a publié dans son étude sur *Un début dans la vie* (Les Cours de Sorbonne, 1953) un « Employ du tems » dressé par la grand-mère de Balzac, Mme Sallambier, pour sa fille. Cet « Employ du tems » présente de grandes ressemblances avec celui des filles Guillaume. La même rigueur inflexible préside aux deux systèmes d'éducation.

28. L'*Instruction sur l'Histoire de France et sur l'Histoire romaine* de l'abbé Le Ragois, précepteur du duc du Maine, sous Louis XIV, était encore réimprimée au début du XIXe siècle. Balzac écrivait déjà dans la *Physiologie du mariage* à propos de l'éducation trop stricte des jeunes filles : « Elles auront appris l'histoire de France dans Le Ragois ».

29. Dans l'« Employ du tems » de la grand-mère, le « travail d'utilité » était « le tricot, le feston, la broderie ».

30. Ces noms, ajoutés dans l'édition de 1842, établissent un lien entre *La Maison du Chat-qui-pelote* et d'autres romans de *La Comédie humaine,* notamment avec *César Birotteau* et *Les Employés.*

31. « La sœur tourière », « une régularité monastique », « un silence de cloître », tout ce vocabulaire religieux suggère l'atmosphère d'une vie familiale calme et bien organisée, d'une affaire bien gérée et d'excellent rapport.

32. Le premier roman est de Mme d'Aulnoy, le second de Mme de Tencin. Il s'agit de romans populaires fondés sur d'interminables analyses de sentiments.

33. Le sénatus-consulte du 1er septembre 1812 qui prescrivit une levée de 120 000 hommes sur la classe de 1813.

34. Balzac écrit dans sa *Préface* de l'édition de 1830 : « Souvent ses tableaux paraîtront avoir tous les défauts des compositions de l'école hollandaise, sans en avoir les mérites. »

35. Comme l'a remarqué P.-G. Castex dans son édition déjà citée, ces cinq derniers mots sont probablement empruntés à la Méditation de Lamartine intitulée *L'Homme :*
> « Borné dans sa nature, infini dans ses vœux,
> L'homme est un dieu tombé qui se souvient des cieux. »

36. Balzac admirait beaucoup ce peintre, qu'il cite souvent, et à qui il semble avoir emprunté plusieurs des traits qu'il prête à Sommervieux. Girodet-Trioson, mort à Paris en 1824, avait obtenu le prix de Rome avec *Joseph vendu par ses frères,* tableau qui rappelle de façon frappante la manière de David. Par la suite, il manifesta son originalité par rapport à son maître dans *Le Sommeil d'Endymion,* une de ses meilleurs compositions, qui remporta un grand succès. Mais il fit l'unanimité au Salon de 1806 avec la *Scène du Déluge* qui lui valut la palme, alors que David exposait la même année son tableau des *Sabines.*

37. Dans l'article de *La Silhouette* sur les « Artistes », Balzac insiste aussi sur l'importance de « l'extase », du « délire » dans l'acte de création et définit ainsi l'inspiration de l'artiste : « Il opère sous l'empire de certaines circonstances, dont la réunion est un mystère. Il ne s'appartient pas. Il est le jouet d'une force éminemment capricieuse. »

38. Girodet a laissé des traductions de poètes grecs et latins qui sentent trop l'effort et le travail.

39. Une situation d'un roman de jeunesse inachevé, *Sténie ou les erreurs philosophiques,* annonce *La Maison du Chat-qui-pelote :* le héros Del Ryès, qui est aussi un artiste conforme au type physique de

Sommervieux avec sa peau blanche, ses yeux et ses cheveux noirs, « la fierté qui réside en son œil d'aigle et sur son front », expose au Salon un portrait de Mme de Plancksey fait de mémoire et reçoit le prix. Il est également à noter que dans ce roman, Mme Radthye, l'amie de Sténie, se prénomme Augustine.

40. Le nom de Sommervieux vient peut-être de celui du comte de Sommariva qui avait réuni dans son hôtel, rue Basse-du-rempart, une riche collection de peintures italiennes et d'objets d'art, que Balzac avait souvent visitée dans sa jeunesse. Mais Sommervieu est aussi une commune située sur le canton de Ryès (autre coïncidence), à côté de Bayeux.

41. L'inventaire annuel avait été rendu obligatoire par le Code de commerce de 1808.

42. P.-G. Castex signale que « ce mode d'étiquetage est traditionnel dans la draperie. Une comédie de Labiche s'intitule *Le Cachemire X.B.T.* »

43. Papier de grand format, ainsi nommé d'après le chancelier Le Tellier.

44. Le vaudeville en un acte de Désaugiers et Gentil de Chavagnac, intitulé *La Chatte merveilleuse ou la Petite Cendrillon*, fut créé aux Variétés le 12 novembre 1810.

45. Ce « bureau à double pupitre », symbole de la conjugalité bureaucratique, sera le rêve de Bouvard et Pécuchet.

46. Il est caractéristique que le jeune Lebas emploie le mot moderne de *dividende* tandis que le conservateur M. Guillaume reste attaché à celui de *produit*. Comme le fait remarquer P.-G. Castex, « Selon M. Matoré (*Le Vocabulaire et la société sous Louis-Philippe*, Genève, Droz; Lille, Giard, 1951), *La Maison du Chat-qui-pelote* est la première œuvre littéraire où l'on relève le mot *dividende*, destiné à remplacer le mot *produit*. La substitution d'un terme à l'autre est significative. Le mot *dividende* implique le principe d'une répartition propre aux affaires, de plus en plus nombreuses, mises en exploitation par le système capitaliste, alors que le mot *produit* convient encore à des affaires comme celle de M. Guillaume, dont le profit est perçu par un bénéficiaire unique, un patron. »

47. Donnant sur la rue Saint-Denis, située entre la rue aux Ours et la rue Sainte-Magloire, l'église Saint-Leu est à trois cents mètres de la rue du Petit-Lion, confirmant cette indication de lady Morgan dans *La France*, que cite P.-G. Castex : la « sphère d'existence [du bourgeois] ne s'étend jamais plus loin que le son de la cloche de sa paroisse ». Voir plan p. 30.

48. Claude-Joseph Vernet (1714-1789), peintre de paysages et de marines, graveur à l'eau-forte; Henri-Louis Cain, dit Lekain (1729-1778), célèbre tragédien qui contribua à la réforme des costumes au théâtre; Jean-Georges Noverre (1729-1810), chorégraphe qui fut maître des ballets de l'Opéra.

49. Joseph Boulogne, chevalier de Saint-Georges, violoniste, escrimeur, cavalier et dandy d'origine guadeloupéenne. François-André Danican, dit Philidor, compositeur d'opéras-comiques et joueur d'échecs réputé évoqué par Diderot dans *Le Neveu de Rameau*.

50. Cette allusion de la bourgeoise Mme Roguin à un ouvrage hors de sa portée est d'autant plus comique qu'il s'agit là d'une image très banale.

51. Du manuscrit à l'édition Furne, Balzac n'a cessé de diminuer le chiffre de la rente de Sommervieux, qui est passée de vingt-quatre mille livres à dix-huit mille puis à douze mille. Anne-Marie Meininger remarque qu'il finit ainsi par produire une erreur historique puisque pour être «créé baron», Sommervieux devait avoir un revenu d'au moins quinze mille francs, selon le décret du 1er mars 1808 qui avait rétabli les titres nobiliaires.

52. Jean Dupont (1735-1819), commerçant et banquier sous l'Ancien Régime, administra sous Napoléon la caisse d'escompte et fut maire du VIIe arrondissement en 1807. Il reçut même de Louis XVIII un siège à la Chambre des pairs.

53. Anne-Marie Meininger signale que Clotilde Murat, duchesse de Corigliano, était installée dans un magnifique domaine près de Versailles en 1824, époque où Balzac était attiré dans cette ville par sa famille et par la duchesse d'Abrantès.

54. Prodigalité ou mesquinerie, c'est aussi le problème constant de Balzac, qui écrira en mars 1830 dans *Des artistes* : «L'artiste n'est pas, selon l'expression de Richelieu, un *homme de suite*, et n'a pas cette respectable avidité de richesse qui anime toutes les pensées du marchand. S'il court après l'argent, c'est pour les besoins du moment, car l'avarice est la mort du génie : il faut dans l'âme d'un créateur trop de générosité pour qu'un sentiment aussi mesquin y trouve place. »

55. «Qu'il en soit ainsi!», «Soit!»

56. Encore un chiffre plusieurs fois remanié; il donne lieu à une incohérence si l'on songe que Virginie, l'aînée des deux sœurs, doit avoir cinquante mille écus de dot, «à moins d'admettre qu'une dot et des *espérances* plus élevées doivent compenser pour le ménage Sommervieux l'attribution du fonds de commerce au ménage Lebas» (P.-G. Castex).

57. Voiture de louage à quatre places.

58. Deux rues portaient ce nom : l'une près de Saint-Sulpice — l'actuelle rue du Vieux-Colombier —, l'autre donnant sur la rue Saint-Antoine — rue Neuve-du-Colombier. La seconde est aujourd'hui détruite.

59. Cette rue, qui n'a aucun rapport avec l'actuelle rue des Trois-Frères, était située dans le quartier de la Chaussée-d'Antin dont Étienne Jouy a accru le prestige. Elle a depuis été réunie à la rue Taitbout.

60. Balzac emploie ici au sens figuré ce mot d'origine italienne qui désigne les ornements vocaux que le chanteur improvise sur la mélodie du compositeur. Il lui donne le sens de variations.

61. Balzac écrivait déjà dans la *Physiologie du mariage* : « Une femme occupée à mettre au monde et à nourrir un marmot est, avant et après sa couche, hors d'état de se présenter dans le monde. »

62. L'artiste « marche la tête dans le ciel et les pieds sur cette terre » *(Des artistes)*.

63. Balzac préférait la graphie *laissez-aller,* aujourd'hui tombée en désuétude.

64. Le malheur d'Augustine est l'illustration de théories énoncées dans la *Physiologie du mariage* : « L'amour est l'accord du besoin et du sentiment, le bonheur en mariage résulte d'une parfaite entente des âmes entre les époux » ou encore : « Unissez une belle intelligence à une intelligence manquée, vous préparez un malheur ; car il faut que l'équilibre se retrouve en tout. »

65. Balzac explique ici le premier titre de sa nouvelle : *Gloire et Malheur.*

66. Marengo est devenue le type même de la bataille gagnée par un brusque retournement de situation, comme la faillite Lecocq est pour M. Guillaume le symbole de son habileté à redresser les situations désespérées.

67. Maladie du cheval que Balzac attribue à l'inaction tandis qu'elle est produite généralement par l'excès de chaleur ou de travail.

68. Le baron de La Hontan est un voyageur français qui fit de longs séjours au Canada et à Terre-Neuve. Pendant son séjour au Canada, il avait pénétré fort avant vers l'Ouest. Il publia la relation de ces voyages dans son livre intitulé *Nouveau Voyage dans l'Amérique septentrionale...* qui fut édité à La Haye en 1703.

69. « O Lord Byron, toi qui ne voulais pas voir les femmes mangeant ! » *Physiologie du mariage.*

70. Balzac écrira dans son article sur les artistes que, pour le public incapable de le comprendre, l'artiste « doit paraître déraisonner fort souvent ». Aux yeux des sots, ajoute-t-il, l'homme de talent « a tous les symptômes de la folie ».

71. Fondé en 1557, l'hôpital des Petites-Maisons, d'abord destiné aux infirmes, aux malades et aux fous, fut peu à peu réservé aux malades mentaux. Il fut détruit en 1868.

72. Sorte de grand siège sans dossier où plusieurs personnes peuvent être assises à la fois à la manière des Orientaux (Larousse du XIXe siècle).

73. Balzac cite ici une *Maxime* de Chamfort : « En vivant et en voyant les hommes, il faut que le cœur se brise ou se bronze » *(Maximes, Pensées, Caractères et Anecdotes,* GF Flammarion, p. 224).

74. Balzac orthographie ce mot *jockei* et entend par là un domestique de petite taille employé à conduire les chevaux de voiture en postillon. Un Anglais qui vécut longtemps en France, Thomas Bryon, le définit dans un opuscule bilingue *The Sportsman's Companion for the Turf... Manuel de l'amateur de courses*, publié en 1827 (G. Matoré, *op. cit.*, p. 82).

LE BAL DE SCEAUX

1. La triste existence du frère cadet de Balzac, Henri, né à Tours le 21 décembre 1807, mort aux Comores le 11 mars 1858, a été reconstituée par Madeleine Fargeaud et Roger Pierrot dans *L'Année balzacienne 1961* sous le titre «Henri le trop aimé». Fils présumé de Jean de Margonne, châtelain de Saché, il fut mal élevé par sa mère et s'avéra vite un parfait incapable. Nous avons nous-même publié, dans une note de *L'Année balzacienne 1979*, son dossier de succession qui éclaire sa fin pitoyable d'ivrogne invétéré. C'est sans doute parce qu'il avait été trop gâté, comme Émilie de Fontaine, que Balzac lui dédia *Le Bal de Sceaux* en 1842.

2. P.-G. Castex, qui a retrouvé dans le *Dictionnaire de la noblesse* de La Chesnaye-Dubois une famille de Fontaine remontant à 1091, se demande si Balzac n'a pas appris l'existence de cette famille lors de son séjour en Bretagne, au temps où il préparait *Les Chouans;* en effet, un Henri-Charles de Fontaine, d'origine poitevine, s'était installé en Bretagne en 1750.

3. Commune de Vendée où Charette et ses Chouans écrasèrent les Bleus le 13 décembre 1793.

4. «Quand vint la paix, le nombre des prétendants se doubla: les familles nobles et pauvres qui refusaient de servir l'empereur voulurent servir les Bourbons. Une armée de cousins, de neveux, d'arrière-germains, de parents à la mode de Bretagne déboucha de province au faubourg Saint-Germain et tripla la masse des solliciteurs *(Physiologie de l'employé)*.

5. Louis XVII ne fut considéré officiellement comme mort qu'en 1795 par les royalistes. C'est à cette date que Louis XVIII se proclama roi. La Charte de 1814 fut donc datée de la dix-neuvième année du règne. Aussitôt les officiers qui avaient servi la royauté en Vendée gagnèrent l'ancienneté correspondante et nombre d'entre eux furent promus, quoique sans solde et à titre honoraire.

6. Bel exemple de la politique de «fusion» de Louis XVIII puisque l'ordre de Saint-Louis, fondé par Louis XIV et supprimé par la Révolution, fut rétabli en 1814, tandis que la Légion d'honneur, fondée par Bonaparte, avait été maintenue par la Charte.

7. Il s'agit du comte d'Artois et de ses deux fils, le duc d'Angoulême et le duc de Berry.

8. A Saint-Ouen, le 2 mai 1815, Louis XVIII, sous la pression du tsar et sous l'influence du comte Beugnot, rallié de l'Empire, déclara qu'il était décidé à donner au nouveau régime des institutions libérales.

9. C'est le 20 mars 1815 que Napoléon, revenu de l'île d'Elbe, fit son entrée aux Tuileries désertées la veille par Louis XVIII.

10. Il s'agit de Talleyrand.

11. Les cours prévôtables, installées de 1815 à 1817 au chef-lieu de chaque département, rendaient des sentences exécutoires dans les vingt-quatre heures sur les actes de rébellion et de sédition.

12. Pour la seconde fois en moins de trente lignes, Balzac a recours à ce mot dont il va contribuer à fixer l'emploi substantivé en préférant, en 1842, au titre de son roman *La Femme supérieure*, celui des *Employés*. Il a d'ailleurs écrit en 1841 sa *Physiologie de l'employé*, qui est une charge féroce contre la bureaucratie (voir notre thèse encore inédite, *La Bureaucratie. Naissance d'un thème et d'un vocabulaire dans la littérature française*). Dans ce passage, l'italique souligne l'innovation lexicale et la coloration euphémique du terme : *employé*.

13. La Maison du Roi fut placée directement sous l'autorité royale en 1815 et ne redevint un ministère qu'en 1820.

14. Il s'agit d'un épisode de l'expédition d'Espagne en 1823. La presqu'île du Trocadéro commandant la ville de Cadix, où les Espagnols tenaient enfermé le roi Ferdinand VII, fut libérée par les troupes du duc d'Angoulême.

15. « J'aime Platon, mais j'aime encore plus la Nation. » Louis XVIII adapte un mot tiré de la vie d'Aristote Ammonius : « Amicus Plato, sed magis amica veritas », que Balzac citait déjà dans *Annette et le criminel* (Garnier-Flammarion, p. 232).

16. Louis XVIII cultivait volontiers le quatrain, comme le montrent les poèmes recueillis après sa mort par Marco de Saint-Hilaire (*Louis XVIII,* Peytieux, 1825).

17. Dans une *Pièce sans titre* de date incertaine (entre 1830 et 1834), Balzac met en scène une jeune fille trop gâtée qui ressemble beaucoup à Émilie de Fontaine. Il s'agit de Julie de Verfeuil qui « … ne voulait épouser qu'un jeune homme d'une haute et noble famille, bien fait, spirituel, aimant, riche, titré… »

18. La réplique de Mascarille dans *Les Précieuses ridicules* est exactement : « Les gens de qualité savent tout sans avoir jamais rien appris ».

19. Ce receveur général, d'abord appelé Planat, a bien été doté d'une particule dans le Furne corrigé, où il s'appelle Planat de Baudry. Balzac a oublié de corriger cette remarque.

20. Voir notre introduction, p. 16-17.

21. La Fayette était le chef de l'opposition libérale, La Bourdonnaye l'un des chefs du parti ultra. Dans une lettre à Zulma Carraud du 26 novembre 1830, Balzac écrit : « Personne ne veut s'unir aux princi-

pes mitoyens dont je vous ai tracé en deux mots le plan constitutif. Nous sommes entre les exagérés du libéralisme et les gens de la légitimité qui vont s'unir pour renverser. » (*Correspondance*, t. 1, p. 478.) Le comte de Fontaine a su adopter ces «principes mitoyens».

22. Le nom de Mongenod vient de *L'Envers de l'histoire contemporaine*, celui de Grossetête vient du *Curé de village* et de *La Muse du département*.

23. «Balzac affectionnait apparemment ce terme archaïque», note P.-G. Castex, «puisqu'il le substitue au mot *vaisseau*, après l'avoir substitué dans *La Maison du Chat-qui-pelote* au mot *barque*. On le rencontre encore dans *Les Employés*. »

24. Recueil des contes persans publiés en cinq volumes de 1710 à 1712 à l'imitation des *Mille et Une Nuits*.

25. Pour Balzac, Célimène symbolise la femme aristocratique comme Figaro représente le peuple, remarque P.-G. Castex.

26. Il s'agit du manteau des pairs de France.

27. Balzac explique un peu plus loin que sous un gouvernement représentatif, les ministres donnent à dîner aux députés pour gagner leurs voix, corrompant ainsi «la probité législative de cette illustre chambre qui sembla mourir d'indigestion». Un calembour célèbre de l'époque sur les mots Centre-Ventre faisait appeler les députés du Centre *les Ventrus*.

28. Il ne s'agit pas des grands journaux d'opposition mais des petites feuilles de polémique comme *Le Miroir*, *La Pandore* ou *Le Figaro*.

29. C'est la pièce ou les deux pièces de cuir qui environnent le talon des pantoufles.

30. L'opéra de Rossini, *Le Barbier de Séville*, fut créé à Rome en 1816 et à Paris en octobre 1819.

31. Selon Littré, une dentelle à la neige est une dentelle de peu de valeur.

32. Tous ces noms ont été ajoutés dans l'édition de 1842 pour rattacher *Le Bal de Sceaux* à d'autres romans de *La Comédie humaine*, *Le Contrat de mariage*, *La Maison Nucingen*, *Ursule Mirouët*.

33. Remplie d'onction. Ne se dit plus dans ce sens.

34. Il s'agit de l'Institution de l'Adoration perpétuelle, fondée sous la Restauration par la princesse de Condé, tante du duc d'Enghien.

35. Cet opéra de Cimarosa fut créé à Paris en 1801. La citation exacte est «Cara non dubitar».

36. Il s'agit de la fameuse loi du «milliard des émigrés», promise par Charles X dans son premier discours du trône, le 22 décembre 1824 et votée en 1825. Cette loi indemnisa les anciens propriétaires de biens fonciers nationalisés par la Révolution.

37. Le fils posthume du duc de Berry, né le 20 septembre 1820. Il avait alors quatre ans.

38. D'abord recouvert d'une tente « à la manière des pavillons chinois » et éclairé par des « lanternes à la quinque », le bal s'ouvrit le 20 mai 1799 (prairial an VII). Mais en l'an X de la République, la Société du Jardin et des Eaux dut reconnaître que la tente était ruinée, et l'on décida à l'unanimité de construire une immense rotonde de bois : un toit léger recouvert d'ardoises, porté par vingt-quatre piliers, avec un pilier central autour duquel l'orchestre devait prendre place. Ce qui fut fait. Le public accourut toujours plus nombreux car la rotonde pouvait abriter deux mille danseurs. (Catalogue de l'exposition *Histoire du bal de Sceaux*, 1799-1896, Les Amis de Sceaux.)

39. *Les Guerriers français reçus par Ossian*. Ce tableau avait été commandé à Girodet par Bonaparte, grand amateur de poésies gaéliques.

40. Anne-Marie Meininger signale dans son Introduction que Las Cases, cousin germain de M. de Berny, avait épousé une demoiselle de Kergariou, dont un oncle, le vicomte de Kergariou, commanda un bateau illustre, *La Belle-Poule*.

41. Sorte de navire rond utilisé au XVIᵉ siècle.

42. Selon Anne-Marie Meininger, « le seul nom de cette rue fait prévoir le dénouement ». En effet, depuis la Révolution, dans les étroites rues du quartier du Sentier, se sont groupés les négociants du tissu et particulièrement du coton.

43. Dans son étude sur *Les Éléments populaires dans le lexique de « La Comédie humaine »* (Paris, 1954), Robert Dagneaud écrit que ce mot, qui désigne au sens propre la mâchoire inférieure du cheval, signifie au sens figuré « perruque vieille et crasseuse » ; il « appartient, ajoute-t-il, au vocabulaire polémique des libéraux qui s'en servent comme injure à l'adresse des ultras ». Le mot n'en est que plus piquant dans la bouche du comte de Kergarouët se l'appliquant à lui-même.

44. Célèbres danseuses de l'Opéra.

45. Nom que donnent les navigateurs à une aigrette lumineuse qui apparaît parfois sous l'effet de l'électricité atmosphérique au bout des mâts ou des cordages.

46. Voir *La Maison du Chat-qui-pelote*, note 49.

47. Le mathématicien Barrême a écrit un *Livre des comptes faits* qui l'a rendu si célèbre que son nom est devenu nom commun en perdant un *r*.

48. Charge achetée par les roturiers pour s'anoblir et laver ainsi la tache de leur origine.

49. G. Matoré *(op. cit.)* note que le mot *calicot* prend le sens de *commis* en 1817 et cite le passage suivant des *Mœurs d'aujourd'hui* d'Auguste Luchet (Coulon, 1854) : « Alors florissaient les *calicots*. C'était après l'invasion, en pleine paix... Comme il n'y avait plus à se battre, une rage belliqueuse s'empara des jeunes gens du commerce, et ces *preux chevaliers de la demi-aune*, comme on les surnommait... firent à leur tour l'invasion subite des boulevards de Paris... Le vaude-

ville s'empara de ce type étrange. Les *calicots* furent traduits sur la
scène des Variétés. Le ridicule fit pour eux comme pour tout ce qu'il
frappe : il les tua. » Le vaudeville auquel l'auteur fait allusion est *Le
Combat des montagnes ou La Folie-Beaujon* de Scribe et Dupin dont un
personnage était un marchand de nouveautés nommé Calicot. Dans le
dossier préparatoire d'*Au bonheur des dames*, Zola écrira : « Le calicot
d'aujourd'hui peut conquérir la fortune. On n'accepte plus les places de
colonel pour l'Ancien Régime, on les conquiert. »

50. Balzac définit lui-même le majorat dans *Le Contrat de mariage*.
C'est « une fortune inaliénable, prélevée sur la fortune des deux époux,
et constituée au profit de l'aîné de la maison, à chaque génération, sans
qu'il soit privé de ses droits au partage égal des autres biens. » Mᵉ Pier-
re-Antoine Perrod a analysé cette institution dans un article de *L'Année
balzacienne 1968* intitulé : « Balzac et les majorats ».

51. Selon P.-G. Castex, l'ambigu, généralement servi la nuit, n'est
donc ni un déjeuner ni un dîner.

52. Balzac fixe à tort l'âge de la majorité des filles à vingt-cinq ans
comme il le fera dans *La Vendetta* : c'est en réalité à vingt et un ans que
les filles étaient majeures tandis que les garçons l'étaient à vingt-cinq.

53. Ce nom contient une allusion sans équivoque à Mgr Frayssinous,
évêque d'Hermopolis, ministre de Villèle et responsable d'une campagne pour la multiplication des petits séminaires qui contribua à déchaî-
ner une agitation anticléricale en 1826.

54. Jouant sur les deux sens du verbe *écarter* : 1) éloigner, repousser
et 2) rejeter de son jeu une ou plusieurs cartes qui seront remplacées à la
donne suivante (Littré), Balzac réussit une pointe finale qui fait de cette
nouvelle un modèle du genre. Voir notre introduction.

LA VENDETTA

1. Le 10 avril 1837, Balzac écrivit de Florence à Mme Hanska :
« Vous aurez probablement ma statue en marbre de Carrare et en
demi-nature, c'est-à-dire de trois pieds de haut environ, merveilleusement ressemblante... Elle est faite à Milan par un artiste nommé Putti-
nati ; il n'a rien voulu. J'ai à grand-peine payé les frais et le marbre. »
Balzac acquitte sa dette de reconnaissance en faisant au sculpteur
l'hommage d'une nouvelle qui, comme le souligne P.-G. Castex,
contient plusieurs allusions à l'art italien.

2. Le « Louvre des Valois » est la partie du Palais qui entoure la Cour
carrée. Le « Château de Catherine de Médicis » était le Palais des
Tuileries, rasé après son incendie lors de la Commune.

3. P.-G. Castex a signalé que ce nom rappelle celui du peintre
Sebastiano del Piombo comme celui de Porta rappelle celui de Bartholomeo della Porta. On ne s'étonnera pas de ces deux noms d'artistes
italiens dans une nouvelle fortement marquée par des influences picturales.

4. Il s'agit du parti de Paoli, qui s'était réfugié en Angleterre et qui, revenu en Corse pendant la Révolution française, négocia le cession de l'île. Les Anglais occupèrent la Corse de 1793 à 1796.

5. Le manuscrit porte « une nécessité, une autorité, une spécialité, une célébrité » ; Balzac a allégé son texte en choisissant avec beaucoup de sûreté un mot qui deviendra très à la mode vers 1840, celui de *spécialité*. « C'est un de ces mots qui naissent, qui brillent, qui se répandent, mais qui n'ont au fond qu'un éclat passager » (Marc Fournier, *La Grande-Ville*, t. II, p. 59).

6. Ce général français, né à Paris en 1786, fut l'aide de camp du maréchal Lannes. A la chute de l'Empire, il accepta de Louis XVIII la croix de Saint-Louis et le commandement du septième de ligne, en garnison à Grenoble. Au retour de l'île d'Elbe, il alla rejoindre Napoléon à Vizille et lui fit ouvrir les portes de Grenoble. En récompense, il fut nommé coup sur coup général de division et pair de France. Après Waterloo, il s'attendait bien à être fusillé parmi les premiers. En fait, il fut arrêté le 2 août 1815 (donc après cette scène qui est censée se passer « vers la fin du mois de juillet 1815 ») et fusillé le 19 du même mois. Voir plus loin, p. 199.

7. « Comme dans *La Maison du Chat-qui-pelote*, note P.-G. Castex, et en termes moins nuancés, car le passage n'a jamais été corrigé, Balzac énonce, sur la création des œuvres d'art, une théorie proprement romantique dont il s'est éloigné par la suite. »

8. Il s'agit du septième de ligne, régiment de Labédoyère à Grenoble.

9. Henri Clarke, duc de Feltre, avait été l'adjoint de Carnot à la Guerre puis ministre de la Guerre lui-même. Il se rallia aussitôt à la Restauration qui sut utiliser son expérience en matière d'administration militaire en lui rendant son portefeuille le 26 septembre 1815.

10. Cet historien, né en 1655 (?), mort en 1735, avait embrassé la vie religieuse. Il écrivit des ouvrages à succès comme l'*Histoire des révolutions de Portugal*, l'*Histoire des révolutions de Suède* et l'*Histoire des révolutions de la république romaine*. Ayant été chargé d'écrire l'*Histoire de l'ordre de Malte*, qui parut en 1719, il écrivit à un chevalier pour lui demander des renseignements précis sur le fameux siège de Rhodes. Les renseignements se faisant attendre, Vertot n'en continua pas moins son travail, qui était fini lorsque les documents arrivèrent. La conscience de l'écrivain ne se trouva nullement gênée par la divergence qui pouvait exister entre son récit et la vérité, et il répondit à son correspondant : « J'en suis fâché, mais mon siège est fait. »

11. Eugénie Grandet, elle aussi, offrira son or à Charles lorsque, le rencontrant pour la première fois, elle le verra dans la détresse.

12. Voir notre introduction.

13. Pierrette Jeoffroy-Faggianelli fait remarquer (*L'Image de la Corse dans la littérature romantique française*, P.U.F., 1979) que, pour Balzac, la passion amoureuse est italienne ; il appelle son héroïne

« l'Italienne » beaucoup plus souvent dans cet épisode où il décrit la naissance de l'amour et sa cristallisation que partout ailleurs dans la nouvelle. C'est l'influence manifeste de *Vanina Vanini* qui l'entraîne à s'attarder longuement sur cet épisode très stendhalien.

14. Il est amusant de constater, avec P.-G. Castex que « l'officieuse cousine de *La Maison du Chat-qui-pelote*, qui favorisait les amours d'Augustine avec Sommervieux, apparaît dans *La Vendetta* comme une bégueule. » Ce critique explique cette différence par le fait que, dans les premières éditions des deux nouvelles, il ne s'agissait pas de la même personne.

15. Dans une esquisse intitulée *Corsino*, datée par J.-A. Ducourneau de 1822, Balzac avait mis en scène un personnage ressemblant par quelques traits à Bartholoméo, celui de Sir Lothurn, ancien ministre du roi d'Angleterre. Même carrière, même probité, même pauvreté à l'issue de sa vie politique. De plus, Sir Lothurn a une fille qui a été élevée comme Ginevra. Voici le texte : « ... elle avait effleuré de ses livres le vase amer de l'instruction, ne prenant que le nécessaire. Elle était très spirituelle et n'ayant que les premiers éléments des sciences, la force de son imagination l'avançait assez lorsqu'il fallait en causer... Parmi les talents inutiles, son père ne lui avait permis que la musique ; il entrait dans cette permission un peu d'intérêt personnel car Sir Lothurn avait pensé à son propre goût... » Maria a la même simplicité que Ginevra et la même affection pour son père : « Son enfance avait vu les salons dorés du Ministère et Maria, à dix-neuf ans, se trouvant sous la simple tuile de la retraite de son père, gardait le même caractère et les mêmes goûts... Rien que la manière dont elle consolait son vieux père, ses attentions et ses soins suffisaient pour donner une idée de son âme. » (Les Bibliophiles de l'Originale, tome XXIV, p. 232-233.) Deux ébauches de 1822, *Une heure de ma vie* et *Corsino* contiennent donc déjà en germe certains thèmes importants des *Scènes de la vie privée* de 1830. On peut en conclure avec Roland Chollet que Lord R'hoone était bien « à la recherche de Balzac » (*L'Année balzacienne 1968*).

16. Ici les premières éditions comportaient une note de Balzac : « Les perles dont les couronnes héraldiques sont surmontées avaient été remplacées par des plumes dans les armoiries de la noblesse impériale. »

17. Selon P.-G. Castex, il s'agirait de Talleyrand, Beugnot et Fouché. Anne-Marie Meininger considère Talleyrand et Fouché comme certains, mais estime Feltre plus vraisemblable pour le troisième.

18. Ces trois personnages, restés fidèles à l'empereur, connurent la disgrâce au début de la Restauration.

19. L'abdication du 6 avril 1814.

20. Le peintre Jean-Victor Schnetz a emprunté la plupart de ses sujets aux mœurs italiennes. Il devait être nommé en 1840 directeur de l'Académie de France à Rome.

21. Balzac aimait beaucoup le *Tristram Shandy* de Sterne, qu'il cite à plusieurs reprises. Mme Shandy y joue un rôle discret et effacé.

22. Qualificatif donné par les Turcs à la sultane mère.

23. «Comme dans *Le Bal de Sceaux*», remarque P.-G. Castex, «l'écrivain prête à l'un de ses personnages une parole qui, de manière implicite, annonce le dénouement.»

24. A Waterloo.

25. Après le second retour des Bourbons, Bartholomeo avait décidé lui aussi de ne plus porter cette décoration, créée par Bonaparte et maintenue par la Charte.

26. Ce poignard, instrument même de la vendetta, caractérise le personnage.

27. Ginevra a choisi comme notaire le père de la compagne qui prenait sa défense à l'atelier Servin.

28. Manteau de cérémonie.

29. Le personnage du notaire ridicule appartient encore à la tradition comique classique. Il est aussi caricatural que ceux des romans de jeunesse de Balzac comme *Le Centenaire* ou *L'Héritière de Birague*. Il ne prendra tout son poids romanesque que dans des romans comme *Le Colonel Chabert*.

30. «Actes extra-judiciaires qu'un fils ou une fille qui ont atteint l'âge prescrit par la loi (pour leur majorité) sont tenus de faire signifier à leur père et à leur mère, ou en cas de décès de ceux-ci, à leurs aïeuls et aïeules, pour leur demander conseil sur leur mariage lorsque ces parents n'ont pas donné leur consentement» (Larousse du XIXe siècle).

31. Cet adjectif, toujours péjoratif, prend sous la plume de Balzac une résonance particulière; il s'agit, en effet, de l'un des premiers emplois de ce mot dans *La Comédie humaine*, qui va accorder une place de choix au thème bureaucratique d'abord en 1837, dans *La Femme supérieure*, puis, après l'essai sociologique étonnamment moderne que constituera la *Physiologie de l'employé*, dans le roman définitif de 1842 intitulé *Les Employés*.

32. Il s'agit d'un usage tombé en désuétude depuis relativement peu de temps: des parents tenaient un voile au-dessus de la tête des mariés au moment de la bénédiction nuptiale.

33. P.-G. Castex remarque que «Balzac a commenté plusieurs fois ce contraste, qu'il juge particulièrement cruel» et cite *La Peau de chagrin*: «Je ne conçois pas l'amour dans la misère» et *Ferragus*: «L'amour a le travail et la misère en horreur.»

34. Le nom d'Élie Magus permet aux familiers de *La Comédie humaine* de prévoir les dangers qui guettent le jeune couple.

35. Robert Dagneaud (*op. cit.*) note que le *Dictionnaire de l'Académie* donne comme familière cette locution que Balzac dit populaire.

36. Comme le souligne P.-G. Castex, «ce détail concernant la chevelure, tout à la fin du récit, est la réplique délibérée de l'indication fournie tout au début: "la petite fille... dont les longs cheveux noirs étaient comme un amusement entre ses mains"».

37. Anne-Marie Meininger fait remarquer que cette fin mélodramatique avait sans doute été inspirée par un drame réel qui avait fait grand
bruit en 1824, le scandale survenu chez l'ancien maréchal Victor dont la
seconde femme, à la fois marâtre et rivale, aurait poussé au suicide la
fille de son mari, la comtesse de Lusignan : « On prétend que Lusignan,
au désespoir, aurait apporté le cadavre dans le salon de la duchesse et le
lui aurait jeté aux pieds en disant : "Tenez, voilà votre victime." »

LA BOURSE

1. Sophie Rebora, dite Sofka, fille naturelle du prince Koslowski et
d'une Milanaise, Mme Rebora, avait été présentée à Balzac par la
comtesse Guidoboni-Visconti. Elle l'avait aidé à préparer la première
des *Ressources de Quinola*, en 1842 et, pour la remercier, Balzac lui
dédia *La Bourse*.

2. Pour Balzac, le but de la peinture est de créer l'illusion de la vie.
Jean-Louis Tritter, qui a annoté cette nouvelle dans la Bibliothèque de
La Pléiade, cite cette exclamation exaltée de Frenhofer, dans *Le
Chef-d'œuvre inconnu*, en face de son propre tableau : « Ce n'est pas une
toile, c'est une femme ! une femme avec laquelle je pleure, je ris, je
cause, et je pense. »

3. Ces lampes, conçues vers 1780 par Argand, répandues par Quin-
quet, étaient constituées par des mèches tubulaires parcourues sur leurs
deux faces par un courant d'air destiné à en faciliter la combustion.

4. L'infusion de vulnéraire passait pour avoir des propriétés toni-
ques.

5. Une partie de la rue de Surène existe encore. Cette rue partait de la
Madeleine vers l'entrée du boulevard Malesherbes. Quant à la rue des
Champs-Élysées, c'est l'actuelle rue Boissy-d'Anglas.

6. Avant la mise en circulation du timbre-poste, qui date, en France,
de 1849, le port des lettres était payé par le destinataire.

7. Robert Dagneaud (*op. cit.*, p. 77) note que ce participe est pris
comme synonyme d'*élégant* par la langue populaire.

8. Voir notre introduction, p. 24.

9. On peut voir dans ce passage une sorte de Physiologie ou de
Monographie du propriétaire tout à fait dans l'esprit de celles que
Balzac écrira pour l'employé ou pour le rentier.

10. Balzac songe à la politique de Metternich, qui tenait à préserver
le statut défini par les traités de 1814-1815.

11. Ce nom vient de *César Birotteau*. Il a été introduit dans *La
Bourse* en 1842.

12. Ce mot qui désigne un lieu où une multitude d'objets sont
entassés en désordre a été emprunté par la langue courante aux Évangi-
les ; il y était, en effet, le nom d'une ville de Galilée où Jésus attira la
foule.

13. Diverses sortes d'ouvertures « souffertes », tolérées par les voisins.

14. Ce marchand de papiers peints était à la mode vers 1780. Son nom date donc la décoration de la pièce.

15. Le peintre Charles Lebrun avait peint ces cinq tableaux qui étaient souvent reproduits en gravures.

16. Voir notre introduction, p. 22-23.

17. Chandelier plat à manche.

18. On dit plutôt aujourd'hui *offensant*.

19. Cet emploi juridique du terme s'applique à des créances qui n'ont pas été revendiquées dans un délai prescrit.

20. On écrit plutôt *vestimentaire*.

21. « Attentes d'épaulettes, ou, simplement attentes, les galons qui, placés sur l'épaule sont destinés à recevoir l'épaulette » (Littré).

22. Recommandation ajoutée à une pétition.

23. C'est bien à propos de son ami et collaborateur Champcenetz que Rivarol a écrit ce mot dans ses *Œuvres*.

24. Encore une allusion au *Tristram Shandy* de Sterne.

25. Sur ce tableau, exposé par Pierre-Narcisse Guérin au Salon de 1817, Didon est représentée écoutant le récit d'Énée, devant sa sœur Anne appuyée, pour mieux entendre, sur la tête de son lit.

26. Ce nom vient de *Béatrix*.

27. *Faire une école*, qui désigne le plus souvent une erreur d'équitation, est aussi un terme de jeu qui signifie oublier de marquer les points qu'on gagne ou les marquer mal à propos.

28. Procédé balzacien qui consiste à rapprocher un nom de personnage réel comme celui du peintre Gros et un nom de personnage fictif, créant ainsi un univers romanesque appuyé sur des bases réelles.

DOCUMENTS

1. Félix Davin a rédigé, pour l'édition de 1835 des *Études de mœurs au XIXe siècle*, une *Introduction*, largement remaniée et augmentée ensuite par Balzac; nous en donnons ici les extraits qui concernent nos quatre *Scènes de la vie privée*.

2. Dans l'édition originale de 1830, Balzac présentait ses nouvelles dans une préface et justifiait leur morale dans une postface. Nous donnons ces deux textes très importants qui ont disparu de toutes les éditions postérieures.

3. Cette première ébauche de *Gloire et Malheur*, entièrement cancellée sur le manuscrit, a pu être déchiffrée par Anne-Marie Meininger et publiée pour la première fois en 1976 dans le premier volume de l'édition de la Pléiade.

4. Pour mieux comprendre la portée de *La Maison du Chat-qui-pelote*, il nous semble intéressant de citer ce passage du discours de Tournebousche à son fils (à la fin du conte drolatique intitulé *Le Succube*) que nous avons rapproché dans notre introduction du credo bourgeois de M. Guillaume. Le caractère burlesque de ce discours ne peut laisser aucun doute sur la distance que prend Balzac à l'égard de la morale pratique et sociale du père Guillaume telle qu'il l'exprime dans la nouvelle.

PRÉFACE DE FÉLIX DAVIN
aux « ÉTUDES DE MŒURS »
(Extraits)

. . . .

Dans les *Scènes de la Vie privée*, avons-nous dit ailleurs, la vie est prise entre les derniers développements de la puberté qui finit, et les premiers calculs d'une virilité qui commence. Là donc, principalement des émotions, des sensations irréfléchies; là, des fautes commises moins par la volonté que par inexpérience des mœurs et par ignorance du train du monde; là, pour les femmes, le malheur vient de leurs croyances dans la sincérité des sentiments, ou de leur attachement à leurs rêves que les enseignements de la vie dissiperont. Le jeune homme est pur; les infortunes naissent de l'antagonisme méconnu que produisent les lois sociales entre les plus naturels désirs et les plus impérieux souhaits de nos instincts dans toute leur vigueur; là, le chagrin a pour principe la première et la plus excusable de nos erreurs. Cette première vue de la destinée humaine était sans encadrement possible. Aussi l'auteur s'est-il complaisamment promené partout: ici, dans le fond d'une campagne; là, en province; plus loin, dans Paris.

. . . .

Dans *Le Bal de Sceaux;* nous voyons poindre le premier mécompte, la première erreur, le premier deuil secret de cet âge qui succède à l'adolescence. Paris, la cour et les complaisances de toute une famille ont gâté *mademoiselle de Fontaine;* cette jeune fille commence à raisonner la vie, elle comprime les battements instinctifs de son cœur, lorsqu'elle ne croit plus trouver dans l'homme qu'elle aimait les avantages du mariage aristocratique qu'elle a rêvé. Cette lutte du cœur et de l'orgueil, qui se reproduit si fréquemment de nos jours, a fourni à M. de Balzac une de ses peintures les plus vraies. Cette scène offre une physionomie franchement accusée et qui exprime une des individualités les plus caractéristiques de l'époque. *M. de Fontaine,* ce Vendéen sévère et loyal que Louis XVIII s'amuse à séduire, représente admirablement cette portion du parti royaliste qui se résignait à être de son époque en s'étalant au budget. Cette scène apprend toute la Restauration, dont l'auteur donne un croquis à la fois plein de bonhomie, de sens et de malice. Après un malheur dont la vanité est le principe, voici, dans *Gloire et Malheur,* une mésalliance entre un capricieux artiste et une jeune fille au cœur simple. Dans ces deux scènes, l'enseignement est également moral et sévère. *Mademoiselle Émilie de Fontaine* et *mademoiselle Guillaume* sont toutes deux malheureuses pour avoir méconnu l'expérience paternelle, l'une en fuyant une mésalliance aristocratique, l'autre en ignorant les convenances de l'esprit. Ainsi que l'orgueil, la poésie a sa victime aussi. N'est-ce pas quelque chose de touchant et de bien triste à la fois, que ces amours de deux natures si diverses ; de ce peintre qui revient de Rome tout pénétré des angéliques créations de Raphaël, qui croit voir sourire une Madone, au fond d'un magasin de la rue Saint-Denis ; et de cette jeune fille, humble, candide, qui se soumet, frémissante et ravie, à la poésie qu'elle comprend peut-être d'instinct, mais qui doit bientôt l'éblouir et la consumer. Le refroidissement successif de l'âme du poète, son étonnement, son dépit en reconnaissant qu'il s'est trompé, son mépris ingrat et pourtant excusable, pour l'être simple et inintelligent qu'il a attaché à sa destinée, et qui lui alourdit cruellement l'existence ; ses sursauts de colère lorsque la naïve jeune femme, placée en face d'une fougueuse création de son mari, ne trouve pour répondre à son orgueilleuse interrogation que ces mots bourgeois : « C'est bien joli ! » les souffrances cachées et muettes de la douce victime, tout est saisissant et vrai. Ce drame se voit chaque jour dans notre société, si maladroitement organisée, où l'éducation des femmes est si puérile, où le sentiment de l'art est une chose tout exceptionnelle. Dans *La Vendetta,* l'auteur poursuit son large enseignement, tout en continuant la jolie fresque des *Scènes de la Vie privée*. Rien de plus gracieux que la peinture de l'atelier de *M. Servin;* mais aussi rien de plus terrible que la lutte de *Ginevra* et de son père. Cette étude est une des plus magnifiques et des plus poignantes. Quelle richesse dans ce contraste de deux volontés également puissantes, acharnées à rendre leur malheur complet. Le père est comptable à Dieu de ce malheur. Ne l'a-t-il pas causé par la funeste éducation donnée à sa fille dont il a trop développé la force ? La fille est coupable de désobéissance, quoique la loi soit pour elle. Ici l'auteur a montré qu'un enfant avait tort de se marier en faisant les actes respectueux prescrits par le Code. Il est d'accord avec les mœurs contre un article de loi rarement appliqué. En vérité, quand on parcourt ces premières compositions de M. de Balzac, on se demande comment on peut le taxer d'immoralité.

. . . .

La Bourse est une de ces compositions attendrissantes et pures auxquelles excelle M. de Balzac, une page toute allemande qui tient à Paris par la description de l'appartement habité par une vieille femme ruinée, un de ses plus jolis tableaux de chevalet. Le vieil émigré suivi de son ombre, *Adélaïde de Rouville* et sa mère, sont des figures où le talent de M. de Balzac se retourne pour ainsi dire sur lui-même avec une souplesse inouïe.

. . . .

PRÉFACE ET POSTFACE DE 1830

Il existe sans doute des mères auxquelles une éducation exempte de préjugés n'a ravi aucune des grâces de la femme, en leur donnant une instruction solide sans nulle pédanterie. Mettront-elles ces leçons sous les yeux de leurs filles?... L'auteur a osé l'espérer. Il s'est flatté que les bons esprits ne lui reprocheraient point d'avoir parfois présenté le tableau vrai de mœurs que les familles ensevelissent aujourd'hui dans l'ombre et que l'observateur a quelquefois de la peine à deviner. Il a songé qu'il y a bien moins d'imprudence à marquer d'une branche de saule les passages dangereux de la vie, comme les mariniers pour les sables de la Loire, qu'à les laisser ignorer à des yeux inexpérimentés.

Mais pourquoi l'auteur solliciterait-il une absolution auprès des gens du salon? En publiant cet ouvrage, il ne fait que rendre au monde ce que le monde lui a donné. Serait-ce parce qu'il a essayé de peindre avec fidélité les événements dont un mariage est suivi ou précédé, que son livre serait refusé à de jeunes personnes, destinées à paraître un jour sur la scène sociale? Serait-ce donc un crime que de leur avoir relevé par avance le rideau du théâtre qu'elles doivent un jour embellir?

L'auteur n'a jamais compris quels bénéfices d'éducation une mère pouvait retirer à retarder d'un an ou deux, tout au plus, l'instruction qui attend nécessairement sa fille, et à la laisser s'éclairer lentement à la lueur des orages auxquels elle la livre presque toujours sans défense.

Cet ouvrage a donc été composé en haine des sots

livres que des esprits mesquins ont présentés aux femmes jusqu'à ce jour. Que l'auteur ait satisfait aux exigences du moment et de son entreprise ?... c'est un problème qu'il ne lui appartient pas de résoudre. Peut-être retournera-t-on contre lui l'épithète qu'il décerne à ses devanciers. Il sait qu'en littérature, ne pas réussir c'est périr ; et c'est principalement aux artistes que le public est en droit de dire : —VAE VICTIS !

L'auteur ne se permettra qu'une seule observation qui lui soit personnelle. Il sait que certains esprits pourront lui reprocher de s'être souvent appesanti sur des détails en apparence superflus. Il sait qu'il sera facile de l'accuser d'une sorte de *garrulité* puérile. Souvent ses tableaux paraîtront avoir tous les défauts des compositions de l'école hollandaise, sans en offrir les mérites. Mais l'auteur peut s'excuser en disant qu'il n'a destiné son livre qu'à des intelligences plus candides et moins blasées, moins instruites et plus indulgentes que celles de ces critiques dont il décline la compétence.

*

Au risque de ressembler, suivant la spirituelle comparaison d'un auteur, à ces gens qui, après avoir salué la compagnie, rentrent au salon pour y chercher leur canne, l'auteur se hasardera à parler encore de lui, comme s'il n'avait pas mis quatre pages en tête de son ouvrage.

En lisant *Anatole,* l'une des plus charmantes productions d'une femme qui alors fut sans doute inspirée par la muse de miss Inchbald, l'auteur a cru y trouver dans trois lignes le sujet du *Bal de Sceaux.*

Il déclare qu'il n'aurait aucune répugnance à devoir l'idée de cette scène à la lecture du joli roman de madame Gay : mais il ajoutera que, malheureusement pour lui, il n'a lu que très récemment *Anatole,* et qu'alors sa scène était faite.

Si l'auteur se montre si chatouilleux et se met en garde contre la critique, il n'en faut pas l'accuser.

Quelques esprits armés contre leurs plaisirs, et qui, à force de demander du neuf, ont conduit notre littérature à faire de l'extraordinaire et à sortir des bornes que lui imposeront toujours la clarté didactique de notre langue et le naturel, ont reproché à l'auteur d'avoir imité, dans le premier de ses ouvrages *(Le Dernier Chouan, ou la Bretagne en 1800)*, une fabulation déjà mise en œuvre.

Sans relever une critique aussi mal fondée, l'auteur croit qu'il n'est pas inutile pour lui de consigner ici l'opinion très dédaigneuse qu'il s'est formée sur les ressemblances si péniblement cherchées par les oisifs de la littérature entre les ouvrages nouveaux et les anciens ouvrages.

La marque distinctive du talent est sans doute l'invention. Mais, aujourd'hui que toutes les combinaisons possibles paraissent épuisées, que toutes les situations ont été fatiguées, que l'impossible a été tenté, l'auteur croit fermement que les détails seuls constitueront désormais le mérite des ouvrages improprement appelés *Romans*.

S'il avait le loisir de suivre la carrière du docteur Mathanasius, il lui serait facile de prouver qu'il y a peu d'ouvrages de lord Byron et de sir Walter Scott dont l'idée première leur appartienne, et que Boileau n'est pas l'auteur des vers de son *Art poétique*.

Il pense, en outre, que entreprendre de peindre des époques historiques et s'amuser à chercher des fables neuves, c'est mettre plus d'importance au cadre qu'au tableau. Il admirera ceux qui réussiront à réunir les deux mérites, et leur souhaite d'y réussir souvent.

S'il a eu l'immodestie de joindre cette note à son livre, il croit avoir obtenu son absolution par l'humble place qu'il lui a donnée; certain, au reste, qu'elle ne sera peut-être pas lue, même par les intéressés.

3

GLOIRE ET MALHEUR
[*I*ᵉʳ *état*]

Aujourd'hui le niveau légué à la Charte par la Révolution a passé sa ligne d'égalité sur tous les rangs, et à
l'exception de quelques maisons historiques ou des familles investies de la Pairie, les diverses professions et les
états ont contracté à peu près les mêmes habitudes, un
habillement uniforme donne au premier coup d'œil une
même tournure aux individus, et la plus heureuse de
toutes les libertés, fruit du rétablissement du système
constitutionnel, a réellement fait de la France, une même
famille. Alors chaque jour a vu se perdre ces nuances qui
jadis distinguaient si fortement les classes de la société et
que certain Évêque de Cambray voulait numéroter dans
son utopie par des bandes brunes ou rouges et le nombre
des franges permises aux habillemens, de peur de voir
l'ambition mettre le trouble dans l'État. Maintenant il
n'existe pas trois femmes d'apothicaires qui n'ayent pas
de collier de perles orné d'une [grille?] ou d'une croix en
diamans pour mettre au bal ; le plus mince épicier à Paris
voit l'acajou décorer sa chambre nuptiale, et le dimanche,
un étranger ne reconnaîtrait guère dans leur élégant tilbury ou sur leurs chevaux, l'agent de change qui la veille
lui a vendu un coupon de rente, le carrossier qui lui loue
son landau, le tapissier qui lui a livré un meuble, le
marchand de bois auquel il a soldé un mémoire. Un pair
de France salue son libraire et quelques fois déjeune chez
lui, un avoué va au bal d'un noble duc, la plus fière et la
plus élégante princesse voit sa robe portée par une riche
modiste. Les anciennes saturnales de Rome sont devenues une conquête de nos lois due à notre longue tempête

et avant qu'elles s'établissent plus complètement dans les départemens, elles règnent à Paris d'une manière despotique. On ne voit plus que de loin en loin et comme clairsemées dans la civilisation ces vieilles familles qui ont conservé les mœurs et les costumes caractéristiques de leurs professions. Le flâneur dont les jouissances ont été doublées par le plaisir difficile qui se rencontre dans l'investigation physiognomique des passants depuis l'ère de la liberté, regarde avec étonnement ces anciens débris de l'ancien monde. M. Cuvier ne fut pas plus surpris d'apprendre qu'un homme fossile existait à Moret que ne le sont les Parisiens de voir marcher d'un pas lent l'équipage à marche-pied fixe et à un cheval d'un vieux docteur dont la tête octogénaire garde une étroite perruque [*ill.*] et qui porte cet air niais et grave immortalisé par Molière. Qui ne s'est pas arrêté souvent en voyant quelques rentiers du Marais, quelques anciens procureurs conservant sous leurs bras le chapeau plat avec trois cornes, et ayant aux pieds de vénérables souliers à boucles et mettant au jour les derniers mollets qu'il sera permis de contempler à la génération actuelle. Intrépides lecteurs de *La Quotidienne,* ce sont ces judicieux champions de l'ancien ordre des choses qui s'en vont criant que tout est monstrueux en France, qu'il a fallu vivre jusqu'aujourd'hui pour voir un petit tanneur faire une faillite de vingt millions, tandis qu'avant la Révolution il eût fallu que Maître Grimau de Reynière s'en mêlât pour voir une pareille chose, que le luxe gagne et perd tous les commerces, que jadis un marchand ne payait pas cinq cents francs une enseigne, et ne dépensait pas mille écus pour asseoir Madame dans son comptoir d'acajou, mais qu'il avait dans sa cave des écus amassés et du bon vin, qu'il le buvait en se retirant du commerce et que les écus servaient à faire mettre son fils au Parlement, que c'était à cette sage manière de vivre que la France devait les de Thou, les Brissot, les Pasquier, les Lamoignon, les d'Orvilliers, et un grand nombre de noms historiques, qu'une famille mettait cent ans à parvenir et que aujourd'hui on voulait avoir la fortune trop vite et que voilà comment tant de petits marchands et de gens d'affaires se cassaient le nez, que chacun devait trouver le bonheur dans sa classe. Puis à cela, quand un gros homme en chapeau gris se trouve au café Turc, il quitte quelquefois son *Courrier français* et défenseur du tems présent, il répond que les faillites payent des droits au gouvernement, que le budjet est comme le cœur par où passe tout le sang souillé et qui après l'avoir attiré le répand, que nous n'avons plus besoin de vivre pour nos petits-neveux, mais pour nous, que les maisons historiques sont des préjugés, qu'il n'y a plus besoin de distinctions dans un pays où tout est libre, que le luxe et l'aisance sont un signe de prospérité, que la Révolution a eu plus de généraux célèbres, et de gens de génie qu'en deux siècles de la vieille monarchie, et achevant sa bouteille de bière, il sort en murmurant le mot de ganaches.

L'Ordre des choses a eu une influence énorme sur la destinée des femmes. Il a aboli sans retour ces barrières qui séparaient les familles. Une jeune fille a une plus grande étendue pour jeter ses filets, et, la distinction des femmes mariées en dames et mademoiselles sont de ces idées fabuleuses qui font passer le savant qui en parle comme un *(ill.)*. Le bonheur conjugal et la sainteté des mœurs de la famille sont nés de la liberté qui prélude aux choix d'une femme ou d'un mari beaucoup mieux qu'autrefois, le bonheur restant menacé d'écueils sociaux : mais le sujet de l'aventure dont il s'agit ici signalera peut-être les dangers des faciles mésalliances qui seraient à craindre aujourd'hui.

4

LE SUCCUBE
(Extrait)

Ie quittay le service de l'ecclize, et me mariai à vostre mère, de laquelle ie repçeus des doulceurs infinies, et avecque elle je partagiai ma vie, mon bien, mon asme et tout. Aussy feut-elle de mon advis en ces préceptes suyvans. A scavoir: Premièrement. Pour vivre heureux, besoing est de demourer loing des gens d'ecclize, les honorer beaucoup sans leur bailler licence d'entrer ez logiz; non plus qu'à tous ceulx qui, par Droict, iuste ou injuste, sont censez estre au dessus de nous. Deuxiesmement: Prendre ung estat modicque, et s'y tennir, sans iamais vouloir paroistre aulcunement riche. Avoir soing de n'exciter l'envie de personne, ni férir qui que ce soit, en aulcune sorte, pour ce que besoing est d'estre fort comme ung chesne qui tue les plantes en ses pieds, pour brizer les testes envieuses. Encores y succomberoyt-on, vu que les chesnes humains sont especiallement rares, et que aulcun Tournebousche ne doibt se flatter d'en estre ung, attendu qu'il sera Tournebousche. Troiziesmement. Ne iamais despendre que le quart de son revenu, tayre son bien, musser sa chevance, ne se mettre en aulcune charge; aller en l'ecclize comme les autres, et toujours guarder ses pensers en soy; vu que alors, ils sont à vous, et non à d'aultres qui s'en revestent, s'en font des chappes et les tournent à leur guyze, en forme de calumnies. Quatriesmement. Toujours demourer en la condicion des Tournebousches, lesquels sont à prézent et à toujours drappiers. Marier ses filles à bons drappiers, envoyer ses garsons estre drappiers en d'autres villes de France, munis de ces saiges préceptes, et les nourrir en l'honneur de la drapperie, sans leur lairrer aulcun songe ambitieux en l'esperit. *Drappier comme ung Tournebousche,* doibt estre leur gloire, leurs armes, leur nom, leur devise, leur vie. Or, estant touiours drappiers; par ainsy, seront toujours les Tournebousche, incogneus, et vivotteront comme de bons petits insectes, lesquels une fois logiez en une poultre, font leurs trous et vont en toute sécuritez, iusques au bout de leur peloton de fil. Cinquiesmement. Ne iamays parler aultre languaige que le langage de la drapperie, ne poinct disputter de relligion, de gouvernement. Et, encores que, le gouvernement de l'Estat, la province, la religion et Dieu virassent ou eussent phantaisie de aller à dextre ou à senestre; touiours en qualitez de Tournebousche demourer en son drap. Par ainsy, n'estant aperceus d'aulcun en la ville, les Tournebousches viveront en calme avecque leurs petits Tournebouschons, païant bien les dixmes, les imposts et tout ce qu'ils seront requiz de donner par force, soit à Dieu, soit au roy, à la ville ou à la paroisse, avecque lesquels ne fault oncques se desbattre. Aussi besoing est de reserver le patrimonial threzor pour avoir paix, achepter la paix, ne iamays rien debvoir, avoir du grain au logiz, et se rigoller les portes et les croizées clozes.

BIBLIOGRAPHIE
(concernant les *Scènes de la vie privée*
présentées dans cette édition)

I. *Notre texte.*

Nous suivons le texte de l'édition Furne, la dernière parue du vivant de l'auteur.

Un exemplaire de cette édition, conservé à la bibliothèque Lovenjoul à Chantilly, comporte un certain nombre de corrections manuscrites de Balzac en vue d'une publication ultérieure. C'est ce texte, pour ainsi dire testamentaire — et connu sous le nom de Furne corrigé (F.C.) — que nous reproduisons ici comme la plupart des éditeurs modernes. *Les Scènes de la vie privée* occupent les quatre premiers volumes de l'édition Furne.

II. *Éditions critiques.*

— *La Maison du Chat-qui-pelote. Le Bal de Sceaux. La Vendetta*, sommaire biographique, introduction, notes et appendice critique par P.-G. Castex, classiques Garnier, 1963.
— *La Comédie humaine*, Gallimard, « Bibliothèque de La Pléiade », 1976, t. I : *La Maison du Chat-qui-pelote, Le Bal de Sceaux, La Vendetta*, textes présentés, établis et annotés par Anne-Marie Meininger ; *La Bourse*, texte présenté, établi et annoté par Jean-Louis Tritter.
— *La Maison du Chat-qui-pelote et autres scènes de la vie privée*, préface d'Hubert Juin, notice et notes de Samuel S. de Sacy, Gallimard, col. Folio, 1983,

(1970 pour l'établissement du texte, les éclaircisse-
ments et la préface).
— *L'Œuvre de Balzac*, Club français du livre, t. I : *La
Maison du Chat-qui-pelote*.
— *Œuvres complètes de Balzac*, Club de l'honnête
homme, t. I, introductions de Maurice Bardèche,
1968.
— *Le Bal de Sceaux*, fac-similé de l'édition de 1830,
Société d'Édition du « Bulletin Municipal d'Informa-
tion de Sceaux », SEBMIS-Sceaux, 1982.

III. *Ouvrages critiques.*

— BONARD (Olivier), *La Peinture dans la création
balzacienne. Invention et vision de « La Maison du
Chat-qui-pelote » au « Père Goriot »*, librairie Droz,
Genève, 1969.
— CASTEX (Pierre-Georges), *Nouvelles et contes de
Balzac, I Scènes de la vie privée*, Les Cours de
Sorbonne, C.D.U., 1961.
— CHOLLET (Roland), *Balzac journaliste. Le tournant
de 1830*, Klincksieck, 1983.
— DONNARD (Jean-Hervé), *Balzac. Les Réalités écono-
miques et sociales dans « La Comédie humaine »*,
Armand Colin, 1961.
— FRAPPIER-MAZUR (Lucienne), *L'Expression méta-
phorique dans « La Comédie humaine »*. Klincksieck,
1976.
— GUICHARDET (Jeannine), *Balzac archéologue de Pa-
ris*, CDU-SEDES (à paraître).
— GUYON (Bernard), *La Pensée politique et sociale de
Balzac*, Armand Colin, 1947.
— JEOFFROY-FAGGIANELLI (Pierrette), *L'Image de la
Corse dans la littérature romantique française*,
P.U.F., 1979.
— LAUBRIET (Pierre), *L'Intelligence de l'art chez
Balzac. D'une esthétique balzacienne*, Didier, 1961.
— MENARD (Maurice), *Balzac et le comique dans « La
Comédie humaine »*, P.U.F., 1983.

IV. *Articles.*

— ANDREOLI (Max), « *La Maison du Chat-qui-pelote* », *L'Année balzacienne*, 1972.
— CHOLLET (Roland), « *Une heure de ma vie* ou Lord R'hoone à la découverte de Balzac », *L'Année balzacienne*, 1968.
— FARGEAUD (Madeleine), « Laurence la mal aimée », *L'Année balzacienne*, 1961.
— FARGEAUD (Madeleine). PIERROT (Roger), « Henri le trop aimé », *L'Année balzacienne*, 1961.
— FRAPPIER-MAZUR (Lucienne), « Idéologie et modèles greimassiens : le double drame du *Bal de Sceaux* », *Incidences*, vol. I, n°s 1-3, 1977.
— GUMBRECHT (Hans Ulrich)/MÜLLER (Jürgen E.), Sinnbildung als Sicherung der Lebenswelt. Ein Beitrag zur funktionsgeschichtlichen Situierung der realistischen Literatur am Beispiel von Balzacs Erzählung *La Bourse* », in *Honoré de Balzac*, U.T.B., Munich, Wilhelm Fink Verlag.
— HAVARD DE LA MONTAGNE (Philippe), « Oncle et cousins Sallambier », *L'Année balzacienne*, 1966.
« Sur les pas de Charles Sédillot », *L'Année balzacienne*, 1968.
— MEININGER (Anne-Marie), « Théodore. Quelques scènes de la vie privée », *L'Année balzacienne*, 1964.
« Théâtre et petits faits vrais », *L'Année balzacienne*, 1968.
« André Campi. Du *Centenaire* à *Une ténébreuse affaire* », *L'Année balzacienne*, 1969.
— PERRON (Paul), « Système du portrait et topologie actantielle dans *La Maison du Chat-qui-pelote* », in LE HUENEN (Roland) et PERRON (Paul), *Le Roman de Balzac : recherches critiques, méthodes, lectures*, Montréal, Didier, 1980.
— STEMPEL (Wolf-Dieter), « L'homme est lié à tout ». Bemerkungen zur Beschreibung bei Balzac anhand von *La Maison du Chat-qui-pelote* », in *Honoré de Balzac, op. cit.*

CHRONOLOGIE

1797 (30 janvier) : Mariage à Paris de Bernard-François Balzac et d'Anne-Charlotte-Laure Sallambier, séparés par un écart de 32 ans. Le ménage s'installe à Tours.

1799 (20 mai) : Naissance d'Honoré Balzac. L'enfant est mis en nourrice à Saint-Cyr-sur-Loire jusqu'à l'âge de quatre ans.

1800 (29 septembre) : Naissance de Laure, sœur du romancier.

1802 (18 avril) : Naissance de Laurence, sa seconde sœur.

1804 : Honoré entre à la pension Le Guay, à Tours.

1807 (22 juin) : Il entre au collège des Oratoriens de Vendôme où il va demeurer jusqu'au 22 avril 1813.
(21 décembre) : Naissance d'Henri Balzac, frère d'Honoré, probablement fils naturel de Jean de Margonne, châtelain de Saché, qui recevra souvent Honoré.

1814 : Il fréquente pendant l'été le collège de Tours. En novembre, il suit sa famille à Paris, 40, rue du Temple, au Marais.

1815 : Il fréquente deux institutions du Marais, l'institution Lepître, puis, à partir d'octobre, l'institution Ganser, tout en suivant les cours du collège Charlemagne.

1816 : Balzac s'inscrit pour la première fois à la faculté de droit et entre en novembre comme clerc chez Mᵉ Guillonnet-Merville, avoué, rue Coquillière.

1818 : Bernard-François Balzac est invité à faire valoir ses droits à la retraite. Honoré quitte en mars l'étude de Mᵉ Guillonnet-Merville pour entrer chez Mᵉ Passez, ami et voisin de ses parents, 40, rue du Temple.

1819 : Reçu au baccalauréat en droit en janvier, Honoré quitte sa famille, retirée à Villeparisis et s'installe dans une mansarde rue Lesdiguières pour devenir homme de lettres. Il y compose une tragédie, *Cromwell,* qui ne sera ni jouée ni publiée de son vivant.

1820 : Il commence *Falthurne* et *Sténie,* deux récits qu'il n'achèvera pas.
(18 mai) : Sa sœur Laure épouse Eugène Surville, ingénieur des Ponts et Chaussées.

1822 : Début de sa liaison avec Laure de Berny, âgée de 45 ans, qu'il appellera sa « dilecta » et qui jouera un rôle essentiel dans sa vie. Il passe l'été à Bayeux, chez les Surville.
(1ᵉʳ septembre) : Sa sœur Laurence épouse Armand-Désiré Michaut de Saint-Pierre de Montzaigle. Honoré publie sous le pseudonyme de Lord R'hoone *L'Héritière de Birague, Jean-Louis* et *Clotilde de Lusignan. Le Centenaire* et *Le Vicaire des Ardennes,* parus la même année, sont signés Horace de Saint-Aubin.
(Fin octobre) : La famille Balzac quitte Villeparisis pour le Marais et emménage au 7, rue du Roi-doré.

1823 (juillet à septembre) : Séjour en Touraine. Le roman *La Dernière Fée,* « par Horace de Saint-Aubin » paraît en mai.

1824 : La famille retourne à Villeparisis en août et Honoré loue un petit appartement à Paris, 2, rue de Tournon. Il publie *Annette et le criminel* sous le pseudonyme d'Horace de Saint-Aubin et deux ouvrages anonymes, *Du Droit d'aînesse* et *Histoire impartiale des jésuites.*

1825 : Associé avec l'éditeur Urbain Canel, il publie en éditions compactes illustrées les *Œuvres complètes* de Molière et de La Fontaine. Par Laure, il fait la connaissance à Versailles de la duchesse d'Abrantès et devient son amant pendant l'été. Sa sœur Laurence meurt le 11 août. Paraissent anonymes le *Code des gens honnêtes,* et *Wann-Chlore.*

1826 (1er juin) : Il obtient son brevet d'imprimeur et s'associe avec André Barbier rue des Marais-Saint-Germain. Sa famille quitte Villeparisis pour Versailles.

1827 (15 juillet) : Il fonde avec Laurent et Barbier une société pour l'exploitation d'une fonderie de caractères d'imprimerie.

1828 : Balzac s'installe 1, rue Cassini, près de l'Observatoire. Il doit abandonner la fonderie. Son cousin, Charles Sédillot, se charge de liquider l'imprimerie au prix de lourdes dettes. Il revient à la littérature et séjourne en septembre-octobre à Fougères chez le général de Pommereul pour préparer un roman historique, *Le Gars,* qui deviendra *Les Chouans.*

1829 : Balzac est introduit par la duchesse d'Abrantès dans les salons de Sophie Gay, de Mme Récamier, du baron Gérard, de la princesse Bagration. Il commence à correspondre avec Zulma Carraud.
(19 juin) : Mort de Bernard-François Balzac.
(Octobre) : Séjour à Maffliers où il rédige *Gloire et Malheur (La Maison du chat-qui-pelote). Le Dernier Chouan ou La Bretagne en 1800,* premier roman signé Honoré Balzac, paraît en avril ; la *Physiologie du mariage* « par un jeune célibataire », en décembre. Il rédige *El Verdugo, Le Rendez-vous* (premier épisode de *La Femme de trente ans*) et *Le Bal de Sceaux.* Le 22 octobre il signe un contrat pour la publication des *Scènes de la vie privée.*

1830 : Balzac collabore à divers journaux, *Le Feuilleton des journaux politiques,* qu'il a lui-même fondé avec Girardin, *La Mode, La Silhouette* — à laquelle il donne l'article sur les *Artistes —, Le Voleur, La Caricature.* Il séjourne pendant l'été avec Mme de Berny à La Grenadière. Les *Scènes de la vie privée,* composées de six nouvelles *(La Vendetta, Les Dangers de l'inconduite* [Gobseck], *Le Bal de Sceaux, Gloire et Mal-*

heur [*La Maison du chat-qui-pelote*], *La Femme vertueuse* [*Une double famille*] et *La Paix du ménage*),
sont mises en vente chez Louis Mame en avril. Balzac
fait son entrée à la *Revue de Paris* et à la *Revue des
Deux Mondes*.

1831 : *La Peau de chagrin* et les *Contes philosophiques*
consacrent sa réputation d'écrivain à la mode. Il mène
une vie mondaine et luxueuse tout en continuant à
publier contes et nouvelles dans les revues.

1832 : Premières relations épistolaires avec « l'Étrangère », Mme Hanska. Séjour à Saché chez M. de Margonne, puis à Angoulême chez les Carraud. Il devient
l'ami de la marquise de Castries, qu'il accompagne en
août à Aix-les-Bains, et en octobre à Genève ; mais elle
se refuse à lui et il va cacher son dépit chez Mme de
Berny à Nemours. Il adhère au parti légitimiste et
publie plusieurs essais politiques. Sa collaboration aux
revues reste très active. Deuxième édition, en quatre
volumes, chez Mame-Delaunay, des *Scènes de la vie
privée* contenant entre autres *La Bourse*, *Les Célibatai-
res (Le Curé de Tours)* et cinq scènes distinctes qui
seront groupées plus tard dans *La Femme de trente ans*. En marge de ces textes qui composeront *La
Comédie humaine*, paraît le premier dixain des *Contes
drolatiques*.

1833 : Rencontre de Mme Hanska à Neuchâtel puis à
Genève. Contrat avec Mme Béchet pour la publication
des *Études de mœurs au XIXe siècle* qui devront paraître en douze volumes divisés en trois séries *(Scènes de
la vie privée*, *Scènes de la vie de province*, *Scènes de la
vie parisienne*).

1834 : Balzac divise son œuvre en *Étude de mœurs au
XIXe siècle*, *Études philosophiques* et *Études analyti-
ques*. Ayant pris conscience de l'unité de cette œuvre,
il conçoit et applique systématiquement le procédé
technique du retour des mêmes personnages d'un roman à l'autre.

(Octobre) : Début de la liaison avec la comtesse Guidoboni-Visconti. Il publie les 2e et 3e livraisons des

Études de mœurs au XIXe siècle, comprenant *Ferragus, Ne touchez pas la hache* (*La Duchesse de Langeais*) et *La Recherche de l'absolu*, et la première livraison des *Études philosophiques*.

(Décembre) : Publication des deux premières parties du *Père Goriot* dans la *Revue de Paris*.

1835 : Balzac s'installe en secret rue des Batailles à Chaillot.

(Mai-juin) : Séjour auprès de Mme Hanska et de son mari à Vienne.

Le Père Goriot (fin), *Melmoth réconcilié*, *La Fleur des pois* (*Le Contrat de mariage*), *Séraphîta*.

1836 (juin) : Balzac gagne un procès contre la *Revue de Paris* au sujet du *Lys dans la vallée*.

(juillet) : Il doit liquider la *Chronique de Paris* qu'il dirigeait depuis janvier. Il va passer quelques semaines à Turin. Au retour, il apprend la mort de Mme de Berny, survenue le 27 juillet. *Le Lys dans la vallée, L'Interdiction, La Messe de l'athée, Facino Cane, L'Enfant maudit, Le Secret des Ruggieri* (*La Confidence des Ruggieri*).

1837 (février-avril) : Nouveau voyage en Italie. *La Vieille Fille, Illusions perdues* (première partie), *César Birotteau*.

1838 (février-mars) : Séjour à Frapesle près d'Issoudun chez Zulma Carraud.

Court séjour à Nohant chez George Sand, qui lui donne l'idée de *Béatrix*.

(Mars-juin) : Voyage en Corse, en Sardaigne et en Italie. Mort de la duchesse d'Abrantès.

(Juillet) : Balzac s'installe aux Jardies entre Sèvres et Ville-d'Avray.

La Femme supérieure (*Les Employés*), *La Maison Nucingen, La Torpille* (début des futures *Splendeurs et misères des courtisanes*).

1839 (avril) : Balzac est nommé président de la Société des gens de lettres.

Le Cabinet des antiques, Gambara, Illusions perdues (2e partie), *Une fille d'Ève, Massimilla Doni, Béatrix*.

1840 (mars) : *Vautrin,* créé le 14 à la Porte Saint-Martin, est interdit le 16.

Balzac dirige et anime la *Revue parisienne* (trois numéros) et y donne ses *Études sur M. Beyle.*

Pierrette, Pierre Grassou, Z. Marcas, Les Fantaisies de Claudine (Un prince de la Bohème).

(Octobre) : il s'installe à Passy dans l'actuelle rue Raynouard.

1841 (2 octobre) : Signature du contrat avec Furne et d'autres éditeurs pour la publication de *La Comédie humaine* en 17 volumes. *Le Curé de village.*

1842 (19 mars) : Création à l'Odéon des *Ressources de Quinola.* Publication des premiers volumes de *La Comédie humaine.*

Mémoires de deux jeunes mariées, Ursule Mirouët, La Fausse Maîtresse, Albert Savarus, Les Deux Frères (La Rabouilleuse), Une ténébreuse affaire.

1843 (juillet-octobre) : Voyage à Saint-Pétersbourg pour y rejoindre Mme Hanska, veuve depuis le 10 novembre 1841, et retour par l'Allemagne.

La Muse du département, Honorine, Illusions perdues (I, II et III).

1844 : *Modeste Mignon, Les Paysans* (début), *Béatrix* (II *La Lune de miel), Gaudissart II.*

1845 (avril-août) : Il rejoint Mme Hanska et sa fille Anna à Dresde et voyage en leur compagnie en Allemagne, en Alsace et en Touraine.

(Octobre-novembre) :   Bref   voyage   avec Mme Hanska et sa fille à Naples. *Un homme d'affaires, Les Comédiens sans le savoir.*

1846   (mars-mai) :   Séjour   à   Rome   avec Mme Hanska, retour par la Suisse et l'Allemagne.

(Novembre) : Mme Hanska accouche d'un enfant mort-né.

Petites misères de la vie conjugale, L'Envers de l'histoire contemporaine (1er épisode), *La Cousine Bette.*

1847 (février-mai) : Séjour de Mme Hanska à Paris et installation du romancier rue Fortunée qui porte aujourd'hui son nom. Le 28 juin, il fait de Mme Hanska sa légataire universelle et part pour l'Ukraine afin de la rejoindre à Wierzchownia, où il séjourne jusqu'à la fin de janvier 1848.

Le Cousin Pons, La Dernière Incarnation de Vautrin (dernière partie de *Splendeurs et misères des courtisanes*).

1848 : Retour à Paris. La révolution contrarie ses projets de théâtre. En septembre, il rejoint Mme Hanska en Ukraine et reste avec elle jusqu'au printemps 1850. *L'Initié* (deuxième épisode de *L'Envers de l'histoire contemporaine*).

1849 : Balzac passe toute cette année en Ukraine, où sa santé s'altère gravement.

1850 (14 mars) : Mariage avec Mme Hanska à Berditcheff.
(20 mai) : Retour à Paris ; sa santé décline.
(18 août) : Hugo rend visite à Balzac le jour même de sa mort.
(21 août) : Inhumation au Père-Lachaise. Éloge funèbre prononcé par Hugo.

TABLE

ALLAIS
À se tordre (1149)
BALZAC
Eugénie Grandet (1110)
BEAUMARCHAIS
Le Barbier de Séville (1138)
Le Mariage de Figaro (977)
CHATEAUBRIAND
Mémoires d'outre-tombe, livres I à V (906)
COLLODI
Les Aventures de Pinocchio (bilingue) (1087)
CORNEILLE
Le Cid (1079)
Horace (1117)
L'Illusion comique (951)
La Place Royale (1116)
Trois Discours sur le poème
dramatique (1025)
DIDEROT
Jacques le Fataliste (904)
Lettre sur les aveugles. Lettre sur les
sourds et muets (1081)
Paradoxe sur le comédien (1131)
ESCHYLE
Les Perses (1127)
FLAUBERT
Bouvard et Pécuchet (1063)
L'Éducation sentimentale (1103)
Salammbô (1112)
FONTENELLE
Entretiens sur la pluralité des mondes (1024)
FURETIÈRE
Le Roman bourgeois (1073)
GOGOL
Nouvelles de Pétersbourg (1018)
HUGO
Les Châtiments (1017)
Hernani (968)
Quatrevingt-treize (1160)
Ruy Blas (908)
JAMES
Le Tour d'écrou (bilingue) (1034)
LAFORGUE
Moralités légendaires (1108)
LERMONTOV
Un héros de notre temps (bilingue)
(1077)
LESAGE
Turcaret (982)
LORRAIN
Monsieur de Phocas (1111)

MARIVAUX
La Double Inconstance (952)
Les Fausses Confidences (978)
L'Île des esclaves (1064)
Le Jeu de l'amour et du hasard (976)
MAUPASSANT
Bel-Ami (1071)
MOLIÈRE
Dom Juan (903)
Le Misanthrope (981)
Tartuffe (995)
MONTAIGNE
Sans commencement et sans fin. Extraits
des *Essais* (980)
MUSSET
Les Caprices de Marianne (971)
Lorenzaccio (1026)
On ne badine pas avec l'amour (907)
PLAUTE
Amphitryon (bilingue) (1015)
PROUST
Un amour de Swann (1113)
RACINE
Bérénice (902)
Iphigénie (1022)
Phèdre (1027)
Les Plaideurs (999)
ROTROU
Le Véritable Saint Genest (1052)
ROUSSEAU
Les Rêveries du promeneur solitaire (905)
SAINT-SIMON
Mémoires (extraits) (1075)
SOPHOCLE
Antigone (1023)
STENDHAL
La Chartreuse de Parme (1119)
TRISTAN L'HERMITE
La Mariane (1144)
VALINCOUR
Lettres à Madame la marquise *** sur *La
Princesse de Clèves* (1114)
WILDE
L'Importance d'être constant (bilingue)
(1074)
ZOLA
L'Assommoir (1085)
Au Bonheur des Dames (1086)
Germinal (1072)
Nana (1106)